全本
新注
聊齋志異

书名题字／沈尹默

插图本

中国古典小说藏本

全本新注 聊斋志异（三）

蒲松龄 著

朱其铠 主编

朱其铠 李茂肃 李伯齐 牟通 校注

人民文学出版社

卷 七

罗 祖

罗祖,即墨人也[1]。少贫。总族中应出一丁戍北边[2],即以罗往。罗居边数年,生一子。驻防守备雅厚遇之[3]。会守备迁陕西参将[4],欲携与俱去。罗乃托妻子于其友李某者,遂西。自此三年不得反。适参将欲致书北塞,罗乃自陈,请以便道省妻子[5]。参将从之。

罗至家,妻子无恙,良慰。然床下有男子遗舄,心疑之。既而至李申谢。李致酒殷勤;妻又道李恩义,罗感激不胜。明日谓妻曰:"我往致主命,暮不能归,勿伺也[6]。"出门跨马而去。匿身近处,更定却归[7]。闻妻与李卧语,大怒,破扉。二人惧,膝行乞死。罗抽刃出,已复韬之曰[8]:"我始以汝为人也,今如此,杀之污吾刀耳!与汝约:妻子而受之[9],籍名亦而充之[10],马匹械器具在[11]。我逝矣。"遂去。乡人共闻于官。官笞李,李以实告。而事无验见,莫可质凭,远近搜罗,则绝匿名迹。官疑其因奸致杀,益械李及妻;逾年,并桎梏以死[12]。乃驿送其子归即墨[13]。

后石匣营有樵人入山[14],见一道人坐洞中,未尝求食。众以为异,赍粮供之。或有识者,盖即罗也。馈遗满洞,罗终不食,意似厌嚣,以故来者渐寡。积数年,洞外蓬蒿成林。或潜窥之,则坐处不曾少移。又久之,见其出游山上,就之已杳;往瞰洞中,则衣上尘蒙如故。益奇之。更数日而往,则玉柱下垂[15],坐化已久[16]。土人为之建庙;每三月间,香楮相属于道[17]。其子往,人皆呼以小罗祖,香税悉归之;今其后人,犹岁一往,收税金焉。沂水刘宗玉向予言之甚详。予笑曰:"今世诸檀越[18],不求为圣贤[19],但望成佛祖。请遍告之:若要立地成佛,须放下刀子去[20]。"

据《聊斋志异》铸雪斋抄本

------

〔1〕 即墨:县名。今属山东省青岛市。
〔2〕 总族:合族,全族。总,合。一丁:丁壮一人。成年人能任赋役者称"丁"。按明、清以来,十六岁为丁。
〔3〕 "驻防"句:驻扎边防的守备待他甚厚。守备,清为五品武官,隶属于参将、游击之下。雅,甚。
〔4〕 参将:清绿营正三品武官,位次于副将,掌理本营军务。
〔5〕 "请以"句:请求借此顺路看望妻儿。省,探视,看望。
〔6〕 勿伺:不要等候。
〔7〕 更定:一更之后。
〔8〕 韬之:谓将刀收入鞘中。
〔9〕 而:通"尔",你。
〔10〕 籍名:军籍中之姓名。
〔11〕 马匹械器具在:此据二十四卷抄本,原无"在"字。
〔12〕 桎梏以死:监押而死于狱中。桎梏,刑具,手铐脚镣。
〔13〕 驿送:由驿站转送。驿,此指驿站,掌投递公文、转运官物及供来往官员休息的机构。自隋迄清,皆属兵部。
〔14〕 樵人:打柴的人。
〔15〕 玉柱:此据山东省博物馆本,原作"五柱"。玉柱,本作"玉筯",佛道两教称人死后下垂的鼻涕,说是成道之征。陶宗仪《辍耕录·噪》:"王(和卿)忽坐逝,而鼻垂双涕尺馀,人皆叹骇。关(汉卿)来

吊唁,询其由,或对云:'此释家所谓坐化也。'复问鼻悬何物? 又对云:'此玉筯也。'"
[16] 坐化:佛教称和尚结跏趺端坐而死为坐化。
[17] 香楮(chǔ 楚):香烛、纸锭,均为供神迷信用品。
[18] 檀越:施主。梵语意译。佛教徒称向寺庙及僧侣施舍财物的人为施主。详《画壁》注。
[19] 圣贤:此据山东省博物馆本,原作"圣矣"。
[20] "若要"二句:中国佛教禅宗(南宗)认为人人自心本有佛性,作恶之人,但转念为善,便可成佛。《五灯会元·绍兴府东山觉禅师》:"广额正是个杀人不眨眼底汉,飏下屠刀,立地成佛。"飏,抛下。

刘　姓

邑刘姓,虎而冠者也[1]。后去淄居沂[2],习气不除,乡人咸畏恶之。有田数亩,与苗某连陇。苗勤,田畔多种桃。桃初实,子往攀摘;刘怒驱之,指为己有。子啼而告诸父[3]。父方骇怪,刘已诟骂在门,且言将讼。苗笑慰之。怒不解,忿而去。

时有同邑李翠石作典商于沂[4],刘持状入城[5],适与之遇。以同乡故相熟,问:"作何干?"刘以告。李笑曰:"子声望众所共知;我素识苗甚平善,何敢占骗。将毋反言之也!"乃碎其词纸,曳入肆,将与调停。刘恨恨不已,窃肆中笔,复造状,藏怀中,期以必告。未几,苗至,细陈所以,因哀李为之解免,言:"我农人,半世不见官长。但得罢讼,数株桃何敢执为己有。"李呼刘出,告以退让之意。刘又指天画地,叱骂不休;苗惟和色卑词,无敢少辨。

既罢,逾四五日,见其村中人,传刘已死,李为惊叹。异日他适,见杖而来者[6],俨然刘也。比至,殷殷问讯,且请顾临。李逡巡问曰:"日前忽闻凶讣,一何妄也?"刘不答,但挽入村,至其家,罗浆酒焉。乃言:"前日之传,非妄也。曩出门见二人来,捉见官府。问何事,但言不知。自思出入衙门数十年,非怯见官长者,亦不为怖。从去,至公廨,见南面者有怒容曰[7]:'汝即某耶?罪恶贯盈[8],不自悛悔[9];又以他人之物,占为己有。此等横暴,合置铛鼎[10]!'一人稽簿曰：'此人有一善，合不死。'南面者阅簿，其色稍霁。便云：'暂送他去。'数十人齐声呵逐。余曰：'因何事勾我来？又因何事遣我去？还祈明示。'吏持簿下，指一条示之。上记：崇祯十三年[11]，用钱三百，救一人夫妇完聚。吏曰：'非此，则今日命当绝，宜堕畜生道[12]。'骇极，乃从二人出。二人索贿。怒告曰：'不知刘某出入公门二十年，专勒人财者，何得向老虎讨肉吃耶？'二人乃不复言。送至村，拱手曰：'此役不曾啖得一掬水。'二人既去，入门遂苏，时气绝已隔日矣。"

李闻而异之，因诘其善行颠末[13]。初，崇祯十三年，岁大凶[14]，人相食。刘时在淄，为主捕隶[15]。适见男女哭甚哀，问之。答云："夫妇聚裁年馀，今岁荒，不能两全，故悲耳。"少时，油肆前复见之[16]，似有所争。近诘之。肆主马姓者便云："伊夫妇饿将死，日向我讨麻酱以为活[17]。今又欲卖妇于我。我家中已买十馀口矣。此何要紧？贱则售之，否则已耳。如此可笑，生来缠人[18]！"男子因言："今粟如珠，自度非得三百数，不足供逃亡之费[19]。本欲两生，若卖妻而不免于死，何取焉？非敢言直[20]，但求作阴骘行之耳[21]。"刘怜之，便问马出几何。马言："今日妇口，止直百许耳。"刘请勿短其数，且愿助以半价之资。马执不可。刘少负气，便谓男子："彼鄙琐不足道，我请如数相赠。若能逃荒，又全夫妇，不更佳耶？"遂发囊与之。夫妻泣拜而去。刘述此事，李大加奖叹。

刘自此前行顿改，今七旬犹健。去年，李诣周村[22]，遇刘与人争，众围劝不能解。李笑呼曰："汝又欲讼桃树耶？"刘芒然改容[23]，呐呐敛手而退[24]。

异史氏曰:"李翠石兄弟,皆称素封[25]。然翠石又醇谨[26],喜为善,未尝以富自豪,抑然诚笃君子也。观其解纷劝善,其生平可知矣。古云:'为富不仁[27]。'吾不知翠石先仁而后富者耶?抑先富而后仁者耶?"

据《聊斋志异》铸雪斋抄本

----

〔1〕 虎而冠者:谓凶暴似虎之人。《史记·齐悼惠王世家》:"齐王母家驷钧,恶戾,虎而冠者也。"《集释》引张晏云:"言钧恶戾,如虎而著冠。"

〔2〕 沂:沂水,县名,今属山东省。

〔3〕 告诸父:告诉给父亲。诸,"之于"二字的合音。

〔4〕 李翠石:名永康,字翠石,淄川人。《淄川县志·义厚传》载:"乡有恶豪某姓者,与苗姓相连。苗种桃数株。苗子饲桃;某怒,以为攘己物也,将讼诸官。康见之,碎其词,力为排解,某犹怒不已;会以阴谴悔悟,乃德康焉。唐太史《龙泉桥记》、蒲明经《聊斋志异》可按也。"典商:开当铺的商人。典,典当,抵押。

〔5〕 状:状词,状纸。

〔6〕 杖而来:拄杖而来。

〔7〕 南面者:此指坐于正座上的官员。

〔8〕 罪恶贯盈:犹言罪大恶极,坏事做尽。语出《尚书·泰誓》。贯盈,满贯,犹言满盈。贯,俗称钱串。

〔9〕 悛(quān 圈)悔:改悔。

〔10〕 合置铛鼎:谓应受冥间烹刑。铛鼎,釜鼎一类烹饪器。此指烹刑所用的三足烹器。

〔11〕 崇祯十三年:明思宗崇祯十三年,即公元一六四〇年。

〔12〕 堕畜生道:佛家谓生前作恶,即轮回转生为畜生,便堕入畜生道。

据佛教"六道"(或称"五趣")说,众生根据其生前善恶行为,死后有五种(或六种)轮回转生的趋向,即地狱、饿鬼、畜生、人、天等。见《俱舍论》八。道教亦袭用此说,称"五道"。

〔13〕 颠末:始末。
〔14〕 岁大凶:谓当年遭受严重的自然灾害,农田颗粒无收。岁,农业收成。
〔15〕 主捕隶:旧时州县官署中捕役的班头。此从二十四卷抄本,原无"隶"字。
〔16〕 油肆:油店。
〔17〕 麻酱:指芝麻榨油后的残渣。
〔18〕 生来:方言,犹言硬来、硬是。
〔19〕 逃亡:逃生离去。
〔20〕 直:价钱。
〔21〕 阴骘(zhì 至):语出《尚书·洪范》,默定的意思,此处意为积阴德。
〔22〕 周村:地名,今属山东省淄博市。
〔23〕 芒然:犹茫然、懵懵,不知所措之状。
〔24〕 呐呐:形容难为情时说话吞吞吐吐。
〔25〕 素封:无官爵封邑而富有资财的人。语出《史记·货殖列传》。参《偷桃》注。
〔26〕 醇谨:朴厚而言行不苟。
〔27〕 "为富不仁":谓致富与行仁相反,二者不能并行。《孟子·滕文公》上:"阳虎曰:'为富不仁矣,为仁不富矣。'"

邵 九 娘

柴廷宾，太平人[1]。妻金氏，不育，又奇妒。柴百金买妾，金暴遇之[2]，经岁而死。柴忿出，独宿数月，不践闺闼。一日，柴初度[3]，金卑词庄礼，为丈夫寿。柴不忍拒，始通言笑。金设筵内寝，招柴。柴辞以醉。金华妆自诣柴所，曰："妾竭诚终日，君即醉，请一盏而别。"柴乃入，酌酒话言。妻从容曰："前日误杀婢子，今甚悔之。何便仇忌，遂无结发情耶[4]？后请纳金钗十二[5]，妾不汝瑕疵也[6]。"柴益喜，烛尽见跋[7]，遂止宿焉。由此敬爱如初。金便呼媒妪来，嘱为物色佳媵[8]；而阴使迁延勿报，已则故督促之。如是年馀。柴不能待，遍嘱戚好为之购致，得林氏之养女。金一见，喜形于色，饮食共之，脂泽花钿，任其所取。然林固燕产[9]，不习女红，绣履之外，须人而成[10]。金曰："我素勤俭，非似王侯家，买作画图看者。"于是授美锦，使学制[11]，若严师诲弟子。初犹呵骂，继而鞭楚。柴痛切于心，不能为地[12]。而金之怜爱林，尤倍于昔，往往自为妆束，匀铅黄焉[13]。但履跟稍有折痕，则以铁杖击双弯[14]；发少乱，则批两颊：林不堪其虐，自经死。柴悲惨心目，颇致怨怼[15]。妻怒曰："我代汝教娘子，有何罪过？"柴始悟其奸，因复反目，永绝琴瑟之好[16]。阴于别业修房闼[17]，思购丽人而别居之。

荏苒半载，未得其人。偶会友人之葬，见二八女郎，光艳溢目，停睇神驰。女怪其狂顾,秋波斜转之。询诸人,知为邵氏。邵贫士,止此女,少聪慧,教之读,过目能了。尤喜读内经及冰鉴书[18]。父爱溺之,有议婚者,辄令自择,而贫富皆少所可,故十七岁犹未字也。柴得其端末[19],知不可图,然心低徊之[20]。又冀其家贫,或可利动。谋之数媪,无敢媒者,遂亦灰心,无所复望。忽有贾媪者,以货珠过柴。柴告所愿,赂以重金,曰:"止求一通诚意,其成与否,所勿责也。万一可图,千金不惜。"媪利其有,诺之。登门,故与邵妻絮语。睹女,惊赞曰:"好个美姑姑!假到昭阳院,赵家姊妹何足数得[21]!"又问:"婿家阿谁?"邵妻答:"尚未。"媪言:"若个娘子,何愁无王侯作贵客也。"邵妻叹曰:"王侯家所不敢望;只要个读书种子[22],便是佳耳。我家小孽冤,翻复遴选[23],十无一当,不解是何意向。"媪曰:"夫人勿须烦怨。恁个丽人,不知前身修何福泽,才能消受得。昨一大笑事:柴家郎君云:于某家茔边,望见颜色,愿以千金为聘。此非饿鸱作天鹅想耶[24]?早被老身呵斥去矣!"邵妻微笑不答。媪曰:"便是秀才家,难与较计;若在别个,失尺而得丈,宜若可为矣。"邵妻复笑不言。媪抚掌曰:"果尔,则为老身计亦左矣[25]。日蒙夫人爱,登堂便促膝赐浆酒;若得千金,出车马,入楼阁,老身再到门,则阍者呵叱及之矣。"邵妻沉吟良久,起而去,与夫语;移时,唤其女;又移时,三人并出。邵妻笑曰:"婢子奇特,多少良匹悉不就,闻为贱腾则就之。但恐为儒林笑也[26]!"媪曰:"倘入门,得一小哥子,大夫人便如何耶!"言已,告以别居之谋。邵益喜,唤女曰:"试同贾姥言之。此汝自主张,勿后悔,致怼父母。"女腆然曰[27]:"父母安享厚奉,则养有济矣。况自顾命薄,若得佳偶,必减寿数,少受折磨,未必非福。前见柴郎亦福相,子孙必有兴者。"媪大喜,奔告。

柴喜出非望,即置千金,备舆马,娶女于别业,家人无敢言者。女谓柴曰:"君之计,所谓燕巢于幕,不谋朝夕者也[28]。塞口防舌,以冀不漏,何可得乎?请不如早归,犹速发而祸小[29]。"柴虑摧残。女曰:"天下无不可化之人。我苟无过,怒何由起?"柴曰:"不然。此非常之悍,不可情理动者。"女曰:"身为贱婢,摧折亦自分耳[30]。不然,买日为活,何可长也?"柴以为是,终踌躇而不敢决。一日,柴他往。女青衣而出[31],命苍头控老牝马[32],一妪携襆从之,竟诣嫡所,伏地而陈。妻始而怒;既念其自首可原[33],又见容饰兼卑,气亦稍平。乃命婢子出锦衣衣之,曰:"彼薄幸人播恶于众[34],使我横被口语[35]。其实皆男子不义,诸婢无行,有以激之。汝试念背妻而立家室,此岂复是人矣?"女曰:"细察渠似稍悔之,但不肯下气耳。谚云:'大者不伏小。'以礼论:妻之于夫,犹子之于父,庶之于嫡也。夫人若肯假以词色,则积怨可以尽捐。"妻云:"彼自不来,我何与焉?"即命婢媪为之除舍。心虽不乐,亦暂安之。

柴闻女归,惊惕不已[36],窃意羊入虎群,狼藉已不堪矣。疾奔而至,见家中寂然,心始稳贴。女迎门而劝,令诣嫡所。柴有难色。女泣下,柴意少纳。女往见妻曰:"郎适归,自惭无以见夫人,乞夫人往一姗笑之也[37]。"妻不肯行,女曰:"妾已言:夫之于妻,犹嫡之于庶。孟光举案[38],而人不以为诎,何哉?分在则然耳[39]。"妻乃从之,见柴曰:"汝狡兔三窟[40],何归为?"柴俯不对。女肘之,柴始强颜笑。妻色稍霁,将返。女推柴从之,又嘱庖人备酌。自是夫妻复和。女早起青衣往朝;盥已,授帨[41],执婢礼甚恭。柴入其室,苦辞之,十馀夕始肯一纳。妻亦心贤之;然自愧弗如。积惭成忌。但女奉侍谨,无可蹈瑕[42];或薄施呵谴,女惟顺受。一夜,夫妇少有反唇,晓妆犹含盛怒。女捧镜,镜堕,破之。妻益恚,握发裂眦[43]。女惧,长跪哀免。怒不解,鞭之至数十。柴不能忍,盛气奔入,曳女出。妻呶呶逐击之[44]。柴怒,夺鞭反扑[45],面肤绽裂,始退。由是夫妻若仇。柴禁女无往。女弗听,早起,膝行伺幕外。妻捣床怒骂,叱去,不听前[46]。日夜切齿,将伺柴出而后泄愤于女。柴知之,谢绝人事,杜门不通吊庆。妻无如何,惟日挞婢媪以寄其恨,下人皆不可堪。自夫妻绝好,女亦莫敢当夕,柴于是孤眠。妻闻之,意亦稍安[47]。有大婢素狡黠,偶与柴语,妻疑其私,暴之尤苦。婢辄于无人处,疾首怨骂[48]。一夕,轮婢值宿,女嘱柴,禁无往,曰:"婢面有杀机,叵测也。"柴如其言,招之来,诈问:"何作?"婢惊惧,无所措词。柴益疑,检其衣,得利刃焉。婢无言,惟伏地乞死。柴欲挞之,女止之曰:"恐夫人所闻,此婢必无生理。彼罪固不赦,然不如鬻之,既全其生,我亦得直焉[49]。"柴然之。会有买妾者,急货之。妻以其不谋故,罪柴,益迁怒女,诟骂益毒。柴忿,顾女曰:"皆汝自取。前此杀却,乌有今日[50]!"言已而走。妻怪其言,遍诘左右,并无知者;问女,女亦不言。心益闷怒,捉裾浪骂[51]。柴乃返,以实告。妻大惊,向女温语;而心转恨其言之不早。柴以为嫌却尽释,不复作防。适远出,妻乃召女而数之曰:"杀主者罪不赦,汝纵之何心?"女造次不能以词自达[52]。妻烧赤铁烙女面,欲毁其容。婢媪皆为之不平。每号痛一声,则家人皆哭,愿代受死。妻乃不烙,以针刺胁二十馀下,始挥去之。柴归,见面创,大怒,欲往寻之。女捉襟曰:"妾明知火坑而固蹈之。当嫁君时,岂以君家为天堂耶?亦自顾薄命,聊以泄造化之怒耳[53]。安心忍受,尚有满时;若再触焉,是坎已填而复掘之也[54]。"遂以药糁患处[55],数日寻愈。忽揽镜喜曰:"君今日宜为妾贺,彼烙断我晦纹矣!"朝夕事嫡,一如往日。

金前见众哭,自知身同独夫,略有愧悔之萌,时时呼女共事,词色平善。月馀,忽病逆,害饮食。柴恨其不死,略不顾问。数日,腹胀如鼓,日夜浸困[56]。女侍伺不遑眠食,金益德之。女以医理自陈;金自觉畴昔过惨,疑其怨报,故谢之[57]。金为人持家严整,婢仆悉就约束;自病后,皆散诞无操作者。柴躬自经理[58],劬劳甚苦,而家中米盐,不食自尽。由是慨然兴中馈之思[59],聘医药之。金对人辄自言为"气蛊"[60],以故医脉之,无不指为气郁者。凡易数医,卒罔效,亦濒危矣。又将烹药,女进曰:"此等药,百裹无益,只增剧耳。"金不信。女暗撮别剂易之。药下,食顷三遗[61],病若失。遂益笑女言妄,呻而呼之曰:"女华陀[62],今如何也?"女及群婢皆笑。金问故,始实告之。泣曰:"妾日受子之覆载而不知也[63]!今而后,请惟家政,听子而行。"

无何,病痊,柴整设为贺。女捧壶侍侧;金自起夺壶,曳与连臂,爱异常情。更阑,女托故离席;金遣二婢曳还之,强与连榻。自此,事必商,食必偕,即姊妹无其和也。无何,女产一男。产后多病,金亲为调视,若奉老母。后金患心瘊[64],痛起,则面目皆青,但欲觅死。女急取银针数枚,比至,则气息濒尽,按穴刺之,画然痛止[65]。十馀日复发,复刺;过六七日又发。虽应手奏效,不至大苦,然心常惴惴,恐其复萌。夜梦至一处,似庙宇,殿中鬼神皆动。神问:"汝金氏耶?汝罪过多端,寿数合尽;念汝改悔,故仅降灾,以示微谴。前杀两姬,此其宿报[66]。至邵氏何罪,而惨毒如此?鞭打之刑,已有柴生代报,可以相准[67];所欠一烙、二十三针,今三次止偿零数,便望病根除耶?明日又当作矣!"醒而大惧,犹冀为妖梦之诬。食后果病,其痛倍苦。女至,刺之,随手而瘥。疑曰:"技止此矣,病本何以不拔[68]?请再灼之。此非烂烧不可,但恐夫人不能忍受。"金忆梦中语,以故无难色。然呻吟忍受之际,默思欠此十九针,不知作何变症,不如一朝受尽,庶免后苦。炷尽,求女再针。女笑曰:"针岂可以汎常施用耶?"金曰:"不必论穴,但烦十九刺。"女笑不可。金请益坚,起跪榻上。女终不忍。实以梦告。女乃约略经络,刺之如数。自此平复,果不复病。弥自忏悔,临下亦无戾色[69]。子名曰俊,秀惠绝伦。女每曰:"此子翰苑相也[70]。"八岁有神童之目,十五岁以进士授翰林。是时柴夫妇年四十,如夫人三十有二三耳[71]。舆马归宁,乡里荣之。邵翁自鬻女后,家暴富,而士林羞与为伍[72];至是,始有通往来者。

异史氏曰:"女子狡妒,其天性然也。而为妾媵者,又复炫美弄机,以增其怒。呜呼!祸所由来矣。若以命自安,以分自守,百折而不移其志,此岂梃刃所能加乎[73]?乃至于再拯其死,而始有悔悟之萌。呜呼！岂人也哉！如数以偿，而不增之息，亦造物之恕矣。顾以仁术作恶报，不亦慎乎[74]！每见愚夫妇抱疴终日，即招无知之巫，任其刺肌灼肤而不敢呻，心尝怪之，至此始悟。"

闽人有纳妾者，夕入妻房，不敢便去，伪解屦作登榻状。妻曰："去休！勿作态！"夫尚徘徊，妻正色曰："我非似他家妒忌者，何必尔尔。"夫乃去。妻独卧，辗转不得寐，遂起，往伏门外潜听之。但闻妾声隐约，不甚了了；惟"郎罢"二字，略可辨识。郎罢，闽人呼父也。妻听逾刻，痰厥而踣[75]，首触扉作声。夫惊起，启户，尸倒入。呼妾火之，则其妻也。急扶灌之。目略开，即呻曰："谁家郎罢被汝呼！"妒情可哂。

据《聊斋志异》铸雪斋抄本

---

〔1〕 太平：明清府名，辖境相当今安徽省当涂、繁昌、芜湖等县地。
〔2〕 暴遇之：非常残暴地虐待她。
〔3〕 初度：指生日。语出屈原《离骚》。
〔4〕 结发情：谓夫妻之情。结发，束发，古时女子十五束发加笄，男二十束发加冠，即可婚嫁。此兼指男初娶女始嫁，即原配夫妻。语本古诗苏武《诗四首》之三。
〔5〕 纳金钗十二：谓娶众多姬妾。白居易《酬思黯戏赠同用狂字》："钟乳三千两，金钗十二行。"自注："思黯自夸前后服钟乳甚得力，而歌舞之妓颇多。"
〔6〕 不汝瑕疵：不瑕疵汝，谓不把纳妾看作你的过失。瑕疵，喻缺点或过失。瑕，玉上的斑点。疵，病。
〔7〕 烛尽见跋：谓蜡烛燃尽。火炬或蜡烛燃尽残余的部分，叫跋。
〔8〕 媵（yìng 应）：此指姬妾。

〔9〕 燕产:燕地人。燕,古地名,指今河北北部一带地区。
〔10〕 须人而成:依靠别人来完成。须,待。
〔11〕 学制:学习制作衣服。
〔12〕 不能为地:谓不能为之设法改变其受虐待的环境。
〔13〕 匀铅黄:谓为其匀脸。铅黄,铅粉、雌黄。此泛指面部化妆品。
〔14〕 双弯:指双脚。旧时妇女裹足,使双足弯小,故称。
〔15〕 怨怼:此据山东省博物馆本,原作"怨态"。
〔16〕 琴瑟之好:即夫妻之好,语本《诗·周南·关雎》。
〔17〕 别业:即别墅。
〔18〕 内经及冰鉴书:据《汉书·艺文志》所载,"医经"有三部,即《黄帝内经》、《扁鹊内经》、《白氏内经》;今仅存《黄帝内经》。此处泛指医书。冰鉴书,或指相书。冰鉴,以冰为鉴,谓能鉴别人物。语本《周礼·天官·凌人》。
〔19〕 端末:犹始末。
〔20〕 心低徊之:谓心中留恋难舍。低徊,同"低回",徘徊。
〔21〕 "假到"二句:谓假如选到汉宫昭阳殿,连以美貌著称的妃子赵飞燕姊妹也为之逊色。昭阳院,即昭阳殿,汉代宫殿名。成帝时为以美貌著称的妃子赵飞燕及其妹合德居处。此泛指皇宫内苑。
〔22〕 读书种子:犹言有根柢的读书人。
〔23〕 遴选:审慎择选。
〔24〕 饿鸱作天鹅想:意即饥饿的鸱枭想吃天鹅肉。鸱,鸱枭,俗称猫头鹰。此据二十四卷抄本,原作"饿鸱作想天鹅"。
〔25〕 计左:计议失当,不恰当的谋划。
〔26〕 儒林:儒者之群。此犹言读书人。
〔27〕 腆然:羞怯的样子。
〔28〕 "所谓"二句:此即人们所说燕子将巢筑于飞幕之上,而不考虑旦夕之危的作法呵。燕巢于幕,喻处境危险。丘迟《与陈伯之书》:"夫以慕容超之强,……方当系颈蛮邸,悬首藁街,而将军鱼游于沸鼎之中,燕巢于飞幕之上,不亦惑乎!"飞幕,飞动摇荡的帐幕。
〔29〕 犹:此据山东省博物馆本,原作"尤"。
〔30〕 自分:自己的本分。

〔31〕 女青衣而出：谓邵女穿着婢妾的衣服而出。青衣，汉代以后为卑贱者的服装。
〔32〕 苍头：此指仆人。苍，青色。汉时仆隶以青色巾包头，因称。
〔33〕 可原：此据二十四卷抄本，原作"所原"。
〔34〕 薄幸人：轻薄寡情的人。
〔35〕 横被口语：谓枉遭非议。横，枉。口语，指众口非议。
〔36〕 惊惕：惊惧，恐惧。
〔37〕 姗笑：嘲笑。姗，古"讪"字。
〔38〕 孟光举案：谓妻子敬事丈夫。《后汉书·梁鸿传》载，梁鸿家贫而有节概，洁身不仕，与妻孟光避居吴地，"依大家皋伯通，居庑下，为人赁舂。每归，妻为具食，不敢于鸿前仰视，举案齐眉。"案，食器。《急就篇》"椸杅盘案桮闲盌。"注："无足曰盘，有足曰案，所以陈举食也。"
〔39〕 分在则然：名分所在即应如此。
〔40〕 狡兔三窟：谓为避祸而多设藏身之处。语出《战国策·齐策》四。狡，狡猾。窟，洞穴。
〔41〕 授帨（shuì 税）：送上面巾拭手。帨，佩巾。古时妇女用以擦拭不洁。此指擦拭手脸的面巾。
〔42〕 无可蹈瑕：无由寻隙施暴。蹈瑕，因其过失而加以责罚。瑕，玉上的斑点，喻过失。
〔43〕 握发裂眦：手握头发，瞪着眼睛，为愤怒之状。裂眦，眼眶瞪裂，极言愤怒时眼球暴出时的情状。眦，眼眶。
〔44〕 呶呶（náo náo 挠挠）：唠叨。
〔45〕 反扑：此从二十四卷抄本，原作"反朴"。
〔46〕 不听前：此从二十四卷抄本，原作"其听前"。
〔47〕 意亦稍安：此从二十四卷抄本，原作"意不稍安"。
〔48〕 疾首：头痛。此谓怨恨之甚。《诗·小雅·小弁》："心之忧矣，疢如疾首。"
〔49〕 得直：得到报酬。直，同"值"，价值。
〔50〕 乌有：怎么会有。乌，何。
〔51〕 捉裾：牵衣。裾，衣襟。

[52] 造次:仓促之间。
[53] 造化:指自然的创造化育。此指命运之神。
[54] 坎已填而复掘之:把已填平的火坑重新掘深;谓使自己重陷火坑之中。
[55] 以药糁(sǎn伞)患处:把药末撒在伤口上。糁,泛指颗粒状的东西,此处意为撒放。
[56] "朝夕事嫡"至"日夜浸困":此据山东省博物馆本,原作"朝夕事嫡,词色平善。月馀忽病,逆害饮食。柴恨其不死,略不顾问,数日腹胀如鼓,日夜浸困。"
[57] 谢:辞,婉言拒绝。
[58] 躬身经理:亲自经营管理。
[59] 兴中馈之思:产生了对妻子的思念。中馈,古时指妇女在家主持饮食之事。见《易·家人》。此代指妻室。
[60] 气蛊:亦称"气鼓",中医认为由怒气郁结而致腹部肿胀的一种疾病。
[61] 食顷三遗:一顿饭的工夫,大便三次。遗,遗矢,大便。《史记·廉颇蔺相如列传》:"赵使还报王曰:廉将军虽老,尚善饭,然与臣坐,顷之三遗矢矣。"
[62] 华陀:应作"华佗",汉末名医。沛国谯(今安徽亳县)人,一名旉,字元化,精于方药、针灸及外科手术,首创麻沸散及"五禽戏"。为曹操治头痛,随手而愈;后因数召不至,为曹操所杀。
[63] 覆载:谓天覆地载之恩。语本《礼记·中庸》。
[64] 心痗(mèi妹):心病。《诗·卫风·伯兮》:"愿言思伯,使我心痗。"朱熹注:"痗,病也。"此据二十四卷抄本,原无"心"字。
[65] 画然:同"划然",忽然。
[66] 宿报:前世作恶的报应。
[67] 相准:相准折。准,折算。
[68] 病本:病根。
[69] 临下亦无戾色:对待下人也无凶恶的脸色。下,下人,指奴婢。戾,凶暴。
[70] 翰苑相:有跻身翰林院的骨相。翰苑,指翰林院,所属职官统称翰

林,其长官为掌院学士,以大臣充任。详《黄九郎》注。相,骨相。古时迷信,以人的命运可从其形貌测相出来。

〔71〕 如夫人:妾的别称。

〔72〕 士林:犹前文"儒林",指儒者,读书人。

〔73〕 梃(tǐng 挺)刃:棍棒与刀。

〔74〕 傎(diān 颠):同"颠",颠倒。

〔75〕 痰厥而踣(bó 箔):因气使积痰上涌而致晕厥,向前仆倒。

巩　仙

巩道人,无名字,亦不知何里人[1]。尝求见鲁王[2],阍人不为通[3]。有中贵人出[4],揖求之。中贵见其鄙陋,逐去之;已而复来。中贵怒,且逐且扑。至无人处,道人笑出黄金二百两,烦逐者赂中贵:"为言我亦不要见王;但闻后苑花木楼台,极人间佳胜,若能导我一游,生平足矣。"又以白金赂逐者。其人喜,反命[5]。中贵亦喜,引道人自后宰门入[6],诸景俱历[7]。又从登楼上。中贵方凭窗,道人一推,但觉身堕楼外,有细葛绷腰[8],悬于空际;下视,则高深晕目,葛隐隐作断声。惧极,大号。无何,数监至[9],骇极。见其去地绝远,登楼共视,则葛端系棂上;欲解援之,则葛细不堪用力。遍索道人,已杳矣。束手无计,奏之鲁王。王诣视[10],大奇之。命楼下藉茅铺絮,将因而断之。甫毕,葛崩然自绝,去地乃不咫耳。相与失笑。

王命访道士所在。闻馆于尚秀才家[11],往问之,则出游未复。既,遇于途,遂引见王。王赐宴坐,便请作剧[12]。道士曰:"臣草野之夫,无他庸能。既承优宠,敢献女乐为大王寿[13]。"遂探袖中出美人,置地上,向王稽拜已。道士命扮"瑶池宴"本[14],祝王万年。女子吊场数语[15]。道士又出一人,自白"王母"[16]。少间,董双成、许飞琼[17],一切仙姬,次第俱出。末有织女来谒[18],献天衣一袭[19],金彩绚烂,光映一室。王意其伪,索观之。道士急言:"不可!"王不听,卒观之,果无缝之衣[20],非人工所能制也。道士不乐曰:"臣竭诚以奉大王,暂而假诸天孙,今则浊气所染,何以还故主乎?"王又意歌者必仙姬,思欲留其一二;细视之,则皆宫中乐伎耳。转疑此曲,非所夙谙[21],问之,果茫然不自知。道士以衣置火烧之,然后纳诸袖中,再搜之,则已无矣。王于是深重道士,留居府内。道士曰:"野人之性,视宫殿如藩笼[22],不如秀才家得自由也。"每至中夜,必还其所;时而坚留,亦遂宿止。辄于筵间,颠倒四时花木为戏。王问曰:"闻仙人亦不能忘情[23],果否?"对曰:"或仙人然耳;臣非仙人,故心如枯木矣[24]。"一夜,宿府中,王遣少妓往试之。入其室,数呼不应;烛之,则瞑坐榻上。摇之,目一闪即复合;再摇之,齁声作矣。推之,则遂手而倒,酣卧如雷;弹其额,逆指作铁釜声。返以白王。王使刺以针[25],针弗入。推之,重不可摇;加十馀人举掷床下,若千斤石堕地者。且而窥之,仍眠地上。醒而笑曰:"一场恶睡,堕床下不觉耶!"后女子辈每于其坐卧时,按之为戏:初按犹软,再按则铁石矣。

道士舍秀才家,恒中夜不归。尚锁其户,及旦启扉,道士已卧室中。初,尚与曲妓惠哥善[26],矢志嫁娶。惠雅善歌,弦索倾一时[27]。鲁王闻其名,召入供奉,遂绝情好。每系念之,苦无由通[28]。一夕,问道士:"见惠哥否?"答言:"诸姬皆见,但不知其惠哥为谁。"尚述其貌,道其年,道士乃忆之。尚求转寄一语。道士笑曰:"我世外人,不能为君塞鸿[29]。"尚哀之不已。道士展其袖曰:"必欲一见,请入此。"尚窥之,中大如屋。伏身入,则光明洞彻,宽若厅堂;几案床榻,无物不有。居其内,殊无闷苦。道士入府,与王对弈。望惠哥至,阳以袍袖拂尘[30],惠哥已纳袖中,而他人不之睹也。尚方独坐凝想时,忽有美人自檐间堕,视之,惠哥也。两相惊喜,绸缪臻至。尚曰:"今日奇缘,不可不志。请与卿联之[31]。"书壁上曰:"侯门似海久无踪[32]。"惠续云:"谁识萧郎今又逢[33]。"尚曰:"袖里乾坤真个大[34]。"惠曰:"离人思妇尽包容[35]。"书甫毕,忽有五人入,八角冠,淡红衣,认之,都与无素[36]。默然不言,捉惠哥去。尚惊骇,不知所由。道士既归,呼之出,问其情事,隐讳不以尽言。道士微笑,解衣反袂示之[37]。尚审视,隐隐有字迹,细裁如虮[38],盖即所题句也。后十数日,又求一入。前后凡三入。惠哥谓尚曰:"腹中震动,妾甚忧之,常以紧帛束腰际。府中耳目较多,倘一朝临蓐,何处可容儿啼?烦与巩仙谋,见妾三叉腰时[39],便一拯救。"尚诺之。归见道士,伏地不起。道士曳之曰:"所言,予已了了[40]。但请勿忧。君宗祧赖此一线,何敢不竭绵薄。但自此不必复入。我所以报君者,原不在情私也。"后数月,道士自外入,笑曰:"携得公子至矣。可速把襁褓来!"尚妻最贤,年近三十,数胎而存一子;适生女,盈月而殇。闻尚言,惊喜自出。道士探袖出婴儿,酣然若寐,脐梗犹未断也。尚妻接抱,始呱呱而泣。道士解衣曰:"产血溅衣,道家最忌。今为君故,二十年故物,一旦弃之。"尚为易衣。道士嘱曰:"旧物勿弃却,烧钱许[41],可疗难产,堕死胎。"尚从其言。

居之又久,忽告尚曰:"所藏旧衲[42],当留少许自用,我死后亦勿忘也。"尚谓其言不祥。道士不言而去。入见王曰:"臣欲死!"王惊问之,曰:"此有定数,亦复何言。"王不信,强留之。手谈一局[43],急起;王又止之。请就外舍,从之。道士趋卧,视之已死。王具棺木,以礼葬之。尚临哭尽哀[44],始悟曩言盖先告之也。遗衲用催生,应如响[45],求者踵接于门。始犹以污袖与之;既而剪领衿,罔不效。及闻所嘱,疑妻必有产厄[46],断血布如掌,珍藏之。会鲁王有爱妃临盆,三日不下,医穷于术。或有以尚生告者,立召入,一剂而产。王大喜,赠白金、彩缎良厚,尚悉辞不受。王问所欲,曰:"臣不敢言。"再请之,顿首曰:"如推天惠[47],但赐旧妓惠哥足矣。"王召之来,问其年,曰:"妾十八入府,今十四年矣。"王以其齿加长,命遍呼群妓,任尚自择;尚一无所好。王笑曰:"痴哉书生!十年前定婚嫁耶?"尚以实对。乃盛备舆马,仍以所辞彩缎为惠哥作妆,送之出。惠所生子,名之秀生——秀者袖也——是时年十一矣。日念仙人之恩,清明则上其墓[48]。

有久客川中者[49],逢道人于途,出书一卷曰:"此府中物,来时仓猝,未暇璧返[50],烦寄去[51]。"客归,闻道人已死,不敢达王;尚代奏之。王展视,果道士所借。疑之,发其冢,空棺耳。后尚子少殇,赖秀生承继[52],益服巩之先知云。

异史氏曰:"袖里乾坤,古人之寓言耳,岂真有之耶?抑何其奇也!中有天地、有日月,可以娶妻生子,而又无催科之苦[53],人事之烦,则袖中虮虱,何殊桃源鸡犬哉[54]!设容人常住,老于是乡可耳。"

据《聊斋志异》铸雪斋抄本

----

〔1〕 何里：犹言何乡。里，乡里。
〔2〕 鲁王：明太祖朱元璋第十子朱檀封鲁王，洪武十八年就藩兖州，二十二年薨，谥曰"荒"。见《明史》卷一百十六《宗室十五王·太祖诸子一》。
〔3〕 阍（hūn 昏）人：守门人。通：传报。
〔4〕 中贵人：宫中的宦官。
〔5〕 反命：复命；回报。
〔6〕 后宰门：指鲁王府的后门。
〔7〕 历：游历。
〔8〕 葛：一种藤本植物。绷：捆束，缠绕。
〔9〕 监：内监，指王府监奴。
〔10〕 诣视：犹临视，谓亲去看视。
〔11〕 馆：寓居。
〔12〕 作剧：此指表演幻术。
〔13〕 女乐（yuè 月）：歌舞伎。寿：祝人长寿。
〔14〕 "瑶池宴"本：瑶池，古代传说中昆仑山上的池名，西王母所居之地。《穆天子传》卷三："乙丑，天子觞西王母于瑶池之上。"明代有《蟠桃会》、《八仙庆寿》等传奇，演瑶池蟠桃结实后，西王母大开寿宴，诸仙参加瑶池宴会，为西王母祝寿。此处借此剧为鲁王祝寿。本，剧本。
〔15〕 吊场：戏曲术语。传奇折子戏开头，有时先由一两个次要人物上场，介绍前面的剧情，使观众对下面的表演易于了解，叫"吊场"。
〔16〕 王母：即西王母。
〔17〕 董双成、许飞琼：都是神话传说中西王母的侍女，见《汉武帝内传》。
〔18〕 织女：星名。此指神话人物，传说她长年织造云锦，故称织女。《汉书·天文志》："织女，天帝孙也"，故也称"天孙"。
〔19〕 一袭：一件。
〔20〕 无缝之衣：指神仙之衣。《太平广记》六八引《灵怪录》，谓太原郭

翰暑月卧庭中,见有少女自空而下,视其衣,无缝。翰问故,女答曰:"天衣,本非针线为也。"

[21] 非所夙谙:不是以前所熟悉的。指并非宫中乐妓所演习之乐曲。
[22] 藩笼:藩障与牢笼;意谓禁锢自由之所。《庄子·庚桑楚》:"以天下为之笼,则雀无所逃。"
[23] 忘情:不动情。《晋书·王衍传》:"圣人忘情,最下不及情。"
[24] 心如枯木:喻静寂而无情欲。枯木,犹言槁木,《庄子·齐物论》以槁木死灰喻静寂无情。
[25] 以:据二十四卷抄本,原作"一"。
[26] 曲妓:乐妓。曲,乐曲。
[27] 弦索倾一时:谓演奏技艺超群出众。弦索,指演奏弦乐,如弹奏琵琶或筝。倾,胜过、超越。
[28] 苦:据二十四卷抄本,原作"若"。
[29] 塞鸿:唐传奇《无双传》,谓王仙客与无双自幼相爱,后来无双因家败被收为宫女。王仙客的仆人塞鸿曾多方设法,使得仙客会见无双,并为无双传书于王仙客。
[30] 阳:同"佯",装作。
[31] 联之:指联句成诗。联句为旧时作诗方式之一。一般是一人出上句,续者对成一联,再出上句;轮流相继,缀成一诗。
[32] 侯门似海久无踪:意谓惠哥被召入鲁王府就不见踪影。《云溪友议》上《襄阳杰》:唐代诗人崔郊与其姑母的侍婢相恋,后婢被卖于连帅。寒食日崔郊与她相遇,赠诗云:"公子王孙逐后尘,绿珠垂泪滴罗巾。侯门一入深如海,从此萧郎是路人。"
[33] 谁识萧郎今又逢:意谓出乎意料地又遇见了尚秀才。萧郎,旧时诗词中习用语,女子对所爱恋的男子的称呼。
[34] 袖里乾(qián 前)坤真个大:指道人衣袖宽广。乾坤,犹言天地。
[35] 离人思妇尽包容:意谓可包容相思的情侣。离人,离家的男子。思妇,思夫的妇人。
[36] 无素:平日没有交往。
[37] 反袂(mèi 昧):把衣袖翻过来。
[38] 虮(jǐ 几):虱子的卵。

[39] 三叉(chá 茶)腰:腰围三叉。蒲松龄诗《辛未九月到济南,游东流水,即为毕刺史物色菊种》小引:"绕栏之径三叉,入户之溪九曲。"按拇指与中指伸开,两指端之间距,俗称一叉。
[40] 了了:知晓。
[41] 钱许:一钱多重。
[42] 旧衲:此指为产血溅污的道服。
[43] 手谈:下围棋。古人称下围棋为"坐隐"或"手谈"。见《世说新语·巧艺》。
[44] 临哭:哭吊。
[45] 应如响:如声响相应;喻极为灵验。
[46] 产厄:分娩之灾。
[47] 推天惠:施予恩惠。天惠,上天的恩惠,此指鲁王的恩赐。
[48] 上其墓:祭扫其坟。
[49] 川中:指四川。
[50] 璧返:归还借用之物的敬词。
[51] 寄去:捎去。
[52] 赖秀生:此据山东省博物馆抄本,原作"赖生"。
[53] 催科:催租。租税有法令科条,故称"科"。
[54] 桃源:指陶渊明在《桃花源诗并记》中所描写的世外桃源。

二　商

莒人商姓者[1],兄富而弟贫,邻垣而居[2]。康熙间[3],岁大凶[4],弟朝夕不自给。一日,日向午,尚未举火,枵腹蹀躞,无以为计。妻令往告兄。商曰:"无益。脱兄怜我贫也,当早有以处此矣。"妻固强之,商便使其子往。少顷,空手而返。商曰:"何如哉!"妻详问阿伯云何,子曰:"伯踌躇目视伯母;伯母告我曰:'兄弟析居[5],有饭各食,谁复能相顾也。'"夫妻无言,暂以残盎败榻[6],少易糠秕而生。

里中三四恶少,窥大商饶足,夜逾垣入。夫妻警寤,鸣盎器而号。邻人共嫉之,无援者。不得已,疾呼二商。商闻嫂鸣,欲趋救。妻止之,大声对嫂曰:"兄弟析居,有祸各受,谁复能相顾也!"俄,盗破扉,执大商及妇,炮烙之[7],呼声綦惨。二商曰:"彼固无情,焉有坐视兄死而不救者!"率子越垣,大声疾呼。二商父子故武勇,人所畏惧,又恐惊致他援,盗乃去。视兄嫂,两股焦灼。扶榻上,招集婢仆,乃归。大商虽被创,而金帛无所亡失,谓妻曰:"今所遗留,悉出弟赐,宜分给之。"妻曰:"汝有好兄弟,不受此苦矣!"商乃不言。二商家绝食[8],谓兄必有一报;久之,寂不闻。妇不能待,使子捉囊往从贷[9],得斗粟而返。妇怒其少,欲反之;二商止之。逾两月,贫馁愈不可支。二商曰:"今无术可以谋生,不如鬻宅于兄。兄恐我他去,或不受券而恤焉[10],未可知;纵或不然,得十馀金,亦可存活[11]。"妻以为然,遣子操券诣大商。大商告之妇,且曰:"弟即不仁,我手足也。彼去则我孤立,不如反其券而周之。"妻曰:"不然。彼言去,挟我也;果尔,则适堕其谋[12]。世间无兄弟者,便都死却耶?我高葺墙垣,亦足自固。不如受其券,从所适,亦可以广吾宅。"计定,令二商押署券尾[13],付直而去。二商于是徙居邻村。

乡中不逞之徒[14],闻二商去,又攻之。复执大商,搒楚并兼[15],桔毒惨至[16],所有金资,悉以赎命。盗临去,开廪呼村中贫者[17],恣所取,顷刻都尽。次日,二商始闻,及奔视,则兄已昏愦不能语;开目见弟,但以手抓床席而已。少顷遂死。二商忿诉邑宰。盗首逃窜,莫可缉获。盗粟者十馀人,皆里中贫民,州守亦莫如何[18]。大商遗幼子,才五岁,家既贫,往往自投叔所,数日不归;送之归,则啼不止。二商妇颇不加青眼[19]。二商曰:"渠父不义,其子何罪?"因市蒸饼数枚,自送之。过数日,又避妻子,阴负斗粟于嫂,使养儿。如此以为常。又数年,大商卖其田宅,母得直足自给,二商乃不复至。

后岁大饥,道殣相望[20],二商食指益烦,不能他顾。侄年十五,荏弱不能操业[21],使携篮从兄货胡饼[22]。一夜,梦兄至,颜色惨戚曰:"余惑于妇言,遂失手足之义。弟不念前嫌,增我汗羞。所卖故宅,今尚空闲,宜僦居之。屋后蓬颗下,藏有窖金,发之,可以小阜。使丑儿相从;长舌妇余甚恨之,勿顾也。"既醒,异之。以重直啗第主,始得就,果发得五百金。从此弃贱业,使兄弟设肆廛间[23]。侄颇慧,记算无讹;又诚悫[24],凡出入一锱铢[25],必告。二商益爱之。

一日，泣为母请粟[26]。商妻欲勿与；二商念其孝，按月廪给之。数年家益富。大商妇病死，二商亦老，乃析侄，家资割半与之。

异史氏曰："闻大商一介不轻取与[27]，亦狷洁自好者也[28]。然妇言是听，愦愦不置一词，恝情骨肉[29]，卒以吝死。呜呼！亦何怪哉！二商以贫始，以素封终。为人何所长？但不甚遵阃教耳[30]。呜呼！一行不同，而人品遂异。"

据《聊斋志异》铸雪斋抄本

----

[1] 莒：古邑名，在今山东省莒县。
[2] 邻垣而居：两家住宅相邻，仅隔着一道垣墙。
[3] 康熙：清圣祖玄烨的年号。
[4] 岁大凶：荒年。岁，一年的农业收成。凶，指遭受灾害，谷物不收。
[5] 析居：分居。析，分。
[6] 残盎：指无用的坛坛罐罐。盎，一种腹大口小的盛器。败榻：破床，指破烂家具。
[7] 炮烙：殷代的一种酷刑。见《李嘉言》注。此指用烧红的铁器炙烙。
[8] 绝食：断炊。
[9] 从贷：向人借贷。
[10] 不受券：不接受宅契，指不忍心买其住宅。券，契约。
[11] 存活：度命。
[12] 适堕其谋：恰好中了他的计谋。
[13] 押署券尾：在卖契上签字画押。券尾，指卖契的末下端。
[14] 不逞之徒：不得志者；心怀不满的人。
[15] 搒楚并兼：鞭抽，棍打。搒，笞击，用竹板打。楚，刑杖，用木棍打。
[16] 梏毒：用毒刑折磨。梏，古时木制的手铐，指捆绑拘禁。毒，伤害，指狠毒的折磨。
[17] 廪：米仓。

〔18〕 州守:知州,州的主管官员。莫如何:无可奈何。
〔19〕 不加青眼:白眼相待,谓不喜爱。青眼,与白眼相对,谓喜悦时正目而视,眼多青处。语见《晋书·阮籍传》。
〔20〕 道殣(jǐn 谨)相望:路上饿死的人,到处可见。语见《左传·昭公三年》。殣,饿死。
〔21〕 荏弱:柔弱,体弱。
〔22〕 胡饼:芝麻烧饼。胡,胡麻,即芝麻,相传张骞从西域传入,故称"胡麻"。
〔23〕 设肆廛间:在街市上开个店铺。廛,商业区。
〔24〕 悫(què 却):忠厚。
〔25〕 出入:支出与收入。锱铢:锱和铢都是古代微小重量单位。这里指极少量的钱财。
〔26〕 请粟:乞粮。请,乞求。
〔27〕 一介:也作"一芥",谓轻微。王充《论衡·知实》:"不取一芥于人。"芥,指草芥。
〔28〕 狷洁自好:耿直守分,洁身自好。狷,耿介。
〔29〕 恝(jiá 颊)情骨肉:对亲兄弟漠不关心。恝,冷漠、无动于衷。
〔30〕 遵阃教:听老婆话。阃,阃闱,妇女所居的内室,借指妇人、妻子。

沂水秀才

沂水某秀才[1],课业山中[2]。夜有二美人入,含笑不言,各以长袖拂榻,相将坐[3],衣㩇无声[4]。少间,一美人起,以白绫巾展几上,上有草书三四行[5],亦未尝审其何词。一美人置白金一铤,可三四两许;秀才掇内袖中[6]。美人取巾,握手笑出,曰:"俗不可耐!"秀才扪金[7],则乌有矣[8]。丽人在坐,投以芳泽[9],置不顾;而金是取,是乞儿相也,尚可耐哉!狐子可儿[10],雅态可想。

友人言此,并思不可耐事,附志之:对酸俗客。市井人作文语[11]。富贵态状。秀才装名士。旁观谄态。信口谎言不倦。揖坐苦让上下[12]。歪诗文强人观听。财奴哭穷。醉人歪缠。作满洲调[13]。体气苦逼人语[14]。市井恶谑[15]。任憨儿登筵抓肴果。假人馀威装模样。歪科甲谈诗文[16]。语次频称贵戚[17]。

据《聊斋志异》铸雪斋抄本

----

[1] 沂水:县名,今属山东省。
[2] 课业:学业。此谓攻读学业。
[3] 相将坐:彼此相扶而坐。将,持,扶。
[4] 㩇:同"软"。
[5] 草书:草体字。
[6] 掇内袖中:拾取放入袖中。内,同"纳"。

〔7〕 扪:抚摸。

〔8〕 乌有:无有。乌,同"无"。

〔9〕 芳泽:本指妇女润发的香油,见《楚辞·大招》,此指美人手迹,即题字的白绫巾。

〔10〕 可儿:可意人儿。语出《世说新语·赏誉》。

〔11〕 市井人作文语:市井谋利之人,却故装谈吐斯文。市井人,指商人。市井,古称进行买卖的街市。文语,文雅的话。

〔12〕 揖坐苦让上下:谓主客见面本应相揖分宾主而坐,却故作斯文苦苦地互相逊让。

〔13〕 作满洲调:谓汉人模仿满洲人的腔调说官话。

〔14〕 体气苦逼人语:谓身有狐臭,却死死地挨近人说话。体气,此指狐臭。苦,此从二十四卷抄本,原作"若"。

〔15〕 恶谑:谓开有损人格的玩笑。

〔16〕 歪科甲:指无才倖进的陋劣文人。歪,不正。科甲,指科甲出身的人。

〔17〕 语次:谈话之间。

梅　女

封云亭，太行人[1]。偶至郡，昼卧寓屋。时年少丧偶，岑寂之下[2]，颇有所思。凝视间，见墙上有女子影，依稀如画。念必意想所致。而久之不动，亦不灭。异之。起视转真；再近之，俨然少女，容蹙舌伸，索环秀领。惊顾未已，冉冉欲下。知为缢鬼，然以白昼壮胆，不大畏怯。语曰："娘子如有奇冤，小生可以极力[3]。"影居然下，曰："萍水之人[4]，何敢遽以重务浼君子。但泉下槁骸，舌不得缩，索不得除，求断屋梁而焚之[5]，恩同山岳矣。"诺之，遂灭。呼主人来，问所见状。主人言："此十年前梅氏故宅，夜有小偷入室，为梅所执，送诣典史[6]。典史受盗钱五百，诬其女与通，将拘审验。女闻自经。后梅夫妻相继卒，宅归于余。客往往见怪异，而无术可以靖之[7]。"封以鬼言告主人。计毁舍易楹，费不赀[8]，故难之；封乃协力助作。

既就而复居之。梅女夜至，展谢已，喜气充溢，姿态嫣然。封爱悦之，欲与为欢。瞒然而惭曰[9]："阴惨之气，非但不为君利；若此之为，则生前之垢[10]，西江不可濯矣[11]。会合有时，今日尚未。"问："何时？"但笑不言。封问："饮乎？"答曰："不饮。"封曰："对佳人闷眼相看，亦复何味？"女曰："妾生平戏技，惟谙打马[12]。但两人寥落，夜深又苦无局[13]。今长夜莫遣，聊与君为交线之戏[14]。"封从之。促膝戟指[15]，翻变良久，封迷乱不知所从；女辄口道而颐指之[16]，愈出愈幻，不穷于术。封笑曰："此闺房之绝技。"女曰："此妾自悟，但有双线，即可成文[17]，人自不之察耳。"更阑颇怠，强使就寝，曰："我阴人不寐，请自休。妾少解按摩之术，愿尽技能，以侑清梦[18]。"封从其请。女叠掌为之轻按，自顶及踵皆遍；手所经，骨若醉。既而握指细擂，如以团絮相触状，体畅舒不可言：擂至腰，口目皆憊；至股，则沉沉睡过矣。及醒，日已向巳，觉骨节轻和，殊于往日。心益爱慕，绕屋而呼之，并无响应。日夕，女始至。封曰："卿居何所，使我呼欲遍？"曰："鬼无所，要在地下。"问："地下有隙可容身乎？"曰："鬼不见地，犹鱼不见水也。"封握腕曰："使卿而活，当破产购致之。"女笑曰："无须破产。"戏至半夜，封苦逼之。女曰："君勿缠我。有浙娼爱卿者，新寓北邻，颇极风致。明夕，招与俱来，聊以自代，若何？"封允之。次夕，果与一少妇同至，年近三十已来，眉目流转，隐含荡意。三人狎坐，打马为戏。局终，女起曰："嘉会方殷[19]，我且去。"封欲挽之，飘然已逝。两人登榻，于飞甚乐[20]。诘其家世，则含糊不以尽道，但曰："郎如爱妾，当以指弹北壁，微呼曰'壶卢子'，即至。三呼不应，可知不暇，勿更招也。"天晓，入北壁隙中而去。次日，女来。封问爱卿。女曰："被高公子招去侑酒，以故不得来。"因而剪烛共话[21]。女每欲有所言，吻已启而辄止[22]；固诘之，终不肯言，唏嘘而已。封强与作戏，四漏始去。自此二女频来，笑声彻宵旦，因而城社悉闻[23]。

典史某，亦浙之世族[24]，嫡室以私仆被黜[25]。继娶顾氏，深相爱好；期月夭殂[26]，心甚悼之。闻封有灵鬼，欲以问冥世之缘，遂跨马造封[27]。封初不肯承,某力求不已。封设筵与坐,诺为招鬼妓。日及曛,叩壁而呼,三声未已,爱卿即入。举头见客,色变欲走。封以身横阻之。某审视,大怒,投以巨碗,溘然而灭[28]。封大惊,不解其故,方将致诘。俄暗室中一老妪出,大骂曰:"贪鄙贼!坏我家钱树子!三十贯索要偿也[29]!"以杖击某,中颅。某抱首而哀曰:"此顾氏,我妻也。少年而殒,方切哀痛;不图为鬼不贞。于姥乎何与?"妪怒曰:"汝本浙江一无赖贼,买得条乌角带[30],鼻骨倒竖矣[31]!汝居官有何黑白?袖有三百钱,便而翁也!神怒人怨,死期已迫。汝父母代哀冥司,愿以爱媳入青楼[32],代汝偿贪债,不知耶?"言已,又击。某宛转哀鸣。方惊诧无从救解,旋见梅女自房中出,张目吐舌,颜色变异,近以长簪刺其耳。封惊极,以身幛客。女愤不已。封劝曰:"某即有罪,倘死于寓所,则咎在小生。请少存投鼠之忌[33]。"女乃曳妪曰:"暂假馀息[34],为我顾封郎也。"某张皇鼠窜而去。至署,患脑痛,中夜遂毙。

次夜,女出笑曰:"痛快!恶气出矣!"问:"何仇怨?"女曰:"曩已言之:受贿诬奸。衔恨已久,每欲浼君,一为昭雪。自愧无纤毫之德,故将言而辄止。适闻纷拏[35],窃以伺听,不意其仇人也。"封讶曰:"此即诬卿者耶?"曰:"彼典史于此,十有八年;妾冤殁十六寒暑矣。"问:"妪为谁?"曰:"老娼也。"又问爱卿,曰:"卧病耳。"因蹙然曰:"妾昔谓会合有期,今真不远矣。君尝愿破家相赎,犹记否?"封曰:"今日犹此心也。"女曰:"实告君:妾殁日,已投生延安展孝廉家。徒以大怨未伸,故迁延于是。请以新帛作鬼囊,俾妾得附君以往,就展氏求婚，计必允谐。"封虑势分悬殊[36]，恐将不遂。女曰："但去无忧。"封从其言。女嘱曰："途中慎勿相唤；待合卺之夕，以囊挂新人首，急呼曰：'勿忘勿忘！'"封诺之。才启囊，女跳身已入。

携至延安，访之，果有展孝廉，生一女，貌极端好；但病痴，又常以舌出唇外，类犬喘日[37]。年十六岁，无问名者[38]。父母忧念成痗[39]。封到门投刺，具通族阀。既退，托媒。展喜，赘封于家。女痴绝，不知为礼，使两婢扶曳归所。群婢既去，女解衿露乳，对封憨笑。封覆囊呼之。女停眸审顾，似有疑思。封笑曰："卿不识小生耶？"举之囊而示之。女乃悟，急掩衿，喜共燕笑[40]。诘旦，封入谒岳。展慰之曰："痴女无知，既承青眷[41]，君倘有意，家中慧婢不乏，仆不靳相赠[42]。"封力辨其不痴。展疑之。无何，女至，举止皆佳，因大惊异。女但掩口微笑。展细诘之，女进退而惭于言[43]；封为略述梗概。展大喜，爱悦逾于平时。使子大成与婿同学，供给丰备。年馀，大成渐厌薄之[44]，因而郎舅不相能[45]；厮仆亦刻疵其短[46]。展惑于浸润[47]，礼稍懈。女觉之，谓封曰："岳家不可久居；凡久居者，尽藁荁也。及今未大决裂，宜速归。"封然之，告展。展欲留女，女不可。父兄尽怒，不给舆马。女自出妆资赁马归。后展招令归宁，女固辞不往。后封举孝廉，始通庆好。

异史氏曰："官卑者愈贪，其常情然乎？三百诬奸，夜气之牿亡尽矣[48]。夺嘉偶，入青楼，卒用暴死[49]。吁！可畏哉！"

康熙甲子[50]，贝丘典史最贪诈[51]，民咸怨之。忽其妻被狡者诱与偕亡。或代悬招状云[52]："某官因自己不慎，走失夫人一名。

身无馀物,止有红绫七尺,包裹元宝一枚,翘边细纹,并无阙坏[53]。"亦风流之小报[54]。

据《聊斋志异》铸雪斋抄本

----

〔1〕 太行(háng):山名,在山西高原与河北平原之间。这里指太行山地区。
〔2〕 岑寂:冷清,寂寞。
〔3〕 极力:尽力,竭力。
〔4〕 萍水之人:偶然相遇的人。浮萍随水,飘泊无定,因此用以比喻偶然相遇。王勃《滕王阁序》:"萍水相逢,尽是他乡之客。"
〔5〕 焚之:据山东省博物馆抄本,原作"焚"。
〔6〕 典史:官名,元置,知县的属官。清制,由典史掌管缉捕、狱囚等事。
〔7〕 靖:平息。
〔8〕 费不赀:费用太多。不赀,不可计量。
〔9〕 瞒然:惭愧貌。《庄子·天地》:"子贡瞒然惭,俯而不对。"
〔10〕 生前之垢:指典史诬陷之辱。垢,耻辱。
〔11〕 西江不可灌矣:意谓尽长江之水也无法洗清。西江,西来之江,指长江。灌,洗涤。
〔12〕 打马:打双陆也称打马。双陆的棋子称"马",古时闺中流行的类似棋类的博戏。宋李清照《打马图经·打马赋》:"打马爰兴,樗蒲遂废。实博弈之上流,乃深闺之雅戏。"
〔13〕 局:棋盘。
〔14〕 交线之戏:一种小儿游戏,俗称"翻线"。一人架线于双手手指,线股对称成双;另一人接过,翻成另一花样;如此轮换翻弄,花样变化不尽。
〔15〕 戟指:食指和拇指伸直,如戟形。此用以架线。
〔16〕 口道:口中讲说。颐指:颔示指点。颐,下颔。
〔17〕 文:文采、纹理;指翻线的花样。

〔18〕侑:助。清梦:犹言"雅梦",对别人睡眠的敬称。
〔19〕嘉会方殷:欢会正盛。
〔20〕于飞:比翼而飞,以喻男女欢会,两情相得。《诗·大雅·卷阿》:"凤凰于飞,翙翙其羽,亦集爰止。"
〔21〕剪烛共话:灯下闲谈。剪烛,剪去烛花,使烛光明亮。
〔22〕吻已启而辄止:意谓话到唇边总是不说。吻,唇边。
〔23〕城社:犹言全城。社,里社。
〔24〕浙:浙江省。
〔25〕私仆:与仆人私通。黜:此指休弃。
〔26〕期(jī基)月:满一月。
〔27〕造:登门拜访。
〔28〕溘(kè刻)然:忽然。
〔29〕索要:须要。
〔30〕买得条乌角带:意谓花钱买了个小小的官职。乌角带,用乌角圆板四片,镶以银边为饰的腰带,明代最低级官员的腰饰。
〔31〕鼻骨倒竖:谓其仰面朝天,傲气十足。
〔32〕青楼:指妓院。南朝刘邈《万山见采桑人》诗:"倡妾不胜愁,结束下青楼。"
〔33〕少存投鼠之忌:意谓免得使我受到牵连,请暂住手。投鼠之忌,以物投掷老鼠,应顾忌到砸坏老鼠所盘踞的器物,故古谚语有云:"欲投鼠而忌器。"见《汉书·贾谊传》。
〔34〕暂假馀息:暂且留他一命。假,贷、宽容。馀息,残存的气息,指垂死之身。
〔35〕纷拏:纷乱,犹言纷攘。
〔36〕势分:家势与身分。
〔37〕类犬喘日:像狗在烈日下伸舌喘息。
〔38〕问名:古代婚礼程序之一。男家具书,请人到女家问女之名。女方复书,具告女的出生年月和女生母姓氏。男方据此占卜婚姻凶吉。这里指做媒、提亲。
〔39〕瘗(mèi妹):忧愁之病。此据青柯亭本,原作"癖"。
〔40〕燕笑:指闺房谈笑。

〔41〕 青眷：青眼相看；指看中、喜爱。眷，顾视。
〔42〕 靳：吝惜。
〔43〕 进退：为难的样子。
〔44〕 厌薄：嫌憎鄙视。
〔45〕 郎舅：郎，妻称丈夫曰"郎"。舅，夫称妻的兄弟为"舅"。不相能：不相容。
〔46〕 刻疵其短：刻薄地诽谤他的短处。疵，诽谤。
〔47〕 浸润：日积月累的谮言，如水浸润。《论语·颜渊》："浸润之谮，肤受之愬。"
〔48〕 夜气之牿（gù雇）亡尽矣：意谓良心丧尽。《孟子·告子》上："平旦之气其好恶与人相近也者几希，则其旦昼之所为，有牿亡之矣。牿之反复，则其夜气不足以存。夜气不足以存，则其违禽兽不远矣。"孟子以"夜气"比喻未受物欲影响的清明纯洁的心境。牿，同"梏"。梏亡，指因受物欲束缚而失去善心。
〔49〕 卒：终于。用：因而。
〔50〕 康熙甲子：指康熙二十三年，即公元一六八四年。
〔51〕 贝丘：古地名，在今山东博兴东南。《左传·庄公八年》："齐侯游于姑棼，遂田于贝丘。"此指博兴县。
〔52〕 招状：寻人招贴。
〔53〕 阙坏：残缺。
〔54〕 小报：小小的果报；指惩罚。

郭 秀 才

东粤士人郭某[1],暮自友人归,入山迷路,窜榛莽中。更许,闻山头笑语,急趋之。见十馀人,藉地饮[2]。望见郭,哄然曰:"坐中正欠一客,大佳,大佳!"郭既坐,见诸客半儒巾[3],便请指迷[4]。一人笑曰:"君真酸腐[5]! 舍此明月不赏,何求道路?"即飞一觥来。郭饮之,芳香射鼻,一引遂尽[6]。又一人持壶倾注。郭故善饮,又复奔驰吻燥[7],一举十觞。众人大赞曰:"豪哉! 真吾友也!"

郭放达喜谑,能学禽语,无不酷肖。离坐起溲,窃作燕子鸣。众疑曰:"半夜何得此耶?"又效杜鹃,众益疑。郭坐,但笑不言。方纷议间,郭回首为鹦鹉鸣曰:"郭秀才醉矣,送他归也!"众惊听,寂不复闻。少顷,又作之。既而悟其为郭,始大笑。皆撮口从学,无一能者。一人曰:"可惜青娘子未至。"又一人曰:"中秋还集于此,郭先生不可不来。"郭敬诺。一人起曰:"客有绝技;我等亦献踏肩之戏,若何?"于是哗然并起。前一人挺身矗立;即有一人飞登肩上,亦矗立;累至四人,高不可登;继至者,攀肩踏臂,如缘梯状:十馀人,顷刻都尽,望之可接霄汉。方惊顾间,挺然倒地,化为修道一线[8]。

郭骇立良久,遵道得归[9]。翼日,腹大痛;溺绿色,似铜青,着物能染,亦无溺气,三日乃已。往验故处,则肴骨狼籍,四围丛莽,并无道路。至中秋,郭欲赴约,朋友谏止之。设斗胆再往一会青娘子,必更有异,惜乎其见之摇也[10]!

据《聊斋志异》铸雪斋抄本

---

[1] 东粤:地区名,指今广东省。古粤族居浙、闽及两广,故两广称两粤;今广东简称粤。
[2] 藉地饮:坐在地上饮酒。
[3] 客半儒巾:谓客中半是秀才。儒巾,古时儒生所戴的一种头巾。明代通称方巾,为生员即秀才的巾饰。
[4] 指迷:指点使不迷途。即请其指明前行的方向、道路。
[5] 酸腐:犹言迂腐的儒生,是对迂腐而不通世故的儒生的戏称。
[6] 一引遂尽:端起酒杯就喝干了。引,持,举杯。
[7] 吻燥:口渴。
[8] 修道:长长的道路。
[9] 遵道:沿着这条道路。遵,循,沿。
[10] 见:识见、胆识。摇:动摇,不坚定。

死　僧

某道士,云游日暮[1],投止野寺[2]。见僧房扃闭,遂藉蒲团[3],趺坐廊下[4]。夜既静,闻启阖声[5]。旋见一僧来,浑身血污,目中若不见道士,道士亦若不见之。僧直入殿,登佛座,抱佛头而笑,久之乃去。及明,视室,门扃如故。怪之,入村道所见。众如寺,发扃验之,则僧杀死在地,室中席箧掀腾,知为盗劫。疑鬼笑有因;共验佛首,见脑后有微痕,刓之[6],内藏三十馀金。遂用以葬之。

异史氏曰:"谚有之:'财连于命。'不虚哉!夫人俭啬封殖[7],以予所不知谁何之人,亦已痴矣;况僧并不知谁何之人而无之哉!生不肯享,死犹顾而笑之,财奴之可叹如此。佛云:'一文将不去,惟有孽随身[8]。'其僧之谓夫!"

据《聊斋志异》铸雪斋抄本

------

[1] 云游:本谓行踪无定。见《后汉书·杜笃传》。此指僧道四处漫游。
[2] 野寺:犹言荒寺。
[3] 蒲团:僧人用以坐禅及跪拜的一种蒲编圆垫。
[4] 趺坐:结跏趺坐的省词。佛教徒修禅坐法,俗称盘腿打坐。详《耳中人》注。
[5] 启阖(hé 盒):开门。阖,门扇。
[6] 刓(wán 完):剜,用利刃抠(kōu 眍)出。

〔7〕 封殖:聚敛货利。殖,生利息。

〔8〕 孽:佛教名词,罪业,恶因;恶因得恶报。

阿 英

甘玉,字璧人,庐陵人[1]。父母早丧。遗弟珏,字双璧,始五岁,从兄鞠养[2]。玉性友爱,抚弟如子。后珏渐长,丰姿秀出[3],又惠能文。玉益爱之,每曰:"吾弟表表[4],不可以无良匹。"然简拔过刻[5],姻卒不就。适读书匡山僧寺[6],夜初就枕,闻窗外有女子声。窥之,见三四女郎席地坐,数婢陈设酒,皆殊色也。一女曰:"秦娘子,阿英何不来?"下坐者曰:"昨自函谷来[7],被恶人伤右臂,不能同游,方用恨恨[8]。"一女曰:"前宵一梦大恶,今犹汗悸。"下坐者摇手曰:"莫道,莫道!今宵姊妹欢会,言之吓人不快。"女笑曰:"婢子何胆怯尔尔[9]!便有虎狼衔去耶?若要勿言,须歌一曲,为娘行侑酒[10]。"女低吟曰:"闲阶桃花取次开[11],昨日踏青小约未应乖[12]。嘱付东邻女伴少待莫相催,着得凤头鞋子即当来。"吟罢,一座无不叹赏。谈笑间,忽一伟丈夫岸然自外入[13],鹘睛荧荧[14],其貌狞丑。众啼曰:"妖至矣!"仓卒哄然,殆如鸟散。惟歌者婀娜不前[15],被执哀啼,强与支撑[16]。丈夫吼怒,龁手断指,就便嚼食。女郎踣地若死。玉怜恻不可复忍,乃急抽剑拔关出[17],挥之,中股;股落,负痛逃去。扶女入室,面业尘土,血淋衿袖;验其手,则右拇断矣。裂帛代裹之。女始呻曰:"拯命之德,将何以报?"玉自初窥时,心已隐为弟谋,因告以意。女曰:"狼疾之人[18],不能操箕帚矣。当别为贤仲图之[19]。"诘其姓氏,答言:"秦氏。"玉乃展衾,俾暂休养;自乃襆被他所。晓而视之,则床已空,意其自归。而访察近村,殊少此姓;广托戚朋,并无确耗。归与弟言,悔恨若失。

珏一日偶游涂野[20],遇一二八女郎,姿致娟娟[21],顾之微笑,似将有言。因以秋波四顾而后问曰:"君甘家二郎否?"曰:"然。"曰:"君家尊曾与妾有婚姻之约[22],何今日欲背前盟,另订秦家?"珏云:"小生幼孤[23],夙好都不曾闻,请言族阀,归当问兄。"女曰:"无须细道,但得一言,妾当自至。"珏以未禀兄命为辞。女笑曰:"骏郎君[24]!遂如此怕哥子耶?妾陆氏,居东山望村。三日,当候玉音[25]。"乃别而去。珏归,述诸兄嫂。兄曰:"此大谬语!父殁时,我二十馀岁,倘有是说,那得不闻?"又以其独行旷野,遂与男儿交语,愈益鄙之。因问其貌。珏红彻面颈,不出一言。嫂笑曰:"想是佳人。"玉曰:"童子何辨妍媸[26]?纵美,必不及秦;待秦氏不谐,图之未晚。"珏默而退。逾数日,玉在途,见一女子零涕前行。垂鞭按辔而微睨之,人世殆无其匹[27]。使仆诘焉,答曰:"我旧许甘家二郎;因家贫远徙,遂绝耗问。近方归,复闻郎家二三其德[28],背弃前盟。往问伯伯甘璧人[29],焉置妾也?"玉惊喜曰:"甘璧人,即我是也。先人曩约,实所不知。去家不远,请即归谋。"乃下骑授辔,步御以归[30]。女自言:"小字阿英,家无昆季[31],惟外姊秦氏同居[32]。"始悟丽者即其人也。玉欲告诸其家,女固止之。窃喜弟得佳妇,然恐其佻达招议[33]。久之,女殊矜庄[34],又娇婉善言。母事嫂,嫂亦雅爱慕之。

值中秋,夫妻方狎宴,嫂招之。珏意怅惘。女遣招者先行,约以继至;而端坐笑言良久,殊无去志。珏恐嫂待久,故连促之。女但笑,卒不复去。质旦,晨妆甫竟,嫂自来抚问[35]:"夜来相对[36],何尔怏怏[37]?"女微哂之。珏觉有异,质对参差[38]。嫂大骇:"苟非妖物,何得有分身术?"玉亦惧,隔帘而告之曰[39]:"家世积德,曾无怨仇。如其妖也,请速行,幸勿杀吾弟!"女靦然曰:"妾本非人,只以阿翁凤盟,故秦家姊以此劝驾[40]。自分不能育男女,尝欲辞去,所以恋恋者,为兄嫂待我不薄耳。今既见疑,请从此诀。"转眼化为鹦鹉,翩然逝矣。初,甘翁在时,蓄一鹦鹉甚慧,尝自投饵[41]。时珏四五岁,问:"饲鸟何为?"父戏曰:"将以为汝妇。"间鹦鹉乏食,则呼珏云:"不将饵去,饿煞媳妇矣!"家人亦皆以此为戏。后断锁亡去。始悟旧约云即此也。然珏明知非人,而思之不置;嫂悬情犹切,旦夕啜泣。玉悔之而无如何。

后二年为弟聘姜氏女,意终不自得。有表兄为粤司李[42],玉往省之,久不归。适土寇为乱,近村里落,半为丘墟。珏大惧,率家人避山谷。山上男女颇杂,都不知其谁何。忽闻女子小语,绝类英。嫂促珏近验之,果英。珏喜极,捉臂不释。女乃谓同行者曰:"姊且去,我望嫂嫂来。"既至,嫂望见悲哽。女慰劝再三,又谓:"此非乐土。"因劝令归。众惧寇至,女固言:"不妨。"乃相将俱归。女撮土拦户,嘱安居勿出,坐数语,反身欲去。嫂急握其腕,又令两婢捉左右足,女不得已,止焉。然不甚归私室;珏订之三四,始为之一往。嫂每谓新妇不能当叔意[43]。女遂早起为姜理妆,梳竟,细匀铅黄[44],人视之,艳增数倍;如此三日,居然丽人。嫂奇之,因言:"我又无子。欲购一妾,姑未遑暇[45]。不知婢辈可涂泽否?"女曰:"无人不可转移,但质美者易为力耳。"遂遍相诸婢,惟一黑丑者,有宜男相[46]。乃唤与洗濯,已而以浓粉杂药末涂之,如是三日,面色渐黄[47];四七日,脂泽沁入肌理,居然可观。日惟闭门作笑,并不计及兵火。一夜,噪声四起,举家不知所谋。俄闻门外人马鸣动,纷纷俱去。既明,始知村中焚掠殆尽;盗纵群队穷搜,凡伏匿岸穴者,悉被杀掳。遂益德女,目之以神。女忽谓嫂曰:"妾此来,徒以嫂义难忘,聊分离乱之忧。阿伯行至,妾在此,如谚所云,非李非桃[48],可笑人也。我姑去,当乘间一相望耳。"嫂问:"行人无恙乎?"曰:"近中有大难。此无与他人事,秦家姊受恩奢,意必报之,固当无妨。"嫂挽之宿,未明已去。

玉自东粤归[49],闻乱,兼程进[50]。途遇寇,主仆弃马,各以金束腰间,潜身丛棘中。一秦吉了飞集棘上[51],展翼覆之。视其足,缺一指,心异之。俄而群盗四合,绕莽殆遍,似寻之。二人气不敢息。盗既散,鸟始翔去。既归,各道所见,始知秦吉了即所救丽者也。

后值玉他出不归,英必暮至;计玉将归而早出。珏或会于嫂所,间邀之,则诺而不赴。一夕,玉他往,珏意英必至,潜伏候之。未几,英果来,暴起,要遮而归于室[52]。女曰:"妾与君情缘已尽,强合之,恐为造物所忌[53]。少留有馀,时作一面之会,如何?"珏不听,卒与狎。天明,诣嫂,嫂怪之。女笑云:"中途为强寇所劫,劳嫂悬望矣。"数语趋出。居无何,有巨狸衔鹦鹉经寝门过。嫂骇绝,固疑是英。时方沐[54],辍洗急号,群起噪击,始得之。左翼沾血,奄存馀息[55]。

把置膝头,抚摩良久,始渐醒。自以喙理其翼[56]。少选,飞绕中室,呼曰:"嫂嫂,别矣!吾怨珏也!"振翼遂去,不复来。

据《聊斋志异》铸雪斋抄本

----

〔1〕 庐陵:郡名。治所在今江西省吉安市。
〔2〕 鞠养:抚养。
〔3〕 秀出:秀美出众。
〔4〕 表表:卓异;不同寻常。
〔5〕 简拔:选择;挑选。简,选。刻:苛刻,严格。
〔6〕 匡山:即江西省庐山。
〔7〕 函谷:指函谷关。在河南省灵宝县西南,关城在谷中。
〔8〕 方用恨恨:正因此而感到遗憾。用,因。
〔9〕 尔尔:如此耳!
〔10〕 娘行(háng杭):犹言"咱们",妇女们自称之词。娘,妇女的通称,多指青年妇女。
〔11〕 取次:随便;任意。
〔12〕 踏青:古时称春日郊游为"踏青"。小约:小小的约会。乖:违背,此指爽约。
〔13〕 岸然:高耸的样子。
〔14〕 鹘睛:鹰样的眼睛。鹘,鹰属猛禽。
〔15〕 婀娜:体态柔弱。这里指行走摇曳不稳。不前:指逃跑落在后面。
〔16〕 支撑:抗拒。
〔17〕 抽剑:此据山东博物馆抄本,原作"袖剑"。
〔18〕 狼疾之人:《孟子·告子》上:"养其一指而失其肩背而不知也,则为狼疾人也。"狼疾,赵岐《注》读为"狼藉"。似借用成语,指肢体残缺之人。
〔19〕 贤仲:犹言"令弟"。仲,老二。
〔20〕 涂野:犹言"旷野",涂,同"途"。

〔21〕姿致：风姿情态。娟娟：美好的样子。
〔22〕君家尊：您家令尊；指甘珏的父亲。
〔23〕孤：幼年无父为"孤"；有时也指失去父母。
〔24〕骏（ái）：痴呆。
〔25〕玉音：您的回信。玉，尊敬对方之词。
〔26〕妍媸：美丑。
〔27〕人世殆无其匹：犹言世间无双。匹，匹敌。
〔28〕二三其德：语出《诗·卫风·氓》。犹言三心二意。
〔29〕伯伯：大伯子；夫兄。
〔30〕步御：步行御马。御，牵马。
〔31〕昆季：弟兄。长者为昆，幼者为季。
〔32〕外姊：表姐。
〔33〕佻达：轻浮、不庄重。招议：引起物议。
〔34〕矜庄：端庄。
〔35〕抚问：据山东省博物馆抄本补，原缺。
〔36〕夜来：据山东省博物馆抄本补，原缺。
〔37〕怏怏（yàng yàng样样）：抑郁不乐。
〔38〕质对参差（cēn cī岑阴平疵）：意谓经过质询查问，发现了破绽。参差，不齐，喻破绽。
〔39〕隔帘：在帘外。封建礼俗男女有别，故甘玉在弟妇室外，隔帘相语。
〔40〕劝驾：古时举送贤者出仕，且为之备车驾，称"劝驾"。此指劝促阿英去甘家完婚。
〔41〕投饵：喂食。投，送。
〔42〕粤：广东广西地区，古为"百粤"之地，故名。司李：即"司理"，各州主管狱讼之官。明代也称推官为"司理"。
〔43〕叔：丈夫的弟弟。《尔雅·释亲》："夫之弟为叔"。
〔44〕细匀铅黄：细心地为她搽匀脂粉。铅和黄，都是化妆品。铅，铅粉。黄，雄黄之类的染料。六朝以来女子有黄额妆，在额间涂黄为饰。
〔45〕暇：据山东省博物馆抄本，原作"假"。
〔46〕宜男相：生育男孩的相貌。旧时祝颂妇人多子为"宜男"。
〔47〕面色：据山东省博物馆抄本，原作"面赤"。

〔48〕 非李非桃:犹言不伦不类;谓处境尴尬。
〔49〕 东粤:指广东。
〔50〕 兼程:以加倍速度赶路。
〔51〕 秦吉了:鸟名,即鹩哥,绀黑色,红嘴黄爪,能学人言,类似鹦鹉。
〔52〕 要遮:拦截。
〔53〕 造物:创造万物者,指天。
〔54〕 沐(mù 木):洗头发。
〔55〕 奄存馀息:仅存一点微弱气息。奄,气息微弱的样子。
〔56〕 喙:据山东省博物馆本,原作"啄"。

橘　树

陕西刘公[1]，为兴化令[2]。有道士来献盆树，视之，则小橘，细裁如指[3]，摈弗受[4]。刘有幼女，时六七岁，适值初度。道士云："此不足供大人清玩[5]，聊祝女公子福寿耳。"乃受之。女一见，不胜爱悦。置诸闺闼[6]，朝夕护之惟恐伤。刘任满，橘盈把矣。是年初结实。简装将行，以橘重赘，谋弃之。女抱树娇啼。家人绐之曰："暂去，且将复来[7]。"女信之，涕始止。又恐为大力者负之而去[8]，立视家人移栽墀下，乃行。

女归，受庄氏聘。庄丙戌登进士[9]，释褐为兴化令[10]。夫人大喜。窃意十馀年，橘不复存，及至，则橘已十围，实累累以千计。问之故役，皆云："刘公去后，橘甚茂而不实，此其初结也。"更奇之。庄任三年，繁实不懈；第四年，憔悴无少华[11]。夫人曰："君任此不久矣。"至秋，果解任。

异史氏曰："橘其有夙缘于女与[12]？何遇之巧也。其实也似感恩[13]，其不华也似伤离。物犹如此，而况于人乎？"

据《聊斋志异》铸雪斋抄本

----

〔1〕　陕西：陕西省，辖境与今省区略同。

〔2〕 兴化令:兴化县令。兴化,明、清县名,治在今福建莆田县。
〔3〕 裁:才。
〔4〕 摈弗受:拒绝不受。
〔5〕 清玩:称对方玩赏的敬词。清,清雅。
〔6〕 闺闼:未嫁女子的居室。
〔7〕 "暂去,且将复来":此据青柯亭刻本,原作"几日而不复来"。
〔8〕 大力者:力气大的人。
〔9〕 丙戌:当指康熙四十五年(1706)。
〔10〕 释褐为兴化令:一入仕即为兴化县令。释褐,谓脱去布衣,换上官服,为入仕的雅称。兴化令,此据山东省博物馆本,原作"兴令",脱化字。
〔11〕 华:花。
〔12〕 夙缘:前世的因缘。夙,通"宿"。
〔13〕 实:果实。

赤 字

顺治乙未冬夜[1],天上赤字如火。其文云:"白苕代靖否复议朝冶驰。"

据《聊斋志异》铸雪斋抄本

----

〔1〕 顺治乙未:清世祖(福临)顺治十二年,即公元一六五五年。

牛成章

牛成章,江西之布商也[1]。娶郑氏,生子、女各一。牛三十三岁病死。子名忠,时方十二;女八九岁而已。母不能贞[2],货产入囊,改醮而去[3]。遗两孤,难以存济。有牛从嫂[4],年已六裹[5],贫寡无归,遂与居处[6]。

数年,妪死,家益替[7]。而忠渐长,思继父业而苦无资。妹适毛姓,毛富贾也。女哀婿假数十金付兄。兄从人适金陵[8],途中遇寇,资斧尽丧,飘荡不能归。偶趋典肆[9],见主肆者绝类其父;出而潜察之,姓字皆符。骇异不谕其故[10]。惟日流连其傍,以窥意旨,而其人亦略不顾问。如此三日,觇其言笑举止,真父无讹。即又不敢拜识;乃自陈于群小[11],求以同乡之故,进身为佣。立券已[12],主人视其里居、姓氏,似有所动,问所从来。忠泣诉父名。主人怅然若失。久之,问:"而母无恙乎[13]?"忠又不敢谓父死,婉应曰:"我父六年前经商不返[14],母醮而去。幸有伯母抚育,不然,葬沟渎久矣。"主人惨然曰:"我即是汝父也。"于是握手悲哀。又导入参其后母[15]。后母姬,年三十馀,无出,得忠喜,设宴寝门。牛终欷歔不乐,即欲一归故里。妻虑肆中乏人,故止之。牛乃率子纪理肆务;居之三月,乃以诸籍委子[16],取装西归。

既别,忠实以父死告母。姬乃大惊,言:"彼负贩于此,曩所与交好者,留作当商;娶我已六年矣。何言死耶?"忠又细述之。相与疑念,不谕其由。逾一昼夜,而牛已返,携一妇人,头如蓬葆[17]。忠视之,则其所生母也。牛摘耳顿骂:"何弃吾儿!"妇慑伏不敢少动。牛以口龁其项。妇呼忠曰:"儿救吾!儿救吾!"忠大不忍,横身蔽鬲其间[18]。牛犹忿怒,妇已不见。众大惊,相哗以鬼。旋视牛,颜色惨变,委衣于地,化为黑气,亦寻灭矣。母子骇叹,举衣冠而瘗之。忠席父业[19],富有万金。后归家问之,则嫁母于是日死,一家皆见牛成章云。

据《聊斋志异》铸雪斋抄本

----

〔1〕 江西:江西省,清时辖境与今省区约略相同。
〔2〕 不能贞:谓不能守节寡居。
〔3〕 改醮:改嫁。
〔4〕 从嫂:叔伯嫂。
〔5〕 六袠(zhì 秩):六十岁。袠,通"秩"。十年为一袠。
〔6〕 遂:此据山东省博物馆本,原作"送"。
〔7〕 家益替:家业更加衰败。替,衰败。
〔8〕 适金陵:往金陵去。金陵,指今江苏南京市。
〔9〕 典肆:典押衣物的商店,即当铺。
〔10〕 不谕:不明白。
〔11〕 自陈于群小:向其仆自我介绍。群小,此指仆人。
〔12〕 立券:订立契约文书。
〔13〕 而:同"尔",你。
〔14〕 六年:此据山东省博物馆本,原无"六"字。
〔15〕 参:拜见。
〔16〕 以诸籍委子:把各类账册交付其子。

〔17〕 头如蓬葆:犹言头发如乱草。《汉书·燕王旦传》:"当此之时头如蓬葆,勤苦至矣。"颜师古注:"草丛生曰葆。"蓬,蓬草。
〔18〕 蔽鬲:遮挡。鬲,隔。
〔19〕 席:因,凭借,犹言承受。

青　娥

霍桓,字匡九,晋人也。父官县尉[1],早卒。遗生最幼,聪惠绝人。十一岁,以神童入泮[2]。而母过于爱惜,禁不令出庭户,年十三尚不能辨叔伯甥舅焉。同里有武评事者[3],好道,入山不返。有女青娥,年十四,美异常伦。幼时窃读父书,慕何仙姑之为人[4]。父既隐,立志不嫁。母无奈之。一日,生于门外瞥见之。童子虽无知,只觉爱之极,而不能言;直告母,使委禽焉[5]。母知其不可,故难之。生郁郁不自得。母恐拂儿意,遂托往来者致意武,果不谐。生行思坐筹,无以为计。

会有一道士在门,手握小镵[6],长裁尺许。生借阅一过,问:"将何用?"答云:"此劚药之具[7];物虽微,坚石可入。"生未深信。道士即以斫墙上石,应手落如腐。生大异之,把玩不释于手。道士笑曰:"公子爱之,即以奉赠。"生大喜,酬之以钱,不受而去。持归,历试砖石,略无隔阂。顿念穴墙则美人可见[8],而不知其非法也。更定,逾垣而出,直至武第;凡穴两重垣,始达中庭[9]。见小厢中[10],尚有灯火,伏窥之,则青娥卸晚装矣。少顷,烛灭,寂无声。穿墉入[11],女已熟眠。轻解双履,悄然登榻;又恐女郎惊觉,必遭呵逐,遂潜伏绣被之侧,略闻香息,心愿窃慰。而半夜经营,疲殆颇甚,少一合眸,不觉睡去。女醒,闻鼻气休休;开目,见穴隙亮入。大骇,暗摇婢醒,拔关轻出[12],敲窗唤家人妇,共爇火操杖以往。则见一总角书生[13],酣眠绣榻;细审,识为霍生。挽之始觉[14],遽起,目灼灼如流星,似亦不大畏惧,但靦然不作一语。众指为贼,恐呵之。始出涕曰:"我非贼,实以爱娘子故,愿以近芳泽耳[15]。"众又疑穴数重垣,非童子所能者。生出镵以言异。共试之,骇绝,讶为神授。将共告诸夫人。女俯首沉思,意似不以为可。众窥知女意,因曰:"此子声名门第,殊不辱玷。不如纵之使去,俾复求媒焉。诘旦,假盗以告夫人,如何也?"女不答。众乃促生行。生索镵。共笑曰:"骇儿童!犹不忘凶器耶?"生觑枕边,有凤钗一股,阴纳袖中。已为婢子所窥,急白之。女不言亦不怒。一媪拍颈曰:"莫道他骇,若小意念乖绝也[16]。"乃曳之,仍自窦中出。既归,不敢实告母,但嘱母复媒致之。母不忍显拒,惟遍托媒氏,急为别觅良姻。青娥知之,中情皇急,阴使腹心者风示媪。媪悦,托媒往。会小婢漏泄前事,武夫人辱之,不胜恚愤。媒至,益触其怒,以杖画地[17],骂生并及其母。媒惧窜归,具述其状。生母亦怒曰:"不肖儿所为,我都梦梦[18]。何遂以无礼相加!当交股时,何不将荡儿淫女一并杀却?"由是见其亲属,辄便披诉[19]。女闻,愧欲死。武夫人大悔,而不能禁之使勿言也。女阴使人婉致生母,且矢之以不他[20],其词悲切。母感之,乃不复言;而论亲之媒,亦遂辍矣。会秦中欧公宰是邑[21],见生文,深器之[22],时召入内署,极意优宠。一日,问生:"婚乎?"答言:"未。"细诘之,对曰:"凤与故武评事女小有盟约;后以微嫌[23],遂致中寝。"问:"犹愿之否[24]?"生靦然不言。公笑曰:"我当为子成之。"即委县尉、教谕[25]，纳币于武[26]。夫人喜，婚乃定。逾岁，娶归。女入门，乃以镊掷地曰："此寇盗物，可将去！"生笑曰："勿忘媒妁。"珍佩之，恒不去身。

女为人温良寡默[27]，一日三朝其母；馀惟闭门寂坐，不甚留心家务。母或以吊庆他往，则事事经纪，罔不井井。年馀，生一子孟仙。一切委之乳保[28]，似亦不甚顾惜。又四五年，忽谓生曰："欢爱之缘，于兹八载。今离长会短，可将奈何！"生惊问之，即已默默，盛妆拜母，返身入室。追而诘之，则仰眠榻上而气绝矣。母子痛悼，购良材而葬之。母已衰迈，每每抱子思母，如摧肺肝，由是遘病[29]，遂惫不起。逆害饮食[30]，但思鱼羹，而近地则无，百里外始可购致。时厮骑皆被差遣；生性纯孝，急不可待，怀资独往，昼夜无停趾。返至山中，日已沉冥，两足跛踦[31]，步不能咫。后一叟至，问曰："足得毋泡乎[32]？"生唯唯。叟便曳坐路隅，敲石取火，以纸裹药末，熏生两足讫。试使行，不惟痛止，兼益矫健。感极申谢。叟问："何事汲汲[33]？"答以母病，因历道所由。叟问："何不另娶？"答云："未得佳者。"叟遥指山村曰："此处有一佳人，倘能从我去，仆当为君作伐。"生辞以母病待鱼，姑不遑暇。叟乃拱手，约以异日入村，但问老王，乃别而去。生归，烹鱼献母。母略进，数日寻瘳。乃命仆马往寻叟。

至旧处，迷村所在。周章逾时[34]，夕暾渐坠[35]；山谷甚杂，又不可以极望。乃与仆上山头，以瞻里落；而山径崎岖，苦不可复骑，跛履而上，昧色笼烟矣[36]。踆踆四望，更无村落。方将下山，而归路已迷。心中燥火如烧。荒窜间，冥堕绝壁[37]。幸数尺下有一线荒台,坠卧其上,阔仅容身,下视黑不见底。惧极,不敢少动。又幸崖边皆生小树,约体如栏。移时,见足傍有小洞口;心窃喜,以背着石,蠕行而入[38]。意稍稳,冀天明可以呼救。少顷,深处有光如星点。渐近之,约三四里许,忽睹廊舍,并无钉烛[39],而光明若昼。一丽人自房中出,视之,则青娥也。见生,惊曰:"郎何能来?"生不暇陈,抱祛鸣恻[40]。女劝止之。问母及儿,生悉述苦况,女亦惨然。生曰:"卿死年馀,此得无冥间耶?"女曰:"非也,此乃仙府。曩时非死,所瘗,一竹杖耳。郎今来,仙缘有分也。"因导令朝父,则一修髯丈夫[41],坐堂上;生趋拜。女白:"霍郎来。"翁惊起,握手略道平素[42]。曰:"婿来大好,分当留此。"生辞以母望,不能久留。翁曰:"我亦知之。但迟三数日,即亦何伤。"乃饵以肴酒,即令婢设榻于西堂,施锦裯焉。生既退,约女同榻寝。女却之曰:"此何处,可容狎亵?"生捉臂不舍。窗外婢子笑声嗤然,女益惭。方争拒间,翁入,叱曰:"俗骨污吾洞府!宜即去!"生素负气,愧不能忍,作色曰:"儿女之情,人所不免,长者何当伺我?无难即去,但令女须便将去。"翁无辞,招女随之,启后户送之;赚生离门,父子阖扉去。回首峭壁巉岩,无少隙缝,只影茕茕[43],罔所归适。视天上斜月高揭[44],星斗已稀。怅怅良久,悲已而恨,面壁叫号,迄无应者[45]。愤极,腰中出镵,凿石攻进,且攻且骂。瞬息洞入三四尺许。隐隐闻人语曰:"孽障哉[46]!"生奋力凿益急。忽洞底豁开二扉,推娥出曰:"可去,可去!"壁即复合。女怨曰:"既爱我为妇,岂有待丈人如此者?是何处老道士,授汝凶器,将人缠混欲死?"生得女,意愿已慰,不复置辨;但忧路险难归。

女折两枝,各跨其一,即化为马,行且驶,俄顷至家。时失生已七日矣。

　　初,生之与仆相失也,觅之不得,归而告母。母遣人穷搜山谷[47],并无踪绪。正忧惶无所[48],闻子自归,欢喜承迎。举首见妇,几骇绝。生略述之,母益忻慰。女以形迹诡异,虑骇物听,求即播迁。母从之。异郡有别业,刻期徙往,人莫之知。偕居十八年,生一女,适同邑李氏。后母寿终。女谓生曰:"吾家茅田中,有雉菢八卵[49],其地可葬。汝父子扶榇归窆。儿已成立,宜即留守庐墓[50],无庸复来。"生从其言,葬后自返。月馀,孟仙往省之,而父母俱杳。问之老奴,则云:"赴葬未还。"心知其异,浩叹而已。孟仙文名甚噪,而困于场屋,四旬不售。后以拔贡入北闱[51],遇同号生[52],年可十七八,神采俊逸,爱之。视其卷,注顺天廪生霍仲仙[53]。瞪目大骇,因自道姓名。仲仙亦异之,便问乡贯,孟悉告之。仲仙喜曰:"弟赴都时,父嘱文场中如逢山右霍姓者,吾族也,宜与款接,今果然矣。顾何以名字相同如此?"孟仙因诘高、曾并严、慈姓讳[54],已而惊曰:"是我父母也!"仲仙疑年齿之不类。孟仙曰:"我父母皆仙人,何可以貌信其年岁乎?"因述往迹,仲仙始信。场后不暇休息,命驾同归。才到门,家人迎告,是夜失太翁及夫人所在。两人大惊。仲仙入而询诸妇,妇言:"昨夕尚共杯酒,母谓:'汝夫妇少不更事[55]。明日大哥来,吾无虑矣。'早旦入室,则阒无人矣[56]。"兄弟闻之,顿足悲哀。仲仙犹欲追觅;孟仙以为无益,乃止。是科仲领乡荐[57]。以晋中祖墓所在,从兄而归。犹冀父母尚在人间,随在探访,而终无踪迹矣。

异史氏曰:"钻穴眠榻,其意则痴;凿壁骂翁,其行则狂;仙人之撮合者,惟欲以长生报其孝耳。然既混迹人间,狎生子女,则居而终焉,亦何不可? 乃三十年而屡弃其子,抑独何哉? 异已!"

据《聊斋志异》铸雪斋抄本

----

〔1〕 县尉:掌管一县刑狱缉捕的官员。明代废县尉,以典史掌县尉事,后世因称典史为县尉。

〔2〕 以神童入泮:此指幼年考中秀才。神童,智力过人的儿童。唐宋时科举考试特设有童子科,应试者称"应神童试"。唐制十岁以下,宋制十五岁以下,可应试。明代童生试,则不论年龄大小。霍桓十一岁入泮,故称之为"神童"。

〔3〕 评事:官名,掌管评审刑狱。汉置廷尉平,隋以后称评事。明清分设左右评事,均隶大理寺。

〔4〕 何仙姑:道教八仙之一。相传为唐广东增城女子,住云母溪,十四五岁时食云母粉而成仙。另一说,为吕洞宾所超度的赵仙姑。赵,名何,或以手持荷花谐音为何姓。

〔5〕 委禽:致送聘女的礼物,此指通媒求婚。禽,指雁,古代订婚纳采用雁。

〔6〕 镵:装有长柄、用以掘土采药的铁铲,也叫"长镵"。

〔7〕 劚(zhú烛):锄;掘。

〔8〕 穴墙:在墙上掘洞。穴,挖洞。美人:据山东省博物馆抄本,原阙"人"。

〔9〕 中庭:正院。

〔10〕 厢:厢房;正房两侧的房屋。

〔11〕 墉(yōng庸):墙壁。

〔12〕 暗摇婢醒,拔关轻出:据山东省博物馆抄本及二十四卷抄本,原作"暗中拔闱轻出"。

〔13〕 总角:古代男女未成年前,束发为两结,形如角,故称总角。

〔14〕 扰(ruì 锐):揣动。
〔15〕 芳泽:化妆用的香脂,借指美女的容颜。
〔16〕 若小:这小孩。小,据山东省博物馆抄本和二十四卷抄本补。乖绝:极为机灵。
〔17〕 以杖画地:以手杖指画或叩击地面,表示愤怒。
〔18〕 梦梦:犹"懵懵",昏昧不明,指一无所知。
〔19〕 披诉:公开宣扬。披,披露。
〔20〕 矢之以不他:誓不他嫁。语出《诗·鄘风·柏舟》:"之死矢靡它。"矢,通"誓"。
〔21〕 秦中:古地区名。指今陕西中部平原地区,因春秋战国时属秦国而得名。
〔22〕 器:器重。
〔23〕 嫌:嫌隙;怨恨。
〔24〕 犹:据山东省博物馆抄本及二十四卷抄本,原作"有"。
〔25〕 教谕:官名。明清以教谕为各县教职,负责县学的管理及课业。
〔26〕 纳币:古代婚礼"六礼"之一,犹后世之订婚。纳币,又称"纳征"。《仪礼·士昏礼》:"纳征,玄纁束帛俪皮。"注:"征,成也,使者纳币,以成昏礼。"
〔27〕 温良寡默:温厚善良,沉默寡言。
〔28〕 乳保:乳娘、保姆。上文"年馀",别本作"二年馀"。
〔29〕 遘病:遭病,成疾。
〔30〕 逆害饮食:不思饮食。
〔31〕 跛踦(bǒ qī 簸期):脚有毛病,走路歪瘸。
〔32〕 泡:磨伤起泡。据山东省博物馆抄本,原作"胞"。
〔33〕 汲汲:心情急切。
〔34〕 周章:彷徨。此据青柯亭刻本,原作"周张"。
〔35〕 夕暾(tūn 吞):犹言"夕阳"。暾,本指初升的太阳,此指阳光。刘向《九叹·远游》:"日暾暾其西舍兮,阳焱焱而复顾。"
〔36〕 昧色笼烟:暮色苍茫。笼烟,烟雾笼罩。
〔37〕 冥堕绝壁:昏暗中从绝壁上掉下来。
〔38〕 蠕:蜿蠕,行动时曲背蠕动。

青娥

仙人岛

以勤補拙

宦娘

阿绣

小翠

鴻

嫦娥

崔猛

〔39〕 釭烛：灯火。
〔40〕 抱袪（qū 屈）：捧握其手。袪，袖口。
〔41〕 修髯：长髯。修，长。髯，两颊上的胡须。
〔42〕 道平素：谈说家常。平素，指往日的事情。陶潜《咏二疏》："促席延故老，挥觞道平素。"下文"长者"二句，别本作"长者何当窥伺？我无难即去。"
〔43〕 茕茕（qióng qióng 琼琼）：孤独无依。
〔44〕 揭：悬。
〔45〕 迄：据山东省博物馆抄本，原作"乞"。后文"且攻且骂"，据博本补。
〔46〕 孽障：同"业障"，佛教语，原意为过去所作的恶事造成了不良的后果。后来成为骂人的话，意思是祸患。
〔47〕 穷搜：据山东省博物馆抄本，原阙"搜"字。
〔48〕 无所：据山东省博物馆抄本，原作"所"。
〔49〕 菢（bào 抱）：鸟伏卵。
〔50〕 守庐墓：服丧期间，在先人墓旁搭盖草庐，守护坟墓。
〔51〕 以拔贡入北闱：以拔贡的资格，参加在顺天举行的乡试。拔贡，科举时代贡入国子监的生员之一种。清初六年一次，由各省学政考选品学兼优的生员，保送入京，作为拔贡。北闱，清代在顺天（今北京市）举行的乡试，称"北闱"。
〔52〕 同号生：考场中同一号舍的考生。乡试的"贡院"，内分若干巷舍，并按《千字文》编号。每一号巷舍有几十间小房，每个考生占用一间，在其中考试。
〔53〕 廪生：即"廪膳生员"，资历最优的秀才。廪生每月可从儒学领到米粮的津贴，称为食廪。
〔54〕 高、曾：高祖，曾祖。严、慈：父亲，母亲。姓讳：姓名。
〔55〕 更事：懂事。
〔56〕 阒（qù 趣）：寂静。
〔57〕 领乡荐：乡试考中。

镜　听

益都郑氏兄弟，皆文学士[1]。大郑早知名，父母尝过爱之[2]，又因子并及其妇；二郑落拓，不甚为父母所欢，遂恶次妇，至不齿礼[3]；冷暖相形，颇存芥蒂[4]。次妇每谓二郑："等男子耳，何遂不能为妻子争气？"遂摈弗与同宿。于是二郑感愤，勤心锐思[5]，亦遂知名。父母稍稍优顾之，然终杀于兄[6]。次妇望夫綦切，是岁大比[7]，窃于除夜以镜听卜[8]。有二人初起，相推为戏，云："汝也凉凉去！"妇归，凶吉不可解，亦置之。闱后，兄弟皆归。时暑气犹盛，两妇在厨下炊饭饷耕[9]，其热正苦。忽有报骑登门[10]，报大郑捷[11]。母入厨唤大妇曰："大男中式矣[12]！汝可凉凉去。"次妇忿恻[13]，泣且炊。俄又有报二郑捷者。次妇力掷饼杖而起[14]，曰："侬也凉凉去[15]！"此时中情所激[16]，不觉出之于口；既而思之，始知镜听之验也。

异史氏曰："贫穷则父母不子[17]，有以也哉[18]！庭帏之中[19]，固非愤激之地；然二郑妇激发男儿，亦与怨望无赖者殊不同科[20]。投杖而起，真千古之快事也！"

据《聊斋志异》铸雪斋抄本

〔1〕 文学士:读书能文的人。
〔2〕 过爱:偏爱。
〔3〕 不齿礼:不按常礼对待;指不同等看待。齿,并列。
〔4〕 芥蒂:梗塞之物,喻思想感情上的隔阂。
〔5〕 勤心锐思:竭尽心思,指勤奋苦读。勤,劳。锐,锐敏。
〔6〕 杀:衰减;不如。
〔7〕 大比:明清时称乡试为"大比"。
〔8〕 以镜听卜:用"镜听"之术来占卜。镜听,也称"镜卜",古人于除夕或岁首卜吉凶之术。问卜者于除夕持镜向灶神祷告,然后怀镜胸前,出门窥听市人无意的言语,借此占卜吉凶休咎。见《熙朝乐事》。
〔9〕 饷耕:给种地的人送饭。饷,送饭。
〔10〕 报骑(jì记):报马。科举时代,骑着快马报告考中喜讯的人。
〔11〕 捷:胜利;此指中举。
〔12〕 中式:科举考试被录取叫"中式"。《明史·选举志》:"三年大比,以诸生试之直省,曰乡试。中式者为举人。"
〔13〕 忿恻:又气忿,又伤心。
〔14〕 力掷:用力摔下。饼杖:擀饼杖。
〔15〕 侬(nóng农):我。
〔16〕 中情所激:内心感情的激发。
〔17〕 父母不子:父母对其子,不当儿子看待。
〔18〕 以:故。相当口语"理由"。
〔19〕 庭帏之中:指家庭内室。庭帏,当作"庭闱",父母居处。
〔20〕 殊不同科:大不相同。科,品类,类别。

牛癀

陈华封,蒙山人[1]。以盛暑烦热,枕藉野树下[2]。忽一人奔波而来,首着围领,疾趋树阴,掬石而座[3],挥扇不停,汗下如流潘[4]。陈起坐[5],笑曰:"若除围领,不扇可凉。"客曰:"脱之易,再着难也。"就与倾谈,颇极蕴藉。既而曰:"此时无他想,但得冰浸良酝,一道冷芳[6],度下十二重楼[7],暑气可消一半。"陈笑曰:"此愿易遂,仆当为君偿之。"因握手曰:"寒舍伊迩[8],请即迁步[9]。"客笑而从之。

至家,出藏酒于石洞,其凉震齿。客大悦,一举十觥。日已就暮,天忽雨;于是张灯于室,客乃解除领巾,相与磅礴[10]。语次,见客脑后,时漏灯光,疑之。无何,客酩酊,眠榻上。陈移灯窃窥之,见耳后有巨穴,盏大;数道膜间鬲如棂;棂外奥革垂蔽[11],中似空空。骇极,潜抽髻簪,拨膜觇之[12],有一物状类小牛,随手飞出,破窗而去。益骇,不敢复拨。方欲转步,而客已醒。惊曰:"子窥见吾隐矣!放牛癀出[13],将为奈何?"陈拜诘其故,客曰:"今已若此,尚复何讳。实相告:我六畜瘟神耳。适所纵者牛癀,恐百里内牛无种矣。"陈故以养牛为业,闻之大恐,拜求术解[14]。客曰:"余且不免于罪,其何术之能解?惟苦参散最效[15],其广传此方,勿存私念可也。"言已,谢别出门。又掬土堆壁龛中,曰:"每用一合亦效[16]。"拱不复见[17]。

居无何,牛果病,瘟疫大作。陈欲专利,秘其方,不肯传;惟传其弟。弟试之神验。而陈自刲啖牛[18],殊罔所效[19]。有牛二百蹄躈[20],倒毙殆尽;遗老牝牛四五头,亦逡巡就死[21]。中心懊恼,无所用力。忽忆龛中掬土,念未必效,姑妄投之。经夜,牛乃尽起。始悟药之不灵,乃神罚其私也。后数年,牝牛繁育,渐复其故。

据《聊斋志异》铸雪斋抄本

---

〔1〕 蒙山:山名。在今山东费县、平邑和蒙阴三县交界处,绵亘百二十里。
〔2〕 枕(zhèn阵)藉:此为设枕铺席的意思。
〔3〕 掬石:两手捧石。
〔4〕 瀋:汁。
〔5〕 坐:此据二十四卷抄本,原作"座"。
〔6〕 冷芳:犹冷香,清香。
〔7〕 十二重(chóng虫)楼:指人咽喉管之十二节。《金丹诸真之奥》:"问曰:'何谓十二重楼?'答曰:'人之咽喉管有十二节,是也。'"
〔8〕 寒舍伊迩:我家就在附近。寒舍,谦指自己的居处。伊,语助词,无义。迩,近。
〔9〕 迂步:犹言枉步。迂,迂曲。
〔10〕 相与磅礴:谓彼此不拘形迹,开怀痛饮。磅礴,同"槃礴"、"般礴",伸开两腿而坐,示不拘形迹。《庄子·田子方》:"宋元君将画图,众史皆至,……有一史后至者,儃儃然不趋,受揖不立,因之舍。公使人视之,则解衣槃礴,臝。君曰:'可矣,是真画者也。'"
〔11〕 奭革:软皮。奭,同"软"。
〔12〕 膜:此据二十四卷抄本,原作"腹"。
〔13〕 牛癀(huáng皇):牛瘟。癀,瘟疫。

〔14〕 术：此据山东省博物馆本，原作"述"。
〔15〕 苦参散：用苦参制作的方药。苦参，又名苦蘵、苦骨，根可入药，以味苦，因称。
〔16〕 一合（gě 葛）：容量单位。刘向《说苑·辨物》："十龠为一合。"十合为一升。
〔17〕 拱：拱手。
〔18〕 剉（cuò 挫）：切割。此言将苦参切碎成剂。
〔19〕 殊罔所效：一点效果也没有。
〔20〕 二百蹄躈（qiào 窍）：四十头牛。二，此据山东省博物馆本，原作"而"。蹄躈，《史记·货殖列传》"马蹄躈千。"《汉书·货殖传》作"马蹄噭千"，颜师古注："噭，口也。蹄与口共千，则为马二百也。"噭，借为"躈"。
〔21〕 逡巡：顷刻，即刻。

金 姑 夫

会稽有梅姑祠[1]。神故马姓,族居东莞[2],未嫁而夫早死,遂矢志不醮[3],三旬而卒。族人祠之,谓之梅姑。丙申[4],上虞金生[5],赴试经此,入庙徘徊,颇涉冥想。至夜,梦青衣来[6],传梅姑命招之。从去。入祠,梅姑立候檐下,笑曰:"蒙君宠顾,实切依恋。不嫌陋拙,愿以身为姬侍。"金唯唯。梅姑送之曰:"君且去。设座成,当相迓耳[7]。"醒而恶之。是夜,居人梦梅姑曰:"上虞金生,今为吾婿,宜塑其像。"诘村人语梦悉同。族长恐玷其贞,以故不从。未几,一家俱病。大惧,为肖像于左。既成,金生告妻子曰:"梅姑迎我矣。"衣冠而死。妻痛恨,诣祠指女像秽骂;又升座批颊数四[8],乃去。今马氏呼为金姑夫。

异史氏曰:"未嫁而守,不可谓不贞矣。为鬼数百年,而始易其操,抑何其无耻也?大抵贞魂烈魄,未必即依于土偶;其庙貌有灵,惊世而骇俗者,皆鬼狐凭之耳[9]。"

据《聊斋志异》铸雪斋抄本

[1] 会稽:地名。清绍兴府治所,即今浙江绍兴市。
[2] 东莞:古地名,此处所指未详。古东莞有若干处;此或指今山东省沂水县。汉曾在该地置东莞县,因称。

〔3〕 不醮:不改嫁。
〔4〕 丙申:当指清世祖(福临)顺治十三年(1656)。
〔5〕 上虞:县名,清代属浙江省绍兴府。
〔6〕 青衣:此指婢女。
〔7〕 相迓:相迎。
〔8〕 批颊:打嘴巴。
〔9〕 凭:假借。

梓 潼 令

常进士大忠,太原人[1]。候选在都[2]。前一夜,梦文昌投刺[3]。拔签,得梓潼令。奇之。后丁艰归[4],服阕候补,又梦如前。默思岂复任梓潼乎?已而果然。

据《聊斋志异》铸雪斋抄本

------

〔1〕 太原:府名。治所在阳曲,即今山西太原市。
〔2〕 候选在都:在京都等候吏部选用。清制,内自郎中、外自道员以下的官吏,凡初由考试或捐纳出身,及原官因故(丁忧、罣误等)开缺依例起复者,都须赴吏部听候选用,称候选。参见《清会典·吏部》。
〔3〕 文昌:指梓潼帝君,道教所奉主宰功名、禄位之神。相传姓张名亚子(或恶子),居蜀七曲山。《明史·礼志》四谓张"仕晋战没,人为立庙"。唐宋屡加封号。元仁宗延祐三年(1316)加封为"辅元开化文昌司禄宏仁帝君"。宋元道士假托其名,称玉皇大帝命其掌管文昌府和人间禄籍,称其为"梓潼帝君"。梓潼,县名,清初属保宁府,即今四川梓潼县。刺,名片。
〔4〕 丁艰:旧时称遭父母丧为丁艰或丁忧。父死称"丁外艰",母死称"丁内艰"。丁艰须在家守丧三年,在官者要辞官家居,期满(即"服阕"),赴吏部候选补官。

鬼 津

李某昼卧,见一妇人自墙中出,蓬首如筐[1],发垂蔽面;至床前,始以手自分,露面出,肥黑绝丑。某大惧,欲奔。妇猝然登床,力抱其首,便与接唇,以舌度津,冷如冰块,浸浸入喉[2]。欲不咽而气不得息,咽之稠粘塞喉。才一呼吸,而口中又满,气急复咽之。如此良久,气闭不可复忍。闻门外有人行声,妇始释手去。由此腹胀喘满,数十日不食。或教以参芦汤探吐之[3],吐出物如卵清[4],病乃瘥。

据《聊斋志异》铸雪斋抄本

----

[1] 蓬首如筐:披头散发,像只乱草筐。蓬首,头发散乱之状。蓬,飞蓬,草名。《诗·卫风·伯兮》:"自伯之东,首如飞蓬。"
[2] 浸浸:渐渍。
[3] 参芦汤:中药方剂,参芦散的汤剂。人参和芦根为末。水调一、二钱,或加竹沥和服。功能吐虚痰。治虚弱人痰涎壅盛,胸膈满闷,温温欲吐。见《医方集解》。
[4] 卵清:蛋白。

仙 人 岛

王勉,字黾斋,灵山人[1]。有才思,屡冠文场[2],心气颇高;善诮骂[3],多所凌折[4]。偶遇一道士,视之曰:"子相极贵,然被'轻薄孽'折除几尽矣[5]。以子智慧,若反身修道,尚可登仙籍。"王哂曰:"福泽诚不可知,然世上岂有仙人[6]!"道士曰:"子何见之卑?无他求,即我便是仙耳。"王乃益笑其诬。道士:"我何足异。能从我去,真仙数十,可立见之。"问:"在何处?"曰:"咫尺耳。"遂以杖夹股间,即以一头授生,令如己状。嘱合眼,呵曰:"起!"觉杖粗如五斗囊,凌空翕飞[7],潜扪之,鳞甲齿齿焉[8]。骇惧,不敢复动。移时,又呵曰:"止!"即抽杖去,落巨宅中,重楼延阁[9],类帝王居。有台高丈馀;台上殿十一楹,弘丽无比。道士曳客上,即命童子设筵招宾。殿上列数十筵,铺张炫目。道士易盛服以伺。少顷,诸客自空中来,所骑或龙、或虎、或鸾凤,不一类。又各携乐器。有女子,有丈夫,有赤其两足。中独一丽者,跨彩凤;宫样妆束,有侍儿代抱乐具,长五尺以来,非琴非瑟,不知其名。酒既行,珍肴杂错,入口甘芳,并异常馔。王默然寂坐,惟目注丽者;然心爱其人,而又欲闻其乐,窃恐其终不一弹。酒阑,一叟倡言曰:"蒙崔真人雅召,今日可云盛会,自宜尽欢。请以器之同者,共队为曲[10]。"于是各合配旅[11]。丝竹之声,响彻云汉。独有跨凤者,乐伎无偶[12]。群声既歇,侍儿始启绣囊,横陈几上。女乃舒玉腕,如挏筝状[13],其亮数倍于琴,烈足开胸,柔可荡魄。弹半炊许[14],合殿寂然,无有咳者。既阕[15],铿尔一声[16],如击清磬。共赞曰:"云和夫人绝技哉[17]!"大众皆起告别,鹤唳龙吟,一时并散。

道士设宝榻锦衾,备生寝处。王初睹丽人,心情已动;闻乐之后,涉想尤劳[18]。念己才调[19],自合芥拾青紫[20],富贵后何求弗得。顷刻百绪,乱如蓬麻。道士似已知之,谓曰:"子前身与我同学,后缘意念不坚,遂坠尘网。仆不自他于君[21],实欲拔出恶浊;不料迷晦已深,梦梦不可提悟[22]。今当送君行。未必无复见之期,然作天仙,须再劫矣[23]。"遂指阶下长石,令闭目坐,坚嘱无视。已,乃以鞭驱石。石飞起,风声灌耳,不知所行几许。忽念下方景界,未审何似;隐将两眸微开一线,则见大海茫茫,浑无边际。大惧,即复合,而身已随石俱堕,砰然一响,汩没若鸥[24]。幸凤近海,略谙泅浮。闻人鼓掌曰:"美哉跌乎!"危殆方急,一女子援登舟上,且曰:"吉利,吉利,秀才'中湿'矣[25]!"视之,年可十六七,颜色艳丽。王出水寒栗,求火燎之。女子言:"从我至家,当为处置。苟适意,勿相忘。"王曰:"是何言哉!我中原才子[26],偶遭狼狈,过此图以身报,何但不忘!"女子以棹催艇,疾如风雨,俄已近岸。于舱中携所采莲花一握,导与俱去。半里许入村,见朱户南开,进历数重门,女子先驰入。少间,一丈夫出,是四十许人,揖王升阶,命侍者取冠袍袜履,为王更衣。既,询邦族。王曰:"某非相欺,才名略可听闻。崔真人切切眷恋,招升天阙[27]。自分功名反掌,以故不愿栖隐。"丈夫起敬曰:"此名仙人岛,远绝人世。文若,姓桓。世居幽僻,何幸得近名流。"因而殷勤置酒。又从容而言曰:"仆有二女,长者芳云,年十六矣,只今未遭良匹。欲以奉侍高人,如何?"王意必采莲人,离席称谢。桓命于邻党中[28],招二三齿德来[29]。顾左右,立唤女郎。无何,异香浓射,美姝十馀辈,拥芳云出,光艳明媚,若芙蕖之映朝日。拜已,即坐。群姝列侍,则采莲人亦在焉。酒数行,一垂髫女自内出,仅十馀龄,而姿态秀曼,笑依芳云肘下,秋波流动。桓曰:"女子不在闺中,出作何务?"乃顾客曰:"此绿云,即仆幼女。颇惠,能记典坟矣[30]。"因令对客吟诗。遂诵竹枝词三章[31],娇婉可听。便令傍姊隅坐。桓因谓:"王郎天才,宿构必富[32],可使鄙人得闻教乎?"王即慨然颂近体一作[33],顾盼自雄[34]。中二句云:"一身剩有须眉在,小饮能令块磊消[35]。"邻叟再三诵之。芳云低告曰:"上句是孙行者离火云洞,下句是猪八戒过子母河也[36]。"一座抚掌。桓请其他。王述水鸟诗云:"潴头鸣格磔[37],……"忽忘下句。甫一沉吟,芳云向妹咕咕耳语[38],遂掩口而笑。绿云告父曰:"渠为姊夫续下句矣。云:'狗腚响弸巴[39]。'"合席粲然。王有惭色。桓顾芳云,怒之以目。王色稍定,桓复请其文艺[40]。王意世外人必不知八股业,乃炫其冠军之作[41],题为"孝哉闵子骞"二句[42],破云[43]:"圣人赞大贤之孝……"绿云顾父曰:"圣人无字门人者,'孝哉……'一句,即是人言。"王闻之,意兴索然。桓笑曰:"童子何知!不在此,只论文耳。"王乃复诵。每数句,姊妹必相耳语,似是月旦之词[44],但嗫嗫不可辨。王诵至佳处[45],兼述文宗评语[46],有云:"字字痛切。"绿云告父曰:"姊云:'宜删"切"字。'"众都不解。桓恐其语嫚[47],不敢研诘。王诵毕,又述总评,有云:"羯鼓一挝,则万花齐落[48]。"芳云又掩口语妹,两人皆笑不可仰。绿云又告曰:"姊云:'羯鼓当是四挝。'"众又不解。绿云启口欲言,芳云忍笑诃之曰:"婢子敢言,打煞矣!"众大疑,互有猜论。绿云不能忍,乃曰:"去'切'字,言'痛'则'不通'[49]。鼓四挝,其声云'不通又不通'也。"众大笑。桓怒诃之。因而自起泛卮[50],谢过不遑。王初以才名自诩,目中实无千古;至此,神气沮丧,徒有汗淫[51]。桓诱而慰之曰:"适有一言,请席中属对焉[52]:'王子身边,无有一点不似玉。'"众未措想,绿云应声曰:"黾翁头上,再着半夕即成龟。"芳云失笑,呵手扭胁肉数四[53]。绿云解脱而走,回顾曰:"何预汝事!汝骂之频频,不以为非;宁他人一句,便不许耶?"桓咄之,始笑而去。邻叟辞别。诸婢导夫妻入内寝,灯烛屏榻,陈设精备。又视洞房中,牙签满架[54],靡书不有。略致问难,响应无穷[55]。王至此,始觉望洋堪羞[56]。女唤"明珰",则采莲者趋应,由是始识其名。屡受诮辱,自恐不见重于闺闼;幸芳云语言虽虐,而房帏之内,犹相爱好。王安居无事,辄复吟哦。女曰:"妾有良言,不知肯嘉纳否?"问:"何言?"曰:"从此不作诗,亦藏拙之一法也[57]。"王大惭,遂绝笔。久之,与明珰渐狎。告芳云曰:"明珰与小生有拯命之德,愿少假以辞色[58]。"芳云乃即许之。每作房中之戏,招与共事,两情益笃,时色授而手语之[59]。芳云微觉,责词重叠;王惟喋喋[60],强自解免。一夕,对酌,王以为寂,劝招明珰。芳云不许。王曰:"卿无书不读,何不记'独乐乐'数语[61]?"芳云曰:"我言君不通,今益验矣。句读尚不知耶[62]?'独要,乃乐于人要;问乐,孰要乎[63]?曰:不。'"一笑而罢。适芳云姊妹赴邻女之约,王得间,急引明珰,绸缪备至。当晚,觉小腹微痛;痛已,而前阴尽肿。大惧,以告芳云。云笑曰:"必明珰之恩报矣!"王不敢隐,实供之。芳云曰:"自作之殃,实无可以方略[64]。既非痛痒,听之可矣。"数日不瘳,忧闷寡欢。芳云知其意,亦不问讯,但凝视之,秋水盈盈,朗若曙星[65]。王曰:"卿所谓'胸中正,则眸子瞭焉[66]'。"芳云笑曰:"卿所谓'胸中不正,则瞭子眸焉[67]'。"盖"没有"之"没",俗读似"眸",故以此戏之也。王失笑,哀求方剂。曰:"君不听良言,前此未必不疑妾为妒意。不知此婢,原不可近。曩实相爱,而君若东风之吹马耳[68],故唾弃不相怜。无已,为若治之。然医师必审患处。"乃探衣而咒曰:"'黄鸟黄鸟,无止于楚[69]!'"王不觉大笑,笑已而瘳。

逾数月,王以亲老子幼,每切怀忆,以意告女。女曰:"归即不难,但会合无日耳。"王涕下交颐,哀与同归。女筹思再三,始许之。桓翁张筵祖饯。绿云提篮入,曰:"姊姊远别,莫可持赠。恐至海南,无以为家,夙夜代营宫室,勿嫌草创[70]。"芳云拜而受之。近而审谛[71],则用细草制为楼阁,大如橼[72],小如橘,约二十馀座,每座梁栋榱题[73],历历可数;其中供帐床榻[74],类麻粒焉。王儿戏视之,而心窃叹其工。芳云曰:"实与君言[75]:我等皆是地仙[76]。因有凤分[77]，遂得陪从。本不欲践红尘[78]，徒以君有老父，故不忍违。待父天年，须复还也。"王敬诺。桓乃问："陆耶？舟耶？"王以风涛险，愿陆。出则车马已候于门。谢别而迈，行踪骛驶[79]。俄至海岸，王心虑其无途。芳云出素练一匹，望南抛去，化为长堤，其阔盈丈。瞬息驰过，堤亦渐收。至一处，潮水所经，四望辽邈[80]。芳云止勿行，下车取篮中草具，偕明珰数辈，布置如法，转眼化为巨第。并入解装，则与岛中居无稍差殊，洞房内几榻宛然。时已昏暮，因止宿焉。早旦，命王迎养[81]。王命骑趋诣故里，至则居宅已属他姓。问之里人，始知母及妻皆已物故[82]，惟老父尚存。子善博，田产并尽，祖孙莫可栖止，暂僦居于西村。王初归时，尚有功名之念，不惄于怀[83]；及闻此况，沉痛大悲，自念富贵纵可携取，与空花何异[84]。驱马至西村见父，衣服滓敝[85]，衰老堪怜。相见，各哭失声。问不肖子[86]，则出赌未归。王乃载父而还。芳云朝拜已毕，燂汤请浴[87]，进以锦裳，寝以香舍。又遥致故老与谈宴，享奉过于世家。子一日寻至其处，王绝之，不听入，但予以廿金，使人传语曰："可持此买妇，以图生业。再来，则鞭打立毙矣！"子泣而去。王自归，不甚与人通礼；然故人偶至，必延接盘桓，扬抑过于平时[88]。独有黄子介，夙与同门学，亦名士之坎坷者，王留之甚久，时与秘语，赂遗甚厚。居三四年，王翁卒，王万钱卜兆[89]，营葬尽礼。时子已娶妇，妇束男子严，子赌亦少间矣；是日临丧，始得拜识姑嫜[90]。芳云一见，许其能家，赐三百金为田产之费。翼日，黄及子同往省视，则舍宇全渺，不知所在。

异史氏曰:"佳丽所在,人且于地狱中求之,况享受无穷乎?地仙许携姝丽,恐帝阙下虚无人矣。轻薄减其禄籍[91],理固宜然,岂仙人遂不之忌哉?彼妇之口,抑何其虐也!"

据《聊斋志异》铸雪斋抄本

- [1] 灵山:灵山卫,明置,在今山东省胶南县东北。
- [2] 屡冠文场:在科举考试中屡次名列第一。文场,科举考场。
- [3] 诮骂:诘责辱骂。
- [4] 多所凌折:很多人被其欺侮伤害。
- [5] 被"轻薄孽"折除几尽:谓其富贵被其轻薄罪孽准折得差不多了。孽,罪业。折除,相准除去。折,准折。几,近。
- [6] 世上:此从二十四卷抄本,原作"世人"。
- [7] 翕(xī 吸)飞:言囊一收一鼓地飞行。《说文》段玉裁注:"翕从合者,鸟将起必敛翼也。"
- [8] 齿齿:排列如齿,有次序的样子。
- [9] 延阁:指从属于主体建筑的楼阁。见柳宗元《永州龙兴寺东丘记》。
- [10] 共队为曲:共为一部奏曲。队,部列。
- [11] 各合配旅:谓乐器相同者,各各相聚,配合有序。旅,次序。《仪礼·燕礼》:"宾以旅酬于西阶上。"注:"旅,序也。"
- [12] 伎:通"技"。
- [13] 如挡(chōu 抽)筝状:像是用手拨弄筝的样子。挡,用手拨弄筝或琵琶等弦索乐器。筝,弦乐器。
- [14] 半炊许:约有煮半顿饭的工夫。
- [15] 既阕(què 确):一曲奏完之后。阕,乐终,因谓一曲为一阕。
- [16] 铿尔:象声词,弦索乐器停奏时馀音。语出《论语·先进》。
- [17] 云和夫人:盖为杜撰的善琴的仙女名。云和,山名,出产琴材,因此称琴。《周礼·春官·大司乐》:"孤竹之管,云和之琴瑟。"
- [18] 涉想尤劳:就更加对其思念不已。涉想,设想,想象。何逊《为衡山侯与妇书》：" 帐前微笑，涉想犹存。" 尤，此据二十四卷抄本，原作"犹"。
〔19〕 才调：犹才气。一般指文才。
〔20〕 芥拾青紫：谓取高官如从地上拾取芥草一样轻易。《汉书·夏侯胜传》："经术苟明，其取青紫如俯拾地芥耳。" 青紫，汉三公（丞相、太尉、御史大夫）官印上的绶带。详《颜氏》注。芥，小草。
〔21〕 不自他：犹言不自外。
〔22〕 梦梦（méng méng 蒙蒙）：昏乱，糊涂。语出《诗·小雅·正月》。
〔23〕 再劫：遭两次劫数。劫，梵语音译"劫波"的略称，意为极为久远的时节。佛教对"劫"的说法不一。《法苑珠林·劫量述意》："夫劫者，盖是纪时之名，犹年号耳。" 一般分为大劫、中劫、小劫。谓世人寿命有增有减，每一增（人寿自十岁始，每百年增一岁，增至八万四千岁）及一减（人寿自八万四千岁始，每百年减一岁，减至十岁），各为一小劫；合一增一减为一中劫。一大劫包括八十中劫。
〔24〕 汩（gǔ 古）没若鸥：像海鸥沉潜水中。汩没，沉没。
〔25〕 秀才"中湿"："中湿"为"中式"的谐音。科举考试被录取叫"中式"。此处为讥讽之语。秀才中式，即考中秀才（生员）。
〔26〕 中原：此指我国中部地区。
〔27〕 天阙：天宫。
〔28〕 邻党：犹乡党。古代以一万二千五百户为一乡，五百家（或云二百五十家）为党。后泛指邻里。
〔29〕 齿德：年高而有德者。齿，年齿，年龄。《汉书·武帝纪》建元元年诏："古之立教，乡里以齿，朝廷以爵，扶世导民，莫善于德。"
〔30〕 典坟：五典、三坟的简称。见《左传·昭公十二年》。此泛指古代文籍。
〔31〕 竹枝词：仿民歌"竹枝"而写的诗。竹枝，巴渝一带的民歌。
〔32〕 宿构：语出《南史·范云传》，谓预先构思。此指旧作。
〔33〕 近体：近体诗。我国古代诗歌体裁之一，也称今体诗，即格律诗。诗的形式有五言、七言律诗、绝句、排律之分；除排律句数不拘外，诗的句数、字数、平仄、对仗、用韵等，都有严格要求。
〔34〕 顾盼自雄：左顾右盼，自以为无居其上者。顾盼，形容得意忘形。

[35] "一身"二句:这两句上下思理不相连属,而各句文意亦不通:上句本要说自己具有刚强不屈的须眉男子气概,却说"一身"只剩下"须眉";下句所写以酒浇愁。应是"痛饮",而却说:"小饮"。所以引起芳云的讥笑。须眉,胡须和眉毛。古人以须眉为男性美,因以指男子。块磊,心中郁结不平。见《世说新语·任诞》。

[36] "上句是"二句:孙行者离火云洞,见《西游记》四十一回,谓孙悟空在号山枯松林涧火云洞被红孩儿妖火所烧。此借以讽刺"剩有须眉"。猪八戒过子母河,见《西游记》五十三回,谓猪八戒过西梁女国子母河,吃了河水,成了胎气,腹中长了血团肉块,后来吃了一口"落胎泉"里的水,才消了胎气。此借以讽刺"小饮能令块磊消"。

[37] "潴头鸣格磔":此以谐音相调谑。潴(zhū 猪),水停积处,指陂塘。潴头谓"猪头"。格磔(gē zhé 哥哲),是鹧鸪鸟叫声,非关水鸟。

[38] 咭咭(chè chè 拆拆):犹咕嚅(rú 如),低声细语。

[39] 狗腚响弸巴:字面与"潴(猪)头鸣格磔"相对,而意谓放狗屁。腚,山东方言,屁股。

[40] 文艺:本指写作方面的学问。见《大戴礼·文王宫人》。此指八股文。

[41] 冠军之作:指其"屡冠文场"的八股文。

[42] 题为"孝哉闵子骞"二句:《论语·先进》:"子曰:'孝哉闵子骞,人不间于其父母昆弟之言。'"

[43] 破:破题,为八股文程式之一。起首两句必须概括剖析全题,因称。

[44] 月旦:品评。语出《后汉书·许劭传》。

[45] 至:此从二十四卷本,原作"之"。

[46] 文宗:此指提学使。详《考城隍》注。

[47] 语嫚(màn 慢):言辞轻慢。

[48] "羯鼓"二句:谓其文意旨高远,文采斐然。羯鼓,古羯族乐器。形如漆桶,两头可以敲击,其音急促高烈。挝,敲击。见南卓《羯鼓录》。万花齐落,喻文采缤纷。

[49] "痛"则"不通":吕湛恩注谓"言人有痛处,则血脉不流通也。见《士材三书》。"此借以讽刺其文句不通。

[50] 泛卮:谓斟满酒。卮,圆形酒器。《史记·吕后本纪》:"太后乃恐,

自起泛孝惠卮。"
〔51〕 汗淫:汗水淫淫。淫,汗水直流的样子。
〔52〕 属(zhǔ主)对:联对。
〔53〕 数四:再三再四,多次。
〔54〕 牙签:象牙制作的图书标签,因以指书函。
〔55〕 响应:回答,应答。
〔56〕 望洋堪羞:谓以自己见闻鄙陋为羞。望洋,仰视的样子。《庄子·秋水》:"(河伯)顺流而东行,至于北海,东面而视,不见水端。于是焉河伯始旋其面目,望洋向若而叹曰:'野语有之,曰:闻道百以为莫己若者,我之谓也。'"此喻指开阔了眼界而自感羞愧。
〔57〕 一法:此据二十四卷抄本,原无"法"字。
〔58〕 少假以辞色:稍微给以好言语、好脸色;意谓另眼相待。
〔59〕 色授而手语:谓眉目传情,手势示意。
〔60〕 喋喋:唠唠叨叨,说个不了。
〔61〕 "独乐乐"数语:《孟子·梁惠王》下:"(孟子)曰:'独乐乐,与人乐乐,孰乐?'曰:'不若与人。'"芳云所读,是故意断错,读错。
〔62〕 句读(dòu逗)尚不知也:此从二十四卷抄本,"尚"原作"当"。句读,亦叫"句逗"。文辞语意已尽处为句,行文中用圈(句)来表示;语意未尽而须停顿处为读,行文中用点(读)来表示。
〔63〕 "独要"五句:王勉引《孟子》,意在强调"与人乐乐";芳云将原文添字换字,故意读错断错,戏言不能"要"那种快乐。
〔64〕 无可以方略:没有解决的办法。方略,办法。
〔65〕 "秋水"二句:喻谓眼波清澈,像晨星一样明亮。秋水,喻眼波。盈盈,水清澈的样子。
〔66〕 "胸中正"二句:谓心术端正,则眼光是明亮的。语出《孟子·离娄》上。原句为:"存乎人者,莫良于眸子。眸子不能掩其恶。胸中正,则眸子瞭焉;胸中不正,则眸子眊焉。听其言也,观其眸子,人焉廋哉?"眸(móu牟)子,朱熹《集注》:"眸子,目瞳子也。"瞭(liǎo了),明。
〔67〕 瞭子:山东方言,男性生殖器的谐音。
〔68〕 若东风之吹马耳:犹言如同风过马耳边,漠然无所动于心。"吹",

也作"射"。李白《答王十二寒夜独酌有怀》:"世人闻此皆掉头,有如东风射马耳。"

〔69〕 "黄鸟"二句:由《诗·秦风·黄鸟》和《诗·小雅·黄鸟》的诗句凑泊成句,用作戏语。黄鸟,喻指男子生殖器。楚,树名,即牡荆。此借为"痛楚"之"楚",痛苦。

〔70〕 草创:凡事初设之称,此处犹言粗制。

〔71〕 审谛:仔细观看。

〔72〕 橼(yuán 缘):枸(jǔ 举)橼,果名。似橘,柠檬一种。

〔73〕 榱(cuī 崔)题:屋檐的椽子头,即出檐。语出《孟子·尽心》下。

〔74〕 供帐:谓供具张设。也作"供张"。语出《汉书·成帝纪》。

〔75〕 与:此从二十四卷抄本,原作"于"。

〔76〕 地仙:方士称住在人间的仙人。葛洪《抱朴子·论仙》:"按《仙经》云:上士举形升虚,谓之天仙;中士游于名山,谓之地仙;下士先死后蜕,谓之尸解。"

〔77〕 夙分:宗教迷信谓前世的缘分。

〔78〕 红尘:佛道指称人世间。

〔79〕 骛驶:急驰。骛,疾。驶,马行迅速。

〔80〕 辽:此从二十四卷抄本,原作"违"。

〔81〕 迎养:迎父母供养。养,供养,事奉。

〔82〕 物故:谓死亡。

〔83〕 不恝(jiá 夹)于怀:犹言不释于怀。恝,恝置,淡然忘之,不介意。

〔84〕 空花:虚幻之花。花,也作"华"。

〔85〕 滓敝:肮脏破旧。

〔86〕 不肖子:犹言不孝子。不肖,子不似父。语出《孟子·万章》上。

〔87〕 燂(qián 前)汤:烧热水。燂,烧热。

〔88〕 抐(huī 挥)抑:谦逊。

〔89〕 卜兆:卜坟兆,即以占卜择定墓地。

〔90〕 姑嫜:公婆。

〔91〕 禄籍:登记禄位的簿册。语出《书·大禹谟》《传》。此指福禄名位。

阎 罗 薨

巡抚某公父[1],先为南服总督[2],殂谢已久[3]。公一夜梦父来,颜色惨栗[4],告曰:"我生平无多孽愆[5],只有镇师一旅[6],不应调而误调之,途逢海寇,全军尽覆。今讼于阎君,刑狱酷毒,实可畏凛。阎罗非他,明日有经历解粮至[7],魏姓者是也。当代哀之,勿忘!"醒而异之,意未深信。既寐,又梦父让之曰[8]:"父罹厄难[9],尚弗镂心[10],犹妖梦置之耶?"公大异之。

明日,留心审阅,果有魏经历,转运初至,即刻传入,使两人捼坐[11],而后起拜,如朝参礼[12]。拜已,长跽涟洏而告以故[13]。魏不自任,公伏地不起。魏乃云:"然,其有之[14]。但阴曹之法,非若阳世憪憪[15],可以上下其手[16],即恐不能为力。"公哀之益切。魏不得已,诺之。公又求其速复。魏筹回虑无静所[17]。公请为粪除宾廨[18],许之。公乃起。又求一往窥听,魏不可。强之再四,嘱曰:"去即勿声。且冥刑虽惨,与世不同,暂置若死,其实非死。如有所见,无庸骇怪[19]。"

至夜,潜伏廨侧,见阶下囚人,断头折臂者,纷杂无数。墀中置火铛油镬[20],数人炽薪其下[21]。俄见魏冠带出,升座,气象威猛,迥与曩殊[22]。群鬼一时都伏,齐鸣冤苦。魏曰:"汝等命戕于寇,冤自有主,何得妄告官长?"众鬼哗言曰:"例不应调,乃被妄檄前来[23],

遂遭凶害,谁贻之冤[24]?"魏又曲为解脱,众鬼嗥冤,其声汹动。魏乃唤鬼役:"可将某官赴油鼎,略入一煤[25],于理亦当。"察其意,似欲借此以泄众忿。即有牛首阿旁[26],执公父至,即以利叉刺入油鼎。公见之,中心惨怛[27],痛不可忍,不觉失声一号,庭中寂然,万形俱灭矣。公叹咤而归。及明,视魏,则已死于廨中。松江张禹定言之[28]。以非佳名,故讳其人。

据《聊斋志异》铸雪斋抄本

------

〔1〕 巡抚:明清时代与总督同为地方最高长官;清为省级地方政府的长官,总揽一省的军政大权,地位略次于总督。

〔2〕 南服:南方。周制,以土地距国都远近分为五服,因此称南方为南服。

〔3〕 殂谢:谓死亡。

〔4〕 惨栗:谓极度悲痛。

〔5〕 孽愆:犹言罪过。

〔6〕 镇师一旅:所属镇的军队五百人。镇,清制,总督或巡抚所属有镇、协、营、汛各级。镇,指总兵,为绿营兵高级武官;因掌理本镇军务,又称"总镇"。旅,军队编制单位,五百人为旅。

〔7〕 经历:官名。金代枢密院、都元帅府皆置经历,元明因之。掌出纳、移文等事。

〔8〕 让:责备。

〔9〕 罹厄难:遭受危难。

〔10〕 尚弗镂心:还不铭记于心。镂心,刻在心上。镂,雕刻。

〔11〕 捺坐:强按于座。

〔12〕 如朝参礼:如同上朝参见皇帝的礼节。朝参,官吏上朝参见皇帝。见《旧唐书·舆服志》。

〔13〕 长跽涟洏(ér 而):直挺挺地跪着,两眼垂泪。长跽,犹长跪,上身

挺直而跪。涟洏，垂泪的样子。
〔14〕 其有之：大概有这件事。
〔15〕 懞懞（měng měng 猛猛）：犹瞢瞢，昏暗不明。懞，通"瞢"。
〔16〕 上下其手：谓串通作弊。《左传·襄公二十六年》载，春秋时，楚国进攻郑国，穿封戌俘虏了郑将皇颉，王子围与其争功，请伯州犁裁决。伯州犁即叫俘虏本人作证。而伯州犁有意袒护王子围，在提审时，指王子围故意"上其手"（高举其手），向皇颉暗示王子围地位尊贵；指穿封戌则"下其手"，以示其地位卑下。皇颉会意，便说自己是被王子围俘虏的。伯州犁通过上下其手达到了颠倒是非、通同作弊的目的。
〔17〕 筹回：反复谋画。
〔18〕 粪除宾廨：清扫接待宾客的公廨。粪除，扫除。语出《左传·昭公三年》。
〔19〕 无庸：不用。
〔20〕 火铛油镬：烹刑刑具。铛、镬，烹器，即下文所云"油鼎"。
〔21〕 炽薪：将柴草烧旺。
〔22〕 迥与曩殊：迥然与日间所见不同。曩，曩昔，过去，往日。
〔23〕 檄：传递军令的公文。
〔24〕 贻：给与。
〔25〕 一煠（zhá 炸）：食物放入油或汤中，一沸而出称"煠"，此谓将某公父放入油锅一炸。
〔26〕 牛首、阿旁：均为迷信传说中阴间恶鬼名。
〔27〕 惨怛：悲痛。
〔28〕 松江：县名，今属上海市。

颠 道 人

颠道人[1]，不知姓名，寓蒙山寺[2]。歌哭不常[3]，人莫之测，或见其煮石为饭者。会重阳，有邑贵载酒登临[4]，舆盖而往[5]，宴毕过寺，甫及门，则道人赤足着破衲[6]，自张黄盖，作警跸声而出[7]，意近玩弄。邑贵乃惭怒，挥仆辈逐骂之。道人笑而却走。逐急，弃盖，共毁裂之，片片化为鹰隼，四散群飞。众始骇。盖柄转成巨蟒，赤鳞耀目。众哗欲奔，有同游者止之曰："此不过翳眼之幻术耳[8]，乌能噬人！"遂操刃直前。蟒张吻怒逆，吞客咽之。众骇，拥贵人急奔，息于三里之外。使数人逡巡往探，渐入寺，则人蟒俱无。方将返报，闻老槐内喘急如驴，骇甚。初不敢前；潜踪移近之，见树朽中空，有窍如盘。试一攀窥，则斗蟒者倒植其中，而孔大仅容两手，无术可以出之。急以刀劈树，比树开而人已死[9]。逾时少苏，舁归。道人不知所之矣。

异史氏曰："张盖游山，厌气浃于骨髓[10]。仙人游戏三昧[11]，一何可笑！余乡殷生文屏，毕司农之妹夫也[12]，为人玩世不恭[13]。章丘有周生者[14]，以寒贱起家，出必驾肩而行[15]。亦与司农有瓜葛之旧[16]。值太夫人寿[17]，殷料其必来，先候于道，着猪皮靴，公服持手本[18]。俟周至，鞠躬道左，唱曰：'淄川生员，接章丘生员！'周惭，下舆，略致数语而别。少间，同聚于司农之堂，冠裳满座[19]，视其服色,无不窃笑;殷傲睨自若[20]。既而筵终出门,各命舆马。殷亦大声呼:'殷老爷独龙车何在?'有二健仆,横扁杖于前[21],腾身跨之。致声拜谢,飞驰而去。殷亦仙人之亚也[22]。"

据《聊斋志异》铸雪斋抄本

---

[1] 颠:疯癫。
[2] 蒙山:当指山东蒙山。在山东中部,蒙阴县南。
[3] 不常:不正常。
[4] 邑贵:本县中有权势的人。登临:登山临水;这里指登游蒙山。
[5] 舆盖:坐轿张伞。盖,贵官出行时作为仪仗用的大伞。
[6] 破衲:破旧僧服。按戒律规定,僧尼的衣服当用人们遗弃的碎布缝衲而成,因而称僧服为"百衲衣",简称为"衲"。
[7] 作警跸(bì 毕)声:发出"喝道"的声音。警跸,古时皇帝出入经过的地方严加戒备,鸣鞭吆喝,驱散行人,称"警跸"。警,警戒。跸,清道、禁止通行。
[8] 翳(yì 易)眼之幻术:迷惑他人视觉的幻术,俗称"障眼法"。翳,遮蔽。
[9] 人:据山东省博物馆抄本补,原阙。
[10] 厌气:令人憎恶的俗气。浃:浸透。
[11] 游戏三昧:此指游戏之事。三昧,梵语音译,意思是心性专注的精神状态。佛教徒称自在无碍,排除杂念,使心神平静,叫"游戏三昧"。
[12] 毕司农:淄川人毕自严,明代万历进士,官至户部尚书,故称他为毕司农。司农,户部尚书的别称。
[13] 玩世不恭:不拘礼法,藐视世俗。
[14] 章丘:县名,今属山东省济南市。
[15] 驾肩:坐轿。肩,肩舆,即轿子。
[16] 瓜葛之旧:展转相连的远亲。

〔17〕 太夫人:此尊称毕母。
〔18〕 着猪皮靴,公服持手本:足着带毛猪皮靴,身穿生员服,手持拜见名帖。殷生此等装束,后文又跨扁杖而去,都是玩世不恭的恶作剧,意在嘲弄周生"以寒贱起家,出必驾肩而行。"按:明代功令,教坊妓者之夫,绿巾绿带,着带毛猪皮靴,老病不准乘舆马,跨一木,令人肩之;脱籍三代,准其捐考。孟森《跋〈聊斋志异·颠道人〉》曾作考证,见《文史丛刊》三集。
〔19〕 冠裳:犹言衣冠,官吏士绅的代称。
〔20〕 傲睨自若:傲慢睥睨,态度自如。
〔21〕 扁杖:扁担。即殷生谑称的"独龙车"。
〔22〕 亚:流亚;类型相近。

胡 四 娘

程孝思，剑南人[1]。少惠能文。父母俱早丧，家赤贫，无衣食业，求佣为胡银台司笔札。胡公试使文，大悦之，曰："此不长贫，可妻也。"银台有三子四女，皆襁中论亲于大家；止有少女四娘，孽出[2]，母早亡，笄年未字[3]，遂赘程[4]。或非笑之，以为惛髦之乱命[5]，而公弗之顾也。除馆馆生[6]，供备丰隆。群公子鄙不与同食，婢仆咸揶揄焉。生默默不较短长，研读甚苦。众从旁厌讥之，程读弗辍；群又以鸣钲锽聒其侧[7]，程携卷去，读于闺中。

初，四娘之未字也，有神巫知人贵贱，遍观之，都无谀词；惟四娘至，乃曰："此真贵人也！"及赘程，诸姊妹皆呼之"贵人"以嘲笑之；而四娘端重寡言，若罔闻之。渐至婢媪，亦率相呼。四娘有婢名桂儿，意颇不平，大言曰："何知吾家郎君，便不作贵官耶？"二姊闻而嗤之曰："程郎如作贵官，当抉我眸子去[8]！"桂儿怒而言曰："到尔时，恐不舍得眸子也！"二姊婢春香曰："二娘食言，我以两睛代之。"桂儿益恚，击掌为誓曰："管教两丁盲也[9]！"二姊忿其语侵，立批之[10]。桂儿号咷。夫人闻知，即亦无所可否，但微哂焉。桂儿噪诉四娘；四娘方绩，不怒亦不言，绩自若[11]。会公初度[12]，诸婿皆至，寿仪充庭[13]。大妇嘲四娘曰："汝家祝仪何物？"二妇曰："两肩荷一口[14]！"四娘坦然，殊无惭怍。人见其事事类痴，愈益狎之[15]。独有公爱妾李氏,三姊所自出也,恒礼重四娘[16],往往相顾恤[17]。每谓三娘曰:"四娘内慧外朴[18],聪明浑而不露[19],诸婢子皆在其包罗中,而不自知。况程郎昼夜攻苦,夫岂久为人下者?汝勿效尤[20],宜善之,他日好相见也。"故三娘每归宁,辄加意相欢。

是年,程以公力,得入邑庠[21]。明年,学使科试士[22],而公适薨[23],程缞哀如子[24],未得与试。既离苫块[25],四娘赠以金,使趋入遗才籍[26]。嘱曰:"曩久居,所不被呵逐者,徒以有老父在;今万分不可矣!倘能吐气,庶回时尚有家耳。"临别,李氏、三娘赂遗优厚[27]。程入闱,砥志研思[28],以求必售。无何,放榜,竟被黜。愿乖气结,难于旋里,幸囊资小泰[29],携卷入都。时妻党多任京秩[30],恐见诮讪,乃易旧名,诡托里居,求潜身于大人之门。东海李兰台见而器之[31],收诸幕中,资以膏火[32],为之纳贡[33],使应顺天举;连战皆捷[34],授庶吉士[35]。自乃实言其故。李公假千金,先使纪纲赴剑南,为之治第。时胡大郎以父亡空匮,货其沃墅,因购焉。既成,然后贷舆马,往迎四娘。

先是,程擢第后,有邮报者[36],举宅皆恶闻之;又审其名字不符,叱去之。适三郎完婚,戚眷登堂为餪[37],姊妹诸姑咸在,惟四娘不见招于兄嫂。忽一人驰入,呈程寄四娘函信;兄弟发视,相顾失色。筵中诸眷客,始请见四娘。姊妹惴惴,惟恐四娘衔恨不至。无何,翩然竟来[38]。申贺者,捉坐者,寒暄者,喧杂满屋。耳有听,听四娘;目有视,视四娘;口有道,道四娘也:而四娘凝重如故[39]。众见其靡所短长[40],稍就安帖,于是争把盏酌四娘。方宴笑间,门外啼号甚急,群致怪问。俄见春香奔入,面血沾染。共诘之,哭不能对。二娘呵之,始泣曰:"桂儿逼索眼睛,非解脱,几抉去矣!"二娘大惭,汗粉交下。四娘漠然[41];合坐寂无一语,各始告别。四娘盛妆,独拜李夫人及三姊,出门登车而去。众始知买墅者,即程也。四娘初至墅,什物多阙。夫人及诸郎各以婢仆、器具相赠遗,四娘一无所受;惟李夫人赠一婢,受之。

居无何,程假归展墓[42],车马扈从如云。诣岳家,礼公柩,次参李夫人。诸郎衣冠既竟[43],已升舆矣[44]。胡公殁,群公子日竞资财,柩之弗顾。数年,灵寝漏败[45],渐将以华屋作山丘矣[46]。程睹之悲,竟不谋于诸郎,刻期营葬,事事尽礼。殡日,冠盖相属[47],里中咸嘉叹焉。

程十馀年历秩清显[48],凡遇乡党厄急[49],罔不极力。二郎适以人命被逮,直指巡方者[50],为程同谱[51],风规甚烈[52]。大郎浼妇翁王观察函致之[53],殊无裁答[54],益惧。欲往求妹,而自觉无颜,乃持李夫人手书往。至都,不敢遽进,觇程入朝,而后诣之。冀四娘念手足之义,而忘睚眦之嫌[55]。阍人既通,即有旧媪出,导入厅事,具酒馔,亦颇草草。食毕,四娘出,颜温霁[56],问:"大哥人事大忙,万里何暇枉顾?"大郎五体投地[57],泣述所来。四娘扶而笑曰:"大哥好男子,此何大事,直复尔尔?妹子一女流,几曾见呜呜向人?"大郎乃出李夫人书。四娘曰:"诸兄家娘子,都是天人[58],各求父兄,即可了矣,何至奔波到此?"大郎无词,但顾哀之。四娘作色曰:"我以为跋涉来省妹子,乃以大讼求贵人耶[59]!"拂袖径入。大郎惭愤而出。归家详述，大小无不诟詈；李夫人亦谓其忍。逾数日，二郎释放宁家，众大喜，方笑四娘之徒取怨谤也。俄而四娘遣价候李夫人[60]。唤入，仆陈金币，言："夫人为二舅事，遣发甚急，未遑字覆[61]。聊寄微仪，以代函信。"众始知二郎之归，乃程力也。后三娘家渐贫，程施报逾于常格。又以李夫人无子，迎养若母焉[62]。

据《聊斋志异》铸雪斋抄本

----

〔1〕 剑南：唐置剑南道，辖四川剑阁以南广大地区，治所在今四川成都。
〔2〕 孽出：庶出；妾生。
〔3〕 笄年未字：年已及笄，尚未许人。
〔4〕 赘程：招程孝思为赘婿。旧时男子就婚于女家叫"入赘"。
〔5〕 惛耄：同"惛眊"或"惛眊"，年老神志不清。乱命：本指病危昏迷时所留下的遗命，后泛指荒谬无理的命令。
〔6〕 除馆馆生：整理馆舍，让程生居住。后一"馆"字作动词。
〔7〕 鸣钲（zhēng 征）：犹言敲锣。钲，古打击乐器，形似钟，有长柄可执，口向上。锽聒：锽锽地吵闹。锽，钟鼓声。聒，嘈杂。
〔8〕 抉：挖掉。眸子：眼珠。
〔9〕 两丁：两个。指春香及二姊两人。
〔10〕 批：手击；打耳光。
〔11〕 绩：捻麻线。
〔12〕 初度：生日。
〔13〕 寿仪：祝寿的礼物。
〔14〕 两肩荷一口：意谓只送来一张嘴。讽刺其贫穷不送寿礼而白吃白喝。
〔15〕 愈益狎之：更加轻侮她。狎，轻侮。
〔16〕 礼重：敬重；以礼相待。
〔17〕 顾恤：照顾体恤。

〔18〕 内慧外朴:内心聪明而外表朴钝。
〔19〕 浑而不露:浑厚不露锋芒。
〔20〕 效尤:学人坏样。效,仿效。尤,过错。
〔21〕 入邑庠:进县学,别称"入泮"。
〔22〕 科试:也称"科考"。清代每届乡试前,各省学政巡回举行考试,选拔优秀生员参加乡试。详《叶生》注。
〔23〕 薨(hōng 烘):周代诸侯死,叫"薨";唐代二品以上官员死,也称"薨"。后来则用以恭维有地位的官员之死。
〔24〕 缞(cuī 崔)哀如子:着重孝服,哀痛哭泣,如同亲生儿子。缞,最重的丧服,用粗麻布制成,披于胸前。
〔25〕 既离苫块:指居丧期满。苫块,"寝苫枕块"的略语。苫,草荐。块,土块。古礼,居亲丧时,以草荐为席,以土块为枕。
〔26〕 入遗才籍:指参加录科考试,以取得参加乡试的资格。清代科举制度,生员因故未参加科试者,在科考完毕后可集中在省城举行一次补考。这种考试叫"录科",也称"遗才"试。考试合格者册送参加乡试。这种名册称"遗才籍"。
〔27〕 赂遗(wèi 位):赠送财物。
〔28〕 砥志研思:深思熟虑,指用心为文。砥和研,都是细致琢磨的意思。
〔29〕 小泰:比较充足。泰,侈,丰足。
〔30〕 妻党:妻方的家族。任京秩:做京官。秩,官吏的职位或品级。
〔31〕 兰台:御史。东汉时称御史台为兰台寺,后世因以"兰台"作为御史的代称。
〔32〕 膏火:灯油;代指学习费用。
〔33〕 纳贡:明清时代,准许向政府纳资,捐得国子监监生的资格。由普通身份纳捐的监生称"例监",由生员纳捐的称"纳贡"。纳贡者有资格参加乡试。
〔34〕 连战皆捷:指考选举人的乡试及次年考选进士的会试、殿试,都胜利通过;即中了举人,又中了进士。
〔35〕 庶吉士:官名,明初置,永乐时隶属于"翰林院",以进士擅长文学及书法者充任。清代于翰林院设庶常馆,进士殿试后,朝考前列者得选用为庶吉士。三年后再经考试,根据成绩另授官职。

〔36〕邮报：传送喜信。邮，寄递。
〔37〕为馁（nuǎn 暖）：也称"馁女"。旧时女儿嫁后三日，母家馈送食物。
〔38〕翩然竟来：竟然大方、爽快地来了。翩然，轻盈潇洒的样子。
〔39〕凝重：庄重。
〔40〕靡所短长：无所计较。靡，无。
〔41〕漠然：淡漠；若无其事。
〔42〕展墓：扫墓。
〔43〕衣冠既竟：穿戴完毕。指换上冠服，准备出迎。
〔44〕升舆：上轿。升，登上。
〔45〕灵寝：寄放灵柩的内堂。古时往往停柩屋内，择吉待葬。
〔46〕以华屋做山丘：意谓临时寄放灵柩的内堂，将毁败成为埋葬灵柩的荒丘。华屋，华丽房屋，活人所居的地方。山丘，死人埋葬的地方。曹植《箜篌引》："生存华屋处，零落归山丘。"此化用其意。
〔47〕冠盖相属：指吊唁的官员接连不断。冠盖，官员的冠服和车盖，用作仕宦的代称。相属，连续不断。
〔48〕历秩清显：历任清贵的要职。秩，职。清显，指官位显贵、政事不繁。
〔49〕乡党：指乡里。厄急：急难。
〔50〕直指巡方者：受命为巡按御史的这位官员。直指，官名，汉时立直指使，衣绣衣，出巡地方，有权诛杀不法官员，审判大狱，又称绣衣直指。
〔51〕同谱：同宗。谱，记述宗族世系的谱牒。又，同时进士及第者称"同兰谱"。
〔52〕风规甚烈：执法甚严。风规，风教法规。烈，刚正。
〔53〕观察：观察使。
〔54〕裁答：裁笺作复；指回信。
〔55〕睚眦之嫌：小的怨仇。睚眦，怒目而视，见《续黄粱》注。嫌，仇怨。
〔56〕温霁：喻脸色温和。霁，天气晴朗。
〔57〕五体投地：双膝、双肘及头额着地。本是佛教最敬重的礼节，这里指伏地磕头。
〔58〕天人：天上的人。此嘲讽曾依恃高门、欺侮四娘夫妇的嫂子们。

〔59〕以大讼求贵人：因为吃了大官司而求助于贵人。当初胡家曾以"贵人"嘲笑四娘，此时四娘自称"贵人"，有反讥之意。
〔60〕价（jiè 介）：送信、传话的仆人。
〔61〕未遑字覆：来不及写回信。
〔62〕"又以李夫人"二句：据山东省博物馆抄本。原作"又迎李夫人，如子迎养若母焉"。

僧　术

黄生，故家子。才情颇赡[1]，夙志高骞[2]。村外兰若，有居僧某，素与分深[3]。既而僧云游，去十馀年复归。见黄，叹曰："谓君腾达已久，今尚白纻耶[4]？想福命固薄耳。请为君贿冥中主者[5]。能置十千否？"答言："不能。"僧曰："请勉办其半，馀当代假之。三日为约。"黄诺之，竭力典质如数[6]。

三日，僧果以五千来付黄。黄家旧有汲水井，深不竭，云通河海。僧命束置井边，戒曰[7]："约我到寺，即推堕井中。候半炊时，有一钱泛起，当拜之。"乃去。黄不解何术，转念效否未定，而十千可惜。乃匿其九，而以一千投之。少间，巨泡突起，铿然而破，即有一钱浮出，大如车轮。黄大骇。既拜，又取四千投焉。落下，击触有声，为大钱所隔，不得沉。日暮，僧至，谯让之曰[8]："胡不尽投？"黄云："已尽投矣。"僧曰："冥中使者止将一千去[9]，何乃妄言？"黄实告之，僧叹曰："鄙吝者必非大器。此子之命合以明经终[10]；不然，甲科立致矣[11]。"黄大悔，求再禳之。僧固辞而去。黄视井中钱犹浮，以缏钓上，大钱乃沉。是岁，黄以副榜准贡[12]，卒如僧言。

异史氏曰："岂冥中亦开捐纳之科耶[13]？十千而得一第[14]，直亦廉矣[15]。然一千准贡，犹昂贵耳。明经不第，何值一钱！"

据《聊斋志异》铸雪斋抄本

〔1〕 赡：富足，富。
〔2〕 夙志高骞（qiān 牵）：一向志在高飞。夙，昔日，素日。高骞，高举，高飞。喻指飞黄腾达。骞，飞。
〔3〕 分（fèn 奋）：情分。
〔4〕 尚白纻：尚着白衣，即为平民。白纻，细而洁白的夏布。
〔5〕 冥中主者：指迷信所谓阴世主持福禄之神。冥中，冥冥之中，指阴世。
〔6〕 典质：抵押物产。
〔7〕 戒：告。
〔8〕 谯让：犹诮让，责备。
〔9〕 将：持，拿。
〔10〕 合以明经终：该当以贡生终老。明经，明清时代对贡生的敬称。
〔11〕 甲科：明清时代指进士。
〔12〕 副榜准贡：即副贡。副榜，指乡试副榜。明嘉靖年间始设，清因之。副榜录取者准作贡生，称副贡。
〔13〕 捐纳：封建时代政府准许士民以捐资纳粟得官之法，始于秦，历代相沿，为封建时代弊政之一。此指科举考试中，以捐纳取得功名。自明代宗景泰年间始开生员纳资入国子监之例，后扩大及于平民，亦可按例纳款为监生。
〔14〕 一第：一次及第。此指甲科及第。
〔15〕 直：同"值"。

禄　数

某显者多为不道[1],夫人每以果报劝谏之[2],殊不听信。适有方士[3],能知人禄数[4],诣之。方士熟视曰:"君再食米二十石、面四十石,天禄乃终。"归语夫人。计一人终年仅食面二石,尚有二十馀年天禄,岂不善所能绝耶? 横如故。逾年,忽病"除中[5]",食甚多而旋饥,一昼夜十馀食。未及周岁,死矣。

据《聊斋志异》铸雪斋抄本

------

[1] 显者:位居通显之人,指高官权要。
[2] 果报:宗教所谓因果报应。详《聊斋自志》注。
[3] 方士:善方术的人士,古代指求仙、炼丹,自称能长生不死的人。见《史记·秦始皇本纪》。此指相士。
[4] 禄数:指寿数。
[5] 除中:病名。旧注为消渴疾,即糖尿病。按《伤寒论·辨厥阴病脉证并治》谓:"若中气将绝而反能食者,称为'除中',属危象。"

柳　生

　　周生,顺天宦裔也[1]。与柳生善。柳得异人之传,精袁许之术[2]。尝谓周曰:"子功名无分;万锺之资[3],尚可以人谋。然尊阃薄相[4],恐不能佐君成业。"未几,妇果亡。家室萧条[5],不可聊赖。因诣柳,将以卜姻[6]。入客舍,坐良久,柳归内不出。呼之再三,始方出,曰:"我日为君物色佳偶,今始得之。适在内作小术,求月老系赤绳耳[7]。"周喜,问之。答曰:"甫有一人携囊出,遇之否?"曰:"遇之。褴褛若丐。"曰:"此君岳翁,宜敬礼之。"周曰:"缘相交好,遂谋隐密,何相戏之甚也!仆即式微[8],犹是世裔,何至下昏于市侩[9]?"柳曰:"不然。犁牛尚有子[10],何害?"周问:"曾见其女耶?"答曰:"未也。我素与无旧,姓名亦问讯知之。"周笑曰:"尚未知犁牛,何知其子?"柳曰:"我以数信之[11]。其人凶而贱,然当生厚福之女。但强合之必有大厄,容复禳之。"周既归,未肯以其言为信,诸方觅之,迄无一成。

　　一日,柳生忽至,曰:"有一客,我已代折简矣[12]。"问:"为谁?"曰:"且勿问,宜速作黍[13]。"周不谕其故,如命治具。俄客至,盖傅姓营卒也[14]。心内不合,阳浮道与之[15];而柳生承应甚恭。少间,酒肴既陈,杂恶草具进。柳起告客:"公子向慕已久,每托某代访,曩夕始得晤。又闻不日远征,立刻相邀,可谓仓卒主人矣[16]。"饮间,傅忧马病，不可骑。柳亦俯首为之筹思。既而客去，柳让周曰："千金不能买此友，何乃视之漠漠？"借马骑归，因假周命，登门持赠傅。周既知，稍稍不快，已无如何。过岁，将如江西[17]，投臬司幕[18]。诣柳问卜。柳言："大吉！"周笑曰："我意无他，但薄有所猎[19]，当购佳妇，几幸前言之不验也[20]，能否？"柳云："并如君愿。"及至江西，值大寇叛乱，三年不得归。后稍平，选日遵路[21]，中途为土寇所掠，同难人七八位，皆劫其金资，释令去；惟周被掳至巢。盗首诘其家世，因曰："我有息女[22]，欲奉箕帚[23]，当即无辞。"周不答。盗怒，立命枭斩。周惧，思不如暂从其请，因从容而弃之[24]。遂告曰："小生所以踟躇者，以文弱不能从戎，恐益为丈人累耳。如使夫妇得相将俱去，恩莫厚焉。"盗曰："我方忧女子累人，此何不可从也。"引入内，妆女出见，年可十八九，盖天人也。当夕合卺，深过所望。细审姓氏，乃知其父，即当年荷囊人也。因述柳言，为之感叹。

过三四日，将送之行，忽大军掩至，全家皆就执缚。有将官三员监视，已将妇翁斩讫，寻次及周。周自分已无生理[25]。一员审视曰："此非周某耶？"盖傅卒已军功授副将军矣。谓僚曰："此吾乡世家名士，安得为贼。"解其缚，问所从来。周诡曰："适从江臬娶妇而归，不意途陷盗窟，幸蒙拯救，德戴二天[26]！但室人离散，求借洪威，更赐瓦全[27]。"傅命列诸俘，令其自认，得之。饷以酒食，助以资斧，曰："曩受解骖之惠[28]，旦夕不忘。但抢攘间，不遑修礼，请以马二匹、金五十两[29]，助君北旋[30]。"又遣二骑持信矢护送之[31]。途中，女告周曰："痴父不听忠告，母氏死之。知有今日久矣。所以偷生旦暮者,以少时曾为相者所许,冀他日能收亲骨耳。某所窖藏巨金,可以发赎父骨;馀者携归,尚足谋生产。"嘱骑者候于路,两人至旧处,庐舍已烬,于灰火中取佩刀掘尺许,果得金;尽装入橐,乃返。以百金赂骑者,使瘗翁尸;又引拜母冢,始行。至直隶界[32],厚赐骑者而去。

周久不归,家人谓其已死,恣意侵冒[33],粟帛器具,荡无存者。闻主人归,大惧,哄然尽逃;只有一妪、一婢、一老奴在焉。周以出死得生,不复追问。及访柳,则不知所适矣。女持家逾于男子,择醇笃者授以资本[34],而均其息。每诸商会计于檐下,女垂帘听之;盘中误下一珠[35],辄指其讹。内外无敢欺。数年,伙商盈百,家数十巨万矣。乃遣人移亲骨,厚葬之。

异史氏曰:"月老可以贿嘱,无怪媒妁之同于牙侩矣[36]。乃盗也而有是女耶?培塿无松柏[37],此鄙人之论耳。妇人女子犹失之,况以相天下士哉!"

据《聊斋志异》铸雪斋抄本

----

〔1〕 顺天宦裔:顺天府官宦人家的后代。顺天,清代府名,治所在今北京市。

〔2〕 袁许之术:谓相人之术。袁许,泛指相术家。袁,指袁天纲,唐代成都(今四川成都市)人,精相人之术。生平详新、旧《唐书·方伎传》。纲,俗作"罡"。许,指许负,汉初河内温(今河南温县)人,善相术。事迹见《史记·绛侯周勃世家》。

〔3〕 万锺:极言资财之多。锺,古容量单位。四升为豆,四豆为区(瓯),

四区为釜,十釜为锺。《左传·昭公三年》:"釜十则锺。"杜预注:"(锺)六斛四斗。"

〔4〕 尊阃(kǔn捆):称他人夫人的敬词,犹言尊夫人。阃,指闺门,妇女所居处。

〔5〕 萧条:冷落凄清。

〔6〕 卜姻:占问婚姻之事。

〔7〕 月老系赤绳:唐代李复言《续幽怪录·定婚店》载,韦固夜经宋城,遇一老人倚囊向月,翻检一书。问之,说书为"天下之婚牍";用囊中赤绳以系夫妻之足,虽仇家异域,此绳一系亦皆谐合。后因以月老、月下老或月下老人为主管男女婚姻之神。

〔8〕 式微:谓家世衰微。语出《诗·邶风·式微》。

〔9〕 下昏于市侩:谓降低身分与商人的女儿成亲。昏,古"婚"字。市侩,此泛指商贩。

〔10〕 犁牛尚有子:《论语·雍也》:"犁牛之子骍且角,虽欲勿用,山川其舍诸?"注:"犁,杂文;骍,赤也。"孔子这句话的意思是说,耕牛所生之子如果够得上作牺牲的条件,山川之神也一定会享用,不会拒绝。这里借以说明虽其人低贱,其子却不一定不好。

〔11〕 数:命数,运数。

〔12〕 代折简:谓代为邀请。折简,书信,详《王六郎》注。此指请帖。

〔13〕 作黍:谓备酒饭。语本《论语·微子》"杀鸡为黍而食之"。

〔14〕 营卒:此盖指驻防京城的营兵。清代兵制,汉兵用绿旗,称绿营;在京师戍卫者为巡捕营,为京城南北东西中五营之首。详《清会典·兵部》。

〔15〕 阳浮道与之:表面上虚与应付。

〔16〕 仓卒(cù促)主人:仓促之间作主人。意谓不及措办美食。仓卒,同"仓促"。

〔17〕 如江西:到江西去。如,往。

〔18〕 投臬幕:投奔按察使,作幕僚。臬司,明清时代按察使的别称。

〔19〕 薄有所猎:谓稍微得到一些钱财。猎,求取。

〔20〕 几幸:希望。几、幸,义同,希冀之意。

〔21〕 选日:此据二十四卷抄本,原无"日"字。遵路:循路而行。遵,循,

沿着。
〔22〕 息女:亲生女。语出《史记·高祖本纪》。
〔23〕 奉箕帚:供洒扫之役,作人妻室的谦词。
〔24〕 因从容而弃之:犹言待事过之后,再找机会丢弃她。
〔25〕 自分:自料。
〔26〕 德戴二天:犹言感谢您再生之恩。二天,《后汉书·苏章传》载,苏章为冀州刺史巡视属下时,发现老友清河太守有奸弊,在惩办之前请其叙旧,太守自以为章庇护他,因"喜曰:'人皆有一天,我独有二天。'"后诗文中习以"二天"作为感恩之词。
〔27〕 瓦全:本与"玉碎"相对,谓苟且偷生,见《北齐书·元景安传》。此谓使离散的夫妻得以完聚。
〔28〕 解骖(cān 参)之惠:此指周生赠马救其困急之事。《史记·管晏列传》载,春秋齐越石父有贤名,系狱时,晏子解其左骖从狱中赎出,并延为上客。骖,一车三马或四马中的旁马。
〔29〕 马二匹:此据二十四卷抄本,原作"二马匹"。
〔30〕 北旋:北归。旋,回归。
〔31〕 信矢:作为信物的令箭。
〔32〕 直隶:清置行政区,辖境略与今河北省相当。
〔33〕 侵冒:侵犯占夺。冒,冒人名分,而己享其利。
〔34〕 醇笃者:朴厚忠实的人。
〔35〕 盘:算盘。
〔36〕 牙侩:犹牙人。集市上为买卖双方说合成交,从中赚取佣金的经纪人。
〔37〕 培塿(bù lǒu 部篓)无松柏:谓小土堆上长不出大树。语出《左传·襄公二十四年》,"培塿"本作"部娄",小土丘。

冤　狱

朱生,阳谷人[1]。少年佻达[2],喜诙谑。因丧偶,往求媒媪。遇其邻人之妻,睨之美。戏谓媪曰:"适睹尊邻,雅少丽[3],若为我求凰[4],渠可也[5]。"媪亦戏曰:"请杀其男子,我为若图之[6]。"朱笑曰:"诺。"更月馀,邻人出讨负[7],被杀于野。邑令拘邻保[8],血肤取实[9],穷无端绪;惟媒媪述相谑之词,以此疑朱。捕至,百口不承。令又疑邻妇与私,榜掠之,五毒参至[10]。妇不能堪,诬伏。又讯朱,朱曰:"细嫩不任苦刑,所言皆妄。既是冤死,而又加以不节之名,纵鬼神无知,予心何忍乎?我实供之可矣:欲杀夫而娶其妇,皆我之为,妇不知之也。"问:"何凭?"答言:"血衣可证。"及使人搜诸其家,竟不可得。又掠之,死而复苏者再。朱乃云:"此母不忍出证据死我耳,待自取之。"因押归告母曰:"予我衣,死也;即不予,亦死也:均之死,故迟也不如其速也。"母泣,入室移时,取衣出付之。令审其迹确,拟斩。再驳再审[11],无异词。

经年馀,决有日矣。令方虑囚[12],忽一人直上公堂,努目视令而大骂曰[13]:"如此愦愦[14],何足临民!"隶役数十辈,将共执之。其人振臂一挥,颓然并仆。令惧,欲逃。其人大言曰[15]:"我关帝前周将军也[16]!昏官若动,即便诛却!"令战惧悚听。其人曰:"杀人者乃宫标也,于朱某何与?"言已,倒地,气若绝。少顷而醒,面无人色。及问其人，则宫标也[17]。搒之，尽服其罪。盖宫素不逞[18]，知某讨负而归，意腰橐必富，及杀之，竟无所得。闻朱诬服，窃自幸。是日身入公门，殊不自知。令问朱血衣所自来，朱亦不知之。唤其母鞫之，则割臂所染；验其左臂刀痕，犹未平也。令亦愕然。后以此被参揭免官[19]，罚赎羁留而死[20]。年馀，邻母欲嫁其妇；妇感朱义，遂嫁之。

异史氏曰："讼狱乃居官之首务，培阴骘[21]，灭天理，皆在于此，不可不慎也。躁急污暴，固乖天和；淹滞因循，亦伤民命[22]。一人兴讼，则数农违时[23]；一案既成，则十家荡产：岂故之细哉[24]！余尝谓为官者，不滥受词讼，即是盛德。且非重大之情，不必羁候[25]；若无疑难之事，何用徘徊？即或乡里愚民，山村豪气，偶因鹅鸭之争[26]，致起雀角之忿[27]，此不过借官宰之一言，以为平定而已，无用全人，只须两造[28]，笞杖立加，葛藤悉断[29]。所谓神明之宰非耶？每见今之听讼者矣：一票既出，若故忘之。摄牒者入手未盈，不令消见官之票；承刑者润笔不饱，不肯悬听审之牌[30]。蒙蔽因循，动经岁月，不及登长吏之庭[31]，而皮骨已将尽矣！而俨然而民上也者，偃息在床[32]，漠若无事。宁知水火狱中[33]，有无数冤魂，伸颈延息，以望拔救耶！然在奸民之凶顽，固无足惜；而在良民株累[34]，亦复何堪？况且无辜之干连[35]，往往奸民少而良民多；而良民之受害，且更倍于奸民。何以故？奸民难虐，而良民易欺也。皂隶之所殴骂，胥徒之所需索[36]，皆相良者而施之暴。自入公门，如蹈汤火。早结一日之案，则早安一日之生；有何大事，而顾奄奄堂上若死人[37]！似恐溪壑之不遽饱[38]，而故假之以岁时也者[39]！虽非酷暴，而其实厥罪维均矣[40]。尝见一词之中[41]，其急要不可少者，不过三数人；其馀皆无辜之赤子，妄被罗织者也[42]。或平昔以睚眦开嫌[43]，或当前以怀璧致罪[44]，故兴讼者以其全力谋正案[45]，而以其馀毒复小仇[46]。带一名于纸尾，遂成附骨之疽；受万罪于公门，竟属切肤之痛[47]。人跪亦跪，状若鸟集；人出亦出，还同猱系[48]。而究之官问不及，吏诘不至，其实一无所用，只足以破产倾家，饱蠹役之贪囊[49]；鬻子典妻，泄小人之私愤而已。深愿为官者，每投到时[50]，略一审诘：当逐逐之[51]，不当逐芟之[52]。不过一濡毫、一动腕之间耳，便保全多少身家，培养多少元气[53]。从政者曾不一念及于此，又何必桁杨刀锯能杀人哉[54]！"

据《聊斋志异》铸雪斋抄本

----

〔1〕 阳谷：县名，今属山东省。
〔2〕 佻达：轻薄。
〔3〕 雅少丽：十分年轻美丽。雅，甚。
〔4〕 求凰：男子求偶。《玉台新咏》九载司马相如《琴歌》："凤兮凤兮归故乡，遨游四海求其皇。"皇，《乐府诗集》六○作"凰"。相传相如以此歌向卓文君求爱。详《婴宁》注。
〔5〕 渠：她。
〔6〕 若：你。
〔7〕 讨负：犹讨债。负，欠债。
〔8〕 邻保：此指邻里。保，户籍编制单位。始于北宋，明清相沿。初设时十家为一保，五十家为一大保。每两人出一保丁；保内人犯法，

保丁须检举、揭发。参见《文献通考·兵考》五和《清文献通考·职役》。

〔9〕 血肤取实:谓企图通过拷打刑讯,令其供出实情。血肤,打得皮破血流。

〔10〕 五毒参至:极言施刑惨烈。五毒,五种酷刑,所指不一,此泛指各种酷刑。《后汉书·隗嚣传》:"(王莽)冤系无辜,妄族众庶。行炮烙之刑,除顺时之法,灌以醇醯,裂以五毒。"参,杂。

〔11〕 驳:驳勘,上司驳回复查。《宋史·刑法志》三:"景定之年,乃下诏曰:比诏诸提刑司,取翻异驳勘之狱,从轻断决。"

〔12〕 虑囚:审查核实囚犯的罪状。前、后《汉书》作《录囚》。《汉书·隽不疑传》"录囚徒还"颜师古注:"省录之,知其情状有冤滞与不(否)也。今云虑囚,本录声之去者耳。"

〔13〕 努目:犹怒目。

〔14〕 愦愦(kuì kuì 溃溃):昏愦、糊涂。

〔15〕 大言:大声说。

〔16〕 关帝前周将军:即周仓,传说为三国蜀关羽的部将。旧时关庙中有其塑像,持大刀立于关羽之后。

〔17〕 从"于朱某何与"至"则宫标也",此据山东省博物馆本增补,原无此八句。

〔18〕 素不逞:平素为非作歹。不逞,本谓不满意、不得志。见《左传·隐公十一年》。此用引申义,即为非作歹。《后汉书·史弼传》:"外聚剽轻不逞之徒。"

〔19〕 参揭:弹劾、揭发。

〔20〕 罚赎羁留而死:罚其以金自赎,并在被羁留期间死去。

〔21〕 "培阴骘(zhì 止)"三句:谓积养阴德,还是灭绝天理,全表现在如何处理讼狱方面。阴骘,犹言阴德。天理,天性。

〔22〕 "躁急"四句:谓急于结案而滥施刑罚,固然有违自然祥和之气;而长期拖延,消极不办,也常常伤害百姓性命。乖,违。天和,自然的祥和之气。语出《庄子·知北游》。污暴,犹贪暴,言贪求贿赂而滥施刑罪。淹滞,停止不前,此谓拖延不办。因循,谓不事进取,取消极态度。

〔23〕违时:谓违背农时,使农民错过耕种和收割的季节。《孟子·梁惠王》上:"不违农时,谷不可胜食也。"
〔24〕故之细:事之小者,即小事。故,事。细,小。
〔25〕羁候:羁留候审。
〔26〕鹅鸭之争:指邻里因小事发生争执。
〔27〕雀角之忿:喻指赴官争讼。雀角,喻忿争。《诗·召南·行露》:"谁谓雀无角,何以穿我屋?"
〔28〕两造:指争讼双方,即原告和被告。《书·吕刑》:"两造具备,师听五辞。"《传》:"两谓囚、证;造,至也。"
〔29〕葛藤悉断:谓讼诉纠葛,全部剖断分明。葛藤,葛和藤,均为缠树蔓生植物,因喻事务纠缠不已。此喻民事讼诉纠纷。
〔30〕"摄牒者"四句:谓经办案件的捕役、书吏填满私囊之后,才允许见官候审。摄牒者,指奉命捕系犯人的人。承刑者,指主办文案的官吏,即刀笔吏。润笔,本指旧时给予写字绘画者的报酬,此指文吏借人诉讼而从中敲诈的钱财。"见官之票",此据二十四卷抄本,"票"原作"到"。
〔31〕长吏:此泛指听讼的主管长官。
〔32〕偃息在床:卧在床上养息。语出《诗·小雅·北山》,原作"息偃在床"。
〔33〕水火狱中:水深火热的牢狱之中。
〔34〕株累:因受牵连而致罪。株,树根,此谓株连。一人有罪而牵连别人,犹如树根向四处延伸一样。
〔35〕干连:犹牵连。干,关涉。
〔36〕胥徒:古代官府中的小吏及奔走服役的人。此泛指官府衙役。
〔37〕"而顾"句:谓讼却只是因循之官长在大堂之上有气无力像将死的人。极言官之拖沓,办案不力。
〔38〕溪壑之不遽饱:喻指如溪似壑之贪欲不能很快填满。溪壑,本谓溪谷沟壑,见《国语·晋语》八,此以之喻无厌的贪欲。
〔39〕岁时:此从二十四卷抄本,原无"时"字。
〔40〕厥罪维均:谓拖延时日以勒索诉讼者与刑罚酷暴之罪相同。厥,其。维,语中助词,无义。均,等。

〔41〕词:讼词。
〔42〕罗织:捏造罪名,陷害无辜。《唐会要·酷吏》:"时周兴、来俊臣相次受制,推究大狱,……共为罗织,以陷良善。又造《罗织经》一卷,其意旨皆网罗前人,织成反状。海内震惊,道路以目。"
〔43〕以睚眦(yá zì 牙自)开嫌:谓以小忿而产生仇怨。睚眦,怒目而视,借指小怨小忿。语出《史记·范雎列传》。开,启。嫌,仇怨。
〔44〕以怀璧致罪:谓或因富有遭到嫉恨而获罪。《左传·桓公十年》:"虞叔有玉,虞公求旃。弗献。既而悔之,曰:周谚有之:'匹夫无罪,怀璧其罪。'吾焉用此,其以贾害也?乃献之。"
〔45〕正案:犹主案。
〔46〕以其馀毒复小仇:以其馀恨对小的仇怨进行报复。毒,恨。
〔47〕"带一名"四句:谓状词上妄加一人,便使其如骨生恶疮难以摆脱;使其在官府遭受种种苦难,竟是因为逸害所致。纸,状纸。附骨之疽,骨上生的恶疮。此谓一旦牵连入案,就如疮生骨上难以割除一样摆脱不掉。万罪,犹言万般苦难。切肤之痛,犹切身之痛。此指因遭受谗害而吃官司、受折磨。切肤,切身。虞集《道园学古录·淮阳献武王庙堂之碑》:"邃深蔽云,群逸切肤。"
〔48〕"人跪"四句:极言官府不分青红皂白,凡受案件牵连的人都须陪着打官司、受折磨。乌集,如群鸦集于一处,黑压压一片。猱(náo 挠)系,如同系猱。猱,猴属。
〔49〕蠹役:害民的吏役。
〔50〕投到时:案中有关人员到公堂之时。
〔51〕逐:斥出。言将无事生非者赶出公堂,不予受理。
〔52〕芟:除去,言将关涉案件的一般人员除名,只留审必要的当事者。
〔53〕元气:人的精神,生命力的本原。此言不害民即保全社会元气。
〔54〕"从政者"二句:谓今之为官者从不念及保全百姓、培养社会元气,这种淹滞因循的作风也一样可以杀人,并不只是靠残酷的刑具。曾,竟。桁(héng 恒)杨刀锯,均指刑具。桁杨,加在犯人颈上或脚上的大型刑具。刀锯,《国语·鲁语》上:"大刑用甲兵,其次用斧钺,中刑用刀锯。"韦昭注:"割劓用刀,断截用锯。"

鬼　令

教谕展先生[1],洒脱有名士风[2]。然酒狂,不持仪节。每醉归,辄驰马殿阶[3]。阶上多古柏。一日,纵马入,触树头裂,自言:"子路怒我无礼[4],击脑破矣!"中夜遂卒。邑中某乙者,负贩其乡,夜宿古刹。更静人稀,忽见四五人携酒入饮,展亦在焉。酒数行,或以字为令曰[5]:"田字不透风,十字在当中;十字推上去,古字赢一锺。"一人曰:"回字不透风,口字在当中;口字推上去,吕字赢一锺。"一人曰:"图字不透风,令字在当中;令字推上去,含字赢一锺。"又一人曰:"困字不透风,木字在当中;木字推上去,杏字赢一锺。"末至展,凝思不得。众笑曰:"既不能令,须当受命。"飞一觥来。展即云:"我得之矣:曰字不透风,一字在当中;……"众又笑曰:"推作何物?"展吸尽曰:"一字推上去,一口一大锺!"相与大笑,未几出门去。某不知展死,窃疑其罢官归也。及归问之,则展死已久,始悟所遇者鬼耳。

据《聊斋志异》铸雪斋抄本

----

〔1〕 教谕:学官名。明清县学置教谕,掌文庙祭祀、教育所属生员。
〔2〕 洒脱有名士风:言行不拘,有名士的风度。洒脱,谓言行顺乎自然,不为礼俗所拘。名士,此指唾弃礼法、任性而行的所谓"名士"。

〔3〕 殿阶：此指文庙殿阶。
〔4〕 子路：姓仲名由，字子路，孔子弟子。
〔5〕 以字为令曰：此据山东省博物馆本，原无"曰"字。

甄　后

洛城刘仲堪[1]，少钝而淫于典籍[2]，恒杜门攻苦[3]，不与世通。一日，方读，忽闻异香满室；少间，珮声甚繁。惊顾之，有美人入，簪珥光采[4]；从者皆宫妆[5]。刘惊伏地下。美人扶之曰："子何前倨而后恭也？"刘益惶恐，曰："何处天仙，未曾拜识。前此几时有侮？"美人笑曰："相别几何，遂尔梦梦[6]！危坐磨砖者，非子耶[7]？"乃展锦荐[8]，设瑶浆，捉坐对饮，与论古今事，博洽非常。刘茫茫不知所对。美人曰："我止赴瑶池一回宴耳[9]；子历几生，聪明顿尽矣！"遂命侍者，以汤沃水晶膏进之。刘受饮讫，忽觉心神澄沏。既而曛黑[10]，从者尽去，息烛解襦，曲尽欢好。未曙，诸姬已复集。美人起，妆容如故，鬓发修整，不再理也。刘依依苦诘姓字[11]，答曰："告郎不妨[12]，恐益君疑耳。妾，甄氏；君，公㜽后身[13]。当日以妾故罹罪，心实不忍，今日之会，亦聊以报情痴也。"问："魏文安在[14]？"曰："丕，不过贼父之庸子耳。妾偶从游嬉富贵者数载，过即不复置念。彼曩以阿瞒故[15]，久滞幽冥，今未闻知。反是陈思为帝典籍[16]，时一见之。"旋见龙舆止于庭中[17]。乃以玉脂合赠刘，作别登车，云推而去。

刘自是文思大进。然追念美人[18]，凝思若痴。历数月，渐近羸殆[19]。母不知其故，忧之。家一老妪，忽谓刘曰："郎君意颇有思否?"刘以言隐中情[20],告之。姬曰:"郎试作尺一书[21],我能邮致之。"刘惊喜曰:"子有异术,向日昧于物色[22]。果能之,不敢忘也。"乃折柬为函,付姬便去。半夜而返曰:"幸不误事。初至门,门者以我为妖,欲加缚絷。我遂出郎君书,乃将去。少顷唤入,夫人亦歔欷,自言不能复会。便欲裁答。我言:'郎君羸惫,非一字所能瘳。'夫人沉思久,乃释笔云:'烦先报刘郎;当即送一佳妇去。'濒行,又嘱:'适所言,乃百年计;但无泄,便可永久矣。'"刘喜,伺之。明日,果一老姥率女郎,诣母所,容色绝世,自言陈氏;女其所出[23],名司香,愿求作妇。母爱之,议聘;更不索资,坐待成礼而去。惟刘心知其异,阴问女:"系夫人何人?"答云:"妾铜雀故妓也[24]。"刘疑为鬼。女曰:"非也。妾与夫人俱隶仙籍,偶以罪过谪人间。夫人已复旧位;妾谪限未满,夫人请之天曹[25],暂使给役,去留皆在夫人,故得长侍床箦耳。"一日,有瞽媪牵黄犬丐食其家,拍板俚歌[26]。女出窥,立未定,犬断索咋女。女骇走,罗衫断。刘急以杖击犬。犬犹怒,龁断幅,顷刻碎如麻,嚼吞之。瞽媪捉领毛,缚以去。刘入视女,惊颜未定,曰:"卿仙人,何乃畏犬?"女曰:"君自不知:犬乃老瞒所化,盖怒妾不守分香戒也[27]。"刘欲买犬杖毙。女不可,曰:"上帝所罚,何得擅诛?"

居二年,见者皆惊其艳,而审所从来,殊恍惚,于是共疑为妖。母诘刘,刘亦微道其异。母大惧,戒使绝之。刘不听。母阴觅术士来,作法于庭。方规地为坛[28],女惨然曰:"本期白首;今老母见疑,分义绝矣[29]。要我去,亦复非难,但恐非禁咒可遣耳!"乃束薪爇火,抛阶下。瞬息烟蔽房屋,对面相失。忽有声震如雷。已而烟灭,见术士七窍流血死矣。入室,女已渺。呼妪问之,妪亦不知所去。刘始告母。妪盖狐也。

异史氏曰:"始于袁,终于曹,而后注意于公偀[30],仙人不应若是。然平心而论:奸瞒之篡子[31],何必有贞妇哉?犬睹故妓,应大悟分香卖履之痴,固犹然妒之耶?呜呼!奸雄不暇自哀,而后人哀之已[32]!"

据《聊斋志异》铸雪斋抄本

------

〔1〕 洛城:指洛阳,即今河南洛阳市。此据山东省博物馆本。"城",原作"成"。
〔2〕 淫于典籍:谓沉湎于古代典籍。淫,沉浸,沉湎。
〔3〕 杜门:谓闭门不出。
〔4〕 簪珥:泛指首饰。簪,插定发髻的长针。珥,耳饰。
〔5〕 宫妆:宫人妆束。
〔6〕 遂尔梦梦:就这样胡涂起来。尔,如此。梦梦,胡涂。
〔7〕 "危坐"二句:据《世说新语·言语》刘孝标注引《文士传》:"(刘)桢性辩捷,所问应声而答。坐平视甄夫人,配输作部,使磨石。武帝(指曹操)至尚方观作者,见桢匡坐正色磨石。武帝问曰:'石何如?'桢因喻己自理,跪而对曰:'石出荆山悬崖之颠,外有五色之章,内含卞氏之珍。磨之不加莹,雕之不增文,禀气坚贞,受之自然。顾其理枉屈纡绕而不得申。'帝顾左右大笑,即日赦之。"
〔8〕 锦荐:锦绣坐垫。
〔9〕 瑶池:古代神话中西王母居处。见《穆天子传》。
〔10〕 曛黑:黄昏时。
〔11〕 依依:依恋不舍。

〔12〕不妨：此据山东省博物馆本，"妨"原作"访"。
〔13〕"妾甄氏"以下四句：据《三国志·魏志·文昭甄皇后传》载，甄氏，中山无极（今河北无极县）人，建安中为袁绍中子熙妻，曹操平冀州，改嫁曹丕。丕称帝后，于黄初二年（222）赐死。明帝（曹叡）立，追尊为文昭皇后。《世说新语·言语》刘孝标注引《典略》云："刘桢字公幹，东平宁阳人。建安十六年，世子（指曹丕）为五官中郎将，妙选文学，使桢随侍太子。酒酣坐欢，乃使夫人甄氏出拜，坐上客多伏，而桢独平视。他日公（曹操）闻，乃收桢，减死输作部。"
〔14〕魏文：魏文帝曹丕。
〔15〕阿瞒：曹操小字。见《三国志·魏志·武帝记》裴松之注引《曹瞒传》。
〔16〕陈思为帝典籍：陈思，指曹植。魏明帝太和六年（232）封陈王，卒谥思。帝，此指神话传说中的玉帝，即上帝。典籍，掌管文籍。
〔17〕龙舆：帝后所乘之车。《后汉书·舆服志》："乘舆龙首衔轭，鸾凤立衡。"
〔18〕"然追念美人"句：此据山东省博物馆本，原缺。
〔19〕羸殆：消瘦不堪。
〔20〕言隐中情：所言暗合自己思恋之情。
〔21〕尺一书：即书信。详《王六郎》注。
〔22〕向日昧于物色：谓过去未曾发现其才而加以访求。向日，犹昔日。昧于物色，未曾访求。昧，不明。物色，访求。
〔23〕女其所出：此女为其所生。
〔24〕铜雀故妓：指曹操的姬妾。铜雀，台名，建安十五年（210）曹操建，其故址在今河北临漳县西南。操临终，令其姬妾居此台上，为其守节。《文选》六〇陆士衡（机）《吊魏武帝文序》引曹操《遗令》云："吾婕妤妓人，皆著铜雀台。于台堂上，施八尺床繐帐。朝晡上脯糒之属；月朝十五，辄向帐作妓（伎）。"
〔25〕天曹：道家所称天上的官府。
〔26〕俚歌：唱俚俗之歌。
〔27〕分香戒：即守节之戒。曹操《遗令》有云："馀香可分与诸夫人，诸舍中无所为，学作履组卖也。"

〔28〕 规地为坛：划地筑坛。坛，高出地面的土台，此指法坛。
〔29〕 分义：夫妻的缘分。
〔30〕 注意：犹属意，谓情意归向。
〔31〕 奸瞒之篡子：指曹操的儿子曹丕。曹操专擅朝政而未代汉，曹丕代汉自立为帝；以封建正统观看来，曹操为奸，丕为篡。
〔32〕 不暇自哀，而后人哀之：语出杜牧《阿房宫赋》，谓自己生前来不及为此感伤，而由后人为其感伤。

宦　娘

温如春,秦之世家也[1]。少癖嗜琴[2],虽逆旅未尝暂舍。客晋,经由古寺,系马门外,暂憩止。入则有布衲道人,趺坐廊间[3],筇杖倚壁[4],花布囊琴。温触所好,因问:"亦善此也?"道人云:"顾不能工[5],愿就善者学之耳。"遂脱囊授温,视之,纹理佳妙[6],略一勾拨[7],清越异常。喜为抚一短曲。道人微笑,似未许可[8],温乃竭尽所长。道人哂曰:"亦佳,亦佳!但未足为贫道师也。"温以其言夸,转请之。道人接置膝上,裁拨动,觉和风自来;又顷之,百鸟群集,庭树为满。温惊极,拜请受业。道人三复之。温侧耳倾心,稍稍会其节奏。道人试使弹,点正疏节[9],曰:"此尘间已无对矣。"温由是精心刻画[10],遂称绝技。

后归程,离家数十里,日已暮,暴雨莫可投止。路旁有小村,趋之。不遑审择,见一门,匆匆遽入。登其堂,阒无人。俄一女郎出,年十七八,貌类神仙。举首见客,惊而走入。温时未偶,系情殊深。俄一老妪出问客。温道姓名,兼求寄宿。妪言:"宿当不妨,但少床榻;不嫌屈体,便可藉藁[11]。"少旋,以烛来,展草铺地,意良殷。问其姓氏,答云:"赵姓。"又问:"女郎何人?"曰:"此宦娘,老身之犹子也。"温曰:"不揣寒陋,欲求援系[12],如何?"妪颦蹙曰:"此即不敢应命。"温诘其故,但云难言,怅然遂罢。妪既去,温视藉草腐湿,不堪卧处，因危坐鼓琴，以消永夜。雨既歇，冒夜遂归。

邑有林下部郎葛公[13]，喜文士。温偶诣之，受命弹琴。帘内隐约有眷客窥听[14]，忽风动帘开，见一及笄人，丽绝一世。盖公有一女，小字良工，善词赋，有艳名。温心动，归与母言，媒通之；而葛以温势式微[15]，不许。然女自闻琴以后，心窃倾慕，每冀再聆雅奏；而温以姻事不谐，志乖意沮[16]，绝迹于葛氏之门矣。一日，女于园中，拾得旧笺一折，上书《惜馀春》词云[17]："因恨成痴，转思作想，日日为情颠倒[18]。海棠带醉，杨柳伤春，同是一般怀抱。甚得新愁旧愁，划尽还生，便如青草[19]。自别离，只在奈何天里，度将昏晓[20]。今日个蹙损春山，望穿秋水，道弃已拚弃了[21]！芳衾妒梦，玉漏惊魂，要睡何能睡好？漫说长宵似年，侬视一年，比更犹少[22]：过三更已是三年，更有何人不老！"女吟咏数四，心悦好之。怀归，出锦笺，庄书一通[23]，置案间；逾时索之，不可得，窃意为风飘去。适葛经闺门过，拾之；谓良工作，恶其词荡[24]，火之而未忍言，欲急醮之[25]。临邑刘方伯之公子[26]，适来问名[27]，心善之，而犹欲一睹其人。公子盛服而至，仪容秀美。葛大悦，款延优渥[28]。既而告别，坐下遗女舄一钩[29]。心顿恶其儇薄，因呼媒而告以故。公子亟辨其诬；葛弗听，卒绝之。

先是，葛有绿菊种，吝不传，良工以植闺中。温庭菊忽有一二株化为绿，同人闻之，辄造庐观赏；温亦宝之。凌晨趋视，于畦畔得笺写《惜馀春》词，反覆披读，不知其所自至。以"春"为己名，益惑之，即案头细加丹黄[30]，评语亵嫚。适葛闻温菊变绿，讶之，躬诣其斋，见词便取展读。温以其评亵,夺而挼莎之[31]。葛仅读一两句,盖即闺门所拾者也。大疑,并绿菊之种,亦猜良工所赠。归告夫人,使逼诘良工。良工涕欲死,而事无验见,莫有取实。夫人恐其迹益彰,计不如以女归温。葛然之,遥致温。温喜极。是日,招客为绿菊之宴,焚香弹琴,良夜方罢[32]。既归寝,斋童闻琴自作声,初以为僚仆之戏也[33];既知其非人,始白温。温自诣之,果不妄。其声梗涩[34],似将效己而未能者。爇火暴入,杳无所见。温携琴去,则终夜寂然。因意为狐,固知其愿拜门墙也者[35],遂每夕为奏一曲,而设弦任操若师,夜夜潜伏听之。至六七夜,居然成曲,雅足听闻。

温既亲迎[36],各述囊词,始知缔好之由,而终不知所由来。良工闻琴鸣之异,往听之,曰:"此非狐也,调凄楚,有鬼声。"温未深信。良工因言其家有古镜,可鉴魑魅[37]。翌日,遣人取至,伺琴声既作,握镜遽入;火之,果有女子在,仓皇室隅,莫能复隐。细审之,赵氏之宦娘也。大骇,穷诘之。泫然曰:"代作蹇修[38],不为无德,何相逼之甚也?"温请去镜,约勿避;诺之。乃囊镜。女遥坐曰:"妾太守之女,死百年矣。少喜琴筝;筝已颇能谙之[39],独此技未能嫡传[40],重泉犹以为憾[41]。惠顾时,得聆雅奏,倾心向往;又恨以异物不能奉裳衣[42],阴为君脄合佳偶[43],以报眷顾之情。刘公子之女舄,《惜馀春》之俚词,皆妾为之也。酬师者不可谓不劳矣。"夫妻咸拜谢之。宦娘曰:"君之业[44],妾思过半矣[45];但未尽其神理。请为妾再鼓之。"温如其请,又曲陈其法[46]。宦娘大悦曰:"妾已尽得之矣!"乃起辞欲去。良工故善筝,闻其所长,愿以披聆[47]。宦娘不辞,其调其谱,并非尘世所能。良工击节,转请受业。女命笔为绘谱十八章,又起告别。夫妻挽之良苦。宦娘凄然曰:"君琴瑟之好[48],自相知音[49];薄命人乌有此福。如有缘,再世可相聚耳。"因以一卷授温曰:"此妾小像。如不忘媒妁,当悬之卧室,快意时焚香一炷,对鼓一曲,则儿身受之矣[50]。"出门遂没。

据《聊斋志异》铸雪斋抄本

----

〔1〕 秦:古地区名,指今陕西省中部一带地区。

〔2〕 癖嗜:嗜之成癖;极端爱好。

〔3〕 趺(fū夫)坐:"跏趺坐"的略称,双足交叠而坐。

〔4〕 筇(qióng穷)杖:竹杖。筇竹可做杖,因称杖为"筇"。

〔5〕 顾不能工:只是不能精通。顾,但是。工,据山东省博物馆抄本,原作"止"。

〔6〕 纹理:指琴身的漆纹。

〔7〕 勾拨:拨动。"勾"与"拨"都是弹琴的指法。

〔8〕 许可:赞许认可。

〔9〕 点正疏节:指点纠正不合节奏之处。

〔10〕 刻画:细致描摹。此指严格按其节奏练琴。

〔11〕 藉藳:用草铺地代床。藉,垫。藳,干草。

〔12〕 "不揣寒陋"二句:意谓我不自量,欲攀附高门,结为姻亲。揣,揣度。寒陋,家境寒微卑下。援系,攀附。《国语·晋语》九:"董叔将娶于范氏,叔向曰:'范氏富,盍已乎?'曰:'欲为系援焉。'"

〔13〕 林下部郎:退隐家居的部郎。林下,犹言田野,古时做官退休叫归林。部郎,封建朝廷各部郎中或员外郎之类的高级部员。

〔14〕 眷客:女眷。

〔15〕 势:家势。式微:衰微、衰落。式,语词,无义。

〔16〕 志乖意沮:愿望不遂,心情沮丧。乖,违。

〔17〕《惜馀春》词：此词亦收入《聊斋词集》。主旨是写少女的"春怨"。
〔18〕"因恨成痴"三句：春色恼人，激起心中痴情；愁思难遣，转作无限怀想；日日夜夜被痴情颠倒。
〔19〕"甚得新愁旧愁"三句：真正是新愁旧恨，像青草那样，划尽还生。甚得，真正是。划，削除。
〔20〕"自别离"三句：自从分别以后，只在无可奈何的恼人春色中，度过黑夜和白天。奈何天，无可排遣的意思。晏几道《小山词》《鹧鸪天》之七："欢尽夜，别经年，别多欢少奈何天。"度将昏晓，度昏晓。将，语助词，无义。
〔21〕"今日个蹙损春山"三句：如今啊，已把双眉皱坏、两眼望穿；料想对方已经决心将我抛闪。个，语助词，相当于"价"。春山，比喻美人的眉毛。秋水，比喻美人的眼睛，像秋水那样澄清明亮。道，料想。
〔22〕"漫说长宵似年"三句：说什么长夜像是一年；我看一年比一更天还少。意长夜难熬。
〔23〕庄书一通：端端正正地书写了一遍。
〔24〕词荡：词意放荡。荡，淫荡。
〔25〕醮之：把她嫁出去。醮，古代婚礼的仪式，女子出嫁，父母酌酒饮之。
〔26〕方伯：古时诸侯一方之长称方伯。明清时也称布政使为方伯，谓其为一方之长。
〔27〕问名：古婚礼六礼之一，指求婚。见《梅女》注。
〔28〕款延：热诚接待。优渥：优厚。
〔29〕舄（xì 细）：古代一种复底鞋。《古今注·舆服》："舄，以木置履下，乾腊不畏泥湿也。"一钩：犹言一只；因女鞋尖弯，故曰"钩"。
〔30〕细加丹黄：详细地加上一些批语。丹黄，红色和黄色，古时批校书籍所用的两种颜色。
〔31〕挼莎（nuó suō 挪梭）：用手揉搓。
〔32〕良夜：深夜。
〔33〕僚仆：同主之仆。
〔34〕梗涩：生硬而不畅。梗，阻碍。

〔35〕 拜门墙:拜于门下为弟子。门墙,师门,语出《论语·子张》。见《青凤》注。
〔36〕 亲迎:古代婚礼仪式之一,新婿亲至女家迎娶。见《阿宝》注。
〔37〕 鉴:照见。
〔38〕 蹇修:媒人的代称。传说蹇修是伏羲的臣子,《离骚》曾谓"吾令蹇修以为理",意思是说派蹇修为媒以通辞理。后因称媒人为"蹇修"。见《辛十四娘》注。
〔39〕 谙:通晓。
〔40〕 嫡传:指正宗乐师的传授。嫡,正宗、正统。
〔41〕 重(chóng 虫)泉:犹言九泉,指地下。
〔42〕 异物:指死亡的人。奉裳衣:伺候生活起居,指嫁与为妇。
〔43〕 胹(ér 而)合:即"聏合",撮合的意思。
〔44〕 业:学业,这里指琴艺。
〔45〕 思过半矣:意谓大部分已能领悟。《易·系辞下》:"知者观其彖辞,则思过半矣。"
〔46〕 曲陈:详细地述说。曲,婉转。
〔47〕 披聆:诚心聆听。
〔48〕 琴瑟之好:比喻夫妇间感情和谐。语出《诗·小雅·常棣》:"妻子好合,如鼓琴瑟。"
〔49〕 知音:相传古代伯牙善鼓琴,锺子期善听琴,能从伯牙的琴声听出他的心意。后因以知音比喻知己。
〔50〕 儿:古时年轻女子的自称。

阿　绣

海州刘子固[1],十五岁时,至盖省其舅[2]。见杂货肆中一女子,姣丽无双,心爱好之。潜至其肆,托言买扇。女子便呼父。父出,刘意沮,故折阅之而退[3]。遥睹其父他往,又诣之。女将觅父,刘止之曰:"无须,但言其价,我不靳直耳[4]。"女如言,故昂之[5]。刘不忍争,脱贯竟去[6]。明日复往,又如之。行数武,女追呼曰:"返来!适伪言耳,价奢过当[7]。"因以半价返之。刘益感其诚,蹈隙辄往[8],由是日熟。女问:"郎居何所?"以实对。转诘之,自言:"姚氏。"临行,所市物,女以纸代裹完好,已而以舌舐粘之。刘怀归不敢复动,恐乱其舌痕也。积半月,为仆所窥,阴与舅力要之归。意惓惓不自得[9]。以所市香帕脂粉等类,密置一箧,无人时,辄阖户自捡一过[10],触类凝想[11]。

次年,复至盖,装甫解,即趋女所;至则肆宇阒焉,失望而返。犹意偶出未返,蚤又诣之,扃如故[12]。问诸邻,始知姚原广宁人[13],以贸易无重息,故暂归去;又不审何时可复来。神志乖丧。居数日,怏怏而归。母为议婚,屡梗之,母怪且怒。仆私以曩事告母,母益防闲之[14],盖之途由是绝。刘忽忽遂减眠食[15]。母忧思无计,念不如从其志。于是刻日办装,使如盖,转寄语舅媒合之。舅即承命诣姚。逾时而返,谓刘曰:"事不谐矣!阿绣已字广宁人。"刘低头丧气,心灰绝望。既归,捧箧啜泣,而徘徊顾念,冀天下有似之者。

适媒来,艳称复州黄氏女[16]。刘恐不确,命驾至复。入西门,见北向一家,两扉半开,内一女郎,怪似阿绣;再属目之,且行且盼而入,真是无讹。刘大动,因僦其东邻居,细诘知为李氏。反复疑念:天下宁有此酷肖者耶?居数日,莫可夤缘[17],惟目眈眈候其门[18],以冀女或复出。一日,日方西,女果出。忽见刘,即返身走,以手指其后;又复掌及额,而入。刘喜极,但不能解。凝思移时,信步诣舍后,见荒园寥廓[19],西有短垣,略可及肩。豁然顿悟,遂蹲伏露草中。久之,有人自墙上露其首,小语曰:"来乎?"刘诺而起,细视,真阿绣也。因大恸[20],涕堕如绠[21]。女隔堵探身,以巾拭其泪,深慰之。刘曰:"百计不遂,自谓今生已矣,何期复有今夕?顾卿何以至此?"曰:"李氏,妾表叔也。"刘请逾垣。女曰:"君先归,遣从人他宿,妾当自至。"刘如言,坐伺之。少间,女悄然入,妆饰不甚炫丽,袍裤犹昔。刘挽坐,备道艰苦,因问:"卿已字,何未醮也?"女曰:"言妾受聘者,妄也。家君以道里赊远[22],不愿附公子婚,此或托舅氏诡词[23],以绝君望耳。"既就枕席,宛转万态,款接之欢,不可言喻。四更遽起,过墙而去。刘自是不复措意黄氏矣[24]。旅居忘返,经月不归。一夜,仆起饲马,见室中灯犹明;窥之,见阿绣,大骇,顾不敢诘主人[25]。旦起,访市肆,始返而诘刘曰:"夜与还往者,何人也?"刘初讳之。仆曰:"此第岑寂,狐鬼之薮,公子宜自爱。彼姚家女郎,何为而至此?"刘始觍然曰:"西邻是其表叔,有何疑沮?"仆言:"我已访之审:东邻止一孤媪,西家一子尚幼,别无密戚。所遇当是鬼魅;不然,焉有数年之衣，尚未易者？且其面色过白，两颊少瘦，笑处无微涡[26]，不如阿绣美。"刘反复思，乃大惧曰："然且奈何？"仆谋伺其来，操兵入共击之。至暮，女至，谓刘曰："知君见疑，然妾亦无他，不过了夙分耳。"言未已，仆排闼入[27]。女呵之曰："可弃兵！速具酒来，当与若主别。"仆便自投[28]，若或夺焉。刘益恐，强设酒馔。女谈笑如常，举手向刘曰："君心事，方将图效绵薄[29]，何竟伏戎[30]？妾虽非阿绣，颇自谓不亚，君视之犹昔否耶？"刘毛发俱竖，噤不语。女听漏三下，把盏一呷，起立曰："我且去，待花烛后[31]，再与新妇较优劣也。"转身遂杳。

刘信狐言，竟如盖。怨舅之诳己也，不舍其家；寓近姚氏，托媒自通，啖以重赂[32]。姚妻乃言："小郎为觅婿广宁[33]，若翁以是故去[34]，就否未可知。须旋日方可计较。"刘闻之，徬徨无以自主，惟坚守以伺其归。逾十馀日，忽闻兵警[35]，犹疑讹传；久之，信益急，乃趣装行。中途遇乱，主仆相失，为侦者所掠[36]。以刘文弱，疏其防，盗马亡去。至海州界，见一女子，蓬髻垢耳，出履蹉跌，不可堪。刘驰过之，女遽呼曰："马上人非刘郎乎？"刘停鞭审顾，则阿绣也。心仍讶其为狐，曰："汝真阿绣耶[37]？"女问："何为出此言？"刘述所遇。女曰："妾真阿绣也。父携妾自广宁归，遇兵被俘，授马屡堕。忽一女子，握腕趣遁[38]，荒窜军中，亦无诘者。女子健步若飞隼，苦不能从，百步而屡屡褪焉。久之，闻号嘶渐远，乃释手曰：'别矣！前皆坦途，可缓行，爱汝者将至，宜与同归。'"刘知其狐，感之。因述其留盖之故。女言其叔为择婿于方氏，未委禽而乱始作。刘始知舅言非妄。携女马上,叠骑归。入门则老母无恙,大喜。系马入,俱道所以。母亦喜,为女盥濯,竟妆,容光焕发。母抚掌曰:"无怪痴儿魂梦不置也!"遂设裀褥,使从己宿。又遣人赴盖,寓书于姚[39]。不数日,姚夫妇俱至,卜吉成礼乃去[40]。

刘出藏箧,封识俨然[41]。有粉一函,启之,化为赤土。刘异之。女掩口曰:"数年之盗,今始发觉矣。尔日见郎任妾包裹,更不及审真伪,故以此相戏耳。"方嬉笑间,一人搴帘入曰:"快意如此,当谢蹇修否[42]?"刘视之,又一阿绣也,急呼母。母及家人悉集,无有能辨识者。刘回眸亦迷;注目移时,始揖而谢之。女子索镜自照,赧然趋出[43],寻之已杳。夫妇感其义,为位于室而祀之[44]。一夕,刘醉归,室暗无人,方曰挑灯,而阿绣至。刘挽问:"何之?"笑曰:"醉臭熏人,使人不耐!如此盘诘,谁作桑中逃耶[45]?"刘笑捧其颊。女曰:"郎视妾与狐姊孰胜?"刘曰:"卿过之。然皮相者不辨也[46]。"已而合扉相狎。俄有叩门者,女起笑曰:"君亦皮相者也。"刘不解,趋启门,则阿绣入,大愕。始悟适与语者,狐也。暗中又闻笑声。夫妻望空而祷,祈求现像。狐曰:"我不愿见阿绣。"问:"何不另化一貌?"曰:"我不能。"问:"何故不能?"曰:"阿绣,吾妹也,前世不幸夭殂。生时,与余从母至天宫,见西王母,心窃爱慕,归则刻意效之。妹较我慧,一月神似;我学三月而后成,然终不及妹。今已隔世,自谓过之,不意犹昔耳[47]。我感汝两人诚,故时复一至,今去矣。"遂不复言。自此三五日辄一来,一切疑难悉决之。值阿绣归宁[48],来常数日住,家人皆惧避之。每有亡失,则华妆端坐,插玟瑎簪长数寸[49],朝家人而庄语之[50]:"所窃物,夜当送至某所;不然,头痛大作,悔无及!"天明,果于某所获之。三年后,绝不复来。偶失金帛,阿绣效其妆,吓家人,亦屡效焉。

据《聊斋志异》铸雪斋抄本

---

[1] 海州:此处当指辽宁省的海州卫,治所在今辽宁省海城县。辽时置为州,明代改置为海州卫。
[2] 盖:唐置盖州,明为盖州卫,清改为盖平县;即今辽宁省盖县。
[3] 折阅:《荀子·修身》:"良贾不为折阅不市。"折阅,指亏本,此指压低售价。阅,卖。
[4] 不靳直:不计较价钱。靳,吝惜。直,同"值"。
[5] 故昂之:故意提高价格。
[6] 脱贯:从钱串上取下钱来;意思是付钱。贯,古时穿钱的绳索。此据山东省博物馆抄本,原作"脱赀"。
[7] 价奢过当:价钱高得太多。奢,昂贵。过当,超过合理价格。
[8] 蹈隙:趁空,指乘其父不在之时。
[9] 惓惓(quán quán 拳拳):恳切;眷念不忘。
[10] 阖户:关上门。此据二十四卷抄本,原作"阁户"。下文"阖",据青柯亭刻本改。
[11] 触类凝思:犹言触景生情,思念不已。《易·系辞》上:"引而伸之,触类而长之,天下之能事毕矣。"疏:"触逢事类而增长之。"
[12] 扃:据山东省博物馆抄本,原作"阁"。
[13] 广宁:旧县名,治所在今辽宁省北镇县。
[14] 防闲:防范禁止。
[15] 忽忽:失意的样子。
[16] 艳称:夸赞地称道。艳,艳羡,羡慕。复州:辽置,治所在今辽宁省复县西北,明为复州卫。
[17] 夤(yín 吟)缘:攀附;指寻找因由与之亲近。

〔18〕眈眈:注目察看。此据山东省博物馆抄本,原作"耽耽"。
〔19〕寥廓:静寂,广阔。
〔20〕恫(dòng 洞):悲痛。
〔21〕涕堕如绠:犹言泪落如雨。绠,井绳。
〔22〕赊远:遥远。
〔23〕诡词:假话。诡,欺、诈。
〔24〕措意:属意。
〔25〕诘:据山东省博物馆抄本,原作"言"。
〔26〕涡:酒涡。
〔27〕排闼:推开门扇。此据二十四卷抄本,原作"排挞"。
〔28〕自投:谓降伏而自动放下兵器。
〔29〕图效绵薄:打算尽我微力为你效劳。绵薄,薄弱的能力,谦词。
〔30〕伏戎:犹伏兵,指仆人暗中操兵伺击。
〔31〕花烛:旧俗结婚皆燃花烛,因以花烛代称结婚。
〔32〕啖以重赂:用丰厚财礼打动对方。啖,利诱。赂,赠予财物。
〔33〕小郎:旧时妇女称丈夫的弟弟为小郎。
〔34〕若翁:乃父,指阿绣的父亲。故:据山东省博物馆抄本,原作"欲"。
〔35〕兵警:出兵打仗的消息。
〔36〕侦者:军队的前哨。
〔37〕"曰:汝真阿绣耶":据青柯亭本补,原缺。
〔38〕趣(cù 促)遁:催促快逃。趣,催促。
〔39〕寓书:寄信。
〔40〕卜吉成礼:选定吉日举行婚礼。
〔41〕封识(zhì 志)俨然:原封不动地在那里。封识,封裹的标记。
〔42〕蹇修:媒人。见《辛十四娘》注。
〔43〕赧(nǎn 蝻)然:脸红,难为情的样子。
〔44〕位:牌位。
〔45〕作桑中逃:指外出幽会。《诗·鄘风·桑中》写男女相约,"期我乎桑中。"后来因以"桑中之约"指男女幽会。
〔46〕皮相者:只看外表的人。《韩诗外传》:"吴延陵季子游于齐,见遗金,呼牧者取之。牧者曰:'……吾有君不君,有友不友,当暑衣裘,

君疑取金者乎？'延陵季子知其为贤者，请问姓字，牧者曰：'子乃皮相之士也，何足语姓字哉！'遂去。"

〔47〕 犹昔耳：仍如往昔，意谓和前世一样仍不能超过她。

〔48〕 归宁：旧时女子回娘家叫"归宁"。

〔49〕 玳瑁（dài mào 代冒）：龟属动物，甲壳可作装饰品。

〔50〕 朝（cháo 潮）家人：召集家中仆婢。朝，会集，召集。

杨疤眼

一猎人,夜伏山中,见一小人,长二尺已来,踽踽行涧底[1]。少间,又一人来,高亦如之[2]。适相值,交问何之[3]。前者曰:"我将往望杨疤眼。前见其气色晦黯,多罹不吉。"后人曰:"我亦为此,汝言不谬。"猎者知其非人,厉声大叱,二人并无矣。夜获一狐,左目上有瘢痕,大如钱。

据《聊斋志异》铸雪斋抄本

---

〔1〕 踽踽(jǔ jǔ 举举):孤独的样子。
〔2〕 高亦如之:高矮也相等。
〔3〕 交问:彼此相问。

小　翠

王太常[1],越人[2]。总角时,昼卧榻上。忽阴晦,巨霆暴作[3],一物大于猫,来伏身下,辗转不离。移时晴霁,物即径出。视之,非猫,始怖,隔房呼兄。兄闻,喜曰:"弟必大贵,此狐来避雷霆劫也。"后果少年登进士,以县令入为侍御[4]。生一子,名元丰,绝痴,十六岁不能知牝牡[5],因而乡党无与为婚[6]。王忧之。适有妇人率少女登门,自请为妇。视其女,嫣然展笑,真仙品也。喜问姓名。自言:"虞氏。女小翠,年二八矣。"与议聘金。曰:"是从我糠籺不得饱[7],一旦置身广厦,役婢仆,厌膏粱[8],彼意适,我愿慰矣,岂卖菜也而索直乎!"夫人大悦,优厚之。妇即命女拜王及夫人,嘱曰:"此尔翁姑[9],奉侍宜谨。我大忙,且去,三数日当复来。"王命仆马送之。妇言:"里巷不远,无烦多事。"遂出门去。小翠殊不悲恋,便即奁中翻取花样[10]。夫人亦爱乐之。

数日,妇不至。以居里问女,女亦憨然不能言其道路。遂治别院,使夫妇成礼。诸戚闻拾得贫家儿作新妇,共笑姗之[11];见女皆惊,群议始息。女又甚慧,能窥翁姑喜怒。王公夫妇,宠惜过于常情,然惕惕焉[12],惟恐其憎子痴;而女殊欢笑,不为嫌。第善谑[13],刺布作圆[14],蹴蹋为笑。着小皮靴,蹴去数十步[15],绐公子奔拾之[16],公子及婢恒流汗相属。一日,王偶过,圆碴然来[17],直中面目。女与婢俱敛迹去[18]，公子犹踊跃奔逐之。王怒，投之以石，始伏而啼。王以告夫人；夫人往责女，女俯首微笑，以手刓床[19]。既退，憨跳如故，以脂粉涂公子，作花面如鬼。夫人见之，怒甚，呼女诟骂。女倚几弄带，不惧，亦不言。夫人无奈之，因杖其子[20]。元丰大号，女始色变，屈膝乞宥[21]。夫人怒顿解，释杖去。女笑拉公子入室，代扑衣上尘，拭眼泪，摩挲杖痕，饵以枣栗。公子乃收涕以忻[22]。女阖庭户，复装公子作霸王，作沙漠人[23]；已乃艳服，束细腰，婆娑作帐下舞[24]；或髻插雉尾，拨琵琶，丁丁缕缕然[25]，喧笑一室，日以为常。王公以子痴，不忍过责妇；即微闻焉，亦若置之。

同巷有王给谏者[26]，相隔十馀户，然素不相能[27]。时值三年大计吏[28]，忌公握河南道篆[29]，思中伤之。公知其谋，忧虑无所为计。一夕，早寝。女冠带，饰冢宰状[30]，剪素丝作浓髭[31]，又以青衣饰两婢为虞候[32]，窃跨厩马而出[33]，戏云："将谒王先生。"驰至给谏之门，即又鞭挞从人，大言曰："我谒侍御王[34]，宁谒给谏王耶[35]！"回辔而归[36]。比至家门，门者误以为真，奔白王公。公急起承迎，方知为子妇之戏。怒甚，谓夫人曰："人方蹈我之瑕[37]，反以闺阁之丑，登门而告之。余祸不远矣！"夫人怒，奔女室，诟让之[38]。女惟憨笑，并不一置词。挞之，不忍；出之[39]，则无家：夫妻懊怨，终夜不寝。时冢宰某公赫甚，其仪采服从[40]，与女伪装无少殊别，王给谏亦误为真。屡侦公门，中夜而客未出，疑冢宰与公有阴谋。次日早朝，见而问曰："夜，相公至君家耶[41]？"公疑其相讥，惭言唯唯，不甚响答。给谏愈疑，谋遂寝[42]，由此益交欢公。公探知其情,窃喜,而阴嘱夫人,劝女改行[43];女笑应之。

逾岁,首相免[44],适有以私函致公者,误投给谏。给谏大喜,先托善公者往假万金[45],公拒之。给谏自诣公所。公觅巾袍[46],并不可得;给谏伺候久,怒公慢,愤将行。忽见公子衮衣旒冕[47],有女子自门内推之以出。大骇;已而笑抚之,脱其服冕而去。公急出,则客去远。闻其故,惊颜如土,大哭曰:"此祸水也[48]!指日赤吾族矣[49]!"与夫人操杖往。女已知之,阖扉任其诟厉。公怒,斧其门。女在内含笑而告之曰:"翁无烦怒。有新妇在,刀锯斧钺,妇自受之,必不令贻害双亲。翁若此,是欲杀妇以灭口耶?"公乃止。给谏归,果抗疏揭王不轨[50],衮冕作据。上惊验之,其旒冕乃粱藁心所制,袍则败布黄袱也。上怒其诬。又召元丰至,见其憨状可掬,笑曰:"此可以作天子耶?"乃下之法司[51]。给谏又讼公家有妖人,法司严诘臧获[52],并言无他,惟颠妇痴儿,日事戏笑;邻里亦无异词。案乃定,以给谏充云南军[53]。王由是奇女。又以母久不至,意其非人。使夫人探诘之,女但笑不言。再复穷问,则掩口曰:"儿玉皇女,母不知耶?"

无何,公擢京卿[54]。五十馀,每患无孙。女居三年,夜夜与公子异寝,似未尝有所私。夫人舁榻去,嘱公子与妇同寝。过数日,公子告母曰:"借榻去,悍不还!小翠夜夜以足股加腹上,喘气不得;又惯掐人股里。"婢妪无不粲然。夫人呵拍令去。一日,女浴于室,公子见之,欲与偕;女笑止之,谕使姑待。既出,乃更泻热汤于瓮,解其袍袴,与婢扶之入。公子觉蒸闷,大呼欲出。女不听,以衾蒙之。少时,无声,启视,已绝[55]。女坦笑不惊[56],曳置床上,拭体干洁,加复被焉。夫人闻之,哭而入,骂曰:"狂婢何杀吾儿!"女辄然曰[57]:"如此痴儿,不如勿有。"夫人益恚,以首触女;婢辈争曳劝之。方纷嗓间,一婢告曰:"公子呻矣!"辍涕抚之,则气息休休,而大汗浸淫[58],沾浃裯褥[59]。食顷,汗已,忽开目四顾,遍视家人,似不相识,曰:"我今回忆往昔,都如梦寐,何也?"夫人以其言语不痴,大异之。携参其父,屡试之,果不痴。大喜,如获异宝。至晚,还榻故处,更设衾枕以觇之。公子入室,尽遣婢去。早窥之,则榻虚设。自此痴颠皆不复作,而琴瑟静好,如形影焉[60]。

年馀,公为给谏之党奏劾免官,小有罣误[61]。旧有广西中丞所赠玉瓶[62],价累千金,将出以贿当路。女爱而把玩之,失手堕碎,惭而自投。公夫妇方以免官不快,闻之,怒,交口呵骂。女忿而出[63],谓公子曰:"我在汝家,所保全者不止一瓶,何遂不少存面目? 实与君言:我非人也。以母遭雷霆之劫,深受而翁庇翼[64];又以我两人有五年夙分,故以我来报曩恩、了夙愿耳。身受唾骂,擢发不足以数,所以不即行者,五年之爱未盈。今何可以暂止乎!"盛气而出,追之已杳。公爽然自失[65],而悔无及矣。公子入室,睹其剩粉遗钩,恸哭欲死;寝食不甘,日就羸瘁。公大忧,急为胶续以解之[66],而公子不乐。惟求良工画小翠像,日夜浇祷其下[67],几二年。

偶以故自他里归,明月已皎,村外有公家亭园,骑马墙外过,闻笑语声,停辔,使厮卒捉鞚[68];登鞍一望,则二女郎游戏其中。云月昏蒙，不甚可辨，但闻一翠衣者曰："婢子当逐出门！"一红衣者曰："汝在吾家园亭，反逐阿谁？"翠衣人曰："婢子不羞！不能作妇，被人驱遣，犹冒认物产也？"红衣者曰："索胜老大婢无主顾者[69]！"听其音，酷类小翠，疾呼之。翠衣人去曰："姑不与若争，汝汉子来矣。"既而红衣人来，果小翠。喜极。女令登垣承接而下之，曰："二年不见，骨瘦一把矣！"公子握手泣下，具道相思。女言："妾亦知之，但无颜复见家人。今与大姊游戏，又相邂逅，足知前因不可逃也。"请与同归，不可；请止园中，许之。公子遣仆奔白夫人。夫人惊起，驾肩舆而往，启钥入亭。女即趋下迎拜；夫人捉臂流涕，力白前过，几不自容，曰："若不少记榛梗[70]，请偕归，慰我迟暮[71]。"女峻辞不可。夫人虑野亭荒寂，谋以多人服役。女曰："我诸人悉不愿见，惟前两婢朝夕相从，不能无眷注耳；外惟一老仆应门，馀都无所复须。"夫人悉如其言。托公子养疴园中，日供食用而已。

　　女每劝公子别婚，公子不从。后年馀，女眉目音声，渐与囊异，出像质之，迥若两人。大怪之。女曰："视妾今日，何如畴昔美？"公子曰："二十馀岁，何得速老。"女笑而焚图，救之已烬。一日，谓公子曰："昔在家时，阿翁谓妾抵死不作茧[72]。今亲老君孤，妾实不能产，恐误君宗嗣。请娶妇于家，且晚侍奉公姑，君往来于两间，亦无所不便。"公子然之，纳币于锺太史之家[73]。吉期将近，女为新人制衣履，赍送母所。及新人入门，则言貌举止，与小翠无毫发之异。大奇之。往至园亭，则女亦不知所在。问婢，婢出红巾曰："娘子暂归宁，留此贻公子。"展巾，则结玉玦一枚[74]，心知其不返，遂携婢俱归。

虽顷刻不忘小翠,幸而对新人如觏旧好焉。始悟锺氏之姻,女预知之,故先化其貌,以慰他日之思云。

异史氏曰:"一狐也,以无心之德,而犹思所报;而身受再造之福者[75],顾失声于破甑[76],何其鄙哉！月缺重圆[77],从容而去,始知仙人之情,亦更深于流俗也！"

据《聊斋志异》铸雪斋抄本

----

〔1〕 太常:官名,汉为九卿之一。以后各代设太常寺,置卿和少卿各一人,掌管宫廷祭祀礼乐等事。
〔2〕 越:指今浙江地区。古越国建都于会稽(今浙江绍兴),春秋末年越国灭吴,向北扩展,疆域有江苏南部、江西东部、浙江北部等地区。
〔3〕 巨霆:迅雷。
〔4〕 以县令入为侍御:从外任知县调入朝廷为御史。清代称御史为"侍御"。
〔5〕 牝牡(pìn mǔ 聘亩):雌雄,指男女性别。鸟兽雌性叫"牝",雄性叫"牡"。
〔6〕 与:据山东省博物馆抄本,原作"于"。
〔7〕 糠籺(hé 河):粗粝的饭食。籺,米麦的粗屑。
〔8〕 厌:通"餍",饱食。膏粱:肥脂与细粮,指美食。
〔9〕 翁姑:公婆。
〔10〕 奁(lián 联):此指闺中盛放什物的箱匣。
〔11〕 笑姗:嘲笑。
〔12〕 惕惕:耽心、忧虑。
〔13〕 第:但。善谑(xuè 血):善于戏耍玩笑。
〔14〕 刺布作圆:缝布作球。刺,缝制。圆,球。
〔15〕 数十步:据山东省博物馆抄本,原作"数步"。
〔16〕 绐:哄骗。

〔17〕 砉(hōng 轰)然:形容踢球的声音。
〔18〕 敛迹:躲藏,藏身。
〔19〕 刓(wán 玩):划刻。
〔20〕 杖:棒打。
〔21〕 乞宥:求饶。宥,原谅。
〔22〕 收涕以忻:止住眼泪而欢喜高兴。
〔23〕 "装公子作霸王,作沙漠人"及以下数句:这里是合写他们所扮演的两出戏。装公子作霸王,指扮演西楚霸王项羽;下文写小翠"乃艳服,束细腰,婆娑作帐下舞",指扮演虞姬;串演的是楚汉相争时霸王和虞姬的故事。公子作沙漠人,指扮演发兵索取昭君的匈奴王;下文写小翠"髻插雉尾,拨琵琶,丁丁缕缕",指扮演王昭君;串演的是汉王昭君出塞和亲的故事。
〔24〕 婆娑:舞蹈的姿态。
〔25〕 丁丁(zhēng zhēng 争争)缕缕然:形容弹奏琵琶所发出的连续不断的声响。丁丁,形容声音响亮。缕缕,形容声细不绝。
〔26〕 给谏:官名,给事中的别称。明代给事中分吏、户、礼、兵、刑、工六科,掌侍从规谏、稽察六部弊误等事。清代隶属都察院。
〔27〕 素不相能:向来不相容。
〔28〕 三年大计吏:明清时,每三年对官吏举行一次考绩。对外官的考绩称"大计",对京官的考绩称"京察"。
〔29〕 握河南道篆:做河南道监察御史。篆,官印。明代都察院下设十三道监察御史,给予印篆,分区负责考察各该地区刑名吏治情况。《明史·职官志二》谓"都察院衙门分属河南道,独专诸内外考察。"故王给谏嫉妒而欲中伤王侍御。
〔30〕 冢宰:周代官员,为六卿之首。明代以内阁大学士为相,中叶后多兼吏部尚书,故又称吏部尚书为冢宰。
〔31〕 素丝:白色生丝。浓髭(zī 资):密集的胡须。
〔32〕 虞候:宋时贵官雇用的侍从。此指侍卫、随员。
〔33〕 厩(jiù 旧)马:指家中的马匹。厩,马棚。
〔34〕 侍御王:侍御王先生,指王太常。
〔35〕 给谏王:给谏王先生,指王给谏。

〔36〕回辔:回马。
〔37〕蹈我之瑕:寻找我的过错。瑕,玉的斑点,比喻缺点或毛病。蹈,据山东省博物馆抄本,原作"盗"。
〔38〕诟让:责骂。让,责备。
〔39〕出:休弃。
〔40〕仪采服从:仪容、风采、服饰和扈从。
〔41〕相公:此指上文所说的"冢宰"。
〔42〕寝:停止、中止。
〔43〕改行(xíng 形):改变其所作所为。
〔44〕首相:也指上文所说的"冢宰"。
〔45〕善公者:与王公友善的人。
〔46〕觅巾袍:寻找官服,拟穿戴出见宾客。巾袍,犹言冠服。
〔47〕衮(gǔn 滚)衣旒(liú 留)冕:此指穿戴帝王冠服。衮衣,皇帝所穿的衮龙袍。旒冕,前后悬垂玉串的皇冠。
〔48〕祸水:汉成帝宠赵飞燕的妹妹合德。披香博士淖方成唾曰:"此祸水也,灭火必矣。"见《飞燕外传》。照五行家的说法,汉朝得火德而兴,因而说赵合德祸害汉室,如同水之灭火。后因称败坏国家的女性为"祸水"。
〔49〕指日赤吾族矣:不久就将诛灭我家全族。指日,不日,为期不远。赤族,全家族被杀。
〔50〕抗疏:上疏直陈。不轨:越出常轨,不守法度。《左传·隐公五年》:"不轨不物,谓之乱政。"
〔51〕下之法司:把王给谏交付法司审理。明清时代,以刑部、都察院、大理寺为三法司,负责审理重大案件。
〔52〕臧获:奴婢。《荀子·王霸》:"如是则虽臧获不肯与天子易势业。"《注》:"臧获,奴婢也。《方言》谓荆淮海岱之间,骂奴曰臧,骂婢为获。或曰,取货谓之臧,擒得谓之获。皆谓有罪为奴隶者。"
〔53〕充云南军:充军到云南。充军为古代刑罚。宋代把罪犯发配往军内或官作坊服劳役,明代则大都发配往边远驻军服役,都叫充军。
〔54〕擢:提升。京卿:清代对三品或四品京官的尊称,或称"京堂"。这

里指从侍御擢升为太常寺卿。
〔55〕绝:气绝。
〔56〕坦笑:坦然而笑。
〔57〕䎃(chǎn 铲)然:笑的样子。
〔58〕浸淫:渗渍。
〔59〕沾浃:湿透。
〔60〕如形影焉:如影随形,谓亲密相伴。
〔61〕罫(guà 挂)误:同"挂误",语出《战国策·韩策》。此指官吏因公事受谴责。
〔62〕中丞:巡抚的别称。明清时,巡抚兼带副都御史衔,相当于前代的御史中丞,故称之为"中丞"。
〔63〕忿:据山东省博物馆抄本和二十四卷抄本,原作"奋"。
〔64〕而翁:据山东省博物馆抄本,原作"而公"。而,同"尔"。
〔65〕爽然自失:语出《史记·屈原贾生列传》,意谓深为内疚。爽然,茫然。自失,内心空虚。
〔66〕胶续:指续娶。旧时以琴瑟谐和比喻夫妇,因此俗谓丧妻为断弦,再娶曰续弦。《十洲记》谓海上凤麟洲,多仙人,以凤喙麟角合煎作膏,名"续弦胶",能续弓弩的断弦。后来因称男子续娶为"胶续"或"鸾胶再续"。
〔67〕浇祷:酹酒祈祷。
〔68〕厩卒:马夫。捉:抓住。鞚(kòng 控):有嚼口的马络头。
〔69〕索胜:总还胜过。
〔70〕榛梗:草木丛生,阻塞不通;喻隔阂,前嫌。
〔71〕迟暮:喻晚年。迟,晚。
〔72〕抵死:到老死;终究。不作茧:以蚕不作茧比喻妇女不能生育。
〔73〕纳币:下聘礼。见《青娥》注。太史:古史官。明清时,因修史之事归于翰林院,因称翰林为"太史"。
〔74〕玉玦:玉饰,形为环而有缺口,古时常用以赠人表示决绝。《荀子·大略》:"绝人以玦,反绝以环。"
〔75〕再造:犹言再生。
〔76〕失声于破甑(zèng 赠):东汉孟敏荷甑而行,甑堕地破裂,孟敏不顾

而去,认为"甑已破矣,视之何益"。见《后汉书·郭泰传》。这里反用其意,借以指责王太常毫无涵养,竟然惋惜已碎的玉瓶,诟骂对王家有再造之德的小翠。失声,不自禁而出声。甑,陶甑,古代炊器。

〔77〕 月缺重圆:指小翠盛气离开王家,后在园亭又与公子重新团圆。

金 和 尚

金和尚，诸城人[1]。父无赖，以数百钱鬻子五莲山寺[2]。小顽钝[3]，不能肄清业[4]，牧猪赴市，若佣保[5]。后本师死[6]，稍有遗金，卷怀离寺[7]，作负贩去。饮羊、登垄[8]，计最工。数年暴富，买田宅于水坡里。弟子繁有徒，食指日千计。绕里膏田千百亩[9]。里中起第数十处，皆僧，无人[10]；即有，亦贫无业，携妻子，僦屋佃田者也。每一门内，四缭连屋，皆此辈列而居。僧舍其中：前有厅事[11]，梁楹节棁[12]，绘金碧，射人眼；堂上几屏，晶光可鉴；又其后为内寝，朱帘绣幕，兰麝充溢喷人[13]；螺钿雕檀为床[14]，床上锦茵褥[15]，褶叠厚尺有咫；壁上美人、山水诸名迹，悬粘几无隙处。一声长呼，门外数十人轰应如雷。细缨革靴者[16]，皆乌集鹄立[17]；受命皆掩口语，侧耳以听。客仓卒至，十余筵可咄嗟办[18]，肥醲蒸熏[19]，纷纷狼藉如雾霈。但不敢公然蓄歌妓；而狡童十数辈[20]，皆慧黠能媚人，皂纱缠头，唱艳曲[21]，听睹亦颇不恶。金若一出，前后数十骑，腰弓矢相摩戛[22]。奴辈呼之皆以"爷"；即邑之人若民[23]，或"祖"之，"伯、叔"之，不以"师"，不以"上人"，不以禅号也[24]。其徒出，稍稍杀于金[25]，而风鬃云辔[26]，亦略于贵公子等。金又广结纳，即千里外呼吸亦可通，以此挟方面短长，偶气触之，辄惕自惧[27]。而其为人，鄙不文，顶趾无雅骨[28]。生平不奉一经，持一咒，迹不履寺院,室中亦未尝蓄铙鼓[29];此等物,门人辈弗及见,并弗及闻。凡僦屋者,妇女浮丽如京都,脂泽金粉,皆取给于僧;僧亦不之靳[30],以故里中不田而农者以百数。时而恶佃决僧首瘗床下[31],亦不甚穷诘,但逐去之,其积习然也。金又买异姓儿,私子之。延儒师,教帖括业[32]。儿聪慧能文,因令入邑庠[33];旋援例作太学生[34];未几,赴北闱[35],领乡荐[36]。由是金之名以"太公"噪。向之"爷"之者"太"之[37],膝席者皆垂手执儿孙礼[38]。

无何,太公僧薨。孝廉衰绖卧苫块[39],北面称孤[40];诸门人释杖满床榻[41];而灵帏后嘤嘤细泣,惟孝廉夫人一而已。士大夫妇咸华妆来,搴帏吊唁[42],冠盖舆马塞道路。殡日,棚阁云连[43],旛幢翳日[44]。殉葬刍灵[45],饰以金帛;舆盖仪仗数十事[46];马千匹,美人百袂[47],皆如生。方弼、方相[48],以纸壳制巨人,皂帕金铠;空中而横以木架,纳活人内负之行。设机转动,须眉飞舞;目光铄闪,如将叱咤。观者惊怪,或小儿女遥望之,辄啼走。冥宅壮丽如宫阙,楼阁房廊连垣数十亩,千门万户,入者迷不可出。祭品象物,多难指名。会葬者盖相摩[49],上自方面,皆伛偻入,起拜如朝仪[50];下至贡监簿史[51],则手据地以叩,不敢劳公子,劳诸师叔也。当是时,倾国瞻仰,男女喘汗属于道[52];携妇襁儿[53],呼兄觅妹者声鼎沸。杂以鼓乐喧阗[54],百戏鞺鞳[55],人语都不可闻。观者自肩以下皆隐不见,惟万顶攒动而已。有孕妇痛急欲产,诸女伴张裙为幄,罗守之;但闻儿啼,不暇问雌雄,断幅绷怀中,或扶之,或曳之,鳖蹩以去[56]。奇观哉!葬后,以金所遗资产,瓜分而二之:子一,门人一。孝廉得半,而居第之南；之北、之西东，尽缁党[57]。然皆兄弟叙，痛痒又相关云。

异史氏曰："此一派也，两宗未有[58]，六祖无传[59]，可谓独辟法门者矣[60]。抑闻之：五蕴皆空[61]，六尘不染[62]，是谓'和尚'；口中说法，座上参禅[63]，是谓'和样'；鞋香楚地，笠重吴天[64]，是谓'和撞'；鼓钲锽聒[65]，笙管敖曹[66]，是谓'和唱'；狗苟钻缘，蝇营淫赌[67]，是谓'和幛'。金也者，'尚'耶？'样'耶？'唱'耶？'撞'耶？抑地狱之'幛'耶？"

据《聊斋志异》铸雪斋抄本

---

[1] 金和尚，诸城人：据李象先等编《五莲山志·诸师本传》，和尚姓金，名彻，字泰雨，原籍为辽阳。明末在山东诸城五莲山寺出家。王士禛《分甘馀话》卷四云："国初一僧，金姓，自京师来青之诸城，自云是旗人金中丞之族，公然与冠盖交往。诸城九仙山古刹，常住腴田数千亩，据而有之。益置膏腴，起甲第。徒众数百人，或居寺中，或以自随，居别墅。鲜衣怒马，歌儿舞女，虽豪家仕族不及也。有金举人者，自吴中来，父事之，愿为之子。此僧以势利横行闾里者几三十年，乃死。中分其资产，半予僧徒，半予假子。有往吊者，举人斩衰稽颡，如俗家礼。余为祭酒日，举人方建业太学，亦能文之士，而甘为妖髡假子，忘其本生，大可怪也。"
[2] 五莲山：山名，在今山东五莲、日照两县交界处，主峰原在诸城县境。五莲山寺，即万寿护国光明寺，为明神宗万历年间奉敕修建。
[3] 小：少小。
[4] 清业：佛教指和尚诵经、打坐等。
[5] 佣保：旧称佣工。《史记·栾布列传》："为酒人保。"《集解》："《汉书音义》曰：酒家作保佣也；可保信，故谓之保。"

〔6〕 本师：佛教指释迦牟尼，意即祖师。此指剃度、授戒的师父。
〔7〕 卷怀：收藏。
〔8〕 饮（yìn 印）羊、登垄：泛指欺诈牟利、独霸市场的卑劣行为。饮羊，谓羊贩以水饮羊，增其重量以骗取高利。见《孔子家语·相鲁》。登垄，垄断而登之。垄，垄断，冈陇之断而高者，喻网罗市利之意。《孟子·公孙丑》下："古之为市也……有贱丈夫焉，必求龙断而登之，以左右望，而罔市利。"龙，同"垄"。
〔9〕 膏田：肥沃的土地。
〔10〕 无人：无僧众之外的人。人，指俗家人。
〔11〕 厅事：此指私宅所设处理家务的处所。
〔12〕 梁楹节棁（zhuō 桌）：即屋梁、楹柱、柱端斗拱、梁上短柱。
〔13〕 兰麝：兰与麝香，均为香料。
〔14〕 螺钿雕檀为床：谓雕镂的檀木床上镶有精美的螺钿。螺钿，用螺壳、玳瑁等，磨薄后刻花鸟人物等形象，镶嵌于雕镂器物之上，称为螺钿。
〔15〕 锦茵蓐（rù 褥）：锦绣的褥子。茵，坐垫、褥子。蓐，陈草复生，引申为草垫子。此借为褥。
〔16〕 细缨革靴者：指仆人。细缨，冠的系带。革靴，皮制长筒靴。
〔17〕 乌集鹄立：犹言群集恭立。乌集，如乌鸦群集。鹄立，谓似鹄之延颈而立，恭敬翘盼之状。鹄，即天鹅。
〔18〕 可咄嗟办：犹可立即办好。咄嗟，犹呼吸之间，谓时间短暂。《太平御览》八五九《裴氏语林》："石崇恒冬月得韭菹，为客作豆粥，咄嗟便办。"
〔19〕 肥醴：肥肉、甜酒。
〔20〕 狡童：此指美貌的少年。
〔21〕 艳曲：艳丽的歌曲。一般指以男女情爱为内容的歌曲。
〔22〕 摩戛：碰撞。戛，击。
〔23〕 即邑之人若民：此从山东省博物馆本，原作"即邑人之若民"。人，指上层人士；民，指下层平民。若，或。
〔24〕 "或'祖'之"五句：言有的称之为"祖"，有的称之为"伯"、"叔"，而不称其为"上人"，不称其僧人名号。上人，佛教称具备德智善行的

人,见《圆觉要览》。此谓对僧人的敬称。禅号,僧人名号。
〔25〕 杀:减。
〔26〕 风鬃云辔:谓车马如风会云集,极言扈从之盛。风鬃,犹言风驰电掣的马,指骏马。鬃,马鬃毛,指代马。云辔,指扈侍前后的众多骑卒、仆役。辔,马缰。引申为骑行。因指骑卒。
〔27〕 "金又"五句:谓金和尚结交甚广,能及时获得各方情况,并以之要挟地方大员,使他们不敢触犯自己。纳纳,结交。呼吸,一呼一吸,极言时间短促。郭璞《江赋》:"呼吸万里,吐纳灵潮。"方面,一个方面的军政事务,因指独当一面的地方官,如总督、巡抚等。短长,偏义,指短处。偶气触之,偶然有所触犯。辄惕自惧,就惊而自惧,谓惊惧不安。
〔28〕 顶趾无雅骨:谓浑身无一点文雅气。顶趾,从头到脚。
〔29〕 未尝蓄铙鼓:未置法事之具,即谓从来未曾作法事。铙鼓,僧人用于作法事的两种乐器。铙,铙钹,亦称"铜钹"。铜制,形如圆盘,两只相碰擦以发声。
〔30〕 不之靳:不靳之。靳,吝惜。
〔31〕 决:割断。
〔32〕 帖(tiě 铁)括:唐代科考,明经科以"帖经"取士,考生为应付考试,将经文中偏僻的章句编成歌诀熟读记诵,叫帖括。明清时代,指科举考试的八股文为帖括。
〔33〕 邑庠:县学。
〔34〕 援例作太学生:谓援例捐纳作监生。例,指捐纳之例。详《僧术》注。太学生,国子监监生的别称。
〔35〕 北闱:清代指称顺天(今北京市)乡试。
〔36〕 领乡荐:谓考中举人。
〔37〕 向之"爷"之者"太"之:谓过去称爷的,现在称太爷。
〔38〕 膝席者:谓恭敬者。膝席,谓跪于席。古人屈膝跪地坐,对人表示尊敬时,上身直起,两膝仍着地。语出《史记·魏其武安侯列传》。
〔39〕 衰绖卧苫块:谓穿孝服,守丧制,如丧父母。衰、绖,孝服。详《咬鬼》"缞服麻裙"注。卧苫块,"寝苫枕块"。古人居父母之丧,铺草席,枕土块。

[40] 北面称孤:谓跪于灵前,自称孤子。北面,面北而拜。孤,无父之子。《孟子·梁惠王》下:"幼而丧父曰孤。"后凡无父或父母双亡皆称"孤"。
[41] 杖苴(jū 居)杖,古代居父母丧所用的竹杖,俗称哭丧棒。《荀子·礼论》:"齐衰苴杖,居庐食粥,席薪枕块。"
[42] 搴帏:揭开灵帏。搴,揭。
[43] 棚阁:指暂时搭架的孝棚。
[44] 旛幢(fān chuáng 番床):同"幡幢"。此指用于丧仪的旌旗。
[45] 刍灵:茅草扎成的人马,古时殉葬用品,见《礼记·檀弓》下。下文"马千匹,美人百袂",均为刍灵。
[46] 事:件。
[47] 美人百袂(mèi 妹):谓美人五十。袂,衣袖。
[48] 方弼、方相:本古代驱疫避邪的神像,见《周礼·夏官·方相氏》。原只有方相,《封神演义》又加上方弼,说为兄弟两人。殡葬时,将其用纸、竹等糊扎成高大狰狞的形象,作为开路神。
[49] 盖相摩:车盖相碰撞。
[50] 起拜如朝仪:谓礼节如同朝见君主一样。
[51] 贡监:明制,生员入监读书者,谓之贡监。见《明史·选举志》。簿史,指主管文书记事的小官。簿,主簿。史,府吏。见《后汉书·杨震传》"召大将令史考校之"李贤注。簿、史,泛指府县主管文书、财赋的杂职吏员。
[52] 属(zhǔ 主)于道:相接于道。
[53] 褓儿:背负哺乳幼童。褓,褓褓。
[54] 喧豗(huī 灰):嘈杂的响声。
[55] 百戏鞺鞳(tāng tà 趟沓):散乐杂技的锣鼓喧闹。百戏,古散乐杂技。鞺鞳,锣鼓声。
[56] 鳖躄(bié xiè 别卸):此谓歪歪倒倒,如跛行一般。鳖,跛不能行。躄,行不正。
[57] 尽缁党:全是和尚。缁,黑色。僧服色尚黑,因以指僧人。
[58] 两宗:中国佛教禅宗自南朝宋末菩提达摩五传后,因北方神秀的渐悟说与南方慧能的顿悟说主张不同,衍变而为南北两宗。

[59] 六祖:禅宗自达摩至慧能,衣钵共传六世,即达摩、慧可、僧璨、道信、宏忍、慧能,称禅宗六祖。
[60] 法门:佛教指修行者入道的门径。
[61] 五蕴:也称"五阴"、"五众"。佛教指色(形相)、受(情欲)、想(意念)、行(行为)、识(心灵)。玄奘译《般若波罗蜜多心经》:"照见五蕴皆空,度一切苦厄。"
[62] 六尘:佛教指色、声、香、味、触、法。认为六尘与六根(眼、耳、鼻、舌、身、意)相接,而产生种种嗜欲,导致种种烦恼,因又称之为六贼。
[63] 参禅:佛教修行方法,即默坐静思,悟求佛理。
[64] "鞋香"二句:指僧人履地戴天,云游四方,寻师问道。鞋、笠,为其穿戴之物;楚地、吴天,言其奔走之地。
[65] 鼓钲(zhēng 争)锽聒:钟鼓之声聒耳。钲,钲铙,铜锣。锽,钟鼓声。
[66] 敖曹:喧闹。
[67] "狗苟"二句:指不顾羞耻,到处钻营,从事淫赌等卑鄙无耻的行为。狗苟,苟且无耻。蝇营,像苍蝇一样飞来飞去。韩愈《送穷文》:"朝悔其行,暮已复然,蝇营狗苟,驱去复还。"

龙 戏 蛛

徐公为齐东令[1]。署中有楼,用藏肴饵,往往被物窃食[2],狼藉于地。家人屡受谯责,因伏伺之。见一蜘蛛,大如斗。骇走白公[3]。公以为异,日遣婢辈投饵焉。蛛益驯,饥辄出依人,饱而后去。积年馀,公偶阅案牍,蛛忽来伏几上。疑其饥,方呼家人取饵;旋见两蛇夹蛛卧,细裁如箸,蛛爪踡腹缩,若不胜惧。转瞬间,蛇暴长,粗于卵。大骇,欲走。巨霆大作,合家震毙。移时,公苏;夫人及婢仆击死者七人。公病月馀,寻卒。公为人廉正爱民,柩发之日,民敛钱以送,哭声满野。

异史氏曰[4]:"龙戏蛛,每意是里巷之讹言耳,乃真有之乎[5]?闻雷霆之击,必于凶人[6],奈何以循良之吏,罹此惨毒?天公之愦愦[7],不已多乎[8]!"

据《聊斋志异》铸雪斋抄本

------

[1] 齐东:县名,故地在今山东省济阳、章丘、高青三县之间。
[2] 被物:此据山东省博物馆本,"被"原作"备"。
[3] 白:禀告。
[4] 异史氏曰:此据山东省博物馆本增补,原缺此下一段。
[5] 乃:竟。
[6] 凶人:凶恶之人。

〔7〕 愦愦：胡涂。
〔8〕 已：太，过。

商　妇

天津商人某[1]，将贾远方[2]，往从富人贷资数百。为偷儿所窥，及夕，预匿室中以俟其归。而商以是日良[3]，负资竟发。偷儿伏久，但闻商人妇转侧床上，似不成眠。既而壁上一小门开，一室尽亮。门内有女子出，容齿少好，手引长带一条，近榻授妇，妇以手却之。女固授之；妇乃受带，起悬梁上，引颈自缢。女遂去，壁扉亦阖。偷儿大惊，拔关遁去。既明，家人见妇死，质诸官[4]。官拘邻人而锻炼之[5]，诬服成狱，不日就决。偷儿愤其冤，自首于堂，告以是夜所见。鞫之情真，邻人遂免。问其里人，言宅之故主曾有少妇经死，年齿容貌[6]，与盗言悉符，因知是其鬼也。俗传暴死者必求代替[7]，其然欤？

据《聊斋志异》铸雪斋抄本

----

〔1〕 天津：天津卫，即今河北天津市。
〔2〕 贾（gǔ古）远方：到远方经商。贾，商，此谓经商。
〔3〕 以是日良：因此日吉利。古人外出，常据历书选所谓吉日良辰。
〔4〕 质诸官：报之于官，请予审理。
〔5〕 锻炼：此处意谓严刑逼供陷人于罪。《后汉书·章彪传》："忠孝之人，持心近厚；锻炼之吏，持心近薄。"《注》："《苍颉篇》曰：'锻，椎也。'锻炼犹成熟也。言深文之吏，入人之罪，犹工冶陶铸锻炼，使

之成熟也。"
〔6〕 年齿:据山东省博物馆抄本,原缺"年"字。
〔7〕 暴死:突然死亡。一般指自经、溺死等不正常死亡。

阎 罗 宴

静海邵生[1],家贫。值母初度[2],备牲酒祀于庭[3];拜已而起,则案上肴馔皆空。甚骇,以情告母。母疑其困乏不能为寿,故诡言之。邵默然无以自白。无何,学使案临,苦无资斧,薄贷而往。途遇一人,伏候道左,邀请甚殷。从去,见殿阁楼台,弥亘街路[4]。既入,一王者坐殿上,邵伏拜。王者霁颜命坐[5],即赐宴饮,因曰:"前过华居[6],厮仆辈道路饥渴[7],有叨盛馔。"邵愕然不解。王者曰:"我忤官王也[8]。不记尊堂设帨之辰乎[9]?"筵终,出白镪一裹[10],曰:"豚蹄之扰,聊以相报。"受之而出,则宫殿人物,一时都渺;惟有大树数章[11],萧然道侧。视所赠,则真金,秤之得五两。考终,止耗其半,犹怀归以奉母焉。

据《聊斋志异》铸雪斋抄本

----

[1] 静海:县名,今属天津市。
[2] 初度:谓生日。
[3] 牲:指供祭祀用的家畜,一般用牛、羊、猪之头,贫家或用猪蹄代替。
[4] 弥亘街路:犹言远接街路。弥亘,犹远亘,远远相接。街路,临街之路。语见《后汉书·马防传》。
[5] 霁颜:和颜悦色。
[6] 华居:称人居室的敬词。

〔7〕 厮仆:奴仆。
〔8〕 忤官王:俗称"十殿阎罗"之一。"忤",或作"伍"。见《释门正统·利生志》。
〔9〕 尊堂设帨之辰:指其母寿辰。尊堂,对人父母的敬称。设帨之辰,指称女子生日。《礼记·内则》:"子生,男子设弧于门左,女子设帨于门右。"庆贺女子生日因称设帨。
〔10〕 白镪一裹:白金一包。
〔11〕 大树数章:大树数株。章,大树曰章;一章,犹一株。见《史记·货殖列传》。

役　鬼

山西杨医[1]，善针灸之术；又能役鬼。一出门，则捉辔操鞭者，皆鬼物也。尝夜自他归，与友人同行。途中见二人来，修伟异常[2]。友人大骇。杨便问："何人？"答云："长脚王、大头李，敬迓主人[3]。"杨曰："为我前驱[4]。"二人旋踵而行，蹇缓则立候之[5]，若奴隶然。

据《聊斋志异》铸雪斋抄本

----

〔1〕　山西：山西省。
〔2〕　修伟：高大。
〔3〕　敬迓：敬迎。迓，迎。
〔4〕　为我前驱：犹言为我在前开路。
〔5〕　蹇缓：行走缓慢。蹇，行动迟缓。

细　柳

　　细柳娘,中都之士人女也[1]。或以其腰嫖嬝可爱[2],戏呼之"细柳"云。柳少慧,解文字,喜读相人书[3]。而生平简默[4],未尝言人臧否[5];但有问名者,必求一亲窥其人。阅人甚多,俱未可,而年十九矣。父母怒之曰:"天下迄无良匹,汝将以丫角老耶[6]?"女曰:"我实欲以人胜天[7];顾久而不就,亦吾命也。今而后,请惟父母之命是听。"

　　时有高生者,世家名士,闻细柳之名,委禽焉[8]。既醮,夫妇甚得。生前室遗孤,小字长福,时五岁,女抚养周至。女或归宁,福辄号啼从之,呵遣所不能止。年馀,女产一子,名之长怙。生问名字之义,答言:"无他,但望其长依膝下耳。"女于女红疏略,常不留意;而于亩之东南[9],税之多寡,按籍而问,惟恐不详。久之,谓生曰:"家中事请置勿顾,待妾自为之,不知可当家否?"生如言,半载而家无废事,生亦贤之。

　　一日,生赴邻村饮酒,适有追逋赋者[10],打门而诟[11];遣奴慰之[12],弗去。乃趣童召生归[13]。隶既去,生笑曰:"细柳,今始知慧女不若痴男耶?"女闻之,俯首而哭。生惊挽而劝之,女终不乐。生不忍以家政累之,仍欲自任,女又不肯。晨兴夜寐,经纪弥勤。每先一年,即储来岁之赋,以故终岁未尝见催租者一至其门;又以此法计衣食,由此用度益纾[14]。于是生乃大喜,尝戏之曰:"细柳何细哉:眉细、腰细、凌波细[15],且喜心思更细。"女对曰:"高郎诚高矣:品高、志高、文字高,但愿寿数尤高[16]。"村中有货美材者[17],女不惜重直致之;价不能足,又多方乞贷于戚里。生以其不急之物,固止之,卒弗听。蓄之年馀,富室有丧者,以倍资赎诸其门[18]。生因利而谋诸女,女不可。问其故,不语;再问之,荧荧欲涕。心异之,然不忍重拂焉,乃罢。

又逾岁,生年二十有五,女禁不令远游;归稍晚,僮仆招请者,相属于道。于是同人咸戏谤之。一日,生如友人饮,觉体不快而归,至中途堕马,遂卒。时方溽暑,幸衣衾皆所夙备。里中始共服细娘智。福年十岁[19],始学为文。父既殁,娇惰不肯读,辄亡去从牧儿遨[20]。谯诃不改,继以夏楚[21],而顽冥如故。母无奈之,因呼而谕之曰:"既不愿读,亦复何能相强?但贫家无冗人[22],便更若衣,使与僮仆共操作。不然,鞭挞勿悔!"于是衣以败絮,使牧豕;归则自掇陶器,与诸仆啖饭粥。数日,苦之,泣跪庭下,愿仍读。母返身面壁,置不闻。不得已,执鞭啜泣而出。残秋向尽[23],桁无衣[24],足无履,冷雨沾濡,缩头如丐。里人见而怜之,纳继室者,皆引细娘为戒,啧有烦言[25]。女亦稍稍闻之,而漠不为意。福不堪其苦,弃豕逃去;女亦任之,殊不追问。积数月,乞食无所,憔悴自归;不敢遽入,哀求邻媪往白母。女曰:"若能受百杖,可来见;不然,早复去。"福闻之,骤入,痛哭愿受杖[26]。母问:"今知改悔乎?"曰:"悔矣。"曰:"既知悔,无须挞楚,可安分牧豕,再犯不宥!"福大哭曰:"愿受百杖,请复读。"女不听。邻妪怂恿之,始纳焉。濯发授衣,令与弟怙同师。勤身锐虑,大异往昔,三年游泮[27]。中丞杨公[28],见其文而器之[29],月给常廪[30],以助灯火。怙最钝,读数年不能记姓名。母令弃卷而农。怙游闲惮于作苦。母怒曰:"四民各有本业[31],既不能读,又不能耕,宁不沟瘠死耶[32]?"立杖之。由是率奴辈耕作,一朝晏起,则诟骂从之;而衣服饮食,母辄以美者归兄。怙虽不敢言,而心窃不能平。农工既毕,母出资使学负贩。怙淫赌,入手丧败,诡托盗贼运数[33],以欺其母。母觉之,杖责濒死。福长跪哀乞,愿以身代[34],怒始解。自是一出门,母辄探察之。怙行稍敛,而非其心之所得已也。

一日,请母,将从诸贾入洛;实借远游,以快所欲,而中心惕惕,惟恐不遂所请。母闻之,殊无疑虑,即出碎金三十两,为之具装;末又以铤金一枚付之,曰:"此乃祖宦囊之遗[35],不可用去,聊以压装,备急可耳。且汝初学跋涉,亦不敢望重息,只此三十金得无亏负足矣。"临又嘱之。怙诺而出,欣欣意自得。至洛,谢绝客侣,宿名娼李姬之家。凡十馀夕[36],散金渐尽。自以巨金在囊,初不意空匮在虑;及取而斫之,则伪金耳。大骇,失色。李媪见其状,冷语侵客。怙心不自安,然囊空无所向往,犹冀姬念凤好,不即绝之。俄有二人握索入,骤絷项领。惊惧不知所为。哀问其故,则姬已窃伪金去首公庭[37]矣。至官,不能置辞,梏掠几死。收狱中,又无资斧,大为狱吏所虐,乞食于囚,苟延馀息。初,怙之行也,母谓福曰[38]:"记取廿日后,当遣汝之洛。我事烦,恐忽忘之。"福不知所谓,黯然欲悲,不敢复请而退。过二十日而问之。叹曰:"汝弟今日之浮荡,犹汝昔日之废学也。我不冒恶名,汝何以有今日? 人皆谓我忍,但泪浮枕簟,而人不知耳!"因泣下。福侍立敬听,不敢研诘。泣已,乃曰:"汝弟荡心不死,故授之伪金以挫折之,今度已在缧绁中矣。中丞待汝厚,汝往求焉[39],可以脱其死难,而生其愧悔也。"福立刻而发。比入洛,则弟被逮三日矣。即狱中而望之,怙奄然面目如鬼[40],见兄涕不可仰。福亦哭[41]。时福为中丞所宠异,故遐迩皆知其名。邑宰知为怙兄,急释之。怙至家,犹恐母怒,膝行而前。母顾曰:"汝愿遂耶?"怙零涕不敢复作声,福亦同跪,母始叱之起。由是痛自悔,家中诸务,经理维勤;即偶惰,母亦不呵问之。凡数月,并不与言商贾,意欲自请而不敢,以意告兄。母闻而喜,并力质贷而付之,半载而息倍焉。是年,福秋捷[42],又三年登第[43];弟货殖累巨万矣[44]。邑有客洛者,窥见太夫人,年四旬,犹若三十许人,而衣妆朴素,类常家云。

异史氏曰:"《黑心符》出,芦花变生,古与今如一丘之貉,良可哀也[45]! 或有避其谤者,又每矫枉过正,至坐视儿女之放纵而不一置问,其视虐遇者几何哉? 独是曰挞所生,而人不以为暴;施之异腹儿,则指摘从之矣。夫细柳固非独忍于前子也;然使所出贤,亦何能出此心以自白于天下? 而乃不引嫌[46],不辞谤,卒使二子一富一贵,表表于世[47]。此无论闺闼[48],当亦丈夫之铮铮者矣[49]!"

据《聊斋志异》铸雪斋抄本

〔1〕 中都:古邑名。春秋晋地。在今河南沁阳县东北。
〔2〕 嫖(piào 票)嫋:轻捷嫋娜。嫖,轻捷的样子。
〔3〕 相(xiàng 向)人书:即讲述相术之书。相人,观察人的形貌以预测其命运。
〔4〕 简默:沉默少言。
〔5〕 臧否(pǐ 匹):谓善恶得失。语出《诗·大雅·抑》。
〔6〕 以丫角老:谓终身做姑娘,犹言做老处女、老姑娘。丫角,未出嫁少女头上梳作两髻,像分叉的两只角,因称。
〔7〕 以人胜天:此谓通过人事努力来改变自己既定的命运。
〔8〕 委禽:送聘礼,表示定婚。
〔9〕 亩之东南:谓田亩耕作之事。《诗·小雅·信南山》:"我疆我理,南东其亩。"朱熹《集传》:"于是为之疆理,而顺其地势水势之所宜,或南其亩,或东其亩也。"亩,田垄,田埂。
〔10〕 追逋(bū 晡)赋者:追讨拖欠赋税者。追,追科,催征赋税。逋,拖欠。
〔11〕 打门而谇(suì 岁):打着门叫骂。谇,犹言叫骂。
〔12〕 慰:此据山东省博物馆本。原作"委"。
〔13〕 趣:通"促",促使。
〔14〕 益纾:越发宽裕。
〔15〕 凌波细:谓脚小。凌波,原指女子轻盈步态。曹植《洛神赋》:"凌波微步,罗袜生尘。"
〔16〕 尤:此据山东省博物馆本,原作"犹"。
〔17〕 美材:优质棺木。
〔18〕 以倍资赎诸其门:以比原价多一倍的价钱到其家买取。赎,以原价买取人所购置的器物。
〔19〕 十岁:此据山东省博物馆本。原缺"十"字。
〔20〕 亡去从牧儿遨:逃去跟牧童玩耍。
〔21〕 夏(jiǎ 甲)楚:犹言鞭打。夏,榎木;楚,荆木。语出《礼记·学记》,本为教学的体罚工具。
〔22〕 冗人:闲散之人。

〔23〕 残秋向尽：据山东省博物馆本补，原阙。
〔24〕 桁（héng 恒）：衣架。
〔25〕 啧有烦言：本谓言语发生争执。见《左传·定公四年》；此谓里人对细娘有许多非议。
〔26〕 "可来见"至"痛哭愿受杖"：此据山东省博物馆本增补，原缺此几句。
〔27〕 游泮：进县学，成为秀才。详《叶生》注。
〔28〕 中丞：指巡抚。详《黄九郎》注。
〔29〕 器之：看重他。器，器重。
〔30〕 月给常廪：即使其为廪生。详《考城隍》注。
〔31〕 四民：士、农、工、商。
〔32〕 沟瘠死：谓辗转沟壑饥饿而死。《荀子·荣辱》："今夫偷生浅知之属，……是其所以不免于冻饿，操瓢囊为沟壑中瘠者也。"瘠，饿死。
〔33〕 运数：此据山东省博物馆本，原作"连数"。
〔34〕 以身代：此据山东省博物馆本。原无"身"字。
〔35〕 宦囊：指居官所积财物。
〔36〕 凡：此据山东省博物馆本，原作"几"。
〔37〕 公庭：此据山东省博物馆抄本，"庭"原作"廷"。
〔38〕 谓：此据山东省博物馆抄本，原作"为"。
〔39〕 往：此据山东省博物馆本，原无此字。
〔40〕 奄然：气息微弱的样子。
〔41〕 福亦哭：此据二十四卷抄本，原无"亦"字。
〔42〕 秋捷：秋闱告捷，谓考中举人。详《陆判》注。
〔43〕 登第：登进士第，谓中进士。
〔44〕 弟：此据山东省博物馆本，原无此字。
〔45〕 "黑心"四句：谓一旦续娶继室，前室之子必然遭受虐待，古今都一样，的确令人悲哀。《黑心符》，书名，唐代莱州长史于义方撰，一卷。书内论述时人续娶继室之害，以劝戒子孙。后因以指暴虐不仁的继室。芦花变生，为孔门弟子闵子骞遭受继母虐待的故事，详《马介甫》注。
〔46〕 不引嫌：谓不避嫌疑。引嫌，为防嫌而回避。

〔47〕 表表于世：卓立于世。表表，特出，卓立。
〔48〕 无论闺闼：不要说妇女。闺闼，内室。此代指妇女。
〔49〕 铮铮者：犹言佼佼者。《后汉书·刘盆子传》："徐宣等叩头曰：'……今日得降，犹去虎口归慈母，诚欢诚喜，无所恨也。'帝（刘秀）曰：'卿所谓铁中铮铮，佣中佼佼者也。'"

卷 八

画　马

临清崔生[1],家窭贫[2]。围垣不修[3]。每晨起,辄见一马卧露草间,黑质白章[4];惟尾毛不整,似火燎断者。逐去,夜又复来,不知所自。崔有好友,官于晋[5],欲往就之,苦无健步[6],遂捉马施勒乘去,嘱属家人曰[7]:"倘有寻马者,当如晋以告[8]。"

既就途,马骛驶[9],瞬息百里。夜不甚馋刍豆[10],意其病。次日紧衔不令驰[11],而马蹄嘶喷沫,健怒如昨。复纵之,午已达晋。时骑入市廛,观者无不称叹[12]。晋王闻之,以重直购之。崔恐为失者所寻[13],不敢售。居半年,无耗[14],遂以八百金货于晋邸,乃自市健骡归。

后王以急务,遣校尉骑赴临清[15]。马逸[16],追至崔之东邻,入门,不见。索诸主人。主曾姓,实莫之睹。及入室,见壁间挂子昂画马一帧[17],内一匹毛色浑似,尾处为香炷所烧,始知马,画妖也。校尉难复王命,因讼曾。时崔得马资,居积盈万,自愿以直贷曾,付校尉去。曾甚德之,不知崔即当年之售主也。

据《聊斋志异》铸雪斋抄本

---

[1]　临清:县名,即今山东省临清市。

〔2〕 窭(jù巨)贫:此据青柯亭刻本,原作"屡贫"。贫陋,贫困。
〔3〕 围垣:指围绕住宅修建的垣墙。
〔4〕 黑质白章:黑皮毛,有白花纹。质,指马体。章,花纹。
〔5〕 晋:山西省的简称。
〔6〕 健步:指可供骑乘的大牲口马、骡之类。步,代步,坐骑。
〔7〕 嘱属:犹言叮嘱、嘱咐。
〔8〕 当如晋以告:此据山东博物馆抄本,原无"晋"字。
〔9〕 骛驶:急驰。
〔10〕 馋(dàn淡):同"啖",吃。刍豆:犹言草料。刍,草。
〔11〕 紧衔:拉紧马嚼子。衔,衔于马口、制驭马之行止的铁链,即马嚼子。
〔12〕 称叹:此据山东博物馆抄本,原作"称欢"。
〔13〕 崔:此据山东省博物馆抄本,原作"催"。
〔14〕 无耗:无音讯,无消息。
〔15〕 校尉:武官名。秦设。隋唐后为没有固定职事的武散官,清制八品以下为校尉,明清也指称卫士。
〔16〕 马逸:马受惊狂奔。
〔17〕 子昂:赵孟頫(1254—1322),字子昂,号松雪道人、水精宫道人,湖州(今浙江吴兴)人,元著名书画家,诗人。今存世画迹有《秋郊饮马》等。

局　诈

某御史家人[1]，偶立市间，有一人衣冠华好，近与攀谈。渐问主人姓字、官阀[2]，家人并告之。其人自言："王姓，贵主家之内使也[3]。"语渐款洽，因曰："宦途险恶，显者皆附贵戚之门，尊主人所托何人也？"答曰："无之。"王曰："此所谓惜小费而忘大祸者也。"家人曰："何托而可？"王曰："公主待人以礼，能覆翼人[4]。某侍郎系仆阶进[5]。倘不惜千金贽，见公主当亦不难。"家人喜，问其居止。便指其门户曰："日同巷不知耶？"家人归告侍御。侍御喜，即张盛筵，使家人往邀王。王欣然来。筵间道公主情性及起居琐事甚悉，且言："非同巷之谊，即赐百金赏，不肯效牛马[6]。"御史益佩戴之。临别，订约，王曰："公但备物，仆乘间言之，且晚当有报命。"

越数日始至，骑骏马甚都[7]，谓侍御曰："可速治装行。公主事大烦，投谒者踵相接，自晨及夕，不得一间。今得一间，宜急往，误则相见无期矣。"侍御乃出兼金重币[8]，从之去。曲折十馀里，始至公主第，下骑祗候[9]。王先持贽入。久之，出，宣言："公主召某御史。"即有数人接递传呼。侍御伛偻而入，见高堂上坐丽人，姿貌如仙，服饰炳耀；侍姬皆着锦绣，罗列成行。侍御伏谒尽礼，传命赐坐檐下，金碗进茗。主略致温旨，侍御肃而退。自内传赐缎靴、貂帽。

既归，深德王[10]，持刺谒谢[11]，则门阖无人。疑其侍主未复。

三日三诣,终不复见。使人询诸贵主之门,则高扉扃锢。访之居人,并言:"此间曾无贵主。前有数人僦屋而居,今去已三日矣。"使反命,主仆丧气而已。

副将军某[12],负资入都,将图握篆[13],苦无阶。一日,有裘马者谒之[14],自言:"内兄为天子近侍。"茶已,请间云[15]:"目下有某处将军缺,倘不吝重金,仆嘱内兄游扬圣主之前[16],此任可致,大力者不能夺也。"某疑其妄。其人曰:"此无须踟蹰。某不过欲抽小数于内兄[17],于将军锱铢无所望[18]。言定如干数,署券为信。待召见后,方求实给;不效,则汝金尚在,谁从怀中而攫之耶?"某乃喜,诺之。次日,复来引某去,见其内兄,云:"姓田。"煊赫如侯家。某参谒,殊傲睨不甚为礼。其人持券向某曰:"适与内兄议,率非万金不可[19],请即署尾[20]。"某从之。田曰:"人心叵测,事后虑有反复。"其人笑曰:"兄虑之过矣。既能予之,宁不能夺之耶?且朝中将相,有愿纳交而不可得者。将军前程方远,应不丧心至此[21]。"某亦力矢而去。其人送之,曰:"三日即复公命。"

逾两日,日方西,数人吼奔而入[22],曰:"圣上坐待矣!"某惊甚[23],疾趋入朝。见天子坐殿上,爪牙森立[24]。某拜舞已。上命赐坐,慰问殷勤,顾左右曰:"闻某武烈非常,今见之,真将军才也!"因曰:"某处险要地,今以委卿,勿负朕意,侯封有日耳。"某拜恩出。即有前日裘马者从至客邸,依券兑付而去。于是高枕待绶[25],日夸荣于亲友。过数日,探访之,则前缺已有人矣。大怒,忿争于兵部之堂[26],曰:"某承帝简,何得授之他人?"司马怪之[27]。及述宠遇,半如梦境。司马怒,执下廷尉[28]。始供其引见者之姓名,则朝中并无此人。又耗万金,始得革职而去。异哉!武弁虽骏[29],岂朝门亦可假耶?疑其中有幻术存焉,所谓"大盗不操矛弧"者也[30]。

嘉祥李生[31],善琴。偶适东郊,见工人掘土得古琴[32],遂以贱直得之。拭之有异光;安弦而操,清烈非常。喜极,若获拱璧[33],贮以锦囊,藏之密室,虽至戚不以示也[34]。

邑丞程氏[35],新莅任,投刺谒李。李故寡交游,以其先施故[36],报之。过数日,又招饮,固请乃往。程为人风雅绝伦,议论潇洒,李悦焉。越日,折柬酬之,欢笑益洽。从此月夕花晨,未尝不相共也。年馀,偶于丞廨中,见绣囊裹琴置几上,李便展玩。程问:"亦谙此否?"李曰:"生平最好。"程讶曰:"知交非一日,绝技胡不一闻?"拨炉爇沉香[37],请为小奏。李敬如教。程曰:"大高手!愿献薄技,勿笑小巫也[38]。"遂鼓"御风曲"[39],其声泠泠[40],有绝世出尘之意[41]。李更倾倒[42],愿师事之。

自此二人以琴交,情分益笃。年馀,尽传其技。然程每诣李,李以常琴供之[43],未肯泄所藏也。一夕,薄醉[44]。丞曰:"某新肄一曲[45],亦愿闻之乎?"为奏"湘妃"[46],幽怨若泣。李亟赞之。丞曰:"所恨无良琴;若得良琴,音调益胜。"李欣然曰:"仆蓄一琴,颇异凡品。今遇锺期[47],何敢终密?"乃启椟负囊而出。程以袍袂拂尘,凭几再鼓,刚柔应节,工妙入神。李击节不置。丞曰:"区区拙技,负此良琴。若得荆人一奏[48],当有一两声可听者。"李惊曰:"公闺中亦精之耶?"丞笑曰:"适此操乃传自细君者[49]。"李曰:"恨在闺阁,小生不得闻耳。"丞曰:"我辈通家[50],原不以形迹相限。明日,请携琴去,当使隔帘为君奏之。"李悦。次日,抱琴而往。丞即治具欢饮。少间,将琴入,旋出即坐。俄见帘内隐隐有丽妆,顷之,香流户外。又少时,弦声细作,听之,不知何曲;但觉荡心媚骨,令人魂魄飞越。曲终便来窥帘,竟二十馀绝代之姝也。丞以巨白劝醻,内复改弦为"闲情之赋"[51],李形神益惑。倾饮过醉,离席兴辞[52],索琴。丞曰:"醉后防有蹉跌。明日复临,当令闺人尽其所长。"

李归。次日诣之,则廨舍寂然,惟一老隶应门。问之,云:"五更携眷去,不知何作,言往复可三日耳。"如期往伺之,日暮,并无音耗。吏皂皆疑,白令,破扃而窥其室;室尽空,惟几榻犹存耳。达之上台[53],并不测何故。李丧琴,寝食俱废,不远数千里访诸其家。程故楚产[54],三年前,捐资授嘉祥[55]。执其姓名,询其居里,楚中并无其人。或云:"有程道士者,善鼓琴;又传其有点金术[56]。三年前,忽去不复见。"疑即其人。又细审其年甲、容貌[57],吻合不谬。乃知道士之纳官,皆为琴也。知交年馀,并不言及律;渐而出琴,渐而献技,又渐而惑以佳丽;浸渍三年,得琴而去。道士之癖,更甚于李生也。天下之骗机多端,若道士,骗中之风雅者矣。

据《聊斋志异》铸雪斋抄本

----

[1] 御史:官名,明清指监察御史,别称侍御。详《红玉》注。
[2] 官阀:官阶门第。

〔3〕 贵主:谓公主。见《后汉书·窦融传》。
〔4〕 覆翼:荫庇,保护。
〔5〕 某侍郎系仆阶进:某侍郎就是通过我而进见公主的。侍郎,官名,明清时为中央六部的副长官。系,是。仆,自我谦称。阶进,当台阶使之进,即通过我的关系而进见的意思。
〔6〕 效牛马:即效牛马之劳,为之奔走的意思。
〔7〕 都:美。
〔8〕 兼金:精金,好金。《孟子·公孙丑》下:"王馈兼金一百。"赵岐注:"兼金,好金也。其价倍于常者,故称之兼金。"
〔9〕 祗候:犹恭候、敬候。
〔10〕 德王:感激这位姓王的人。
〔11〕 刺:名片。
〔12〕 副将军:武官名。位在将军之下,参将之上。详《庚娘》注。
〔13〕 将图握篆:将谋作将军。握篆,掌印之官,即任正职的官员。
〔14〕 裘马者:衣裘乘马者。裘马,谓衣饰、坐骑华贵。《论语·公冶长》:"子路曰:愿车马,衣轻裘,与朋友共,敝之而无憾。"
〔15〕 请间(jiàn见):谓请避人私下交谈。间,间语,私语,《史记·信陵君列传》:"公子再拜,因问,侯生乃屏人间语。"
〔16〕 游扬:宣扬,传扬。此谓在皇帝面前称道其能。
〔17〕 于:此据山东省博物馆本,原无此字。
〔18〕 锱铢:古重量单位,此极言微少。详《种梨》注。
〔19〕 率:大率,大约,大概。
〔20〕 署尾:即署纸尾。此指署名画押。
〔21〕 丧心:心理反常。《左传·昭公二十五年》:"哀乐而乐哀,皆丧心也。"
〔22〕 吼奔而入:大声嚷着飞奔而入。
〔23〕 "圣上坐待矣!"某惊甚:此据山东省博物馆本,原作"圣上坐矣,待某惊甚。"
〔24〕 爪牙:鸟兽用以自卫的爪和牙,此引申指守卫宫廷的武士。
〔25〕 绶:印绶。此代指官印。
〔26〕 兵部:隋唐以后,中央六部之一,掌全国武官选用、兵籍、军械、军令

之政，长官为兵部尚书。
〔27〕 司马：古官名。西周始置，掌握军政和军赋。后世用作兵部尚书的别称。
〔28〕 执下廷尉：拘系起来，下廷尉狱。廷尉，官名，亦官署名。秦汉时廷尉为九卿之一，掌刑狱。明清指大理寺卿。
〔29〕 武弁：即武冠，借指武官、武士。骇(ɑi 皑)：痴呆。
〔30〕 大盗不操矛弧：谓善于偷盗的人并不手持武器。矛，武器。长柄，尖头，两刃。弧，木弓。
〔31〕 嘉祥：县名，今属山东省。
〔32〕 工人：古时指从事劳役的人。
〔33〕 拱璧：大璧。详《蛇人》注。
〔34〕 不以示：即不拿它给人看。
〔35〕 邑丞：县丞，县令的佐官。
〔36〕 以其先施故：因其首先拜谒的缘故。施，先加礼致敬叫施。《礼记·曲礼》上："其次务施报，礼尚往来。"
〔37〕 沉香：香木。木材为名贵熏香料。
〔38〕 勿笑小巫：犹言你这高手不要笑我技艺低劣。小巫，对大巫而言。巫，巫师。《太平御览》七三五《庄子》："小巫见大巫，拔茅而弃，此所以终身弗如也。"
〔39〕 御风曲：此为杜撰的琴曲。御风，乘风而行。《庄子·列御寇》："夫列子御风而行，泠然善也。"
〔40〕 泠泠(líng líng 零零)：形容音调清脆悦耳。
〔41〕 绝世出尘之意：谓给人以飘然欲仙、超脱尘世之感。
〔42〕 倾倒：佩服。
〔43〕 常：此据山东省博物馆本，原无此字。
〔44〕 薄醉：微醉。
〔45〕 肄：学习，练习。
〔46〕 湘妃：琴曲名，即"湘妃怨"，见郭茂倩《乐府诗集》五七。详《娇娜》注。
〔47〕 今遇锺期：意即今遇知音。锺期，即锺子期，春秋时楚国人，精于音律，与善琴者伯牙相知。《列子·汤问》："伯牙鼓琴，志在高山，锺

子期曰:'峨峨然若泰山。'志在流水,曰:'洋洋然若江河。'子期死,伯牙绝弦,以无知音者。"

〔48〕荆人:谦指自己的妻子。参见《狐嫁女》"拙荆"注。

〔49〕"适此"句:刚才所弹奏的这支曲子本是从妻子那里学来的。适,刚才。操,琴曲曰操。细君,也称小君,本为古时诸侯妻之称,后为妻的通称。语见《汉书·东方朔传》。

〔50〕通家:语出《后汉书·孔融传》。本谓世代交谊之家。此犹言一家人,极言其关系亲密。

〔51〕闲情之赋:即《闲情赋》。东晋诗人陶渊明作。赋抒写了诗人对爱情的追求及思而不得的怅惘心情,感情热烈奔放,文辞华美动人。此为取其赋意而杜撰的琴曲名。

〔52〕兴辞:起身告辞。兴,起。

〔53〕达之上台:将此事报告上官。达,通禀,报告。上台,犹上官。台,本为官署名,后用作对官长的敬称。

〔54〕楚产:楚地人。楚,泛指今湖北、湖南及河南南部地区。

〔55〕捐资授嘉祥:即通过向政府捐纳金钱被授为嘉祥县丞。捐,捐纳,封建时代授官法之一种,即捐资纳粟买得官职。授,此据山东省博物馆抄本,原作"受",详《清会要·吏部除授捐纳候选》。

〔56〕点金术:古时宗教及方士之流谓用其炼丹术将丹炼成之后,即可点石成金或点铁成金。

〔57〕年甲:年岁、年纪。甲,甲子。古以甲子纪岁月,因亦以之代指岁月、年岁。

放　蝶

长山王进士岜生为令时[1],每听讼,按罪之轻重,罚令纳蝶自赎;堂上千百齐放,如风飘碎锦,王乃拍案大笑。一夜,梦一女子,衣裳华好,从容而入,曰:"遭君虐政,姊妹多物故[2]。当使君先受风流之小谴耳。"言已,化为蝶,回翔而去。明日,方独酌署中,忽报直指使至[3],皇遽而出,闺中戏以素花簪冠上[4],忘除之。直指见之,以为不恭,大受诟骂而返。由是罚蝶令遂止。

青城于重寅[5],性放诞。为司理时[6],元夕以火花爆竹缚驴上[7],首尾并满,牵登太守之门[8],击柝而请[9],自白:"某献火驴,幸出一览。"时太守有爱子患痘,心绪方恶,辞之。于固请之。太守不得已,使阍人启钥[10]。门甫辟,于火发机,推驴入。爆震驴惊,蹏跌狂奔[11],又飞火射人,人莫敢近。驴穿堂入室,破瓯毁甑,火触成尘,窗纱都烬。家人大哗。痘儿惊陷,终夜而死。太守痛恨,将揭劾[12]。于浼诸司道[13],登堂负荆[14],乃免。

据《聊斋志异》山东省博物馆本

---

[1] 长山:旧县名,故地今山东邹平县一带。王进士岜(dǒu 斗)生:王岜生,字子凉,明末进士,曾任如皋县知县。生平详《长山县志》。
[2] 物故:死亡。

〔3〕 直指使:官名。也称直指使者,朝廷特派巡视地方的官员。详《胡四娘》注。明清时代,指巡按御史。
〔4〕 素花:白花。
〔5〕 青城:地名,即今山东省高青县。
〔6〕 司理:也称"司李",明清指推官,掌狱讼。详《娇娜》注。
〔7〕 元夕:农历正月十五日。
〔8〕 太守:此指知府。详《连城》注。
〔9〕 击柝(tuò 拓):敲着木梆。柝,旧时巡夜者击以报更的木梆。
〔10〕 阍人:守门人。
〔11〕 蹄趹(tí jué 蹄决):谓驴疾行。《史记·张仪列传》:"秦马之良,戎兵之众,探前趹后,蹄间三寻。"《索隐》:"谓马前足探向前,后足趹于后。趹谓后足抉地,言马之走势疾也。"
〔12〕 揭劾:检举其过错而弹劾。
〔13〕 浼(měi 每)诸司道:向司道官长求情。浼,请托,央求。司道,指布政使司、按察使司及道员。详《小猎犬》注。
〔14〕 负荆:背负荆条,请求责罚。表示悔罪认错。语出《史记·廉颇蔺相如列传》。

男 生 子

福建总兵杨辅[1],有娈童[2],腹震动。十月既满,梦神人剖其两胁出之。及醒,两男夹左右啼。起视胁下,剖痕俨然。儿名之天舍、地舍云。

异史氏曰[3]:"按此吴藩未叛前事也[4]。吴既叛,闽抚蔡公疑杨欲图之[5],而恐其为乱,以他故召之。杨妻凤智勇,疑之,沮杨行[6]。杨不听。妻涕而送之。归则传矢诸将[7],披坚执锐,以待消息。少顷,闻夫被诛,遂反攻蔡。蔡仓皇不知所为,幸标卒固守[8],不克乃去。去既远,蔡始戎装突出,率众大噪。人传为笑焉。后数年,盗乃就抚[9]。未几,蔡暴亡。临卒,见杨操兵入,左右亦皆见之。呜呼!其鬼虽雄,而头不可复续矣!生子之妖,其兆于此耶?"

据《聊斋志异》山东省博物馆本

----

[1] 福建总兵:福建省的总兵官。清代总兵为绿营兵高级武官,受提督节制,掌理本镇军务,因又称总镇。其所辖营兵称镇标。

[2] 娈(luán 峦)童:旧时被当作女性玩弄的美貌男子。娈,美好的样子。

[3] 异史氏曰:此据《聊斋志异遗稿》本补,原缺此四字。

[4] 吴藩:指吴三桂。吴三桂(1612—1678),字长白,高邮(今属江苏省)人。明末任辽东总兵,因仇视李自成领导的农民义军,引清兵入关,受封为平西王,守云南。康熙十二年(1673)议撤藩,吴三桂

遂举兵叛乱,自称周王;十七年(1678)在衡州(今湖南衡阳)称帝,不久病死。生平详《清史稿·贰臣传》。
〔5〕 闽抚:福建巡抚。详《黄九郎》注。
〔6〕 沮:阻止。
〔7〕 传矢诸将:即向诸将发布命令。矢,箭。此指令箭。
〔8〕 标卒:清军制,总督、巡抚等统领的绿营兵,称标;一标三营。巡抚统属的称抚标。此指抚标士卒。
〔9〕 就抚:接受招抚,即归降。

钟　生

钟庆馀,辽东名士[1]。应济南乡试。闻藩邸有道士知人休咎[2],心向往之。二场后,至趵突泉[3],适相值。年六十馀,须长过胸,一幡然道人也[4]。集问灾祥者如堵[5],道士悉以微词授之[6]。于众中见生,忻然握手,曰:"君心术德行[7],可敬也!"挽登阁上,屏人语[8],因问:"莫欲知将来否?"曰:"然。"曰:"子福命至薄,然今科乡举可望。但荣归后,恐不复见尊堂矣。"生至孝,闻之泣下,遂欲不试而归。道士曰:"若过此已往,一榜亦不可得矣。"生云:"母死不见,且不可复为人,贵为卿相,何加焉?"道士曰:"某夙世与君有缘,今日必合尽力。"乃以一丸授之曰:"可遣人夙夜将去,服之可延七日。场毕而行,母子犹及见也。"生藏之,匆匆而出,神志丧失。因计终天有期[9],早归一日,则多得一日之奉养,携仆贳驴[10],即刻东迈[11]。驱里许,驴忽返奔,下之不驯,控之则蹶。生无计,燥汗如雨。仆劝止之,生不听。又贳他驴,亦如之。日已衔山,莫知为计。仆又劝曰:"明日即完场矣,何争此一朝夕乎?请即先主而行,计亦良得。"不得已,从之。

次日,草草竣事,立时遂发,不遑啜息[12],星驰而归[13]。则母病绵惙[14],下丹药,渐就痊可。入视之,就榻泫泣[15]。母摇首止之,执手喜曰:"适梦之阴司,见王者颜色和霁。谓稽尔生平[16],无大罪恶;今念汝子纯孝[17],赐寿一纪[18]。"生亦喜。历数日,果平健如故。未几,闻捷,辞母如济。因赂内监[19],致意道士。道士欣然出,生便伏谒。道士曰:"君既高捷,太夫人又增寿数,此皆盛德所致,道人何力焉!"生又讶其先知,因而拜问终身。道士云:"君无大贵,但得耄耋足矣[20]。君前身与我为僧侣,以石投犬,误毙一蛙,今已投生为驴。论前定数[21],君当横折[22];今孝德感神,已有解星入命,固当无恙。但夫人前世为妇不贞,数应少寡[23]。今君以德延寿,非其所耦,恐岁后瑶台倾也[24]。"生恻然良久,问继室所在。曰:"在中州[25],今十四岁矣。"临别嘱曰:"倘遇危急,宜奔东南。"

后年馀,妻病果死。钟舅令于西江[26],母遣往省,以便途过中州,将应继室之谶[27]。偶适一村,值临河优戏[28],士女甚杂。方欲整辔趋过,有一失勒牡驴[29],随之而行,致骡蹄趹[30],生回首,以鞭击驴耳;驴惊,大奔。时有王世子方六七岁[31],乳媪抱坐堤上;驴冲过,扈从皆不及防,挤堕河中。众大哗,欲执之。生纵骡绝驰[32],顿忆道士言,极力趋东南。约三十馀里,入一山村,有叟在门,下骑揖之。叟邀入,自言"方姓",便诘所来。生叩伏在地,具以情告。叟言:"不妨。请即寄居此间,当使徼者去[33]。"至晚得耗,始知为世子,叟大骇曰:"他家可以为力,此真爱莫能助矣!"生哀不已。叟筹思曰:"不可为也。请过一宵,听其缓急,倘可再谋。"生愁怖[34],终夜不枕。次日侦听,则已行牒讥察[35],收藏者弃市[36]。叟有难色,无言而入。生疑惧,无以自安。中夜叟来,入坐便问:"夫人年几何矣?"生以鳏对。叟喜曰[37]:"吾谋济矣。"问之,答云:"余姊夫慕道，挂锡南山[38]；姊又谢世。遗有孤女，从仆鞠养，亦颇慧。以奉箕帚如何[39]？"生喜符道士之言，而又冀亲戚密迩，可以得其周谋[40]，曰："小生诚幸矣。但远方罪人，深恐贻累丈人[41]。"叟曰："此为君谋也。姊夫道术颇神，但久不与人事矣。合卺后，自与甥女筹之，必合有计。"生喜极，赘焉。

女十六岁，艳绝无双。生每对之欷歔。女云："妾即陋，何遽见嫌恶？"生谢曰："娘子仙人，相耦为幸[42]。但有祸患，恐致乖违。"因以实告。女怨曰："舅乃非人！此弥天之祸，不可为谋，乃不明言，而陷我于坎窞[43]！"生长跪曰："是小生以死命哀舅，舅慈悲而穷于术，知卿能生死人而肉白骨也[44]。某诚不足称好逑[45]，然家门幸不辱寞[46]。倘得再生，香花供养有日耳[47]。"女叹曰："事已至此，夫复何辞？然父自削发招提[48]，儿女之爱已绝。无已，同往哀之，恐担挫辱不浅也[49]。"乃一夜不寐，以毡绵厚作蔽膝[50]，各以隐着衣底；然后唤肩舆，入南山十余里。山径拗折绝险[51]，不复可乘。下舆，女跬步甚艰[52]，生挽臂拽扶之，竭蹶始得上达[53]。不远，即见山门，共坐少憩。女喘汗淫淫[54]，粉黛交下。生见之，情不可忍，曰："为某事，遂使卿罹此苦！"女愀然曰[55]："恐此尚未是苦[56]！"困少苏[57]，相将入兰若[58]，礼佛而进。曲折入禅堂[59]，见老僧趺坐[60]，目若瞑，一僮执拂侍之[61]。方丈中[62]，扫除光洁；而坐前悉布沙砾，密如星宿。女不敢择，入跪其上；生亦从诸其后。僧开目一瞻，即复合去。女参曰[63]："久不定省[64]，今女已嫁，故偕婿来。"僧久之，启视曰："妮子大累人！"即不复言。夫妻跪良久，筋力俱殆，沙石将压入骨，痛不可支。又移时，乃言曰："将骡来未？"女答曰："未。"曰："夫妻即去，可速将来。"二人拜而起，狼狈而行。

既归，如命，不解其意，但伏听之。过数日，相传罪人已得，伏诛讫。夫妻相庆。无何，山中遣僮来，以断杖付生云："代死者，此君也。"便嘱瘗葬致祭，以解竹木之冤。生视之，断处有血痕焉。乃祝而葬之。夫妻不敢久居，星夜归辽阳。

据《聊斋志异》铸雪斋抄本

〔1〕 辽东：郡名，古燕地，秦置郡，治襄平（今辽阳市），辖境为今辽宁东南部辽河以东地区。清顺治十年（1653）曾于此置辽阳府。
〔2〕 藩邸：藩王府邸。封建帝王分封诸侯王，以屏王室，故称。明德王邸在今济南市珍珠泉一带。
〔3〕 趵突泉：泉名，在济南旧城西南。泉三峰涌流，蔚为壮观，金代"名泉碑"列为济南诸泉之冠，号称"天下第一泉"。
〔4〕 皤（pó婆）然：头发斑白的样子。
〔5〕 集问灾祥者如堵：群集而问祸福的人，像墙壁一样围在四周。
〔6〕 微词：此指隐含预测祸福的言词。微，幽深，精妙。
〔7〕 心术：思想意识。
〔8〕 屏（bǐng丙）人语：避人语。
〔9〕 终天有期：谓母丧有日。终天，谓父母之丧，悲痛至于终身而无穷极。
〔10〕 赁（shì世）：租借。
〔11〕 东迈：向东行进。
〔12〕 不遑啜（chuò辍）息：意即顾不上吃喝休息，日夜趱行。啜，吃、喝。
〔13〕 星驰而归：连夜奔驰而归。

[14] 绵惙(chuò 绰):病势垂危,将要断气。
[15] 泫(xuàn 炫)泣:流泪。
[16] 生平:此据山东省博物馆抄本,原作"生生"。
[17] 纯孝:大孝。纯,大。
[18] 赐寿一纪:即增十二岁的年寿。岁星(木星)绕太阳一周约需十二年,古时因称十二年为一纪。
[19] 内监:指藩邸内的宦官。
[20] 耄耋(mào dié 冒迭):高寿。《礼记·曲礼》上:"八十、九十曰耄。"耋,老。《诗·秦风·车邻》:"逝者其耋。"毛《传》:"耋,老也。八十曰耋。"
[21] 前定数:迷信谓由生前善恶而确定的今生命运。数,命数,命运。
[22] 横(hèng 衡去声)折:谓意外地早死。横,意外,突然。折,夭折。
[23] 数:命数,命运。
[24] 瑶台倾:谓妻死。刘禹锡《伤往赋》:"宝瑟僵兮弦柱绝,瑶台倾兮镜奁空。"瑶台,美玉砌成之台。《楚辞·离骚》:"望瑶台之偃蹇兮,见有娀之佚女。"因谓美女所居之处。
[25] 中州:古分中国为九州,豫州居中,因称中州;其地当今河南,因相沿亦称河南为中州。
[26] 西江:泛指今广东西部地区。西江,珠江干流之一,流经广东西部,与黔、桂、郁三江自广西合流后,称西江。
[27] 应继室之谶:验合当娶后妻之预言。谶,谶语,预言。
[28] 临河优戏:在河边演戏。优,扮演杂戏的人。
[29] 失勒牡驴:失去控制的公驴。勒,羁勒。
[30] 蹄趹(jué 抉):骡马用后蹄踢人,尥蹶子。《淮南子·兵略训》:"有毒者螫,有蹄趹。"
[31] 王世子:诸侯王的嫡子。
[32] 绝驰:犹言飞驰。绝,绝尘,足不沾尘。
[33] 徼(jiǎo 较)者:指巡捕一类的吏役。
[34] 怖:此据山东省博物馆抄本,原作"佈"。
[35] 行牒讥察:行文稽察。牒,公文。讥,稽查,察问。
[36] 弃市:指问斩,杀头。

[37] 喜：此据山东省博物馆抄本，原作"以"。
[38] 挂锡南山：谓在南山出家做和尚。挂锡，悬挂锡杖。僧人远出，要持锡杖，而中途停宿时，杖不得着地，必挂于僧房壁牙之上，故称僧人止宿为挂锡。此盖谓出家居寺。参《画壁》"挂搭"注。
[39] 奉箕帚：供洒扫之役，女儿为人作妻室的谦词。参见《狐嫁女》"箕帚女"注。
[40] 周谋：周密谋划。
[41] 丈人：此谓长者，对年老人的尊称。
[42] 相耦：相配，结为夫妇。耦，通"偶"，匹配。
[43] 陷我于坎窞（dàn 旦）：谓让其落入陷阱，犹言被其坑害。坎窞，洞穴陷阱。
[44] 生死人而肉白骨：谓救活人命，起死回生。《左传·襄公二十二年》："吾见申叔夫子所谓生死而肉骨也。"
[45] 好逑：好的配偶。语出《诗·周南·关雎》。
[46] 辱寞：即辱没。寞，通"没"。
[47] 香花供养：谓如佛般供敬。详《马介甫》注。
[48] 削发招提：指出家作和尚。招提，梵语"拓斗提奢"的省称，义为四方，误为招提。自北魏太武帝造寺称招提，遂为寺院的别称。
[49] 挫辱：折辱。
[50] 蔽膝：跪拜时所用护膝的围裙。见《汉书·王莽传》。
[51] 绝险：此据山东省博物馆本，原作"绝陷"。
[52] 跬步：半步。此指行步。
[53] 竭蹶：力竭仆跌，极言劳苦之状。《荀子·儒效》："故近者歌讴而乐之，远者竭蹶而趋之。"
[54] 淫淫：汗流不断的样子。
[55] 愀然（qiǎo 巧）：忧惧的样子。
[56] 苦：此据山东省博物馆抄本，原无此字。
[57] 困少苏：疲劳稍微减轻一点。
[58] 兰若：指寺庙。详《画壁》注。
[59] 禅堂：僧人参禅之处，犹言僧堂。
[60] 跌坐：佛教徒坐禅的一种姿势，即将双足背交叉于左右股上而坐。

详《耳中人》注。
〔61〕　拂:拂尘。
〔62〕　方丈:佛寺长老及住持说法的处所。《法苑珠林·感通圣迹》:"以笏量基础,有十笏,故号方丈之室也。"
〔63〕　参:参拜。
〔64〕　定省:昏定晨省,谓请安探视。参见《水莽草》"奉晨昏"注。

鬼　妻

泰安聂鹏云[1]，与妻某，鱼水甚谐[2]。妻遘疾卒[3]。聂坐卧悲思，忽忽若失。一夕独坐，妻忽排扉入[4]。聂惊问："何来？"笑云："妾已鬼矣。感君悼念，哀白地下主者[5]，聊与作幽会。"聂喜，携就床寝，一切无异于常。从此星离月会[6]，积有年馀。聂亦不复言娶。伯叔兄弟惧堕宗主[7]，私谋于族，劝聂鸾续[8]；聂从之，聘于良家[9]。然恐妻不乐，秘之。未几，吉期逼迩[10]。鬼知其情，责之曰："我以君义，故冒幽冥之谴；今乃质盟不卒[11]，锺情者固如是乎？"聂述宗党之意。鬼终不悦，谢绝而去。聂虽怜之，而计亦得也。迨合卺之夕，夫妇俱寝，鬼忽至，就床上挝新妇，大骂："何得占我床寝！"新妇起，方与挡拒。聂惕然赤蹲，并无敢左右袒[12]。无何，鸡鸣，鬼乃去。新妇疑聂妻故并未死，谓其赚己，投缳欲自缢。聂为之缅述[13]，新妇始知为鬼。日夕复来。新妇惧避之。鬼亦不与聂寝，但以指掐肤肉；已乃对烛目怒相视，默默不语。如是数夕。聂患之。近村有良于术者[14]，削桃为杙[15]，钉墓四隅，其怪始绝。

据《聊斋志异》铸雪斋抄本

------

[1]　泰安：州名，今为山东省泰安市。

〔2〕 鱼水甚谐：喻指夫妻谐和融洽，两情相得。鱼水，喻指夫妻。详《马介甫》注。
〔3〕 遘疾：犹言染疾。遘，遇，遭受。
〔4〕 排扉：推门。
〔5〕 哀白地下主者：哀告冥间的主管人。
〔6〕 星离月会：谓离、会均在夜间。
〔7〕 惧堕宗主：犹言耽心断绝宗嗣。堕，废绝。宗主，指嫡长子，嫡长子为一宗之主，故称。
〔8〕 鸾续：即续弦，续娶妻子。鸾，鸾胶，弦断可用以接续。详《马介甫》注。
〔9〕 良家：清白人家。
〔10〕 逼迩：逼近。迩，近。
〔11〕 质盟不卒：盟誓不能终守。质，盟约。
〔12〕 无敢左右袒：不敢表示偏袒哪一方。左右袒，左袒或右袒，即袒露左臂或右臂，以示支持或偏护某一方。《史记·吕后本纪》载，汉初吕后专政，尽王诸吕，危及刘氏政权。太尉周勃等在吕后死后，夺得军权，下令军中曰："为吕氏右袒，为刘氏左袒。"军中皆左袒为刘氏。
〔13〕 缅述：追述。
〔14〕 术：巫术。
〔15〕 杙（yì 弋）：小木桩。

黄 将 军

　　黄靖南得功微时[1],与二孝廉赴都[2],途遇响寇[3]。孝廉惧,长跪献资。黄怒甚,手无寸兵,即以两手握骡足,举而投之。贼不及防,马倒人堕。黄拳之臂断,搜索而归。孝廉服其勇,资劝从军[4],后屡建奇勋,遂腰蟒玉[5]。

　　晋人某[6],有勇力,生平不屑格拒之术[7],而搏击家当之尽靡[8]。过中州[9],有少林弟子受其辱[10],忿告其师。群谋设席相邀,将以困之。既至,先陈茗果[11]。胡桃连壳,坚不可食。某取就案边,伸食指敲之,应手而碎。寺众大骇,优礼而散。

据《聊斋志异》山东省博物馆本

------

[1] 黄靖南得功:黄得功(1594—1645),号虎山,明开原卫(今辽宁开原)人。明末在辽东防御后金(清),因功升为将领。崇祯十七年(1644),因镇压农民起义有功,封靖南伯。南明福王时,进封靖南侯,镇守庐州,为江北"四镇"之一。以勇猛著闻,时称"黄闯子"。清兵至,率部迎战,中流矢而死。生平详《明史》本传。微时,微贱时。
[2] 孝廉:明清指举人。
[3] 响寇:即响马。旧称结伙拦路抢劫的强盗。因其马带铃,从远处即可听到,故称。
[4] 资劝:资助并劝说。

〔5〕 腰蟒玉：服蟒衣，腰玉带，谓成为将军，封为侯伯。蟒，蟒衣，衣上以金线绣蟒，为高级文武官员之服。玉，玉带。
〔6〕 晋：山西省的简称。
〔7〕 格拒之术：指拳术、技击。
〔8〕 靡：倒，败退。
〔9〕 中州：指今河南省一带地区。详《钟生》注。
〔10〕 少林：少林寺。在今河南登封县北少室山北麓。始建于北魏。自唐以来，寺僧皆习武艺，拳术自成一派，称少林派。
〔11〕 茗果：茶水、果品。

三朝元老

某中堂[1],故明相也。曾降流寇[2],世论非之。老归林下,享堂落成[3],数人直宿其中。天明,见堂上一匾云:"三朝元老。"一联云:"一二三四五六七,孝弟忠信礼义廉。"不知何时所悬。怪之,不解其义。或测之云:"首句隐亡八,次句隐无耻也。"

洪经略南征[4],凯旋。至金陵[5],醮荐阵亡将士[6]。有旧门人谒见[7],拜已,即呈文艺[8]。洪久厌文事,辞以昏眊[9]。其人云[10]:"但烦坐听,容某颂达上闻。"遂探袖出文,抗声朗读[11],乃故明思宗御制祭洪辽阳死难文也[12]。读毕,大哭而去。

据《聊斋志异》铸雪斋抄本
附则据山东省博物馆抄本补

----

〔1〕 中堂:指宰相。明清即指内阁大学士。详《小猎犬》注。

〔2〕 流寇:封建统治阶级对农民起义军的蔑称,此指李自成、张献忠所领导的农民起义军。

〔3〕 享堂:供奉祖宗的祠堂。享,祭享。

〔4〕 洪经略:指洪承畴(1593—1665),字彦演,号亨九,福建南安人。明万历进士。明末为兵部尚书总督河南、山西及陕、川、湖军务,镇压农民起义军。后调任蓟辽总督,抵御清兵。崇祯十四年(1641),率八总兵、步骑十三万驰援锦州,与清军会战于松山,兵败被俘,降清,隶属汉军镶黄旗。顺治二年(1645),至南京总督军务,镇压江

南人民抗清斗争。后经略湖广、云南等地,总督军务,镇压大西农民军的抗清斗争;至顺治十六年(1659)攻占云南后返京。官至武英殿大学士,七省经略。生平详《清史稿》本传。
〔5〕金陵:即今江苏南京市。
〔6〕醮荐:祭悼。醮,祭祀。荐,进献祭品。
〔7〕旧门人:指洪在明朝为官所取士或幕府中的僚属。门人,食客、门下客。《战国策·齐策》三:"见孟尝君门人公孙成曰:'臣,鄹之登徒也。'"
〔8〕文艺:此泛指文章。
〔9〕昏眊:年老眼睛昏花。
〔10〕其人:此据二十四卷抄本,原作"生"。
〔11〕抗声:高声。
〔12〕明思宗:即明崇祯帝朱由检,公元一六二八—公元一六四四年在位。《烈皇小识》七载,崇祯十四年辛巳,"清兵陷宁锦,总督洪承畴、总兵祖大寿降。事闻,举朝震动,而承畴谬以殉难闻,恤赠太子太保,荫锦衣千户,世袭,与祭十六坛。"

医　术

张氏者,沂之贫民[1]。途中遇一道士,善风鉴[2],相之曰:"子当以术业富[3]。"张曰:"宜何从?"又顾之,曰:"医可也。"张曰:"我仅识'之无'耳[4],乌能是[5]?"道士笑曰:"迂哉！名医何必多识字乎？但行之耳。"

既归,贫无业,乃撷拾海上方[6],即市廛中除地作肆[7],设鱼牙蜂房[8],谋升斗于口舌之间[9],而人亦未之奇也[10]。会青州太守病嗽[11],牒檄所属征医[12]。沂固山僻[13],少医工;而令惧无以塞责,又责里中使自报[14]。于是共举张。令立召之。张方痰喘,不能自疗,闻命大惧,固辞。令弗听,卒邮送去[15]。路经深山,渴极,咳愈甚。入村求水,而山中水价与玉液等,遍乞之,无与者。见一妇漉野菜[16],菜多水寡,盎中浓浊如涎。张燥急难堪,便乞馀潘饮之[17]。少间,渴解,嗽亦顿止。阴念:殆良方也。

比至郡,诸邑医工,已先施治,并未痊减。张入,求得密所,伪出药目,传示内外;复遣人于民间索诸藜藿[18],如法淘汰讫[19],以汁进太守。一服,病良已。太守大悦,赐赉甚厚,旌以金扁[20]。由此名大噪,门常如市,应手无不悉效。有病伤寒者,言症求方。张适醉,误以疟剂予之。醒而悟之,不敢以告人。三日后,有盛仪造门而谢者[21],问之,则伤寒之人,大吐大下而愈矣。此类甚多。张由此称素封[22]，益以声价自重，聘者非重资安舆不至焉[23]。

益都韩翁[24]，名医也。其未著时[25]，货药于四方。暮无所宿，投止一家，则其子伤寒将死，因请施治。韩思不治则去此莫适，而治之诚无术。往复踅踱[26]，以手搓体[27]，而汗泥成片，捻之如丸。顿思以此绐之[28]，当亦无所害。晓而不愈，已赚得寝食安饱矣。遂付之。中夜，主人挝门甚急。意其子死，恐被侵辱，惊起，逾垣疾遁。主人追之数里，韩无所逃，始止。乃知病者汗出而愈矣。挽回，款宴丰隆；临行，厚赠之。

据《聊斋志异》山东省博物馆本

---

〔1〕 沂：州名，治所在今山东省临沂市。
〔2〕 风鉴：相术。以人相貌的某些特征，预言人一生祸福的方术。
〔3〕 以术业富：以从事某种技艺致富。
〔4〕 仅识"之无"：只认识"之无"二字。新、旧《唐书·白居易传》载白居易生后六七月，就能辨认"之"、"无"二字。后因以指不识字或识字不多。
〔5〕 乌能是：怎么能从事这种职业。乌，何。是，此。此据二十四卷抄本，原作"乌能士"。
〔6〕 摭（zhí 直）拾海上方：检取各地流传的方药。摭，拾取。海上方，犹言偏方。
〔7〕 即市廛中除地作肆：就在集市上摆地摊。市廛，集市。肆，店铺。
〔8〕 设鱼牙蜂房：疑指张设鱼牙绌制作的、分格储药像蜂房一样的小摊。鱼牙，绌名。见《新唐书·新罗传》。
〔9〕 谋升斗于口舌之间：意谓靠叫卖野药，谋取升斗口粮。
〔10〕 未之奇：未奇之。此处意为未引起人们的注意。
〔11〕 青州太守：此指青州府知府。青州，府名，治所在今山东益都县。

太守,明清为知府的别称。详《连城》注。
〔12〕 牒檄所属征医:行文所属各县征召医生。牒檄,下达紧急文书。牒,公文。檄,紧急征召的公文。
〔13〕 固:本来。
〔14〕 里:古代乡一级行政单位,明代设里长管理里中之事。
〔15〕 邮送:由驿站传送。邮,传递文书的驿站。
〔16〕 漉(lù 录)野菜:淘洗野菜。漉,过滤。
〔17〕 馀瀋:馀汁。瀋,汁。此指洗菜剩馀的水。
〔18〕 藜藿(lí huò 梨获):藜与藿,两种野菜。藿,豆叶。藜,又名莱,草名,叶似藿而色赤,初生可食。
〔19〕 讫:此据二十四卷抄本,原作"计"。
〔20〕 扁:同"匾",匾额。
〔21〕 盛仪造门而谢:带着丰盛的礼物亲至其家致谢。仪,礼物。造,至。
〔22〕 素封:古代指称无爵位封邑而富有资财的人。详《偷桃》注。
〔23〕 安舆:即安车。用一匹马拉着可以坐乘的小车。古车立乘,此可坐乘,故称。安车一般让老年人和妇女乘坐,故以安车迎接是表示优礼。
〔24〕 益都:县名,今属山东省。
〔25〕 未著时:未著闻于世时,即无名声时。
〔26〕 踮跢(dié duó 迭夺):忽进忽退。
〔27〕 搓:此据二十四卷抄本,原作"蹉"。
〔28〕 绐:欺骗。

藏　虱

乡人某者[1],偶坐树下,扪得一虱,片纸裹之,塞树孔中而去。后二三年,复经其处,忽忆之,视孔中纸裹宛然。发而验之,虱薄如麸。置掌中审顾之。少顷,掌中奇痒,而虱腹渐盈矣。置之而归。痒处核起[2],肿痛数日,死焉。

据《聊斋志异》山东省博物馆本

------

〔1〕 乡人:同乡人。
〔2〕 核起:肿起如核。核,此盖指疙瘩、硬块。

梦　狼

白翁，直隶人[1]。长子甲，筮仕南服[2]，二年无耗。适有瓜葛丁姓造谒[3]，翁款之。丁素走无常[4]。谈次，翁辄问以冥事，丁对语涉幻；翁不深信，但微哂之。

别后数日，翁方卧，见丁又来，邀与同游。从之去，入一城阙。移时，丁指一门曰："此间君家甥也。"时翁有姊子为晋令，讶曰："乌在此？"丁曰："倘不信，入便知之。"翁入，果见甥，蝉冠豸绣坐堂上[5]，戟幢行列[6]，无人可通[7]。丁曳之出，曰："公子衙署，去此不远，亦愿见之否？"翁诺。少间，至一第，丁曰："入之。"窥其门，见一巨狼当道，大惧，不敢进。丁又曰："入之。"又入一门，见堂上、堂下、坐者、卧者，皆狼也。又视墀中[8]，白骨如山，益惧。丁乃以身翼翁而进[9]。公子甲，方自内出，见父及丁良喜。少坐，唤侍者治肴蔌[10]。忽一巨狼，衔死人入。翁战惕而起[11]，曰："此胡为者？"甲曰："聊充庖厨[12]。"翁急止之。心怔忡不宁，辞欲出，而群狼阻道。进退方无所主，忽见诸狼纷然嗥避，或窜床下，或伏几底。错愕不解其故[13]。俄有两金甲猛士怒目入，出黑索索甲[14]。甲扑地化为虎[15]，牙齿巉巉[16]。一人出利剑，欲枭其首[17]。一人曰："且勿，且勿，此明年四月间事，不如姑敲齿去。"乃出巨锤锤齿，齿零落堕地。虎大吼，声震山岳。翁大惧，忽醒，乃知其梦。心异之，遣人招丁,丁辞不至。

翁志其梦,使次子诣甲,函戒哀切。既至,见兄门齿尽脱;骇而问之,醉中坠马所折。考其时,则父梦之日也。益骇。出父书。甲读之变色,间曰:"此幻梦之适符耳,何足怪。"时方赂当路者[18],得首荐[19],故不以妖梦为意。弟居数日,见其蠹役满堂[20],纳贿关说者中夜不绝,流涕谏止之。甲曰:"弟日居衡茅[21],故不知仕途之关窍耳[22]。黜陟之权[23],在上台不在百姓[24]。上台喜,便是好官;爱百姓,何术能令上台喜也?"弟知不可劝止,遂归,告父。翁闻之大哭。无可如何,惟捐家济贫,日祷于神,但求逆子之报[25],不累妻孥。次年,报甲以荐举作吏部[26],贺者盈门;翁惟歔欷,伏枕托疾不出。未几,闻子归途遇寇,主仆殒命。翁乃起,谓人曰:"鬼神之怒,止及其身,祐我家者不可谓不厚也。"因焚香而报谢之。慰藉翁者,咸以为道路讹传,惟翁则深信不疑,刻日为之营兆[27]。而甲固未死。

先是,四月间,甲解任[28],甫离境,即遭寇,甲倾装以献之。诸寇曰:"我等来,为一邑之民泄冤愤耳,宁专为此哉!"遂决其首。又问家人:"有司大成者,谁是?"司故甲之腹心,助纣为虐者[29]。家人共指之。贼亦杀之。更有蠹役四人,甲聚敛臣也[30],将携入都。——并搜决讫,始分资入囊,骛驰而去。甲魂伏道旁,见一宰官过,问:"杀者何人?"前驱者曰:"某县白知县也。"宰官曰:"此白某之子,不宜使老后见此凶惨,宜续其头。"即有一人掇头置腔上,曰:"邪人不宜使正,以肩承颔可也[31]。"遂去。移时复苏。妻子往收其尸,见有馀息,载之以行;从容灌之,以受饮[32]。但寄旅邸,贫不能归。半年许,翁始得确耗,遣次子致之而归。甲虽复生,而目能自顾其背,不复齿人数矣。翁姊子有政声,是年行取为御史[33],悉符所梦[34]。

异史氏曰:"窃叹天下之官虎而吏狼者,比比也[35]。即官不为虎,而吏且将为狼,况有猛于虎者耶[36]!夫人患不能自顾其后耳;苏而使之自顾,鬼神之教微矣哉[37]!"

邹平李进士匦九[38],居官颇廉明。常有富民为人罗织[39],役吓之曰:"官索汝二百金,宜速办;不然,败矣!"富民惧,诺备半数。役摇手不可。富民苦哀之,役曰:"我无不极力,但恐不允耳。待听鞫时,汝目睹我为若白之,其允与否,亦可明我意之无他也。"少间,公按是事[40]。役知李戒烟,近问:"饮烟否?"李摇其首。役即趋下曰:"适言其数,官摇首不许,汝见之耶?"富民信之,惧,许如数。役知李嗜茶,近问:"饮茶否?"李颔之。役托烹茶,趋下曰:"谐矣!适首肯,汝见之耶?"既而审结,富民果获免,役即收其苞苴[41],且索谢金[42]。呜呼!官自以为廉,而骂其贪者载道焉,此又纵狼而不自知者矣[43]。世之如此类者更多,可为居官者备一鉴也。

又邑宰杨公,性刚鲠,撄其怒者必死。尤恶隶皂,小过不宥。每凛坐堂上,胥吏之属,无敢咳者。此属间有所白,必反而用之。适有邑人犯重罪,惧死。一吏索重贿,为缓颊。邑人不信,且曰:"若能之,我何靳报焉。"乃与要盟。少顷,公鞫是事。邑人不肯服。吏在侧呵语曰:"不速实供,大人械梏死矣!"公怒曰:"何知我必械梏之耶?想其赂未到耳。"遂责吏,释邑人。邑人乃以百金报吏。要知狼诈多端,少释觉察,即为所用,正不止肆其爪牙以食人于乡而已也。此辈败我阴骘,甚至丧我身家。不知居官者作何心腑,偏要以赤子饲麻胡也!

据《聊斋志异》铸雪斋抄本

---

〔1〕 直隶:旧省名。明永乐初,建都北京,称直隶北京的地区为北直隶,称直隶南京的地区为南直隶。清初以北直隶为直隶省。辖有今北京、天津两市、河北省大部及河南、山东小部分地区。

〔2〕 筮(shì 士)仕南服:在南方做官。《左传·闵公元年》:"初,毕万筮仕于晋。"筮,用蓍草占卜。古人出外做官,必先占卜吉凶;后因称入官为"筮仕"。南服,古代王畿外围,每五百里为一区划,按距离远近分为五等地带,称为五服;因称南方为南服。

〔3〕 瓜葛:喻远戚。

〔4〕 走无常:旧时迷信所谓当阴差。见《张诚》注。

〔5〕 蝉冠豸(zhì 制)绣:此指穿着官服。蝉冠,以貂尾蝉纹为饰之冠,古代贵官所着。豸绣,绣有獬豸的官服。《晋书·舆服志》:"或说獬豸,神羊,能触邪佞。"官服绣有獬豸图案,象征公正无私,为御史和其他司法官员的服饰。

〔6〕 戟幢(chuáng 床)行(háng 杭)列:指成行排列于堂前的仪仗。戟,指"棨戟",套有赤黑缯衣之戟,用作仪仗。幢,古时作为仪仗用的以羽毛为饰的旌旗。

〔7〕 无人可通:意谓官仪威严,私谊无人转达。

〔8〕 墀(chí 迟):堂前台阶上面的空地。又指台阶。

〔9〕 翼:遮蔽、掩护。

〔10〕 肴蔌(sù 速):菜肴。

〔11〕 战惕:惊惧的样子。

〔12〕 聊充庖厨:略供厨房使用。庖厨,厨房。

〔13〕 错愕:仓卒惊愕。

〔14〕 黑索：即缧索，官府捆绑犯人的绳索。
〔15〕 甲：据山东省博物馆抄本补，原缺。
〔16〕 巉巉：山岩高峭险峻，借以形容牙齿尖锐锋利。
〔17〕 枭（xiāo 销）其首：斩其头。枭首，旧时酷刑，斩头而悬挂木上。
〔18〕 当路者：即当道者，指掌大权的人物。
〔19〕 得首荐：取得优先荐举擢升的资格。荐，荐举，指保举调京考选。明清时代每三年考察外官政绩，叫"大计"。大计优异者，荐举擢升新职。
〔20〕 蠹役：害民的吏役，对衙门差役的贬称。蠹，蛀虫，喻枉法敛财。
〔21〕 衡茅：衡门茅舍，平民所居的陋室。衡门，横木为门。
〔22〕 关窍：犹言"诀窍"。
〔23〕 黜陟（zhì 治）：指官吏的罢黜和提升。陟，擢升。
〔24〕 上台：犹言上官。
〔25〕 逆子之报：指白甲应该得到的报应。逆子，忤逆之子。报，果报、报应。
〔26〕 作吏部：此指为吏部属官。明清时州县官内调各部，一般补授主事、员外郎之类的官职。
〔27〕 营兆：卜寻墓葬之地。兆，墓地。
〔28〕 解任：卸任；此指解除原官上调。
〔29〕 助纣为虐：《孟子·滕文公》下："周公相武王，诛纣伐奄。"朱熹注："奄，东方之国，助纣为虐也。"纣，商末暴君，后以喻坏人。
〔30〕 聚敛臣：代长官搜刮钱财的帮凶。臣，奴仆。
〔31〕 以肩承颔（hàn 汗）：用肩部承接下巴，使其头脸侧向。颔，据山东省博物馆本，原作"领"。
〔32〕 以受饮：据山东省博物馆抄本，原作"但受饮"。
〔33〕 行取：明代制度，按照规定年限，州县官经地方高级官员的保举，可以调京，通过考选，补授科道或部属官职，称为"行取"。
〔34〕 悉符所梦：前谓梦其甥"蝉冠豸绣"，今果然补授御史，故谓"悉符所梦"。
〔35〕 比比：到处皆是。
〔36〕 猛于虎：比虎还凶猛。语见《礼记·檀弓》。此谓贪吏甚至比贪官

凶狠。
〔37〕 微矣哉:多么奥妙啊！微,幽深、精妙。
〔38〕 邹平:县名,在今山东省。
〔39〕 为人罗织:被人诬陷。罗织,虚构罪名,进行陷害。
〔40〕 按:审讯。
〔41〕 苞苴:行贿的财物。《荀子·大略》:"苞苴行与？谗夫兴与？"《注》:"货贿必以物包裹,故总谓之苞苴。"
〔42〕 谢金:酬谢的小费。
〔43〕 纵狼:喻放纵吏役作恶。

夜 明

有贾客泛于南海[1]。三更时,舟中大亮似晓。起视,见一巨物,半身出水上,俨若山岳;目如两日初升,光明四射,大地皆明。骇问舟人,并无知者。共伏睹之。移时,渐缩入水,乃复晦。后至闽中[2],俱言某夜明而复昏,相传为异。计其时,则舟中见怪之夜也。

据《聊斋志异》二十四卷抄本

----

〔1〕 贾(gǔ古)客:商人。
〔2〕 闽中:指今福建一带地区。闽,福建省的简称。

夏 雪

丁亥年七月初六日[1]，苏州大雪[2]。百姓皇骇[3]，共祷诸大王之庙[4]。大王忽附人而言曰："如今称老爷者，皆增一大字；其以我神为小，消不得一大字耶[5]？"众悚然，齐呼"大老爷"，雪立止。由此观之，神亦喜谄，宜乎治下部者之得车多矣[6]。

异史氏曰："世风之变也，下者益谄，上者益骄。即康熙四十馀年中[7]，称谓之不古[8]，甚可笑也。举人称爷，二十年始；进士称老爷，三十年始；司、院称大老爷[9]，二十五年始。昔者大令谒中丞[10]，亦不过老大人而止；今则此称久废矣。即有君子，亦素谄媚行乎谄媚，莫敢有异词也。若缙绅之妻呼太太[11]，裁数年耳。昔惟缙绅之母，始有此称；以妻而得此称者，惟淫史中有乔林耳，他未之见也。唐时，上欲加张说大学士[12]。说辞曰：'学士从无大名，臣不敢称。'今之大，谁大之？初由于小人之谄，而因得贵倨者之悦，居之不疑，而纷纷者遂遍天下矣。窃意数年以后，称爷者必进而老，称老爷者必进而大，但不知大上造何尊称？匪夷所思已[13]！"

丁亥年六月初三日，河南归德府大雪尺馀[14]，禾皆冻死，惜乎其未知媚大王之术也。悲夫！

据《聊斋志异》二十四卷抄本

〔1〕 丁亥年：当指清圣祖康熙（玄烨）四十六年（1707）。
〔2〕 苏州：今江苏苏州市。
〔3〕 皇骇：惊恐不安。皇，通"惶"。
〔4〕 大王之庙：此盖指金龙四大王庙，在苏州（今江苏苏州市）阊门北。见《苏州府志·坛庙》二。
〔5〕 消不得：犹言承受不起。
〔6〕 治下部者之得车多：语本《庄子·列御寇》，讥刺谄媚者品格愈低劣则待遇愈优厚。参见《劳山道士》"舐痈吮痔"注。
〔7〕 康熙：清圣祖（玄烨）年号（1662—1722）。
〔8〕 称谓：称呼，名称。
〔9〕 司、院：两司、抚院，即各省布政使司、按察使司和巡抚。详《续黄粱》注。
〔10〕 大令：古时对县令的敬称。中丞：明清巡抚的别称。详《黄九郎》注。
〔11〕 缙绅：也作搢绅、荐绅，退职乡居之官。详《三生》注。
〔12〕 张说（667—730）：字道济，一字说之。唐河南洛阳人。历任至兵部侍郎同中书门下平章事、左丞相等职，封燕国公。著有《张燕公集》。生平详新、旧《唐书》本传。学士：官名。南北朝后为掌管文学著述之官。唐时以文学言语备顾问，出入侍从，因得参与机密政事。玄宗初，置翰林学士，由张说等充任。
〔13〕 匪夷所思：不是常理所能思议的事。匪，通"非"。夷，平常。
〔14〕 河南归德府：治所在今河南商丘市。

化　男

苏州木渎镇[1],有民女夜坐庭中,忽星陨中颅,仆地而死。其父母老而无子,止此女[2],哀呼急救。移时始苏,笑曰:"我今为男子矣!"验之,果然。其家不以为妖,而窃喜其得丈夫子也。此丁亥间事[3]。

据《聊斋志异》铸雪斋抄本

----

〔1〕 苏州:府名,治所在吴县,即今江苏省苏州市。木渎镇:在吴县西南二十七里。见《大清一统志》引《吴地记》。
〔2〕 止:只。
〔3〕 丁亥:当指康熙四十六年(1707),是年为丁亥。

禽　侠

天津某寺[1]，鹳鸟巢于鸱尾[2]。殿承尘上[3]，藏大蛇如盆，每至鹳雏团翼时[4]，辄出吞食净尽[5]。鹳悲鸣数日乃去。如是三年，人料其必不复至，而次岁巢如故[6]。约雏长成，即径去，三日始还。入巢哑哑，哺子如初。蛇又蜿蜒而上。甫近巢，两鹳惊，飞鸣哀急，直上青冥[7]。俄闻风声蓬蓬，一瞬间，天地似晦。众骇异，共视一大鸟翼蔽天日，从空疾下，骤如风雨，以爪击蛇，蛇首立堕，连摧殿角数尺许[8]，振翼而去。鹳从其后，若将送之。巢既倾，两雏俱堕，一生一死。僧取生者置钟楼上。少顷，鹳返，仍就哺之，翼成而去。

异史氏曰："次年复至，盖不料其祸之复也；三年而巢不移，则报仇之计已决；三日不返，其去作秦庭之哭[9]，可知矣。大鸟必羽族之剑仙也[10]，飙然而来，一击而去，妙手空空儿何以加此[11]？"

济南有营卒[12]，见鹳鸟过，射之，应弦而落。喙中衔鱼，将哺子也。或劝拔矢放之，卒不听。少顷，带矢飞去。后往来郭间[13]，两年馀，贯矢如故。一日，卒坐辕门下，鹳过，矢坠地。卒拾视曰："矢固无恙耶？"耳适痒，因以矢搔耳。忽大风摧门[14]，门骤合，触矢贯脑而死。

据《聊斋志异》铸雪斋抄本

〔1〕 天津:地名,天津卫,即今天津市。
〔2〕 鹳(guàn贯)鸟巢于鸱尾:鹳鸟将巢筑在屋脊之端的鸱尾上。鹳,鸟名,大型涉禽,形似鹤。鸱尾,又名鸱吻、蚩尾,我国古建筑屋脊两端的饰物,以外形略似鸱尾,故称。
〔3〕 承尘:即天花板。
〔4〕 团翼:垂翼,谓雏羽毛初长成,未习飞之前。团,下垂貌。
〔5〕 净尽:此据二十四卷抄本,原无"净"字。
〔6〕 而:此据二十四卷抄本,原无此字。
〔7〕 青冥:青天。
〔8〕 摧:此据二十四卷抄本,原作"催"。
〔9〕 秦庭之哭:谓哀求支援。《左传·定公四年》载,楚人伍员为报父仇,助吴攻陷楚都郢,楚王流落随国。其友申包胥至秦乞师,哀求秦出兵助楚,以收复楚都及其他失地。秦哀公迟疑未决,申包胥"立,依于庭墙而哭,日夜不绝声,勺饮不入口七日。秦哀公为之赋《无衣》。九顿首而坐。秦师乃出。"
〔10〕 羽族之剑仙:谓为鸟类之中能救助弱小的一种禽鸟。羽族,指鸟类。
〔11〕 妙手空空儿:唐传奇小说中的剑客名,其剑术神妙,"能从空虚入冥,善无形而灭影。"曾为魏博节度使谋刺陈许节度使刘昌裔,刘为女侠聂隐娘所救。见《太平广记》一九四《聂隐娘》引《传奇》。
〔12〕 营卒:军卒。
〔13〕 郭:城郭。
〔14〕 摧门:此据二十四卷抄本,原作"催门"。

鸿

天津弋人得一鸿[1]。其雄者随至其家,哀鸣翱翔,抵暮始去。次日,弋人早出,则鸿已至,飞号从之;既而集其足下。弋人将并捉之。见其伸颈俯仰,吐出黄金半铤[2]。弋人悟其意,乃曰:"是将以赎妇也。"遂释雌。两鸿徘徊,若有悲喜,遂双飞而去。弋人称金,得二两六钱强。噫!禽鸟何知,而锺情若此!悲莫悲于生别离[3],物亦然耶?

据《聊斋志异》铸雪斋抄本

---

〔1〕 弋(yì亦)人:射鸟的人。弋,以绳系箭而射。鸿,大雁。
〔2〕 铤:同"锭"。一锭五两或十两。
〔3〕 悲莫悲于生别离:在悲伤的事情中,没有比夫妻生离更可悲伤的了。《楚辞·九歌·少司命》:"悲莫悲兮生别离,乐莫乐兮新相知。"

象

粤中有猎兽者[1],挟矢如山[2]。偶卧憩息,不觉沉睡,被象来鼻摄而去。自分必遭残害。未几,释置树下,顿首一鸣,群象纷至,四面旋绕,若有所求。前象伏树下,仰视树而俯视人[3],似欲其登。猎者会意,即足踏象背,攀援而升。虽至树巅,亦不知其意向所存。少时,有狻猊来[4],众象皆伏。狻猊择一肥者,意将搏噬。象战栗,无敢逃者,惟共仰树上,似求怜拯。猎者会意,因望狻猊发一弩,狻猊立殪[5]。诸象瞻空,意若拜舞。猎者乃下,象复伏,以鼻牵衣,似欲其乘。猎者随跨身其上,象乃行。至一处,以蹄穴地,得脱牙无算[6]。猎人下,束治置象背。象乃负送出山,始返。

据《聊斋志异》铸雪斋抄本

----

〔1〕 粤中:指今广东省。粤,泛指两广地区,后为广东省的简称。
〔2〕 如山:往山里去。如,往。
〔3〕 俯视:此据二十四卷抄本,原作"俯仰"。
〔4〕 狻猊(suān ní 酸倪):即狮子。
〔5〕 立殪(yì 意):即刻而死。殪,死。
〔6〕 无算:无数,不可计量。

负　尸

有樵夫赴市[1],荷杖而归[2],忽觉杖头如有重负。回顾,见一无头人悬系其上。大惊,脱杖乱击之,遂不复见。骇奔,至一村,时已昏暮,有数人蓺火照地,似有所寻。近问讯,盖众适聚坐,忽空中堕一人头,须发蓬然,倏忽已渺。樵人亦言所见,合之适成一人,究不解其何来。后有人荷篮而行,忽见其中有人头,人讶诘之,始大惊,倾诸地上,宛转而没。

据《聊斋志异》铸雪斋抄本

------

〔1〕 樵夫:打柴的人。
〔2〕 荷杖:扛着扁担。

紫花和尚

诸城丁生[1],野鹤公之孙也[2]。少年名士,沉病而死,隔夜复苏,曰:"我悟道矣[3]。"时有僧善参玄[4],遣人邀至,使就榻前讲《楞严》[5]。生每听一节,都言非是,乃曰:"使吾病瘥,证道何难[6]。惟某生可愈吾疾,宜虔请之[7]。"盖邑有某生者,精岐黄而不以术行[8],三聘始至,疏方下药[9],病愈。既归,一女子自外入,曰:"我董尚书府中侍儿也[10]。紫花和尚与妾有夙冤,今得追报,君又欲活之耶[11]?再往,祸将及。"言已,遂没。某惧,辞丁。丁病复作,固要之,乃以实告。丁叹曰:"孽自前生,死吾分耳[12]。"寻卒。后寻诸人,果有紫花和尚,高僧也,青州董尚书夫人尝供养家中;亦无有知其冤之所自结者[13]。

据《聊斋志异》铸雪斋抄本

------

〔1〕 诸城:县名,今属山东省。
〔2〕 野鹤公:指丁耀亢。丁耀亢,字西生,号野鹤,明末诸生,入清曾任容城教谕、惠安知县。清初文学家,著有《续金瓶梅》、《丁野鹤诗词稿》等。
〔3〕 悟道:意即参明佛理。
〔4〕 参玄:参究玄理。玄,深奥、神秘,此指佛理。
〔5〕 楞严:佛经名。全称《大佛顶如来密因修证了义诸菩萨万行首楞严

经》,简称《首楞严经》、《大佛顶经》。唐代天竺(古印度)沙门般利密帝等译。经中阐述心性本体,属大乘秘密部。
〔6〕 证道:证入佛道。证,验证。
〔7〕 虔请:诚心请求。虔,诚。
〔8〕 精岐黄而不以术行:谓精研医学而不行医治病。岐黄,岐伯与黄帝,相传为医家之祖。见《政和证类本草图经序》。后以岐黄代指中医学术。
〔9〕 疏方:谓书写药方。疏,条陈,一条一条地书写。
〔10〕 董尚书:即董可威,曾官工部尚书。详《董公子》注。
〔11〕 欲:此据二十四卷抄本,原无此字。
〔12〕 "孽自"二句:谓罪业是前生所造,今死也是应该的。孽,谓罪业。分(fèn份),自应。
〔13〕 冤之所自结:结冤的原由。

周　克　昌

淮上贡生周天仪[1],年五旬,止一子,名克昌,爱昵之[2]。至十三四岁,丰姿益秀;而性不喜读,辄逃塾[3],从群儿戏,恒终日不返。周亦听之。一日,既暮不归,始寻之,殊竟乌有。夫妻号咷[4],几不欲生。

年馀,昌忽自至,言:"为道士迷去,幸不见害。值其他出,得逃归。"周喜极,亦不追问。及教以读,慧悟倍于曩畴[5]。逾年,文思大进,既入郡庠试[6],遂知名。世族争婚,昌颇不愿。赵进士女有姿,周强为娶之。既入门,夫妻调笑甚欢;而昌恒独宿,若无所私。逾年,秋战而捷[7]。周益慰。然年渐暮[8],日望抱孙,故常隐讽昌[9]。昌漠若不解。母不能忍,朝夕多絮语。昌变色,出曰:"我久欲亡去,所不遽舍者,顾复之情耳[10]。实不能探讨房帏,以慰所望。请仍去,彼顺志者且复来矣。"追曳之,已踣,衣冠如蜕[11]。大骇,疑昌已死,是必其鬼也。悲叹而已。

次日,昌忽仆马而至,举家惶骇。近诘之,亦言:为恶人掠卖于富商之家[12];商无子,子焉。得昌后,忽生一子。昌思家,遂送之归。问所学,则顽钝如昔。乃知此为真昌;其入泮、乡捷者[13],鬼之假也[14]。然窃喜其事未泄,即使袭孝廉之名[15]。入房,妇甚狎熟;而昌靦然有怍色,似新婚。甫周年,生子矣。

异史氏曰:"古言庸福人[16],必鼻口眉目之间具有少庸[17],而后福随之;其精光陆离者[18],鬼所弃也。庸之所在,桂籍可以不入闱而通[19],佳丽可以不亲迎而致;而况少有凭借,益之以钻窥者乎[20]!"

据《聊斋志异》二十四卷抄本

----

〔1〕 淮上:淮水之滨。
〔2〕 爱昵:谓溺爱。
〔3〕 逃塾:逃学。塾,私塾。
〔4〕 号咷:此据青柯亭刻本,原作"号跳"。
〔5〕 曩畴:昔日,往昔。
〔6〕 入郡庠试:即到府城参加选拔生员的考试。郡,此指府城所在地。庠,县学。详《叶生》注。
〔7〕 秋战而捷:指参加秋季举行的乡试,中了举人。
〔8〕 年渐暮:年岁渐老。
〔9〕 隐讽:以隐约的言辞暗示。
〔10〕 顾复:喻父母养育之恩。《诗·小雅·蓼莪》:"父兮生我,母兮鞠我,拊我畜我,长我育我,顾我复我,出入腹我。"
〔11〕 衣冠如蜕(tuì 退):衣帽如同蜕下的皮壳。蜕,蝉、蛇之类脱皮去壳。蜕,此据青柯亭刻本,原作"脱"。
〔12〕 掠卖:劫掠出卖。
〔13〕 入泮、乡捷者:入县学为生员、乡试中举的人。
〔14〕 鬼之假:是鬼假借周克昌的名字。
〔15〕 孝廉:明清为举人的别称。详《画壁》注。
〔16〕 庸福人:平庸而使人得福。庸,平庸,平常。
〔17〕 少庸:少许平庸的标志。
〔18〕 精光陆离:容貌不平庸的人,指才智超轶者。精光,仪容。语出《史记·扁鹊列传》。陆离,美玉。《楚辞·九叹·逢纷》:"薜荔饰

而陆离荐兮,鱼鳞衣而蜺裳。"此谓不平常,不同凡庸。
〔19〕 桂籍可以不入闱而通:谓不进考场而可以得到科举功名。桂籍,科举及第人员的名籍。《晋书·郤诜传》载,晋郤诜选举贤良对策"为天下第一",自谓"犹桂林之一枝,昆山之片玉"。后因以"折桂"喻科举及第。
〔20〕 钻窥:钻穴隙相窥,指男女不经媒合而私会,喻仕宦不由正当途径而取得。《孟子·滕文公》下:"古之人未尝不欲仕也,又恶不由其道。不由其道而往者,与钻穴隙之类也。"

嫦　娥

太原宗子美[1],从父游学[2],流寓广陵[3]。父与红桥下林妪有素[4]。一日,父子过红桥,遇之,固请过诸其家,瀹茗共话[5]。有女在旁,殊色也。翁亟赞之。妪顾宗曰:"大郎温婉如处子,福相也。若不鄙弃,便奉箕帚[6],如何?"翁笑,促子离席,使拜媪曰:"一言千金矣!"先是,妪独居,女忽自至,告诉孤苦。问其小字,则名嫦娥。妪爱而留之,实将奇货居之也[7]。时宗年十四,睨女窃喜,意翁必媒定之;而翁归若忘。心灼热[8],隐以白母。翁笑曰:"曩与贪婆子戏耳。彼不知将卖黄金几何矣,此何可易言[9]!"

逾年,翁媪并卒。子美不能忘情嫦娥,服将阕[10],托人示意林妪。妪初不承。宗忿曰:"我生平不轻折腰,何媪视之不值一钱?若负前盟,须见还也!"妪乃云:"曩或与而翁戏约[11],容有之。但无成言,遂都忘却。今既云云,我岂留嫁天王耶[12]?要日日装束,实望易千金;今请半焉,可乎?"宗自度难办,亦遂置之。适有寡媪僦居西邻,有女及笄,小名颠当。偶窥之,雅丽不减嫦娥。向慕之,每以馈遗阶进[13];久而渐熟,往往送情以目,而欲语无间。一夕,逾垣乞火。宗喜挽之,遂相燕好。约为嫁娶,辞以兄负贩未归。由此蹈隙往来,形迹周密[14]。一日,偶经红桥,见嫦娥适在门内,疾趋过之。嫦娥望见,招之以手,宗驻足;女又招之,遂入。女以背约让宗[15],宗述其故。女入室,取黄金一铤付之。宗不受,辞曰:"自分永与卿绝,遂他有所约。受金而为卿谋,是负人也;受金而不为卿谋,是负卿也:诚不敢有所负。"女良久曰:"君所约,妾颇知之。其事必无成;即成之,妾不怨君之负心也。其速行,媪将至矣。"宗仓卒无以自主,受之而归。隔夜,告之颠当。颠当深然其言,但劝宗专心嫦娥。宗不语;愿下之[16],而宗乃悦。即遣媒纳金林妪,妪无辞,以嫦娥归宗。入门后,悉述颠当言。嫦娥微笑,阳怂恿之。宗喜,急欲一白颠当,而颠当迹久绝。嫦娥知其为己,因暂归宁,故予之间[17],嘱宗窃其佩囊。已而颠当果至,与商所谋,但言勿急。及解衿狎笑,胁下有紫荷囊,将便摘取。颠当变色,起曰:"君与人一心,而与妾二!负心郎!请从此绝。"宗曲意挽解,不听,竟去。一日,过其门探察之,已另有吴客僦居其中;颠当子母迁去已久,影灭迹绝,莫可问讯。

宗自娶嫦娥,家暴富[18],连阁长廊,弥亘街路[19]。嫦娥善谐谑,适见美人画卷,宗曰:"吾自谓,如卿天下无两,但不曾见飞燕、杨妃耳[20]。"女笑曰:"若欲见之,此亦何难。"乃执卷细审一过,便趋入室,对镜修妆,效飞燕舞风[21],又学杨妃带醉[22]。长短肥瘦,随时变更;风情态度,对卷逼真。方作态时,有婢自外至,不复能识,惊问其僚[23];复向审注[24],恍然始笑。宗喜曰:"吾得一美人,而千古之美人,皆在床闼矣!"

一夜,方熟寝,数人撬扉而入,火光射壁。女急起,惊言:"盗入!"宗初醒,即欲鸣呼。一人以白刃加颈,惧不敢喘。又一人掠嫦娥负背上,哄然而去。宗始号,家役毕集,室中珍玩,无少亡者。宗大悲,怅然失图[25],无复情地。告官追捕,殊无音息。荏苒三四年[26],郁郁无聊,因假赴试入都[27]。居半载,占验询察,无计不施。偶过姚巷,值一女子,垢面敝衣,伛偻如丐[28]。停趾相之,乃颠当也。骇曰:"卿何憔悴至此?"答云:"别后南迁,老母即世[29],为恶人掠卖旗下[30],挞辱冻馁,所不忍言。"宗泣下,问:"可赎否?"曰:"难矣。耗费烦多,不能为力。"宗曰:"实告卿:年来颇称小有,惜客中资斧有限,倾装货马,所不敢辞。如所需过奢,当归家营办之。"女约明日出西城,相会丛柳下;嘱独往,勿以人从。宗曰:"诺。"

次日,早往,则女先在,袿衣鲜明[31],大非前状。惊问之,笑曰:"曩试君心耳,幸绨袍之意犹存[32]。请至敝庐,宜必得当以报。"北行数武,即至其家,遂出肴酒,相与谈宴。宗约与俱归。女曰:"妾多俗累[33],不能从。嫦娥消息,固颇闻之。"宗急询其何所,女曰:"其行踪缥缈[34],妾亦不能深悉。西山有老尼[35],一目眇,问之,当自知。"遂止宿其家。天明示以径。宗至其处,有古寺,周垣尽颓;丛竹内有茅屋半间,老尼缀衲其中[36]。见客至,漫不为礼。宗揖之,尼始举头致问。因告姓氏,即白所求。尼曰:"八十老瞽,与世睽绝[37],何处知佳人消息?"宗固求之。乃曰:"我实不知。有二三戚属,来夕相过,或小女子辈识之,未可知。汝明夕可来。"宗乃出。次日再至,则尼他出,败扉扃焉。伺之既久,更漏已催,明月高揭[38],徘徊无计,遥见二三女郎自外入,则嫦娥在焉。宗喜极,突起,急揽其祛[39]。嫦娥曰:"莽郎君!吓煞妾矣!可恨颠当饶舌[40],乃教情欲缠人。"宗曳坐,执手款曲[41],历诉艰难,不觉恻楚。女曰:"实相告：妾实姮娥被谪[42]，浮沉俗间，其限已满；托为寇劫，所以绝君望耳。尼亦王母守府者[43]，妾初谴时，蒙其收恤，故暇时常一临存[44]。君如释妾，当为代致颠当。"宗不听，垂首陨涕。女遥顾曰："姊妹辈来矣。"宗方四顾，而嫦娥已杳。宗大哭失声，不欲复活，因解带自缢。恍惚觉魂已出舍，怅怅靡适[45]。俄见嫦娥来，捉而提之[46]，足离于地；入寺，取树上尸推挤之，唤曰："痴郎，痴郎！嫦娥在此。"忽若梦醒。少定，女恚曰："颠当贱婢！害妾而杀郎君，我不能恕之也！"下山赁舆而归。既命家人治装，乃返身出西城，诣谢颠当；至则舍宇全非，愕叹而返。窃幸嫦娥不知。入门，嫦娥迎笑曰："君见颠当耶？"宗愕然不能答。女曰："君背嫦娥，乌得颠当？请坐待之，当自至。"未几，颠当果至，仓皇伏榻下。嫦娥叠指弹之，曰："小鬼头陷人不浅！"颠当叩头，但求赊死[47]。嫦娥曰："推人坑中，而欲脱身天外耶？广寒十一姑不日下嫁[48]，须绣枕百幅、履百双，可从我去，相共操作。"颠当恭白："但求分工，按时赍送。"女不许，谓宗曰："君若缓颊[49]，即便放却。"颠当目宗，宗笑不语。颠当目怒之。乃乞还告家人，许之，遂去。宗问其生平，乃知其西山狐也。买舆待之。次日，果来，遂俱归。

然嫦娥重来，恒持重不轻谐笑。宗强使狎戏，惟密教颠当为之。颠当慧绝，工媚。嫦娥乐独宿，每辞不当夕。一夜，漏三下[50]，犹闻颠当房中，吃吃不绝。使婢窃听之。婢还，不以告，但请夫人自往。伏窗窥之，则见颠当凝妆作己状[51]，宗拥抱，呼以嫦娥。女哂而退。未几，颠当心暴痛，急披衣，曳宗诣嫦娥所，入门便伏。嫦娥曰："我岂医巫厌胜者[52]？汝欲自捧心效西子耳[53]。"颠当顿首，但言知罪。女曰："愈矣。"遂起，失笑而去。颠当私谓宗："吾能使娘子学观音[54]。"宗不信，因戏相赌。嫦娥每趺坐[55]，眸含若瞑。颠当悄以玉瓶插柳，置几上；自乃垂发合掌，侍立其侧，樱唇半启，瓠犀微露[56]，睛不少瞬。宗笑之。嫦娥开目问之，颠当曰："我学龙女侍观音耳[57]。"嫦娥笑骂之，罚使学童子拜。颠当束发，遂四面朝参之[58]，伏地翻转，逞诸变态，左右侧折，袜能磨乎其耳。嫦娥解颐，坐而蹴之[59]。颠当仰首，口衔凤钩[60]，微触以齿。嫦娥方嬉笑间，忽觉媚情一缕，自足趾而上，直达心舍，意荡思淫，若不自主。乃急敛神，呵曰："狐奴当死！不择人而惑之耶？"颠当惧，释口投地。嫦娥又厉责之，众不解。嫦娥谓宗曰："颠当狐性不改，适间几为所愚。若非凤根深者[61]，堕落何难！"自是见颠当，每严御之[62]。颠当惭惧，告宗曰："妾于娘子一肢一体，无不亲爱；爱之极，不觉媚之甚。谓妾有异心，不惟不敢，亦不忍。"宗因以告嫦娥，嫦娥遇之如初。然以狎戏无节，数戒宗，宗不听；因而大小婢妇，竞相狎戏。

一日，二人扶一婢，效作杨妃。二人以目会意，赚婢懈骨作酣态[63]，两手遽释；婢暴颠墀下，声如倾堵。众方大哗；近抚之，而妃子已作马嵬骴矣[64]。大众惧，急白主人。嫦娥惊曰："祸作矣！我言如何哉！"往验之，不可救。使人告其父。父某甲，素无行，号奔而至，负尸入厅事[65]，叫骂万端。宗闭户惴恐，莫知所措。嫦娥自出责之，曰："主即虐婢至死[66]，律无偿法；且邂逅暴殂[67]，焉知其不再苏[68]？"甲噪言："四支已冰[69]，焉有生理！"嫦娥曰："勿哗。纵不活,自有官在。"乃入厅事抚尸,而婢已苏,抚之随手而起。嫦娥返身怒曰:"婢幸不死,贼奴何得无状!可以草索絷送官府!"甲无词,长跪哀免。嫦娥曰:"汝既知罪,姑免究处。但小人无赖,反复何常,留汝女终为祸胎,宜即将去。原价如干数,当速措置来。"遣人押出,俾浼二三村老,券证署尾[70]。已,乃唤婢至前,使甲自问之:"无恙乎?"答曰:"无恙。"乃付之去。已,遂召诸婢,数责遍扑[71]。又呼颠当,为之厉禁[72]。谓宗曰:"今而知为人上者,一笑嚬亦不可轻[73]。谴端开之自妾,而流弊遂不可止。凡哀者属阴,乐者属阳;阳极阴生,此循环之定数[74]。婢子之祸,是鬼神告之以渐也[75]。荒迷不悟,则倾覆及之矣。"宗敬听之。颠当泣求拔脱[76]。嫦娥乃掐其耳;逾刻释手,颠当怆然之间[77],忽若梦醒,据地自投,欢喜欲舞。由此闺阁清肃,无敢哗者。婢至其家,无疾暴死。甲以赎金莫偿,浼村老代求怜恕,许之。又以服役之情,施以材木而去。宗常患无子。嫦娥腹中忽闻儿啼,遂以刃破左胁出之,果男;无何,复有身,又破右胁而出一女。男酷类父,女酷类母,皆论昏于世家。

异史氏曰:"阳极阴生,至言哉!然室有仙人,幸能极我之乐,消我之灾,长我之生,而不我之死。是乡乐,老焉可矣,而仙人顾忧之耶[78]?天运循还之数,理固宜然;而世之长困而不亨者[79],又何以为解哉?昔宋人有求仙不得者,每曰:'作一日仙人,而死亦无憾。'我不复能笑之也。"

据《聊斋志异》铸雪斋抄本

〔1〕 太原:府名,治所在今山西太原市。
〔2〕 游学:此谓外出求学,《史记·陈丞相世家》:"伯常耕田,纵平使游学。"
〔3〕 流寓广陵:寄居广陵。广陵,战国楚广陵邑。明清为扬州府。故城在今江苏扬州市东北。
〔4〕 红桥:桥名,在今江苏扬州市。吴绮《扬州鼓吹词序·红桥》:"在城西北二里,……朱栏数丈,远通两岸,虽彩虹卧波,丹蛟截水,不足以喻。"有素:谓平素有交往。
〔5〕 瀹(yuè月)茗:煮茶。
〔6〕 奉箕帚:服洒扫之役,作人妻室的谦词。详《狐嫁女》"箕帚女"注。
〔7〕 奇货居之:谓把她看作奇货,将待价而沽。奇货,稀有而珍奇的货物。
〔8〕 心灼热:心情焦灼,躁急。
〔9〕 何可易言:怎能说得这么容易。
〔10〕 服将阕:居丧之期将满。古时丧礼规定,父母死服丧三年,期满除服,称服阕。服,丧服。阕,终了。
〔11〕 而:尔,你。
〔12〕 天王:此处犹言天子。
〔13〕 以馈遗(wèi位)阶进:以馈送礼品作为进其家门的缘由。阶进,进门之阶。阶,缘由,途径。
〔14〕 形迹周密:谓交往显得更加亲密。形迹,行动上表现出的迹象。周密,谓亲密。周,至。
〔15〕 让:责备。
〔16〕 愿下之:情愿居于其下,即作妾。
〔17〕 故予之间:故意给他一个间隙。
〔18〕 暴富:骤然富起来。
〔19〕 弥亘街路:犹言远接街路,详《阎罗宴》注。
〔20〕 飞燕、杨妃:赵飞燕、杨贵妃。赵飞燕,汉成帝后,因体轻善舞,故名飞燕。详《汉书·孝成赵皇后传》。杨贵妃,名玉环,号太真。唐玄宗时封为贵妃。详新、旧《唐书·后妃传》。二人在历史上都以容

貌美丽著称。

[21] 飞燕舞风：言体态轻盈。据《飞燕外传》载，赵飞燕顺风扬袖起舞，几乎被风吹起。详《绛妃》注。
[22] 杨妃带醉：慵懒娇媚的醉态。白居易《长恨歌》："金屋妆成娇侍夜，玉楼宴罢醉和春。"
[23] 僚：同僚，此指其他婢女。《左传·昭公七年》："隶臣僚，僚臣仆。"服虔注："僚，劳也，共劳事也。"
[24] 审注：仔细端详。
[25] 恇（kuāng 匡）然失图：吓得没了主意。恇然，惊惧的样子。图，谋略，主张。
[26] 荏苒：时光渐渐逝去。
[27] 假：借，借着。
[28] 恇儴（kuāng ráng 匡攘）：遑遽的样子。
[29] 即世：去世。此据二十四卷抄本，原作"既世"。
[30] 旗下：旗人居住之地。旗，清设八旗，即正黄、正白、正红、正蓝和镶黄、镶白、镶红、镶蓝。凡编入旗籍的人，称旗人，又称旗下人。
[31] 袿（guī 圭）衣：妇女上衣。此盖指袍服，即袿袍。
[32] 绨袍之意：犹故人之情意。《史记·范雎列传》载，范雎在魏，事中大夫须贾，为贾毁谤，笞辱几死。逃至秦国，改名张禄，做了秦相。后须贾奉命使秦，范雎改着破衣往见。须贾怜其衣单，赠送了一件绨袍。贾得知雎已为秦相，遂登门请罪。雎因贾曾赠绨袍，恋恋有故人之意，乃不记旧恨，释其回国。
[33] 俗累：本《庄子·天下》"不累于俗"，谦言为生活琐事所牵累。
[34] 缥缈：飘忽不定。
[35] 西山：山名，在今北京市西郊。
[36] 缀衲：缝补僧衣。衲，衲衣，即百衲衣，僧尼之服。
[37] 暌（kuí 奎）绝：隔绝。
[38] 高揭：高举。
[39] 袪（qū 屈）：袖口，此指衣袖。
[40] 饶舌：多嘴。
[41] 款曲：叙衷情。

[42] 姮娥:神话中的月中女神,相传为后羿之妻,因窃食不死之药而奔月。详见《淮南子·览冥》。姮,为"恒"的俗字。汉人为避汉文帝(刘恒)讳,改"恒"为"常"。常娥,通作"嫦娥"。
[43] 王母:即西王母,神话中的女神。见《穆天子传》和《山海经》。
[44] 临存:省问。指地位或辈分高的人,探视、问候地位或辈分低的人。
[45] 怅怅靡适:迷迷糊糊地不知向哪里去。怅怅,无所见的样子。靡适,无所适从。适,往,至。
[46] 提之:此据二十四卷抄本,原作"投之"。
[47] 赊死:缓期处死。求饶的委婉说法。
[48] 广寒:广寒宫,即月宫。详《劳山道士》注。
[49] 缓颊:此谓求情。
[50] 漏三下:即三更天。
[51] 凝妆:盛妆。
[52] 医巫厌胜者:犹言治病除邪之人。巫,巫师,迷信职业者,借托鬼神而为人驱除祸祟。厌胜,古时迷信,指以法术加害于人。
[53] 捧心效西子:此谓颠当妄自模仿嫦娥。西子,即西施,春秋时期越国美女。据说她因患心病而常常捧心皱眉,同村丑女以为美,亦捧心皱眉以仿效之。见《庄子·天运》。
[54] 观音:佛教菩萨名,即观世音,也称观自在。唐人为避唐太宗(李世民)讳,只称观音,本男性,唐宋后讹为女像,又变为妙庄王女。
[55] 趺坐:结跏趺坐的略称。俗称盘腿打坐。详《耳中人》注。
[56] 瓠犀:瓠(葫芦)中子,洁白整齐,因以喻美女之齿。见《诗·卫风·硕人》。
[57] 龙女:神话中龙王之女。《法华经·提婆达多品》载,婆竭罗龙王之女,八岁领悟佛法,遂现成佛之相。小说中龙女为观音侍者,见《西游记》。
[58] 朝参:此谓向上参拜。朝,向,对。
[59] 蹴(cù促)之:用脚踢她。
[60] 凤钩:对嫦娥之足的美称。钩,言其足小而弓弯如钩。
[61] 夙根:前世根业。夙,夙世,佛教谓前生。根,根业,根性、业力。详《聊斋自志》注。

〔62〕严御：谓严加管教。
〔63〕懈骨作酣态：谓模仿贵妃醉酒后倦怠慵懒的样子。懈，倦怠。
〔64〕妃子已作马嵬薨：谓跌死。据载，唐玄宗天宝十四年（755），安禄山发动叛乱，次年引兵入关，玄宗仓皇逃蜀。行至马嵬驿（今陕西兴平县马嵬镇），卫兵哗变，杀死杨国忠，玄宗被迫赐杨贵妃死，葬马嵬坡。
〔65〕厅事：此指私宅堂屋。
〔66〕即：此据二十四卷抄本，原作"郎"。
〔67〕邂逅暴殂：偶然暴死。殂，死。
〔68〕苏：苏醒，复活。
〔69〕支：同"肢"。
〔70〕券证署尾：在券证的末尾署名。券证，此指婢女赎身的契约。署尾，即署纸尾，本谓公文于长官名后随附画押，此指让村老署名画押作保。
〔71〕扑：打。此据二十四卷抄本，原作"朴"。
〔72〕厉禁：严厉的禁条。《周礼·秋官·司隶》："守王宫与野舍之厉禁。"
〔73〕一笑嚬：一笑一嚬；笑一声，皱一下眉。嚬，同"颦"。《韩非子·内储》上："吾闻明主之爱一嚬一笑，嚬有所嚬，而笑有所笑。"
〔74〕"凡哀者"四句：此以阴阳转化之论，说明乐极生悲的道理。阴、阳，是古代解释万物化生的哲学概念。《易·系辞》上："阴阳不测之谓神。"《疏》："天下万物，皆由阴阳，或生或成，本其所由之理，不可测量之谓神也。"
〔75〕告之以渐：把出现祸患的迹象告诉你。
〔76〕拔脱：谓从迷悟中超拔、解脱出来。
〔77〕怃然为间：怅然自失了一小会。怃然，怅然自失的样子。语出《论语·微子》。
〔78〕"是乡"三句：此处快乐，终老于此也可以了，而仙人为什么却有所忧虑呢？
〔79〕长困：此据二十四卷抄本，原作"长固"。不亨：不顺利。亨，通。

鞠乐如

鞠乐如,青州人。妻死[1],弃家而去。后数年,道服荷蒲团至[2]。经宿欲去,戚族强留其衣杖[3]。鞠托闲步至村外,室中服具,皆冉冉飞出,随之而去。

据《聊斋志异》铸雪斋抄本

----

[1] 妻死:此据二十四卷抄本,原无"死"字。
[2] 道服荷蒲团至:穿着道士的服装,背着蒲团回到家乡。荷,背负。蒲团,宗教用物,跪拜、打坐时用以为垫。
[3] 戚族:泛指亲戚。

褚　生

顺天陈孝廉,十六七岁时,尝从塾师读于僧寺,徒侣綦繁[1]。内有褚生,自言山东人,攻苦讲求[2],略不暇息;且寄宿斋中,未尝一见其归。陈与最善,因诘之。答曰:"仆家贫,办束金不易[3],即不能惜寸阴[4],而加以夜半,则我之二日,可当人三日。"陈感其言,欲携榻来与共寝。褚止之曰:"且勿,且勿! 我视先生,学非吾师也。阜城门有吕先生[5],年虽耄,可师,请与俱迁之。"盖都中设帐者多以月计[6],月终束金完,任其留止。于是两生同诣吕。吕,越之宿儒[7],落魄不能归[8],因授童蒙[9],实非其志也。得两生甚喜;而褚又甚慧,过目辄了,故尤器重之。两人情好款密,昼同几,夜同榻。

月既终,褚忽假归,十馀日不复至。共疑之。一日,陈以故至天宁寺[10],遇褚廊下,劈柴淬硫[11],作火具焉。见陈,忸怩不安[12]。陈问:"何遽废读?"褚握手请间,戚然曰:"贫无以遗先生[13],必半月贩[14],始能一月读。"陈感慨良久,曰:"但往读,自合极力[15]。"命从人收其业,同归塾。戒陈勿泄,但托故以告先生。陈父固肆贾[16],居物致富,陈辄窃父金,代褚遗师。父以亡金责陈,陈实告之。父以为痴,遂使废学。褚大惭,别师欲去。吕知其故,让之曰:"子既贫,胡不早告?"乃悉以金返陈父,止褚读如故,与共饔飧[17],若子焉。陈虽不入馆,每邀褚过酒家饮。褚固以避嫌不往;而陈要之弥坚,往往泣下,褚不忍绝,遂与往来无间。

逾二年,陈父死,复求受业[18]。吕感其诚,纳之;而废学既久,较褚悬绝矣。居半年,吕长子自越来,丐食寻父。门人辈敛金助装,褚惟洒涕依恋而已。吕临别,嘱陈师事褚。陈从之,馆褚于家。未几,入邑庠,以"遗才"应试[19]。陈虑不能终幅[20],褚请代之。至期,褚偕一人来,云是表兄刘天若,嘱陈暂从去。陈方出,褚忽自后曳之,身欲踣,刘急挽之而去。览眺一过,相携宿于其家。家无妇女,即馆客于内舍。居数日,忽已中秋。刘曰:"今日李皇亲园中[21],游人甚夥,当往一豁积闷[22],相便送君归。"使人荷茶鼎、酒具而往[23]。但见水肆梅亭[24],喧啾不得入[25]。过水关,则老柳之下,横一画桡[26],相将登舟。酒数行,苦寂。刘顾僮曰:"梅花馆近有新姬,不知在家否?"僮去少时,与姬俱至。盖勾栏李遏云也。李,都中名妓,工诗善歌,陈曾与友人饮其家,故识之。相见,略道温凉。姬戚戚有忧容。刘命之歌,为歌《蒿里》[27]。陈不悦,曰:"主客即不当卿意,何至对生人歌死曲?"姬起谢,强颜欢笑,乃歌艳曲[28]。陈喜,捉腕曰[29]:"卿向日《浣溪纱》读之数过[30],今并忘之。"姬吟曰:"泪眼盈盈对镜台,开帘忽见小姑来[31],低头转侧看弓鞋[32]。强解绿蛾开笑面[33],频将红袖拭香腮,小心犹恐被人猜。"陈反复数四[34]。已而泊舟,过长廊,见壁上题咏甚多,即命笔记词其上。日已薄暮,刘曰:"闱中人将出矣。"遂送陈归。入门,即别去。陈见室暗无人,俄延间,褚已入门;细审之,却非褚生[35]。方疑,客遽近身而仆[36]。家人曰:"公子毙矣!"共扶拽之。转觉仆者非他[37],即己也。既起,见褚生在旁,惚惚若梦。屏人而研究之。褚曰:"告之勿惊:我实鬼也。久当投生,所以因循于此者,高谊所不能忘,故附君体,以代捉刀[38];三场毕[39],此愿了矣。"陈复求赴春闱[40]。曰:"君先世福薄,悭吝之骨,诰赠所不堪也[41]。"问:"将何适?"曰:"吕先生与仆有父子之分,系念常不能置。表兄为冥司典簿[42],求白地府主者,或当有说。"遂别而去。

陈异之。天明,访李姬,将问以泛舟之事,则姬死数日矣。又至皇亲园,见题句犹存,而淡墨依稀,若将磨灭。始悟题者为魂[43],作者为鬼[44]。至夕,褚喜而至,曰:"所谋幸成,敬与君别。"遂伸两掌,命陈书褚字于上以志之。陈将置酒为饯,摇首曰:"勿须。君如不忘旧好,放榜后,勿惮修阻[45]。"陈挥涕送之。见一人伺候于门;褚方依依,其人以手按其项,随手而匾,掬入囊,负之而去。过数日,陈果捷[46]。于是治装如越。吕妻断育几十年,五旬馀,忽生一子,两手握固不可开。陈至,请相见,便谓掌中当有文曰"褚"。吕不深信。儿见陈,十指自开,视之果然。惊问其故,具告之。共相欢异。陈厚贻之,乃返。后吕以岁贡廷试入都[47],舍于陈[48];则儿十三岁,入泮矣。

异史氏曰:"吕老教门人[49],而不知自教其子。呜呼!作善于人,而降祥于己,一间也哉[50]!褚生者,未以身报师,先以魂报友,其志其行,可贯日月[51],岂以其鬼故奇之与!"

据《聊斋志异》铸雪斋抄本

〔1〕 徒侣:门徒学友。
〔2〕 攻苦:攻读。讲求:研讨。
〔3〕 束金:犹言"束脩"。脩,脯,干肉。十条干肉称"束脩"。《论语·述而》:"自行束脩以上,吾未尝无诲焉。"后因以"束脩"指致送教师的酬金。
〔4〕 惜寸阴:珍惜短暂的光阴。《淮南子·原道》:"故圣人不贵尺之璧,而重寸之阴:时难得而易失也。"
〔5〕 阜城门:即"阜成门",北京城门之一。
〔6〕 设帐者:指塾师。
〔7〕 宿儒:老成博学的读书人。
〔8〕 落魄:同"落泊",穷困失意。
〔9〕 童蒙:初学幼童。蒙,愚蒙。
〔10〕 天宁寺:刘侗《帝京景物略》谓天宁寺在北京城南。
〔11〕 劈苘(qǐng请)淬硫:把苘劈成束缕,在缕端淬上硫黄,遇火星即燃,可用作引火。苘,苘麻,草本,茎皮纤维可以做绳。淬,浸染。
〔12〕 忸怩(niǔ ní 纽尼):羞惭;不好意思。
〔13〕 遗(wèi 未):赠予。
〔14〕 贩:做小买卖。
〔15〕 自合:自当。极力:尽力,指尽力相助。
〔16〕 肆贾:开店铺者,即坐商。
〔17〕 共饔飧:共食。饔,早餐。飧,晚餐。
〔18〕 受业:从师学习,承受学业。
〔19〕 以"遗才"应试:通过"遗才试",取得资格参加乡试。"遗才",见《胡四娘》注。
〔20〕 终幅:犹言"终篇",指完成全篇的八股文。
〔21〕 李皇亲园:刘侗《帝京景物略》谓在北京城南,园"以水胜,以舟游","历二水关,长廊数百间",东有饭店,西有酒肆。
〔22〕 豁:散,解。
〔23〕 荷(hè 贺):担。茶鼎:烧茶的炊具。
〔24〕 梅亭:李皇亲园中有堂,"其东梅花亭,……砌亭朵朵,其为瓣五,曰

梅也。……亭三重,日梅之重瓣也,……"见《帝京景物略》。
〔25〕 喧啾:喧哗嘈杂,形容人多拥挤。
〔26〕 横一画桡(ráo 饶):漂浮着一条画舫。桡,船桨,代指小船。
〔27〕 蒿里:古乐府曲名,送葬时用的挽歌。蒿里,是死者魂魄聚居的地方。
〔28〕 艳曲:香艳歌曲。
〔29〕 捉腕曰:据二十四卷抄本,原作"捉肮已"。
〔30〕 向日:从前。浣溪纱:词牌名,此指用《浣溪纱》词牌所写的词。
〔31〕 小姑:丈夫的妹妹。据二十四卷抄本,原作"小帖"。
〔32〕 弓鞋:旧时缠足妇女所穿的鞋。
〔33〕 绿蛾:妇女的蛾眉。以黛染画,眉呈微绿痕采,故云。
〔34〕 数四:据二十四卷抄本,原作"四数"。
〔35〕 褚:据二十四卷抄本,原作"绪"。
〔36〕 遽近身:据二十四卷抄本,原作"遽身"。
〔37〕 仆者:据二十四卷抄本,原作"扑者"。
〔38〕 捉刀:旧时,代人作文称"捉刀"。
〔39〕 三场:明清的乡试分为三场,每场考三天。
〔40〕 春闱:明清时,会试在春天举行,故称"春闱"。
〔41〕 诰赠所不堪也:意思是无福受封赠。诰赠,皇帝封赠的命令。明清制度,一品至五品官职,授诰命。朝廷推恩大官重臣,赠官爵给其父母,父母在者称"封",已殁者称"赠"。不堪,据青柯亭刻本,原作"不戡"。
〔42〕 典簿:掌管簿籍。簿,指迷信所说的生死簿。
〔43〕 题者为魂:题句的人是陈生的离魂。
〔44〕 作者为鬼:作词的人是已经死去的李姬。
〔45〕 惮(dàn 旦):怕;畏。修阻:路途遥远、艰难。
〔46〕 捷:指乡试中举。
〔47〕 岁贡廷试:此指岁贡生免于坐监(就学国子监),直接参加廷试,考职录用。岁贡,也称挨贡,由学政在各府、州、县学廪膳生员中按年资选送,贡入国子监。清顺治二年(1645),廪生及恩、拔、岁贡均免坐监,直接参加廷试。见《清会典事例》卷385《礼部》、《学校》。廷

试进行考职,贡生上上卷用为通判,上卷用为知县。康熙二十六年(1687)停止岁贡廷试。
〔48〕 舍于陈:住于陈孝廉家。
〔49〕 门人:据二十四卷抄本,原作"明人"。
〔50〕 一间(jiàn见):非常接近,所差无几。间,间隙。
〔51〕 可贯日月:意谓其志行之高,可以贯穿日月。贯,穿透。

盗　户

　　顺治间[1]，滕、峄之区[2]，十人而七盗，官不敢捕。后受抚[3]，邑宰别之为"盗户"。凡值与良民争，则曲意左袒之[4]，盖恐其复叛也。后讼者辄冒称盗户，而怨家则力攻其伪；每两造具陈[5]，曲直且置不辨，而先以盗之真伪，反复相苦，烦有司稽籍焉[6]。适官署多狐，宰有女为所惑，聘术士来，符捉入瓶，将炽以火。狐在瓶内大呼曰："我盗户也！"闻者无不匿笑。

　　异史氏曰："今有明火劫人者[7]，官不以为盗而以为奸；逾墙行淫者，每不自认奸而自认盗：世局又一变矣。设今日官署有狐，亦必大呼曰'吾盗'无疑也。"

　　章丘漕粮徭役[8]，以及征收火耗[9]，小民尝数倍于绅衿[10]，故有田者争求托焉。虽于国课无伤[11]，而实于官囊有损[12]。邑令锺[13]，牒请厘弊[14]，得可。初使自首；既而奸民以此要士[15]，数十年鬻去之产，皆诬托诡挂，以讼售主。令悉左袒之[16]，故良懦多丧其产[17]。有李生亦为某甲所讼，同赴质审。甲呼之"秀才"；李厉声争辨，不居秀才之名。喧不已。令诘左右，共指为真秀才。令问："何故不承？"李曰："秀才且置高阁[18]，待争地后，再作之不晚也。"噫！以盗之名，则争冒之；秀才之名，则争辞之：变异矣哉！有人投匿名状云[19]："告状人原壤[20]，为抗法吞产事:身以年老不能当差[21],有负郭田五十亩[22],于隐公元年[23],暂挂恶衿颜渊名下[24]。今功令森严[25],理合自首。讵恶久假不归,霸为己有。身往理说,被伊师率恶党七十二人,毒杖交加,伤残胫股;又将身锁置陋巷,日给箪食瓢饮,囚饿几死。互乡约地证[26],叩乞革顶严究[27],俾血产归主[28],上告。"此可以继柳跖之告夷、齐矣[29]。

据《聊斋志异》铸雪斋抄本
附则据《聊斋志异》二十四卷抄本补

---

[1] 顺治:清世祖(福临)年号(1644—1661)。
[2] 滕、峄之区:指今山东滕县、峄县一带。
[3] 受抚:接受招抚,即归顺官府。
[4] 左袒:偏袒。
[5] 每两造具陈:常常被告和原告双方都进行申诉。两造,诉讼双方。
[6] 稽籍:查证盗户名籍。
[7] 明火劫人:谓公开行劫。明火,手执火把。
[8] 漕粮:水道运送公粮。
[9] 火耗:谓碎银火熔铸锭而受的损耗。元时于征收产金税外,扣除熔铸损耗,见《元史·刑法志》三。明中计以后,田赋征银,以弥补销耗为名征收火耗。清初征收火耗极重,已为正税之外的勒索。
[10] 绅衿:乡绅和学中生员,泛指地方上有地位权势的人。绅,指退居乡间的官员和中科第的人。衿,青衿,为学中生员的服饰,因指生员。
[11] 国课:国税。课,赋税。此据青柯亭刻本,原无"课"字。
[12] 官橐:橐,盛物的袋子。此犹言宦橐,指居官期间搜刮得来的钱财。
[13] 邑令锺:姓锺的县令。

〔14〕牒请厘弊：发文书请求改革弊政。厘，厘革，调整改革。
〔15〕要士：要胁士人。
〔16〕左袒之：谓偏护之。
〔17〕良懦：善良懦怯之人。
〔18〕置高阁：谓弃置不用。《晋书·庾翼传》："京兆杜乂，陈郡殷浩，并才名冠世，而翼弗之重也；每语人曰：'此辈宜束之高阁，俟天下太平，然后议其任耳。'"
〔19〕匿名状：不署姓名的讼词。此讼词，以游戏文字讽刺恶人告状，诬陷士人。
〔20〕原壤：春秋鲁国人。相传因其母死不哭而歌，被孔子杖击其胫。参见《论语·宪问》、《礼记·檀弓》上。
〔21〕身：自身、本人。
〔22〕负郭田：近城肥沃的田地。据《孔子家语》载，颜渊有负郭之田五十亩。
〔23〕隐公元年：即公元前722年，为鲁国史书《春秋》记年之始。隐公，鲁隐公，公元前722年—前694年在位。
〔24〕恶衿：贪暴的秀才。衿，青衿，秀才服饰。颜渊：名回，孔子弟子，以安贫乐道著称。孔子称其"一箪食，一瓢饮，在陋巷，人不堪其忧，回也不改其乐"。见《论语·雍也》。
〔25〕功令：古时课功的法令，即考核、选拔学者的法令。见《史记·儒林列传序》。
〔26〕互乡：地名。不详其处。《论语·述而》："互乡难与言。"
〔27〕革顶严究：革去功名，严加查办。顶，顶戴，用以区别官员品级的服饰。
〔28〕俾：使。血产：辛苦经营所置的地产。
〔29〕柳跖之告夷齐：此指柳跖告夷齐的匿名状。据说明穆宗隆庆年间，海瑞为直隶巡抚，欲制裁豪门巨室，不料为奸诈刁顽之人所乘。于是有投匿名状，对海瑞加以讽谕。告状人以柳跖名义，状告伯夷、叔齐兄弟二人倚仗父势霸占他的地产。意在说明投状人中不乏诬良为盗、颠倒是非的奸诈刁顽之徒，让海瑞提高警觉。见褚人获《坚瓠集》。此事与原壤告颜渊有相类之处。柳跖，柳下跖，即盗

跖,春秋战国时人。《庄子·盗跖》篇说他率"从卒九千人,横行天下,侵暴诸侯。"旧时常以喻指大盗。夷、齐,伯夷、叔齐,商末孤竹君之二子。兄弟二人彼此让国,逃往周地,后因未能谏阻周武王伐纣,宁死不食周粟,双双饿死在首阳山上。旧时常以喻指高尚廉洁之士。

某 乙

邑西某乙,故梁上君子也[1]。其妻深以为惧,屡劝止之;乙遂翻然自改。居二三年,贫窭不能自堪[2],思欲一作冯妇而后已之[3],乃托贸易,就善卜者,以决趋向。术者曰:"东南吉,利小人,不利君子。"兆隐与心合,窃喜。遂南行,抵苏、松间[4],日游村郭,凡数月[5]。偶入一寺,见墙隅堆石子二三枚,心知其异,亦以一石投之[6]。径趋龛后卧。日既暮,寺中聚语,似有十馀人。忽一人数石,讶其多,因共搜之,龛后得乙。问:"投石者汝耶?"乙诺。诘里居、姓名,乙诡对之。乃授以兵,率与俱去。至一巨第,出夹梯[7],争逾垣入。以乙远至,径不熟,俾伏墙外,司传递、守囊橐焉。少顷,掷一裹下;又少顷,缒一篚下。乙举篚知有物,乃破篚,以手揣取,凡沉重物,悉纳一囊,负之疾走,竟取道归。由此建楼阁、买良田,为子纳粟[8]。邑扁其门曰"善士"[9]。后大案发,群寇悉获;惟乙无名籍,莫可查诘,得免。事寝既久,乙醉后时自述之。

曹有大寇某[10],得重资归,肆然安寝[11]。有二三小盗,逾垣入,捉之,索金。某不与;灼箠并施[12],罄所有[13],乃去。某向人曰:"吾不知炮烙之苦如此[14]!"遂深恨盗,投充马捕[15],捕邑寇殆尽。获曩寇,亦以所施者施之。

据《聊斋志异》二十四卷抄本

〔1〕 梁上君子：代指窃贼。《后汉书·陈寔传》："时岁荒民俭，有盗夜入其室，止于梁上。寔阴见，乃起自修拂，呼命子孙，正色训之曰：'夫人不可不自勉，不善之人未必本恶，习以性成，遂至于此。梁上君子者是矣！'盗大惊，自投于地。"

〔2〕 贫窭（jù 巨）：贫困。此据青柯亭刻本，原作"贫屡"。

〔3〕 一作冯妇：谓再偷盗一次。冯妇，人名。《孟子·尽心》下："晋人有冯妇者，善搏虎，卒为善士。则之野，有众逐虎。虎负嵎，莫之敢撄。望见冯妇，趋而迎之。冯妇攘臂下车。众皆悦之，其为士者笑之。"后因以指代重操旧业者。

〔4〕 苏、松：苏，苏州府。治所在今江苏苏州市。松，松江府。治所在今上海市松江县。

〔5〕 凡：此据青柯亭刻本，原作"几"。

〔6〕 以：原无此字，据青柯亭刻本补。

〔7〕 耎（ruǎn 软）梯：用绳索结成的梯形攀登用具。耎，软。

〔8〕 纳粟：明清时期，可以通过向官方捐纳财货，而入国子监肄业，称作监生，可不经过府州县学考试直接参加省和京城乡试。见《明史·选举志》。

〔9〕 扁其门：在其门上挂匾。扁，同"匾"。

〔10〕 曹：曹州府，治所在今山东菏泽市。

〔11〕 肆然：犹言坦然，毫无顾忌地。

〔12〕 灼箠：烧灼，笞打。

〔13〕 罄：尽。

〔14〕 炮烙：相传为殷纣王所用的一种酷刑。用炭烧热铜柱，令人爬行柱上，然后堕于炭上烧死。此泛指烧红铁器烙人躯体。

〔15〕 马捕：即捕快。旧时州县官署专事捕捉犯人的差役。

霍　女

朱大兴,彰德人[1]。家富有而吝啬已甚,非儿女婚嫁[2],座无宾,厨无肉。然佻达喜渔色[3],色所在,冗费不惜。每夜,逾垣过村,从荡妇眠。一夜,遇少妇独行,知为亡者,强胁之,引与俱归。烛之,美绝。自言:"霍氏。"细致研诘,女不悦,曰:"既加收齿[4],何必复盘察?如恐相累,不如早去。"朱不敢问,留与寝处。顾女不能安粗粝[5],又厌见肉膻[6],必燕窝、鸡心、鱼肚白作羹汤[7],始能餍饱。朱无奈,竭力奉之。又善病,日须参汤一碗[8]。朱初不肯。女呻吟垂绝[9],不得已,投之,病若失。遂以为常。女衣必锦绣,数日,即厌其故。如是月馀,计费不赀,朱渐不供。女啜泣不食,求去。朱惧,又委曲承顺之。每苦闷,辄令十数日一招优伶为戏[10]。戏时,朱设凳帘外,抱儿坐观之;女亦无喜容,数相诮骂[11],朱亦不甚分解[12]。居二年,家渐落。向女婉言,求少减;女许之,用度皆损其半。久之,仍不给,女亦以肉糜相安[13];又渐而不珍亦御矣[14]。朱窃喜。忽一夜,启后扉亡去。朱怊怅若失,遍访之,乃知在邻村何氏家。

何大姓,世胄也[15],豪纵好客,灯火达旦。忽有丽人,半夜入闺闼。诘之,则朱家之逃妾也。朱为人,何素藐之;又悦女美,竟纳焉。绸缪数日,益惑之,穷极奢欲,供奉一如朱。朱得耗,坐索之,何殊不为意。朱质于官。官以其姓名来历不明,置不理。朱货产行赇[16],

乃准拘质。女谓何曰:"妾在朱家,原非采礼媒定者,胡畏之?"何喜,将与质成[17]。座客顾生谏曰:"收纳逋逃[18],已干国纪[19];况此女入门,日费无度[20],即千金之家,何能久也?"何大悟,罢讼,以女归朱。过一二日,女又逃。

有黄生者,故贫士,无偶。女扣扉入,自言所来。黄见艳丽忽投,惊惧不知所为。黄素怀刑[21],固却之。女不去。应对间,娇婉无那[22]。黄心动,留之,而虑其不能安贫。女早起,躬操家苦[23],劬劳过旧室焉[24]。黄为人蕴藉潇洒,工于内媚,因恨相得之晚;止恐风声漏泄,为欢不久。而朱自讼后,家益贫;又度女不能安,遂置不究。

女从黄数岁,亲爱甚笃。一日,忽欲归宁,要黄御送之[25]。黄曰:"向言无家,何前后之舛[26]?"曰:"曩漫言之[27]。妾镇江人。昔从荡子[28],流落江湖,遂至于此。妾家颇裕,君竭资而往,必无相亏。"黄从其言,赁舆同去。至扬州境[29],泊舟江际。女适凭窗,有巨商子过,惊其艳,反舟缀之[30],而黄不知也。女忽曰:"君家綦贫,今有一疗贫之法,不知能从否?"黄诘之,女曰:"妾相从数年,未能为君育男女,亦一了事。妾虽陋,幸未老耄,有能以千金相赠者,便鬻妾去,此中妻室、田庐皆备焉。此计何如?"黄失色,不知何故。女笑曰:"君勿急,天下固多佳人,谁肯以千金买妾者?其戏言于外,以觇其有无。卖不卖,固自在君耳。"黄不肯。女自与榜人妇言之[31],妇目黄,黄漫应焉。妇去无几,返言:"邻舟有商人子,愿出八百。"黄故摇首以难之。未几,复来,便言如命,即请过船交兑。黄微哂。女曰:"教渠姑待,我嘱黄郎,即令去。"女谓黄曰:"妾日以千金之躯事君,今始知耶?"黄问:"以何词遣之[32]?"女曰:"请即往署券[33],去不去固自在我耳。"黄不可。女逼促之,黄不得已诣焉。立刻兑付。黄令封志之[34],曰:"遂以贫故,竟果如此,遽相割舍。倘室人必不肯从[35],仍以原金璧赵[36]。"方运金至舟,女已从榜人妇从船尾登商舟,遥顾作别,并无凄恋。黄惊魂离舍[37],嗌不能言[38]。俄商舟解缆,去如箭激。黄大号,欲追傍之。榜人不从,开舟南渡矣。瞬息达镇江,运资上岸。榜人急解舟去。黄守装闷坐,无所适归,望江水之滔滔,如万镝之丛体[39]。方掩泣间,忽闻娇声呼"黄郎"。愕然回顾,则女已在前途。喜极,负装从之,问:"卿何遽得来?"女笑曰:"再迟数刻,则君有疑心矣。"黄乃疑其非常,固诘其情。女笑曰:"妾生平于吝者则破之,于邪者则诳之也。若实与君谋,君必不肯,何处可致千金者?错囊充牣[40],而合浦珠还[41],君幸足矣,穷问何为?"乃雇役荷囊,相将俱去。

至水门内,一宅南向,径入。俄而翁媪男妇,纷出相迎,皆曰:"黄郎来也!"黄入参公姥[42]。有两少年揖坐与语,是女兄弟大郎、三郎也。筵间味无多品,玉椀四枚,方几已满。鸡蟹鹅鱼,皆脔切为簋。少年以巨碗行酒,谈吐豪放。已而导入别院,俾夫妇同处。衾枕滑耎,而床则以熟革代棕藤焉。日有婢媪馈致三餐,女或竟日不出。黄独居闷苦,屡言归,女固止之。一日,谓黄曰:"今为君谋:请买一人,为子嗣计。然买婢媵则价奢;当伪为妾也兄者,使父与论婚,良家子不难致。"黄不可。女弗听。有张贡士之女新寡[43],议聘金百缗[44],女强为娶之。新妇小名阿美,颇婉妙。女嫂呼之;黄瑟踧不安[45],女殊坦坦[46]。他日,谓黄曰:"妾将与大姊至南海,一省阿姨[47],月馀可返,请夫妇安居。"遂去。

夫妻独居一院，按时给饮食，亦甚隆备[48]。然自入门后，曾无一人复至其室。每晨，阿美入觐媪，一两言辄退。娣姒在旁[49]，惟相视一笑。既流连久坐，亦不款曲[50]。黄见翁，亦如之。偶值诸郎聚语，黄至，既都寂然。黄疑闷莫可告语。阿美觉之，诘曰："君既与诸郎伯仲[51]，何以月来都如生客？"黄仓猝不能对，吃吃而言曰[52]："我十年于外，今始归耳。"美又细审翁姑阀阅[53]，及妯娌里居。黄大窘，不能复隐，底里尽露。女泣曰："妾家虽贫，无作贱媵者，无怪诸宛若鄙不齿数矣[54]！"黄惶怖莫知筹计，惟长跪一听女命。美收涕挽之，转请所处。黄曰："仆何敢他谋，计惟子身自去耳[55]。"女曰："既嫁复归，于情何忍？渠虽先从，私也；妾虽后至，公也。不如姑俟其归，问彼既出此谋，将何以置妾也？"居数月，女竟不返。一夜，闻客舍喧饮。黄潜往窥之，见二客戎装上座：一人裹豹皮巾，凛若天神；东首一人，以虎头革作兜牟[56]，虎口衔额，鼻耳悉具焉。惊异而返，以告阿美，竟莫测霍父子何人。夫妻疑惧，谋欲僦寓他所，又恐生其猜度[57]。黄曰："实告卿：即南海人还[58]，折证已定[59]，仆亦不能家此也。今欲携卿去，又恐尊大人别有异言。不如姑别，二年中当复至。卿能待，待之；如欲他适，亦自任也。"阿美欲告父母而从之，黄不可。阿美流涕，要以信誓，乃别而归。黄入辞翁姑。时诸郎皆他出，翁挽留以待其归，黄不听而行。登舟凄然，形神丧失[60]。至瓜州[61]，忽回首见片帆来，驶如飞；渐近，则船头按剑而坐者，霍大郎也。遥谓曰："君欲遄返[62]，胡再不谋[63]？遗夫人去，二三年谁能相待也？"言次，舟已逼近。阿美自舟中出，大郎挽登黄舟,跳身径去。先是,阿美既归,方向父母泣诉,忽大郎将舆登门[64],按剑相胁,逼女风走[65]。一家慑息[66],莫敢遮问。女述其状,黄不解何意,而得美良喜,开舟遂发。

至家,出资营业,颇称富有。阿美常悬念父母,欲黄一往探之;又恐以霍女来,嫡庶复有参差[67]。居无何,张翁访至,见屋宇修整,心颇慰,谓女曰:"汝出门后,遂诣霍家探问,见门户已扃,第主亦不之知,半年竟无消息。汝母日夜零涕,谓被奸人赚去,不知流离何所。今幸无恙耶?"黄实告以情,因相猜为神。后阿美生子,取名仙赐。至十馀岁,母遣诣镇江,至扬州界,休于旅舍,从者皆出。有女子来,挽儿入他室,下帘,抱诸膝上,笑问何名。儿告之。问:"取名何义?"答云:"不知。"女曰:"归问汝父当自知。"乃为挽髻,自摘髻上花代簪之[68];出金钏束腕上[69]。又以黄金内袖[70],曰:"将去买书读。"儿问其谁,曰:"儿不知更有一母耶?归告汝父:朱大兴死无棺木,当助之,勿忘也。"老仆归舍,失少主;寻至他室,闻与人语,窥之,则故主母。帘外微嗽,将有咨白[71]。女推儿榻上,恍惚已杳。问之舍主,并无知者。数日,自镇江归,语黄,又出所赠。黄感叹不已。及询朱,则死裁三日,露尸未葬,厚恤之。

异史氏曰:"女其仙耶?三易其主不为贞[72]。然为吝者破其悭[73],为淫者速其荡[74],女非无心者也。然破之则不必其怜之矣,贪淫鄙吝之骨,沟壑何惜焉?"

据《聊斋志异》铸雪斋抄本

[1] 彰德:旧府名,府治在今河南省安阳市。
[2] 嫁:据二十四卷抄本补,原缺。
[3] 渔色:追求女色。渔,猎取。
[4] 收齿:此言"纳入"。
[5] 安粗粝:甘心粗食。粗粝,糙米。
[6] 肉臛(huò霍):肉羹。
[7] 燕窝:金丝燕之巢窝,以海藻及燕口分泌液制成,为珍贵的滋养品。鸡心:疑指鸡心螺,一种海味。鱼肚(dǔ堵)白:以鱼鳔等物制成的白色明胶,供食用的称"鱼肚",为名贵海味。
[8] 参汤:人参汤。
[9] 垂绝:将死。
[10] 优伶:旧时称演员为"优伶"。优,俳优。伶,乐人。
[11] 数(shuò朔)相诮骂:经常对朱加以责骂。数,频繁。
[12] 分解:分辩。
[13] 肉糜:煮烂的肉糊。
[14] 御:用。
[15] 世胄:世家子弟。胄,后裔。
[16] 货产行赇:变卖田产,贿赂官府。
[17] 质成:争讼。在公堂对质。
[18] 逋逃:逃亡的人。
[19] 干:犯。国纪:国法。
[20] 无度:没有节制。
[21] 怀刑:守法。《论语·里仁》:"君子怀刑。"朱熹注:"怀,思念也。怀刑,谓畏法。"
[22] 无那:同"婀娜",柔美。曹植《洛神赋》:"华容婀娜,令我忘餐。"
[23] 躬操家苦:亲自操家中劳苦之事。
[24] 劬劳:劳苦,劳累。旧室:旧妻,此指结婚多年的妻子。
[25] 御:驾御车马。
[26] 舛(chuǎn喘):乖违;矛盾。
[27] 漫言之:随便说的。

[28] 荡子：浪游在外的男子。
[29] 扬州：今江苏省扬州市，在长江北岸，与镇江隔江相望。
[30] 缀：尾随。
[31] 榜(bàng 棒)人：船伕。
[32] 遣：推托。
[33] 署券：签署卖身契约。
[34] 封志之：将兑金封存加上印记。
[35] 室人：犹言"内人"，指妻子。
[36] 璧赵：完璧归赵。故事见《史记·廉颇蔺相如列传》。此谓将财物归还原主。
[37] 惊魂离舍：惊骇得魂不附体。舍，指躯体。
[38] 嗌(ài 隘)：噎；气结喉塞。
[39] 万镝(dí 笛)：万箭。镝，箭镞。丛体：聚射于身。丛，聚集。
[40] 错囊充牣(rèn 任)：钱袋充盈；指黄生得千金。错囊，彩绣之囊。牣，满。
[41] 合浦珠还：喻霍女去而复回。《后汉书·孟尝传》：合浦郡，沿海产珠，而采求无度，遂使珠宝渐徙别地。孟尝任太守时，革除前弊，去珠复还。后以"合浦珠还"比喻失物复得。
[42] 公姥(mǔ 母)：翁媪，指霍女父母。
[43] 贡士：古时荐举给朝廷的人员，称贡士。汉代也称孝廉为贡士。清制，会试考中者称贡士。
[44] 缗(mín 民)：铜钱千文为一缗。穿铜钱之绳叫缗。
[45] 瑟踧(cù 促)：偪促、惊异。
[46] 坦坦：坦然；平静。
[47] 南海：其地当指今珠江三角洲。秦置南海郡，治所在番禺(今广州市)，隋分置南海县。
[48] 隆备：丰盛齐全。
[49] 娣姒(sì 四)：妯娌。《尔雅·释亲》："长妇谓稚妇为娣妇，娣妇谓长妇为姒妇。"
[50] 款曲：殷勤应酬。
[51] 伯仲：犹言兄弟。旧时兄弟排行常以伯、仲、叔、季为序，故以"伯

仲"代指兄弟。
- 〔52〕 吃吃（jī jī 几几）：语言謇涩，形容有话说不出口。
- 〔53〕 阀阅：此指世家门第。原指世宦门前旌表功绩的柱子，在门左曰"阀"，在右曰"阅"。
- 〔54〕 宛（yuān 渊）若：妯娌。《史记·孝武本纪》："神君者，长陵女子，以子死悲哀，故见神于先后宛若。"《集解》注引孟康曰："兄弟妻相谓'先后'。宛若，字也。"宛若，女子名，后世用为妯娌的代称。
- 〔55〕 孑身：孤身。
- 〔56〕 兜（dōu 嘟）牟：也作"兜鍪"，头盔。
- 〔57〕 生其猜度（duó 夺）：引起霍家父子的猜疑。
- 〔58〕 南海人：指赴南海省亲的霍女。
- 〔59〕 折证：对证，辩白。
- 〔60〕 形神丧失：形体和精神都失去凭藉。
- 〔61〕 瓜州：镇名，在镇江对岸，江北运河入长江处。
- 〔62〕 遄（chuán 船）返：急归。
- 〔63〕 胡再不谋：为何不加商量。再，加。
- 〔64〕 将舁：带着轿子。舁，肩舆。
- 〔65〕 风走：指随夫远去。风，奔逸。《尚书·费誓》："马牛其风。"《疏》："因牝牡相逐而遂至放佚远去也。"
- 〔66〕 慑息：怕得不敢粗声喘气。
- 〔67〕 嫡庶复有参差：指妻妾之间再出现争执。参差，不齐，矛盾。
- 〔68〕 簪：插。
- 〔69〕 钏（chuàn 串）：手镯。
- 〔70〕 内：同"纳"，装入。
- 〔71〕 咨白：禀白。
- 〔72〕 贞：贞节，指妇女从一而终，不嫁二夫。
- 〔73〕 悭（qiān 谦）：吝啬。
- 〔74〕 速：促使。荡：放浪。

司 文 郎

平阳王平子[1],赴试北闱[2],赁居报国寺[3]。寺中有馀杭生先在[4],王以比屋居[5],投刺焉[6]。生不之答[7]。朝夕遇之,多无状。王怒其狂悖[8],交往遂绝。一日,有少年游寺中,白服裙帽,望之傀然[9]。近与接谈,言语谐妙[10],心爱敬之。展问邦族,云:"登州宋姓[11]。"因命苍头设座,相对噱谈[12]。馀杭生适过,共起逊坐[13]。生居然上座,更不抆挹[14]。卒然问宋[15]:"亦入闱者耶?"答曰:"非也。驽骀之才[16],无志腾骧久矣[17]。"又问:"何省?"宋告之。生曰:"竟不进取,足知高明。山左、右并无一字通者[18]。"宋曰:"北人固少通者,而不通者未必是小生;南人固多通者,然通者亦未必是足下[19]。"言已,鼓掌。王和之[20],因而哄堂。生惭忿,轩眉攮腕而大言曰[21]:"敢当前命题,一校文艺乎[22]?"宋他顾而哂曰:"有何不敢!"便趋寓所,出经授王[23]。王随手一翻,指曰:"'阙党童子将命[24]。'"生起,求笔札。宋曳之曰:"口占可也。我破已成[25]:'于宾客往来之地,而见一无所知之人焉。'"王捧腹大笑。生怒曰:"全不能文,徒事嫚骂,何以为人!"王力为排难[26],请另命佳题。又翻曰:"'殷有三仁焉[27]。'"宋立应曰:"三子者不同道[28],其趋一也[29]。夫一者何也?曰:仁也。君子亦仁而已矣,何必同?"生遂不作,起曰:"其为人也小有才。"遂去。

王以此益重宋。邀入寓室，款言移晷[30]，尽出所作质宋[31]。宋流览绝疾，逾刻已尽百首[32]，曰："君亦沉深于此道者？然命笔时，无求必得之念，而尚有冀倖得之心，即此已落下乘[33]。"遂取阅过者一一诠说。王大悦，师事之；使庖人以蔗糖作水角[34]。宋啖而甘之，曰："生平未解此味，烦异日更一作也[35]。"从此相得甚欢。宋三五日辄一至，王必为之设水角焉。馀杭生时一遇之，虽不甚倾谈，而傲睨之气顿减。一日，以窗艺示宋[36]。宋见诸友圈赞已浓[37]，目一过，推置案头，不作一语。生疑其未阅，复请之。答已览竟。生又疑其不解。宋曰："有何难解？但不佳耳！"生曰："一览丹黄[38]，何知不佳？"宋便诵其文，如夙读者，且诵且訾[39]。生踧踖汗流[40]，不言而去。移时，宋去；生入，坚请王作[41]。王拒之。生强搜得，见文多圈点，笑曰："此大似水角子！"王故朴讷，覥然而已。次日，宋至，王具以告。宋怒曰："我谓'南人不复反矣[42]'，伧楚何敢乃尔[43]！必当有以报之！"王力陈轻薄之戒以劝之，宋深感佩。

既而场后，以文示宋，宋颇相许[44]。偶与涉历殿阁，见一瞽僧坐廊下，设药卖医。宋讶曰："此奇人也！最能知文，不可不一请教。"因命归寓取文。遇馀杭生，遂与俱来。王呼师而参之。僧疑其问医者，便诘症候[45]。王具白请教之意。僧笑曰："是谁多口？无目何以论文？"王请以耳代目。僧曰："三作两千馀言，谁耐久听！不如焚之，我视以鼻可也。"王从之。每焚一作，僧嗅而颔之曰："君初法大家[46]，虽未逼真，亦近似矣。我适受之以脾。"问："可中否？"曰："亦中得。"馀杭生未深信，先以古大家文烧试之。僧再嗅曰："妙哉！此文我心受之矣，非归、胡何解办此[47]！"生大骇，始焚己作。僧曰："适领一艺，未窥全豹[48]，何忽另易一人来也？"生托言："朋友之作，止此一首；此乃小生作也。"僧嗅其馀灰，咳逆数声，曰："勿再投矣！格格而不能下[49]，强受之以膈[50]；再焚，则作恶矣。"生惭而退。数日榜放，生竟领荐[51]；王下第[52]。宋与王走告僧。僧叹曰："仆虽盲于目，而不盲于鼻；帘中人并鼻盲矣[53]。"俄馀杭生至，意气发舒，曰："盲和尚，汝亦啖人水角耶？今竟何如？"僧曰："我所论者文耳，不谋与君论命[54]。君试寻诸试官之文，各取一首焚之，我便知孰为尔师。"生与王并搜之，止得八九人。生曰："如有舛错，以何为罚？"僧愤曰："剜我盲瞳去！"生焚之，每一首，都言非是；至第六篇，忽向壁大呕，下气如雷。众皆粲然。僧拭目向生曰："此真汝师也！初不知而骤嗅之，刺于鼻，棘于腹，膀胱所不能容，直自下部出矣！"生大怒，去，曰："明日自见，勿悔，勿悔！"越二三日，竟不至；视之，已移去矣。乃知即某门生也。

宋慰王曰："凡吾辈读书人，不当尤人[55]，但当克己[56]：不尤人则德益弘[57]，能克己则学益进。当前踬落[58]，固是数之不偶[59]；平心而论，文亦未便登峰，其由此砥砺，天下自有不盲之人。"王肃然起敬。又闻次年再行乡试，遂不归，止而受教。宋曰："都中薪桂米珠[60]，勿忧资斧。舍后有窖镪[61]，可以发用。"即示之处。王谢曰："昔窦、范贫而能廉[62]，今某幸能自给，敢自污乎？"王一日醉眠，仆及庖人窃发之。王忽觉，闻舍后有声；窃出，则金堆地上。情见事露，并相慑伏。方诃责间，见有金爵，类多镌款[63]，审视，皆大父字讳[64]。盖王祖曾为南部郎[65],入都寓此,暴病而卒,金其所遗也。王乃喜,秤得金八百馀两。明日告宋,且示之爵,欲与瓜分,固辞乃已。以百金往赠瞽僧,僧已去。积数月,敦习益苦[66]。及试,宋曰:"此战不捷,始真是命矣!"

俄以犯规被黜。王尚无言;宋大哭,不能止。王反慰解之。宋曰:"仆为造物所忌,困顿至于终身,今又累及良友。其命也夫!其命也夫!"王曰:"万事固有数在。如先生乃无志进取,非命也。"宋拭泪曰:"久欲有言,恐相惊怪。某非生人,乃飘泊之游魂也。少负才名,不得志于场屋。佯狂至都[67],冀得知我者,传诸著作。甲申之年[68],竟罹于难,岁岁飘蓬[69]。幸相知爱,故极力为'他山'之攻[70],生平未酬之愿,实欲借良朋一快之耳。今文字之厄若此,谁复能漠然哉[71]!"王亦感泣,问:"何淹滞?"曰:"去年上帝有命,委宣圣及阎罗王核查劫鬼[72],上者备诸曹任用,馀者即俾转轮[73]。贱名已录,所未投到者,欲一见飞黄之快耳[74]。今请别矣!"王问:"所考何职?"曰:"梓潼府中缺一司文郎[75],暂令聋僮署篆[76],文运所以颠倒。万一倖得此秩,当使圣教昌明。"明日,忻忻而至,曰:"愿遂矣!宣圣命作'性道论'[77],视之色喜,谓可司文。阎罗稽簿[78],欲以'口孽'见弃[79]。宣圣争之,乃得就。某伏谢已,又呼近案下[80],嘱云:'今以怜才,拔充清要;宜洗心供职,勿蹈前愆。'此可知冥中重德行更甚于文学也。君必修行未至,但积善勿懈可耳。"王曰:"果尔,馀杭其德行何在?"曰:"不知。要冥司赏罚,皆无少爽。即前日瞽僧,亦一鬼也,是前朝名家。以生前抛弃字纸过多,罚作瞽。

彼自欲医人疾苦，以赎前愆，故托游廛肆耳。"王命置酒。宋曰："无须。终岁之扰，尽此一刻，再为我设水角足矣。"王悲怆不食，坐令自啖。顷刻，已过三盛[81]，捧腹曰："此餐可饱三日，吾以志君德耳。向所食，都在舍后，已成菌矣。藏作药饵，可益儿慧。"王问后会，曰："既有官责，当引嫌也。"又问："梓潼祠中，一相酹祝，可能达否？"曰："此都无益。九天甚远，但洁身力行，自有地司牒报，则某必与知之。"言已，作别而没。

王视舍后，果生紫菌[82]，采而藏之。旁有新土坟起，则水角宛然在焉。王归，弥自刻厉[83]。一夜，梦宋舆盖而至，曰："君向以小忿，误杀一婢，削去禄籍；今笃行已折除矣[84]。然命薄不足任仕进也。"是年，捷于乡；明年，春闱又捷。遂不复仕。生二子，其一绝钝，啖以菌，遂大慧。后以故诣金陵，遇馀杭生于旅次，极道契阔[85]，深自降抑[86]，然鬓毛斑矣。

异史氏曰："馀杭生公然自诩，意其为文，未必尽无可观；而骄诈之意态颜色，遂使人顷刻不可复忍。天人之厌弃已久，故鬼神皆玩弄之。脱能增修厥德，则帘内之'刺鼻棘心'者[87]，遇之正易，何所遭之仅也。"

据《聊斋志异》铸雪斋抄本

---

〔1〕 平阳：明代府名，治所在今山西省临汾市。
〔2〕 北闱：在北京顺天府举行的乡试称"北闱"。
〔3〕 报国寺：《帝京景物略》卷三谓报国寺在北京广宁门外。

〔4〕 馀杭：县名，在今浙江省杭州市北部。
〔5〕 比屋居：邻屋而居。比，并列。
〔6〕 投刺：投递名帖，指前去拜访。
〔7〕 生不之答：馀杭生没有回访他。
〔8〕 狂悖(bèi 贝)：狂妄傲慢。
〔9〕 傀(guī 圭)然：高大的样子。
〔10〕 谐妙：诙谐而精妙。
〔11〕 登州：明代府名，治所在今山东省蓬莱县。
〔12〕 噱谈：谈笑。噱，大笑。
〔13〕 逊坐：让坐。
〔14〕 㧑挹(huī yì 挥义)：谦逊。也作"㧑抑"。
〔15〕 卒(cù 猝)然：突然；冒失而无礼貌的样子。
〔16〕 驽骀(tái 台)：驽和骀都是劣马，比喻才能平庸。
〔17〕 腾骧：马昂首奔腾，喻奋力上进。骧，马首昂举。
〔18〕 山左、右：指山东省和山西省。山左，山东省在太行山的左边，故称山左，这是针对宋生而言。山右，山西省在太行山之右，故称山右，这是针对王平子而言。无一字通者：没有通晓文墨的人。
〔19〕 足下：旧时同辈间相称的敬词。
〔20〕 和(hè 贺)：附和。
〔21〕 轩眉攘腕：扬眉捋袖，形容忿怒。轩，高扬。攘腕，捋袖伸腕。攘，捋。
〔22〕 校：通"较"。文艺：指八股文。八股文亦称"时文"、"制艺"。
〔23〕 经：指四书、五经等儒家经书。
〔24〕 "阙党童子将命"：这是摘自《论语·宪问》的一句话，用作比试的题目。全文是："阙党童子将命。或问之曰：'益者与？'子曰：'吾见其居于位也，见其与先生并行也。非求益者也，欲速成者也。'"阙党，即阙里，孔子居处。将命，奉命奔走。孔子说这个童子不是求上进而是一个想走捷径的人，宋生借题发挥，以之奚落馀杭生。
〔25〕 破：破题。八股文开头用两句说破题目要义，称"破题"。"于宾客往来之地，而见一无所知之人焉"二句即是破题，既解释"阙党童子将命"的题义，同时也语义双关地嘲骂了馀杭生。

〔26〕 排难：调解纠纷。
〔27〕 "殷有三仁焉"：这是摘自《论语·微子》的一句话。全文是："微子去之，箕子为之奴，比干谏而死。孔子曰：'殷有三仁焉。'"意思是说殷纣王昏乱残暴，微子、箕子、比干是三位仁人。
〔28〕 不同道：谓微子、箕子、比干这三个人对待纣王暴政的表现不同。
〔29〕 其趋一也：其目的是一致的。
〔30〕 款言：亲切谈心。移晷（guǐ 轨）：日影移动，指时间很长。晷，日影。
〔31〕 质：质疑问难；请教的意思。
〔32〕 刻：指较短的时间。古代用漏壶计时，一昼夜共一百刻。
〔33〕 下乘（shèng 圣）：下等、下品。
〔34〕 水角：水饺。
〔35〕 更：再。
〔36〕 窗艺：平时习作的时艺。
〔37〕 圈赞：古时阅读文章，遇有佳句，往往在旁边加圈，表示称赞。
〔38〕 一览丹黄：仅仅看一下圈赞。丹黄，旧时批校书籍，用朱笔书写，遇误字用雌黄涂抹，因以"丹黄"代称对文章的评点。
〔39〕 訾（zǐ 子）：诋毁，批评。
〔40〕 踖踧（jí 急）：局促不安。
〔41〕 坚请王作：一定要拜读王生所作的文章。
〔42〕 "南人不复反矣"：三国时，蜀相诸葛亮南征孟获，七擒七纵，最后孟获心悦诚服，向诸葛亮表示："公天威也，南人不复反矣！"见《三国志·蜀书·诸葛亮传》裴松之注引《汉晋春秋》。宋生风趣地引用此话，比喻原以为"南人"馀杭生已经降服。
〔43〕 伧楚：鄙陋的家伙。魏晋南北朝时，吴人鄙视楚人荒陋，故称楚地人为伧楚，后遂以"伧楚"作为讥诮粗鄙的一般用语。
〔44〕 许：赞许，称赞。
〔45〕 症候：病状。
〔46〕 法：师法，仿效。大家：名家之最者。
〔47〕 归、胡：指明代归有光和胡友信。归、胡为明嘉靖、隆庆间精于八股文之"大家"，见《明史·文苑传》。
〔48〕 未窥全豹：未看见全部。《晋书·王献之传》："管中窥豹，时见一

斑。"一斑,指豹身上的斑纹,而不是豹的整体。后因以全豹喻全部或整体。
〔49〕 格格:格格不入。格,阻遏。
〔50〕 膈(gé 骼):胸腔和腹腔间的膈膜。
〔51〕 领荐:领乡荐,指中举。
〔52〕 下第:落榜。
〔53〕 帘中人:清代举行乡试时,贡院办公分内帘外帘,外帘管事务,内帘管阅卷。帘中人指阅卷官员。
〔54〕 不谋:没有打算。
〔55〕 尤人:怨恨别人。尤,怨恨。
〔56〕 克己:严格要求自己。
〔57〕 弘:光大。
〔58〕 踧(cù 促)落:失意。
〔59〕 数之不偶:命运不佳。不偶,遭遇不顺利,没有成就。
〔60〕 薪桂米珠:柴价贵如桂,米价贵如珠,比喻生活费用昂贵。
〔61〕 窖镪(qiǎng 襁):窖埋在地下的钱财。镪,钱贯,引申为成串的钱,后多指白银。
〔62〕 窦、范贫而能廉:窦,窦仪,渔阳人。宋初为工部尚书,为官清介重厚。贫困时,有金精戏弄他,但他不为所动。见《小说杂记》。范,范仲淹,宋朝吴县人。少孤,从母适长山(今山东章丘)朱氏,读书长白山醴泉寺,贫而食粥,"见窖金不发。及为西帅,乃与僧出金缮寺。"见乾隆《章丘县志》卷九。廉,廉洁自守。
〔63〕 镌(juān 捐)款:凿刻的文字。镌,凿。款,款识,古代金属器皿上铸刻的题款。
〔64〕 大父:祖父。字讳:名字。旧时对尊长不直称其名,谓之避讳,因也以"讳"指所避讳的名字。
〔65〕 南部郎:明初建都南京,明成祖朱棣迁都北京,而在南京仍保留六部官制。南部郎,南京的部郎,指郎中、员外郎一类的部属官员。
〔66〕 敦习:勤勉学习。
〔67〕 佯(yáng 羊)狂:诈为病狂。狂,纵情任性。
〔68〕 甲申之年:指崇祯十七年(1644)。这一年李自成领导的农民起义

军攻陷北京。

[69] 飘蓬:随风飘荡的蓬草,喻游荡无定所。

[70] 极力为"他山"之攻:意谓尽力勉励朋友上进。他山,也作"它山"。《诗·小雅·鹤鸣》:"它山之石,可以攻玉。"意思是说它山的石头可以用作琢磨玉器的砺石。后来以之比喻在学习上互相砥砺,互相研讨。攻,磨治。

[71] 漠然:无动于衷。

[72] 宣圣:指孔子。封建时代曾给孔子"至圣文宣王"之类的封号,所以称之为"宣圣"。劫鬼:遭遇劫难而死的鬼魂。

[73] 转轮:佛教用语。即所谓"轮回转生",谓众生在生死世界轮回循环。这里指投胎转世。转,据二十四卷抄本补,原阙。

[74] 飞黄:传说中的神马,见《淮南子·览冥训》。此谓飞黄腾达。以神马飞驰,喻科举得志。

[75] 梓潼府:梓潼帝君之府。梓潼帝君为道教所奉的主宰功名禄位之神。传说姓张,名亚子或恶子,晋人。宋、元道士称玉皇大帝命他掌文昌府和人间禄籍,是主宰天下文教之神。司文郎:官名,唐置,司文局之佐郎。此指主管文运之神。

[76] 聋僮:《蠡海录》谓梓潼文昌帝君有二从者,一名天聋,一名地哑。这里的"聋僮",兼有昏聩不明的寓意。署篆:代掌官印。

[77] "性道论":这是虚拟的题目。性道,指儒家讲的人性与天道。

[78] 稽簿:稽查簿籍。簿,指记录功过的册子。道教曾制定"功格"和"过律",据以记录人们日常行为的善恶,作为权衡降与祸福的标准。

[79] 口孽:佛教用语,也称"口业"。此指言语的恶业,即言论过失。

[80] 又:据二十四卷抄本,原作"及"。

[81] 三盛(chéng成):犹言三碗或三盘。盛,杯盘之类的盛器。

[82] 紫菌(jùn郡):即紫芝,菌类植物。古人以"芝"为瑞草,服食可益寿却病。

[83] 弥自刻厉:更加刻苦自励。弥,更,甚。

[84] 今笃行已折除矣:意谓如今你诚笃修行已经抵消先前的罪过。

[85] 道契阔:久别重逢,互诉离情。契阔,久别的情怀。

〔86〕 降抑：卑恭；谦虚。
〔87〕 帘内之"刺鼻棘心"者：指只会作臭文章的考官。刺鼻棘心，这里是借瞽僧之言，讽刺考官之文，臭不可闻。言外之意，只有不通的考官才能录取不通的考生。

丑　狐

穆生,长沙人[1]。家清贫,冬无絮衣。一夕枯坐[2],有女子入,衣服炫丽而颜色黑丑[3],笑曰:"得毋寒乎?"生惊问之,曰:"我狐仙也。怜君枯寂,聊与共温冷榻耳。"生惧其狐,而厌其丑,大号。女以元宝置几上[4],曰:"若相谐好,以此相赠。"生悦而从之。床无裀褥,女代以袍。将晓,起而嘱曰:"所赠,可急市软帛作卧具;馀者絮衣作馔,足矣。倘得永好,勿忧贫也。"遂去。生告妻,妻亦喜,即市帛为之缝纫。女夜至,见卧具一新,喜曰:"君家娘子劬劳哉!"留金以酬之。从此至无虚夕。每去,必有所遗。

年馀,屋庐修洁,内外皆衣文锦绣,居然素封[5]。女赂贻渐少,生由此心厌之,聘术士至,画符于门。女啮折而弃之,入指生曰:"背德负心,至君已极!然此奈何我!若相厌薄[6],我自去耳。但情义既绝,受于我者,须要偿也!"忿然而去。生惧,告术士。术士作坛,陈设未已,忽颠地下,血流满颊;视之,割去一耳。众大惧,奔散;术士亦掩耳窜去。室中掷石如盆,门窗釜甑,无复全者。生伏床下,搐缩汗耸[7]。俄见女抱一物入,猫首狗尾[8],置床前,嗾之曰[9]:"嘻嘻!可嚼奸人足。"物即龁履,齿利于刃。生大惧,将屈藏之,四肢不能动。物嚼指,爽脆有声。生痛极,哀祝。女曰:"所有金珠,尽出勿隐。"生应之。女曰:"呵呵!"物乃止。生不能起,但告以处。女自往搜括，珠钿衣服之外，止得二百馀金。女少之，又曰："嘻嘻！"物复嚼。生哀鸣求恕。女限十日，偿金六百。生诺之，女乃抱物去。久之，家人渐聚，从床下曳生出，足血淋漓，丧其二指。视室中，财物尽空，惟当年破被存焉。遂以覆生，令卧。又惧十日复来，乃货婢鬻衣，以足其数。至期，女果至；急付之，无言而去。自此遂绝。

生足创，医药半年始愈，而家清贫如初矣。狐适近村于氏。于业农，家不中资[10]；三年间，援例纳粟[11]，夏屋连甍[12]，所衣华服，半生家物。生见之，亦不敢问。偶适野，遇女于途，长跪道左。女无言，但以素巾裹五六金，遥掷之，反身径去。后于氏早卒，女犹时至其家，家中金帛辄亡去。于子睹其来，拜参之，遥祝："父即去世，儿辈皆若子，纵不抚恤，何忍坐令贫也？"女去，遂不复至。

异史氏曰："邪物之来，杀之亦壮；而既受其德，即鬼物不可负也。既贵而杀赵孟[13]，则贤豪非之矣。夫人非其心之所好，即万锺何动焉[14]。观其见金色喜，其亦利之所在，丧身辱行而不惜者欤？伤哉贪人，卒取残败！"

据《聊斋志异》铸雪斋抄本

---

〔1〕 长沙：府名，治所在今湖南长沙市。
〔2〕 枯坐：寂寞地坐着。
〔3〕 炫丽：犹鲜丽。炫，光彩闪耀。
〔4〕 元宝：古货币名。因形似马蹄，又称马蹄银。
〔5〕 素封：无官爵封邑而富有资财的人。语出《史记·货殖列传》。
〔6〕 厌薄：厌弃，鄙薄。

〔7〕 搐(chù 畜)缩汗耸：身体抽缩，汗水直冒。搐缩，谓身体颤抖着缩作一团。搐，此据二十四卷抄本，原作"蓄"。
〔8〕 猫首猧(wō 蜗)尾：疑指猫狸，也称狸猫、豹猫。《正字通》谓圆头大尾者为猫狸。猧，小狗。
〔9〕 嗾(sǒu 叟)：使狗声，此谓唆使猫狸咬人。
〔10〕 家不中资：家里没有中等人家的资财。
〔11〕 援例纳粟：引用成例捐作监生。详《某乙》"纳粟"注。
〔12〕 夏屋连蔓：高大的房屋接连不断。夏屋，大屋。
〔13〕 既贵而杀赵孟：赵孟，指春秋晋国大夫赵盾。盾，字孟，襄公时执国政。襄公卒，盾拟赴秦国迎立公子雍。秦以兵送雍；未至，穆姬抱太子逼盾立之，盾即出兵拒秦而立太子，是为灵公。灵公既立，无道，因盾多次进谏而恨之，并派刺客钼麑去暗杀盾。钼麑见赵盾忠于公事，不忍行刺而自杀。事详《左传·宣公二年》。
〔14〕 万锺：本指大量的粮食，见《管子·国蓄》，此指优厚的俸禄，或大量的财富。锺，古量度单位。《左传·昭公三年》："釜十则锺。"杜预注："(锺)六斛四斗。"

吕 无 病

洛阳孙公子[1],名麒,娶蒋太守女[2],甚相得。二十夭殂[3],悲不自胜。离家,居山中别业[4]。适阴雨,昼卧,室无人。忽见复室帘下,露妇人足,疑而问之。有女子搴帘入,年约十八九,衣服朴洁,而微黑多麻,类贫家女。意必村中僦屋者,呵曰:"所须宜白家人,何得轻入!"女微笑曰:"妾非村中人,祖籍山东,吕姓。父文学士[5]。妾小字无病[6]。从父客迁,早离顾复[7]。慕公子世家名士,愿为康成文婢[8]。"孙笑曰:"卿意良佳。但仆辈杂居,实所不便,容旋里后,当舆聘之。"女次且曰[9]:"自揣陋劣,何敢遂望敌体[10]?聊备案前驱使,当不至倒捧册卷。"孙曰:"纳婢亦须吉日。"乃指架上,使取通书第四卷。——盖试之也[11]。女翻检得之。先自涉览,而后进之,笑曰:"今日河魁不曾在房[12]。"孙意少动,留匿室中。女闲居无事,为之拂几整书,焚香拭鼎,满室光洁。孙悦之。至夕,遣仆他宿。女俯眉承睫,殷勤臻至[13]。命之寝,始持烛去,中夜睡醒,则床头似有卧人;以手探之,知为女,捉而撼焉。女惊起,立榻下。孙曰:"何不别寝,床头岂汝卧处也[14]?"女曰:"妾善惧。"孙怜之,俾施枕床内。忽闻气息之来,清如莲蕊,异之;呼与共枕,不觉心荡;渐于同衾,大悦之。念避匿非策,又恐同归招议[15]。孙有母姨,近隔十馀门,谋令遁诸其家,而后再致之。女称善,便言:"阿姨,妾熟识之,无容先达,请即去。"孙送之,逾垣而去。

孙母姨,寡媪也。凌晨起户,女掩入[16]。媪诘之,答云:"若甥遣问阿姨。公子欲归,路赊乏骑[17],留奴暂寄此耳。"媪信之,遂止焉。孙归,矫谓姨家有婢,欲相赠,遣人昇之而还,坐卧皆以从。久益嬖之[18],纳为妾。世家论婚,皆勿许,殆有终焉之志。女知之,苦劝令娶;乃娶于许,而终嬖爱无病。许甚贤,略不争夕;无病事许益恭:以此嫡庶偕好。许举一子阿坚,无病爱抱如己出。儿甫三岁,辄离乳媪,从无病宿,许唤不去。无何,许病卒。临诀,嘱孙曰:"无病最爱儿,即令子之可也;即正位焉亦可也[19]。"既葬,孙将践其言,告诸宗党,佥谓不可;女亦固辞,遂止。

邑有王天官女[20],新寡,来求婚。孙雅不欲娶,王再请之。媒道其美,宗族仰其势,共怂恿之。孙惑焉,又娶之。色果艳;而骄已甚,衣服器用,多厌嫌,辄加毁弃。孙以爱敬故,不忍有所拂。入门数月,擅宠专房,而无病至前,笑啼皆罪。时怒迁夫婿,数相闹斗。孙患苦之,以多独宿。妇又怒。孙不能堪,托故之都[21],逃妇难也。妇以远游咎无病。无病鞠躬屏气[22],承望颜色,而妇终不快。夜使直宿床下[23],儿奔与俱。每唤起给使,儿辄啼。妇厌骂之。无病急呼乳媪来抱之,不去;强之,益号。妇怒起,毒挞无算,始从乳媪去。儿以是病悸,不食。妇禁无病不令见之。儿终日啼,妇叱媪,使弃诸地。儿气竭声嘶,呼而求饮;妇戒勿与。日既暮,无病窥妇不在,潜饮儿。儿见之,弃水捉衿,号咷不止。妇闻之,意气汹汹而出[24]。儿闻声辍涕,一跃遂绝。无病大哭。妇怒曰:"贱婢丑态!岂以儿死胁我耶!无论孙家襁褓物[25];即杀王府世子[26],王天官女亦能任之!"无病乃抽息忍涕,请为葬具。妇不许,立命弃之。妇去,窃抚儿,四体犹温,隐语媪曰:"可速将去,少待于野,我当继至。其死也,共弃之;活也,共抚之。"媪曰:"诺。"无病入室,携簪珥出,追及之。共视儿,已苏。二人喜,谋趋别业,往依姨。媪虑其纤步为累,无病乃先趋以俟之,疾若飘风,媪力奔始能及。约二更许,儿病危,不复可前。遂斜行入村[27],至田叟家,侍门待晓,扣扉借室,出簪珥易资,巫医并致,病卒不瘳。女掩泣曰:"媪好视儿,我往寻其父也。"媪方惊其谬妄,而女已杳矣。骇诧不已。是日,孙在都,方憩息床上,女悄然入。孙惊起曰:"才眠已入梦耶!"女握手哽咽,顿足不能出声。久之久之,方失声而言曰:"妾历千辛,与儿逃于杨——"句未终,纵声大哭,倒地而灭。孙骇绝,犹疑为梦;唤从人共视之,衣履宛然,大异不解。即刻趣装[28],星驰而归[29]。

　　既闻儿死妾遁,抚膺大悲。语侵妇,妇反唇相稽[30]。孙忿,出白刃;婢妪遮救,不得近,遥掷之。刀脊中额,额破血流,披发嗥叫而出,将以奔告其家。孙捉还,杖挞无数,衣皆若缕,伤痛不可转侧。孙命舁诸房中护之,将待其瘥而后出之[31]。妇兄弟闻之,怒,率多骑登门;孙亦集健仆械御之。两相叫骂,竟日始散。王未快意,讼之。孙捍卫入城[32],自诣质审[33],诉妇恶状。宰不能屈,送广文惩戒以悦王[34]。广文朱先生,世家子,刚正不阿。廉得情[35],怒曰:"堂上公以我为天下之龌龊教官,勒索伤天害理之钱,以吮人痈痔者耶[36]！此等乞丐相，我所不能！"竟不受命。孙公然归。王无奈之，乃示意朋好，为之调停，欲生谢过其家。孙不肯，十反不能决。妇创渐平，欲出之，又恐王氏不受，因循而安之。妾亡子死，凤夜伤心，思得乳媪，一问其情。因忆无病言"逃于杨"，近村有杨家疃，疑其在是；往问之，并无知者。或言五十里外有杨谷，遣骑诣讯，果得之。儿渐平复；相见各喜，载与俱归。儿望见父，嗷然大啼，孙亦泪下。妇闻儿尚存，盛气奔出，将致诮骂。儿方啼，开目见妇，惊投父怀，若求藏匿。抱而视之，气已绝矣。急呼之，移时始苏。孙恚曰："不知如何酷虐，遂使吾儿至此！"乃立离婚书，送妇归。王果不受，又舁还孙。孙不得已，父子别居一院，不与妇通。乳媪乃备述无病情状，孙始悟其为鬼。感其义，葬其衣履，题碑曰"鬼妻吕无病之墓"。无何，妇产一男，交手于项而死之。孙益忿，复出妇；王又舁还之。孙乃具状，控诸上台[37]，皆以天官故，置不理。后天官卒，孙控不已，乃判令大归[38]。孙由此不复娶，纳婢焉。

妇既归，悍名噪甚，三四年无问名者。妇顿悔，而已不可复挽。有孙家旧媪，适至其家。妇优待之，对之流涕；揣其情，似念故夫。媪归告孙，孙笑置之。又年馀，妇母又卒，孤无所依，诸娣姒颇厌嫉之[39]；妇益失所，日辄涕零。一贫士丧偶，兄议厚其奁妆而遣之，妇不肯。每阴托往来者致意孙，泣告以悔，孙不听。一日，妇率一婢，窃驴跨之，竟奔孙。孙方自内出，迎跪阶下，泣不可止。孙欲去之，妇牵衣复跪之。孙固辞曰："如复相聚，常无间言则已耳[40]；一朝有他，汝兄弟如虎狼，再求离遏[41]，岂可复得！"妇曰："妾窃奔而来，万无还理。留则留之，否则死之！且妾自二十一岁从君，二十三岁被出，诚有十分恶，宁无一分情？"乃脱一腕钏，并两足而束之，袖覆其上，曰："此时香火之誓[42]，君宁不忆之耶？"孙乃荧眦欲泪[43]，使人挽扶入室；而犹疑王氏诈谖[44]，欲得其兄弟一言为证据。妇曰："妾私出，何颜复求兄弟？如不相信，妾藏有死具在此，请断指以自明。"遂于腰间出利刃，就床边伸左手一指断之，血溢如涌。孙大骇，急为束裹。妇容色痛变，而更不呻吟，笑曰："妾今日黄粱之梦已醒[45]，特借斗室为出家计，何用相猜？"孙乃使子及妾另居一所[46]，而己朝夕往来于两间。又日求良药医指创[47]，月馀寻愈。妇由此不茹荤酒，闭户诵佛而已。居久，见家政废弛，谓孙曰："妾此来，本欲置他事于不问；今见如此用度，恐子孙有饿莩者矣[48]。无已，再腆颜一经纪之[49]。"乃集婢媪，按日责其绩织。家人以其自投也，慢之，窃相诮讪，妇若不闻。既而课工[50]，惰者鞭挞不贷，众始惧之。又垂帘课主计仆[51]，综理微密。孙乃大喜，使儿及妾皆朝见之。阿坚已九岁，妇加意温恤，朝入塾，常留甘饵以待其归；儿亦渐亲爱之。一日，儿以石投雀，妇适过，中颅而仆，逾刻不语。孙大怒，挞儿。妇苏，力止之，且喜曰："妾昔虐儿，中心每不自释，今幸销一罪案矣。"孙益嬖爱之，妇每拒，使就妾宿。居数年，屡产屡殇，曰："此昔日杀儿之报也。"阿坚既娶，遂以外事委儿，内事委媳。一日曰："妾某日当死。"孙不信。妇自理葬具，至日，更衣入棺而卒。颜色如生，异香满室；既殓，香始渐灭。

异史氏曰："心之所好，原不在妍媸也[52]。毛嫱、西施，焉知非自爱之者美之乎[53]？然不遭悍妒，其贤不彰，几令人与嗜痂者并笑矣[54]。至锦屏之人[55]，其凤根原厚[56]，故豁然一悟，立证菩提[57]；若地狱道中[58]，皆富贵而不经艰难者矣。"

据《聊斋志异》铸雪斋抄本

----

〔1〕 洛阳：指今河南洛阳市。
〔2〕 太守：明清为知府的别称。
〔3〕 夭殂：少壮而死。
〔4〕 别业：即别墅。
〔5〕 文学士：博学之士。文学，孔门四科之一，指文章博学。见《论语·先进》。此泛指读书人。
〔6〕 妾：原无此字，据二十四卷抄本补。
〔7〕 早离顾复：谓父母早亡。顾复，喻父母养育之恩。语本《诗·小雅·蓼莪》。
〔8〕 康成文婢：指东汉经学大师郑玄家的奴婢。康成，郑玄字。《世说新语·文学》："郑玄家奴婢皆读书，尝使一婢不称旨，将挞之。方自陈说，玄怒，使人曳著泥中。须臾，复有一婢来，问曰：'胡为乎泥中？'答曰：'薄言往愬，逢彼之怒。'"问句出自《诗·邶风·式微》，答句出自《诗·邶风·柏舟》，此处以"康成"喻称孙生。
〔9〕 次且（zī jū 资居）：同："趑趄"。欲前不前，犹豫不决的样子。此谓言辞闪烁，欲言又止。
〔10〕 敌体：指处于对等地位的妻子。《左传·庄公四年》："纪伯姬卒。"杜预注："内女唯诸侯夫人卒葬皆书，恩成于敌体。"
〔11〕 通书：此指历书。
〔12〕 河魁不曾在房：《荆湖近事》："李戴仁性迂缓。妻阎氏年甚少，与之异室。私约曰：'有兴则见。'忽一夕，闻扣户声，小竖报：'县君欲见太监。'戴仁遽取百忌历，灯下观之，大惊曰：'今夜河魁在房，不宜行事！传语县君谢别。'阎氏惭怒而去。"河魁，丛星名，月中凶

神。星命术士谓阳建之月,前三辰为天罡,后三辰为河魁;阴建之月反之。当此之日,诸事宜避。
〔13〕 臻至:犹言备至。臻,至。
〔14〕 卧处:此据二十四卷抄本,原无"卧"字。
〔15〕 招议:招致物议。
〔16〕 掩入:乘其不备而进入。
〔17〕 赊:远。
〔18〕 嬖(bì必)之:宠爱她。
〔19〕 正位:正其妻子之位。古代富贵人家娶妻纳妾,妻为正室,妾为侧室(偏房)。按封建礼教,妻、妾名分有定,不能逾越。妻死,以妾作妻,称"扶正"。
〔20〕 天官:明清吏部尚书的别称。详《狐嫁女》注。
〔21〕 托故之都:假托事由赴京。都,京城。
〔22〕 鞠躬屏(bǐng丙)气:恭敬而小心。屏气,犹屏息,抑制呼吸,不敢出声,极言恭谨畏惧之状。
〔23〕 直:当值。
〔24〕 意气:犹怒气,发怒时所表现出的情绪。
〔25〕 无论:不要说。襁褓物:婴幼儿。
〔26〕 世子:封建时代称诸王嫡子为世子。
〔27〕 斜行入村:犹言由叉道走进村子。
〔28〕 趣(cù促)装:疾速治办行装。趣,通"促",急,从速。
〔29〕 星驰而归:连夜奔驰回家。
〔30〕 反唇相稽:与之言语往还相顶撞。反唇,翻唇,谓顶嘴。稽,计较。语出《汉书·贾谊传》。
〔31〕 出:休弃。
〔32〕 捍卫:此指让家仆执器械护卫着。
〔33〕 自诣质审:亲自到官府请求审判是非。质,诉讼双方对质。
〔34〕 广文:明清泛指儒学教官。
〔35〕 廉得情:查考得知实情。廉,查访,考察。
〔36〕 吮人痈痔:谓为奉迎上官而做卑鄙下流之事。详《劳山道士》"舐痈吮痔"注。

[37] 上台:犹言上官。
[38] 大归:此指已嫁妇女被休弃而归母家。
[39] 娣姒(dì sì 弟似):兄妻为姒,弟妻为娣。
[40] 间言:犹言闲话,非议之言。语本《论语·先进》:"人不间于其父母昆弟之言。"
[41] 离逖(tì 惕):亦作"离逷",远离。此谓离婚,两不相关。
[42] 香火之誓:指结婚时相约永好的誓言。详《马介甫》"香火情"注。
[43] 荧眦欲泪:言眼中闪着泪花。眦,眼眶。
[44] 诈谖(xuān 宣):欺诈。
[45] 黄粱之梦已醒:谓已觉悟人生道理,不再有违理非分的想法。黄粱之梦,喻指对富贵荣华的追求如同梦幻。详《续黄粱》注。
[46] 及:此据二十四卷抄本,原作"乃"。
[47] 良药:此据二十四卷抄本,原无"药"字。
[48] 饿莩(piǎo 漂):饿死。语出《孟子·梁惠王》上。
[49] 腆颜:犹言厚颜。勉强从事的谦词。经纪:管理,经营。
[50] 既:此据二十四卷抄本,原作"及"。
[51] 垂帘课主计仆:亲自考察主管财务的仆人。垂帘,谓女主人在帘内主持家政。课,考核。主计,主管财务,计算出入。
[52] 妍媸:美丑。
[53] "毛嫱"二句:谓即使今古艳称的美人毛嫱、西施,怎知不是来自爱她们的人的称美呢。毛嫱、西施,皆古代美女名。毛嫱,《庄子·齐物论》:"毛嫱、丽姬,人之所美者。"《释文》"司马彪云:毛嫱,古美人,一云越王美姬。"西施,春秋时越国美女。
[54] "然不"三句:谓吕无病如不因王氏悍妒而显扬其贤德,则热爱她的孙生将被认为有喜好丑女的怪癖而受人嘲笑了。嗜痂者,谓有怪癖的人。《宋书·刘穆之传》:刘邕"嗜食疮痂,以为味似鳆鱼"。疮痂,疮疖上结的壳甲。
[55] 锦屏之人:泛指深闺女子。汤显祖《牡丹亭·惊梦》:"锦屏人忒看的这韶光贱。"此指王氏。
[56] 夙根:佛教谓前生所种善根。根,根业、根性、业力。众生因根业不同,所得果报亦不同。

〔57〕 立证菩提：即刻证得佛果。菩提，梵语音译。意译正觉，即明辨善恶、觉悟真理之意。
〔58〕 地狱道：佛教所谓生死轮回，"六道"之一。详《聊斋自志》注。

钱 卜 巫

夏商,河间人[1]。其父东陵,豪富侈汰[2],每食包子,辄弃其角,狼藉满地。人以其肥重,呼之"丢角太尉"。暮年,家綦贫[3],日不给餐;两肱瘦,垂革如囊[4],人又呼"募庄僧"——谓其挂袋也[5]。临终,谓商曰:"余生平暴殄天物[6],上干天怒[7],遂至饥冻以死。汝当惜福力行,以盖父愆[8]。"商恪遵治命[9],诚朴无二,躬耕自给。乡人咸爱敬之。富人某翁哀其贫,假以资,使学负贩,辄亏其母[10]。愧无以偿,请为佣。翁不肯。商瞿然不自安[11],尽货其田宅,往酬翁。翁诘得情,益怜之,强为赎还旧业;又益贷以重金,俾作贾。商辞曰:"十数金尚不能偿,奈何结来世驴马债也[12]?"翁乃招他贾与偕。数月而返,仅能不亏;翁不收其息,使复之。年馀,货资盈辇[13],归至江,遭飓[14],舟几覆,物半丧失。归计所有,略可偿主,遂语贾曰:"天之所贫,谁能救之?此皆我累君也!"乃稽簿付贾,奉身而退[15]。翁再强之,必不可,躬耕如故。每自叹曰:"人生世上,皆有数年之享[16],何遂落拓如此?"

会有外来巫,以钱卜,悉知人运数[17]。敬诣之。巫,老妪也。寓室精洁,中设神座,香气常熏。商入朝拜讫,巫便索资。商授百钱,巫尽内木筒中,执跪座下,摇响如祈祷状。已而起,倾钱入手,而后于案上次第摆之。其法以字为否,幕为亨[18];数至五十八皆字,以后则尽幕矣。遂问:"庚甲几何[19]?"答:"二十八岁。"巫摇首曰:"早矣!早矣!官人现行者先人运,非本身运。五十八岁,方交本身运,始无盘错也[20]。"问:"何谓先人运?"曰:"先人有善,其福未尽,则后人享之;先人有不善,其祸未尽,则后人亦受之。"商屈指曰:"再三十年[21],齿已老耄,行就木矣。"巫曰:"五十八以前,便有五年回闰[22],略可营谋;然仅免饥寒耳。五十八之年,当有巨金自来,不须力求。官人生无过行,再世享之不尽也。"

别巫而返,疑信半焉。然安贫自守,不敢妄求。后至五十三岁,留意验之。时方东作[23],病痁不能耕[24]。既痊,天大旱,早禾尽枯。近秋方雨,家无别种,田数亩悉以种谷。既而又旱,荞菽半死[25],惟谷无恙;后得雨勃发,其丰倍焉。来春大饥,得以无馁。商以此信巫,从翁贷资,小权母子[26],辄小获;或劝作大贾,商不肯。追五十七岁,偶葺墙垣,掘地得铁釜;揭之,白气如絮,惧不敢发。移时,气尽,白镪满瓮。夫妻共运之,秤计一千三百二十五两。窃议巫术小舛[27]。邻人妻入商家,窥见之,归告夫。夫忌焉,潜告邑宰。宰最贪,拘商索金。妻欲隐其半,商曰:"非所宜得,留之贾祸[28]。"尽献之。宰得金,恐其漏匿,又追贮器,以金实之,满焉,乃释商。居无何,宰迁南昌同知[29]。逾岁,商以懋迁至南昌[30],则宰已死。妻子将归,货其粗重;有桐油若干篓,商以直贱,买之以归。既抵家,器有渗漏,泻注他器,则内有白金二铤;遍探皆然。兑之,适得前掘镪之数。商由此暴富,益赡贫穷,慷慨不吝。妻劝积贻子孙,商曰:"此即所以遗子孙也。"邻人赤贫至为丐,欲有所求,而心自愧。商闻而告之曰："昔日事，乃我时数未至，故鬼神假子手以败之，于汝何尤？"遂周给之。邻人感泣。后商寿八十，子孙承继，数世不衰。

异史氏曰："汰侈已甚，王侯不免，况庶人乎！生暴天物，死无含饭，可哀矣哉！幸而鸟死鸣哀[31]，子能干蛊[32]，穷败七十年，卒以中兴；不然，父孽累子，子复累孙，不至乞丐相传不止矣。何物老巫，遂发天之秘？呜呼！怪哉！"

据《聊斋志异》二十四卷抄本

---

〔1〕 河间：府名。治所在今河北河间县。
〔2〕 侈汰：奢侈放纵。
〔3〕 綦：甚。
〔4〕 革：皮肤。
〔5〕 募庄僧：指沿村庄募化的僧人。募，募化，僧尼等求人施舍财物。
〔6〕 暴殄（tiǎn 舔）天物：糟蹋残害天生万物。语出《书·武成》。此指任意浪费。
〔7〕 干：冒犯。
〔8〕 愆：过失。
〔9〕 治命：指父亲临终前清醒时所留的遗言。《左传·宣公十五年》："初，魏武子有嬖妾，无子。武子疾，命颗曰：'必嫁是。'疾病则曰：'必以为殉。'及卒，颗嫁之，曰：'疾病则乱，吾从其治也。'及辅氏之役，颗见老人结草以亢杜回，杜回踬而颠，故获之。夜梦之曰：'余，所嫁妇人之父也。尔用先人之治命，余是以报。'"颗，魏武子之子。
〔10〕 亏其母：谓亏本。亏，亏损。母，本钱。
〔11〕 瞿然：吃惊的样子。语出《庄子·徐无鬼》。
〔12〕 结来世驴马债：迷信谓此生欠债不还，来世变作驴马偿还。
〔13〕 货资盈辇：购置的财货，装满一车。盈辇，满车。

- [14] 飓(jù 巨):大风。
- [15] 奉身而退:谓恭敬地退出。
- [16] 亨:此据青柯亭刻本,原作"享"。
- [17] 运数:即命运。
- [18] "其法"二句:谓其以钱占卜,方法是以钱的反正面来说明运气的好坏。古时钱币,正面铸字,背面铸有图形。否,《易》卦名,卦象坤上乾下,表示天地不交,上下隔阂,闭塞不通,因以指命运坏、事情不顺利。幕,钱币的背面。《汉书·西域传》:"以金银为钱,文为骑马,幕为人面。"亨,顺利通达。《易·坤》:"品物咸亨。"
- [19] 庚甲:年岁的代称。
- [20] 盘错:盘曲交错。
- [21] 三十年:此据青柯亭刻本,原作"二十年"。
- [22] 五年回闰:此据青柯亭刻本,原无"五年"二字。
- [23] 时方东作:谓当开始春耕之时。《书·尧典》:"平秩东作。"孔颖达疏:"岁起于东而始就耕,谓之东作。"
- [24] 病痁(shān 苫):患疟疾。痁,疟疾。
- [25] 荞菽:荞麦、豆类。
- [26] 权子母:此指做生意。
- [27] 小舛:小的差错。
- [28] 贾祸:招致祸患。贾,招致。
- [29] 南昌同知:南昌府同知。南昌,府名,治所即今江西南昌市。清代府、州同知,为知府、知州的佐官。
- [30] 懋迁:犹贸易。懋,通"贸"。语出《书·益稷》。
- [31] 鸟死鸣哀:即所谓"鸟之将死,其鸣也哀;人之将死,其言也善"。见《论语·泰伯》。此指夏商之父临终"惜福力行"的遗言。
- [32] 干蛊:谓父母有过恶而子贤德以掩盖之。《易·蛊》:"初六,干父之蛊,有子,考无咎。"

姚　安

姚安,临洮人[1],美丰标[2]。同里宫姓,有女字绿娥,艳而知书,择偶不嫁。母语人曰:"门族丰采[3],必如姚某始字之[4]。"姚闻,绐妻窥井,挤堕之,遂娶绿娥。雅甚亲爱。然以其美也,故疑之:闭户相守,步辄缀焉;女欲归宁,则以两肘支袍,覆翼以出,入舆封志[5],而后驰随其后,越宿,促与俱归。女心不能善,忿曰:"若有桑中约[6],岂琐琐所能止也[7]!"姚以故他往,则扃女室中。女益厌之,俟其去,故以他钥置门外以疑之。姚见大怒,问所自来。女愤言:"不知!"姚愈疑,伺察弥严。

一日,自外至,潜听久之,乃开锁启扉,惟恐其响,悄然掩入。见一男子貂冠卧床上,忿怒,取刀奔入,力斩之。近视,则女昼眠畏寒,以貂覆面也。大骇,顿足自悔。宫翁忿质官。官收姚,褫衿苦械[8]。姚破产,以巨金赂上下,得不死。由此精神迷惘,若有所失。适独坐,见女与髯丈夫[9],狎亵榻上,恶之,操刀而往,则没矣;反坐,又见之。怒甚,以刀击榻,席褥断裂。愤然执刀,近榻以伺之,见女面立[10],视之而笑。遽斫之,立断其首;既坐,女不移处,而笑如故。夜间灭烛,则闻淫溺之声,亵不可言。日日如是,不复可忍,于是鬻其田宅,将卜居他所。至夜,偷儿穴壁入,劫金而去。自此贫无立锥,忿恚而死。里人藁葬之[11]。

异史氏曰:"爱新而杀其旧,忍乎哉!人止知新鬼为厉[12],而不知故鬼之夺其魄也。呜呼!截指而适其屦[13],不亡何待!"

据《聊斋志异》二十四卷抄本

----

〔1〕 临洮:县名,今属甘肃省。
〔2〕 丰标:风度仪态。
〔3〕 门族丰采:门第族望和风度神采。
〔4〕 字:旧称女子许嫁为字。
〔5〕 入舆封志:待其坐入轿中,即在轿门加上封条。舆,此指轿。
〔6〕 桑中约:男女私会。详《犬奸》注。
〔7〕 琐琐:琐碎卑微的举动。
〔8〕 褫衿苦械:扒掉学子衿服,施以酷刑。衿,青衿,学子服。械,枷锁、镣铐之类刑具。苦械,指用刑。
〔9〕 髯丈夫:长有络腮胡子的男子。髯,颊毛。
〔10〕 面立:对面而立。
〔11〕 藁葬:以苇席包裹而葬。藁,应作"槀"。
〔12〕 厉:恶鬼。
〔13〕 截指而适其屦(jù 据):即"截趾适履"。指,脚指,即"趾"。足大履小,截趾而适其屦,喻本末倒置,勉强求合。见《后汉书·荀爽传》。

采薇翁

明鼎革[1],干戈蜂起[2]。于陵刘芝生先生[3],聚众数万,将南渡。忽一肥男子诣栅门[4],敞衣露腹,请见兵主。先生延入与语,大悦之。问其姓名,自号采薇翁。刘留参帷幄[5],赠以刃。翁言:"我自有利兵,无须矛戟。"问:"兵何在?"翁乃捋衣露腹,脐大可容鸡子;忍气鼓之,忽脐中塞肤嗤然,突出剑跗[6];握而抽之,白刃如霜。刘大惊,问:"止此乎?"笑指腹曰:"此武库也,何所不有。"命取弓矢,又如前状,出雕弓一具;略一闭息,则一矢飞堕,其出不穷。已而剑插脐中,即都不见。刘神之,与同寝处,敬礼甚备。

时营中号令虽严,而乌合之群,时出剽掠[7]。翁曰:"兵贵纪律;今统数万之众,而不能镇慑人心,此败亡之道也[8]。"刘喜之,于是纠察卒伍,有掠取妇女财物者,枭以示众。军中稍肃,而终不能绝。翁不时乘马出,遨游部伍间,而军中悍将骄卒,辄首自堕地,不知何因。因共疑翁。前进严饬之策,兵士已畏恶之;至此益相憾怨。诸部领谮于刘曰:"采薇翁,妖术也。自古名将,止闻以智,不闻以术。浮云、白雀之徒[9],终致灭亡。今无辜将士,往往自失其首,人情汹惧;将军与处,亦危道也,不如图之。"刘从其言,谋俟其寝而诛之。使觇翁,翁坦腹方卧,鼻息如雷。众大喜,以兵绕舍,两人持刀入,断其头;及举刀,头已复合,息如故,大惊。又砍其腹;腹裂无血,其中戈矛森聚[10]，尽露其颖[11]。众益骇，不敢近；遥拨以矟[12]，而铁弩大发，射中数人。众惊散，白刘。刘急诣之，已杳矣。

据《聊斋志异》二十四卷抄本

----

〔1〕 鼎革：改朝换代。语本《易·杂卦》，革，去故也；鼎，取新也。
〔2〕 干戈蜂起：谓到处发生战乱。蜂起，如群蜂同时飞起，喻众多。语出《史记·项羽本纪》。
〔3〕 于（wū乌）陵：古地名。战国时齐于陵邑。汉置为县，隋后改长山县，在今山东邹平县境。
〔4〕 栅门：指军营之门。栅，栅栏。军队驻地结木为栅，以作营墙。
〔5〕 参帷幄：谓参谋军事。帷幄，军帐，幕府。《史记·高祖本纪》："夫运筹策帷帐之中，决胜千里之外，吾不如子房。"帷帐，同"帷幄"。
〔6〕 剑跗（fū夫）：剑把。跗，器物的足部，通"柎"。
〔7〕 剽掠：虏掠，抢劫。
〔8〕 也：原无此字，据青柯亭刻本补。
〔9〕 浮云、白雀之徒：指剑侠及神仙。据《太平广记》一九四《聂隐娘传》引《传奇》，剑侠妙手空空儿能隐身浮云，浑然无迹。《酉阳杂俎·诺皋记》上载渔阳人张坚曾罗得一白雀，后借其力而得登天。
〔10〕 森聚：直竖丛聚。
〔11〕 颖：尖。
〔12〕 矟（shuò朔）：同"槊"。《释名·释器》："矛长丈八尺曰矟，马上所持，言其矟矟便杀也。"

崔　猛

崔猛,字勿猛,建昌世家子[1]。性刚毅,幼在塾中,诸童稍有所犯,辄奋拳殴击,师屡戒不悛;名、字,皆先生所赐也。至十六七,强武绝伦,又能持长竿跃登夏屋[2]。喜雪不平,以是乡人共服之,求诉禀白者盈阶满室[3]。崔抑强扶弱,不避怨嫌;稍逆之,石杖交加,支体为残。每盛怒,无敢劝者。惟事母孝,母至则解。母谴责备至,崔唯唯听命,出门辄忘。比邻有悍妇,日虐其姑。姑饿濒死,子窃啖之[4];妇知,诟厉万端[5],声闻四院。崔怒,逾垣而过,鼻耳唇舌尽割之,立毙。母闻大骇,呼邻子极意温恤[6],配以少婢,事乃寝。母愤泣不食。崔惧,跪请受杖,且告以悔。母泣不顾。崔妻周,亦与并跪。母乃杖子,而又针刺其臂,作十字纹,朱涂之[7],俾勿灭。崔并受之。母乃食。

母喜饭僧道[8],往往餍饱之。适一道士在门,崔过之。道士目之曰:"郎君多凶横之气,恐难保其令终[9]。积善之家,不宜有此。"崔新受母戒,闻之,起敬曰:"某亦自知;但一见不平,苦不自禁。力改之,或可免否?"道士笑曰:"姑勿问可免不可免,请先自问能改不能改。但当痛自抑[10];如有万分之一[11],我告君以解死之术。"崔生平不信厌禳[12],笑而不言。道士曰:"我固知君不信。但我所言,不类巫觋[13],行之亦盛德[14];即或不效,亦无妨碍。"崔请教,乃曰:"适门外一后生,宜厚结之,即犯死罪,彼亦能活之也。"呼崔出,指示其人。盖赵氏儿,名僧哥。赵,南昌人[15],以岁祲饥,侨寓建昌。崔由是深相结,请赵馆于其家,供给优厚。僧哥年十二,登堂拜母,约为弟昆。逾岁东作[16],赵携家去。音问遂绝。

崔母自邻妇死,戒子益切,有赴诉者,辄摈斥之[17]。一日,崔母弟卒,从母往吊。途遇数人,絷一男子,呵骂促步[18],加以捶扑。观者塞途,舆不得进。崔问之,识崔者竞相拥告。先是,有巨绅子某甲者,豪横一乡,窥李申妻有色,欲夺之,道无由[19]。因命家人诱与博赌,贷以资而重其息,要使署妻于券[20],资尽复给。终夜,负债数千;积半年,计子母三十余千。申不能偿,强以多人篡取其妻。申哭诸其门。某怒,拉系树上,榜笞刺劌[21],逼立"无悔状[22]"。崔闻之,气涌如山,鞭马前向,意将用武。母搴帘而呼曰:"嘻[23]!又欲尔耶!"崔乃止。既吊而归,不语亦不食,兀坐直视[24],若有所嗔[25]。妻诘之,不答。至夜,和衣卧榻上,辗转达旦。次夜复然,忽启户出,辄又还卧。如此三四,妻不敢诘,惟慑息以听之。既而迟久乃反,掩扉熟寝矣。是夜,有人杀某甲于床上,剖腹流肠;申妻亦裸尸床下。官疑申,捕治之。横被残梏,踝骨皆见,卒无词[26]。积年余,不堪刑,诬服[27],论辟[28]。会崔母死。既殡,告妻曰:"杀甲者,实我也。徒以有老母故,不敢泄。今大事已了,奈何以一身之罪殃他人?我将赴有司死耳!"妻惊挽之,绝裾而去[29],自首于庭[30]。官愕然,械送狱,释申。申不可,坚以自承。官不能决,两收之[31]。戚属皆诮让申。申曰:"公子所为,是我欲为而不能者也。彼代我为之,而忍坐视其死乎?今日即谓公子未出也可。"执不异词,固与崔争。久之,衙门皆知其故,强出之,以崔抵罪,濒就决矣。会恤刑官赵部郎[32],案临阅囚[33],至崔名,屏人而唤之。崔入,仰视堂上,僧哥也。悲喜实诉。赵徘徊良久,仍令下狱,嘱狱卒善视之。寻以自首减等[34],充云南军。申为服役而去。未期年,援赦而归[35]:皆赵力也。

既归,申终从不去,代为纪理生业。予之资,不受。缘橦技击之术,颇以关怀。崔厚遇之,买妇授田焉。崔由此力改前行,每抚臂上刺痕,泫然流涕。以故乡邻有事,申辄矫命排解,不相禀白。有王监生者,家豪富,四方无赖不仁之辈[36],出入其门。邑中殷实者,多被劫掠;或迕之,辄遣盗杀诸途。子亦淫暴。王有寡婶,父子俱烝之[37]。妻仇氏,屡沮王,王缢杀之。仇兄弟质诸官,王赇嘱,以告者坐诬[38]。兄弟冤愤莫伸,诣崔求诉。申绝之使去。过数日,客至,适无仆,使申瀹茗。申默然出,告人曰:"我与崔猛朋友耳,从徙万里[39],不可谓不至矣;曾无廪给[40],而役同厮养[41],所不甘也!"遂忿而去。或以告崔。崔讶其改节,而亦未之奇也。申忽讼于官,谓崔三年不给佣值。崔大异之,亲与对状,申忿相争。官不直之,责逐而去。又数日,申忽夜入王家,将其父子婶妇并杀之,粘纸于壁,自书姓名;及追捕之,则亡命无迹。王家疑崔主使,官不信。崔始悟前此之讼,盖恐杀人之累己也。关行附近州邑[42],追捕甚急。会闯贼犯顺[43],其事遂寝。

及明鼎革[44],申携家归,仍与崔善如初。时土寇啸聚,王有从子得仁，集叔所招无赖，据山为盗，焚掠村疃。一夜，倾巢而至，以报仇为名。崔适他出；申破扉始觉，越墙伏暗中。贼搜崔、李不得，掳崔妻[45]，括财物而去[46]。申归，止有一仆，忿极，乃断绳数十段，以短者付仆，长者自怀之。嘱仆越贼巢，登半山，以火爇绳，散挂荆棘，即反勿顾。仆应而去。申窥贼皆腰束红带，帽系红绢，遂效其装。有老牝马初生驹，贼弃诸门外。申乃缚驹跨马[47]，衔枚而出[48]，直至贼穴。贼据一大村，申絷马村外，逾垣入。见贼众纷纭，操戈未释。申窃问诸贼，知崔妻在王某所。俄闻传令，俾各休息，轰然嗷应。忽一人报东山有火，众贼共望之；初犹一二点，既而多类星宿[49]。申屏息急呼东山有警。王大惊，束装率众而出。申乘间漏出其右，返身入内。见两贼守帐，绐之曰："王将军遗佩刀。"两贼竞觅。申自后斫之，一贼踣；其一回顾，申又斩之。竟负崔妻越垣而出。解马授辔，曰："娘子不知途，纵马可也。"马恋驹奔驶，申从之。出一隘口[50]，申灼火于绳，遍悬之，乃归。

次日，崔还，以为大辱，形神跳躁[51]，欲单骑往平贼。申谏止之。集村人共谋，众恇怯莫敢应[52]。解谕再四，得敢往二十馀人，又苦无兵[53]。适于得仁族姓家获奸细二，崔欲杀之，申不可；命二十人各持白梃，具列于前，乃割其耳而纵之。众怨曰："此等兵旅，方惧贼知，而反示之。脱其倾队而来，阖村不保矣[54]！"申曰："吾正欲其来也。"执匿盗者诛之。遣人四出，各假弓矢火铳，又诣邑借巨炮二。日暮，率壮士至隘口，置炮当其冲[55]；使二人匿火而伏，嘱见贼乃发。又至谷东口，伐树置崖上。已而与崔各率十馀人，分岸伏之[56]。一更向尽,遥闻马嘶,贼果大至,缧属不绝。俟尽入谷,乃推堕树木,断其归路。俄而炮发,喧腾号叫之声,震动山谷。贼骤退,自相践踏;至东口,不得出,集无隙地。两岸铳矢夹攻,势如风雨,断头折足者,枕藉沟中。遗二十馀人,长跪乞命。乃遣人絷送以归。乘胜直抵其巢。守巢者闻风奔窜,搜其辎重而还[57]。崔大喜,问其设火之谋。曰:"设火于东,恐其西追也;短,欲其速尽,恐侦知其无人也;既而设于谷口,口甚隘,一夫可以断之,彼即追来,见火必惧:皆一时犯险之下策也。"取贼鞫之,果追入谷,见火惊退。二十馀贼,尽劓刖而放之[58]。由此威声大震,远近避乱者从之如市,得土团三百馀人[59]。各处强寇无敢犯,一方赖之以安。

异史氏曰:"快牛必能破车[60],崔之谓哉!志意慷慨,盖鲜俪矣[61]。然欲天下无不平之事,宁非意过其通者与[62]?李申,一介细民[63],遂能济美。缘橦飞入,剪禽兽于深闺;断路夹攻,荡幺魔于隘谷。使得假五丈之旗[64],为国效命,乌在不南面而王哉[65]!"

据《聊斋志异》铸雪斋抄本

----

〔1〕 建昌:明清府名,治所在今江西省南城县。
〔2〕 夏屋:大屋。夏,大。
〔3〕 求诉禀白者:前来诉冤陈事的人。
〔4〕 窃啖之:暗地里送饭给母亲吃。
〔5〕 诟厉万端:怒斥辱骂,没完没了。厉,虐害。
〔6〕 温恤:好言劝慰。
〔7〕 朱:红色染料。

〔8〕 饭：施饭。
〔9〕 令终：善终，平安地终其天年。令，善，美。
〔10〕 痛自抑：严格地克制自己。
〔11〕 万分之一：万一，指万一惹下杀身之祸。
〔12〕 厌禳（yǎn ráng 掩攘）：用迷信的方法，祈祷鬼神，消除灾难。禳，除殃。
〔13〕 巫觋（xí 席）：装神弄鬼、代人祈祷消灾的人。巫，女巫。觋，男巫。
〔14〕 盛德：积德。
〔15〕 南昌：旧府名，治所在今江西省南昌市。
〔16〕 东作：春耕生产。《尚书·尧典》："寅宾日出，平秩东作。"《传》："岁起于东，而始就耕，谓之东作。"
〔17〕 摈斥：斥退，拒绝。
〔18〕 促步：催其行走。
〔19〕 道无由：找不到因由。道，理。
〔20〕 署妻于券：意谓签署契约，注明以妻为抵押。
〔21〕 榜笞刺剟（duō 多）：谓严刑拷打。《史记·张耳陈馀传》："吏治榜笞数千，刺剟，身无可击者，终不复言。"剟，刺。
〔22〕 "无悔状"：保证不再反悔的字据。
〔23〕 喈（jiè 介）：大声呵斥。
〔24〕 兀坐：独自端坐。
〔25〕 嗔（chēn 琛）：嗔怒；生气。
〔26〕 卒无词：始终没有招承。词，供词。
〔27〕 诬服：被迫衔冤认罪。
〔28〕 论辟：判处死刑。辟，大辟，斩首。
〔29〕 绝裾（jū 狙）：断绝襟袖，以示去意坚决。《世说新语·尤悔》：晋温峤受刘琨命，至江南奉表劝进，其"母崔氏固驻之，峤绝裾而去。"裾，衣服的襟袖。
〔30〕 庭：公庭，官府。
〔31〕 两收之：两人均入狱。收，拘押。
〔32〕 恤刑官：分赴各道，审理囚犯。见《明史·刑法志》。恤刑，慎用刑罚。

〔33〕 阅囚：也称"录囚"，审察并复勘已定罪的囚犯。
〔34〕 减等：减刑。等，量刑的等级。
〔35〕 援赦：根据赦令。
〔36〕 不仁：据二十四卷抄本，原作"不忍"。
〔37〕 烝（zhēng 征）：同母辈通奸，叫"烝"。
〔38〕 坐诬：治以诬陷之罪。
〔39〕 徙：徙边，流放。指上文所谓"充云南军"。
〔40〕 廪给：给以粮米，犹言给予工钱。
〔41〕 役同厮养：役使如同奴仆。厮养，旧时对仆役的贱称。
〔42〕 关行附近州邑：发出公函到附近州县。关，关文，古时官府间平行公文。
〔43〕 闯贼犯顺：指闯王李自成起义反明。犯顺，以逆反顺，造反作乱。称义军为"贼"、为"逆"这是作者的阶级偏见。
〔44〕 及明鼎革：指清朝取代明朝。鼎革，鼎和革都是《易》卦名，是更新、去故的意思，因用以代指改朝换代。
〔45〕 掳：据二十四卷抄本，原作"据"。
〔46〕 括：囊括。
〔47〕 缚驹跨马：指缚驹于家，跨牝马而去。
〔48〕 衔枚：不声不响的意思。枚，形如箸，两端有带，可系于颈。古时进军偷袭时，常令士兵衔在口中，以防喧哗。
〔49〕 多类星宿：多得像天上的星星。
〔50〕 隘口：险要的关口。
〔51〕 形神跳躁：暴跳如雷，情绪烦躁。形，指形体。神，指精神。
〔52〕 恇（kuāng 匡）：懦弱，胆怯。
〔53〕 兵：兵器。
〔54〕 阁：据二十四卷本，原作"阖"。
〔55〕 冲：冲要之处。
〔56〕 岸：指山谷两侧。
〔57〕 辎：据二十四卷抄本，原作"锱"。
〔58〕 劓刖（yì yuè 义月）：割鼻、断足，均为古代酷刑。
〔59〕 土团：犹言"乡团"、"乡勇"。

〔60〕 快牛必能破车:意谓刚勇盛气之人,必然惹祸招灾。《晋书·石季龙载记》:石虎年轻时喜游荡,好驰猎,多次以弹伤人。其从父石勒欲杀之。勒母曰:"快牛为犊子时,多能破车,汝当小忍之。"快牛,快而有力的牛,喻盛气的人。
〔61〕 俪:并列,比并。
〔62〕 意过其通:意谓主观所想超过常理。通,通常的道理。
〔63〕 一介细民:一个普通小民。介,通"个"。
〔64〕 假五丈之旗:古时武臣出镇则建军前大旗;此谓朝廷授以军权。五丈旗,大旗,见《史记·秦始皇本纪》;此指主帅之大纛。
〔65〕 乌在不南面而王(wàng 旺)哉:意谓无论南征北讨,都能建功受爵。南面,古时以坐北面南为尊,后来泛指帝王或重臣的统治为"南面"。王,君临,统治。

诗 谳

青州居民范小山,贩笔为业,行贾未归[1]。四月间,妻贺氏独居,夜为盗所杀。是夜微雨,泥中遗诗扇一柄,乃王晟之赠吴蜚卿者。晟,不知何人;吴,益都之素封,与范同里,平日颇有佻达之行,故里党共信之。郡县拘质,坚不伏,惨被械梏,诬以成案;驳解往复[2],历十馀官,更无异议。吴亦自分必死,嘱其妻罄竭所有[3],以济茕独[4]。有向其门诵佛千者,给以絮裤[5];至万者絮袄:于是乞丐如市,佛号声闻十馀里。因而家骤贫,惟日货田产以给资斧。阴赂监者使市鸩[6]。夜梦神人告之曰:"子勿死,曩日'外边凶',目下'里边吉'矣。"再睡,又言,以是不果死。

未几,周元亮先生分守是道[7],录囚至吴[8],若有所思。因问:"吴某杀人,有何确据?"范以扇对。先生熟视扇,便问:"王晟何人?"并云不知。又将爰书细阅一过[9],立命脱其死械,自监移之仓[10]。范力争之。怒曰:"尔欲妄杀一人便了却耶?抑将得仇人而甘心耶?"众疑先生私吴,俱莫敢言。先生标朱签[11],立拘南郭某肆主人。主人惧,莫知所以。至则问曰:"肆壁有东莞李秀诗[12],何时题耶?"答云:"旧岁提学案临,有日照二三秀才[13],饮醉留题,不知所居何里。"遂遣役至日照,坐拘李秀[14]。数日,秀至。怒曰:"既作秀才,奈何谋杀人?"秀顿首错愕,曰:"无之!"先生掷扇下,令其自视,曰:"明系尔作,何诡托王晟?"秀审视,曰:"诗真某作,字实非某书。"曰:"既知汝诗,当即汝友。谁书者?"秀曰:"迹似沂州王佐[15]。"乃遣役关拘王佐[16]。佐至,呵问如秀状。佐供:"此益都铁商张成索某书者,云晟其表兄也。"先生曰:"盗在此矣。"执晟至,一讯遂伏。

先是,晟窥贺美,欲挑之,恐不谐。念托于吴,必人所共信,故伪为吴扇,执而往。谐则自认,不谐则嫁名于吴,而实不期至于杀也。逾垣入,逼妇。妇因独居,常以刃自卫。既觉,捉晟衣,操刀而起。晟惧,夺其刀。妇力挽,令不得脱,且号。晟益窘,遂杀之,委扇而去[17]。三年冤狱,一朝而雪,无不诵神明者。吴始悟"里边吉"乃"周"字也。然终莫解其故。

后邑绅乘间请之[18],笑曰:"此最易知。细阅爰书,贺被杀在四月上旬;是夜阴雨,天气犹寒,扇乃不急之物,岂有忙迫之时,反携此以增累者,其嫁祸可知。向避雨南郭,见题壁诗与箑头之作[19],口角相类[20],故妄度李生,果因是而得真盗。"闻者叹服。

异史氏曰:"天下事入之深者[21],当其无有有之用[22]。词赋文章,华国之具也[23],而先生以相天下士[24],称孙阳焉[25]。岂非入其中深乎?而不谓相士之道,移于折狱[26]。《易》曰:'知几其神。'[27]先生有之矣。"

据《聊斋志异》铸雪斋抄本

---

〔1〕 行贾:在外经商。

〔2〕 驳解往复:指地方及上级官府反复审理。驳,驳勘,指上级官府驳回原判,重行复审。解,解勘,指重罪要犯由地方解送上级逐层审勘。
〔3〕 罄竭所有:竭尽全部资财。罄,尽。
〔4〕 济茕(qióng琼)独:指行善。济,救济。茕独,孤独无靠的人。
〔5〕 絮裤:棉裤。
〔6〕 市鸩(zhèn振):买毒酒;谓意欲自尽。鸩,鸟名,其羽有毒,浸酒饮之即死。
〔7〕 周元亮:明末清初人,名亮工,字栎园,河南祥符(今开封市)人,明崇祯十三年进士,授监察御史。仕清后,官福建布政使等职。后被劾罢官。康熙元年起用,补山东青州海防道。见《山东通志》卷七十四。后文云"分守是道",当指此。
〔8〕 录囚:也称"阅囚",见《崔猛》注。
〔9〕 爰(yuán原)书:古时记录囚犯供词的文书。
〔10〕 自监移之仓:由内牢移至外监。清制,监狱分内、外监,"死囚禁内监;军流以下禁外监。"见《清会典·刑部·刑制》。仓,罪犯监禁之所,指外监。《未信编》:"罪有轻重之分,则禁有监仓之别。"
〔11〕 标:书写。指写上欲拘者姓名、地址。朱签:红色竹签,为旧时官府交给差役拘捕犯人的凭证。
〔12〕 东莞(guǎn馆):古县名,西汉置,治所在今山东省沂水;南朝宋,治所改移至今山东莒县。
〔13〕 日照:县名,金置。魏晋以后,旧地属莒县,故日照李秀可称东莞人。
〔14〕 坐拘:犹言立即拘捕。坐,坐等、坐致。
〔15〕 迹:字迹。沂州:州名,治所在今山东临沂县。清雍正时,升为府。
〔16〕 关拘:发公函拘捕。关,指"关文",旧时官府的平行公文。青州和沂州平级,故用"关文"。
〔17〕 委:丢弃。
〔18〕 乘间(jiàn涧)请之:找个机会请教于周元亮。
〔19〕 箑(shà霎,又读 jié节)头:扇上。箑,扇子。
〔20〕 口角相类:语气相近。口角,犹言"口吻"。

〔21〕 入之深:指深入事物本质。
〔22〕 当其无有有之用:意谓深入事理的人,能于无以为用之处,发现它的作用。《老子》十一章:"三十辐共一毂,当其无,有车之用。……故有之以为利,无之以为用。"此处化用其义。
〔23〕 华国之具:用以为国家增光添彩。陆云《张二侯颂》:"文敏足以华国,威略足以振众。"
〔24〕 以相(xiàng向)天下士:意谓根据众多读书人所写的文章来观测他们各自的性行和命运。相,观察,鉴别。
〔25〕 称孙阳焉:被称为伯乐式的人物。孙阳,春秋秦穆公时人,一名伯乐,善相马。
〔26〕 折狱:断案。
〔27〕 "知几(jī机)其神":《易·系辞下》:"知几其神乎!"知几,知道事物发生变化的隐微因素或迹兆。神,神妙,神理。

鹿 衔 草

关外山中多鹿[1]。土人戴鹿首,伏草中,卷叶作声,鹿即群至。然牡少而牝多。牡交群牝,千百必遍,既遍遂死。众牝嗅之,知其死,分走谷中,衔异草置吻旁以熏之,顷刻复苏。急鸣金施铳[2],群鹿惊走。因取其草,可以回生。

据《聊斋志异》铸雪斋抄本

[1] 关外:山海关以外,泛指我国东北地区。
[2] 铳(chòng 冲):火铳,一种火器。《清会典》:"凡火器之小者曰铳。"

小　棺

天津有舟人某,夜梦一人教之曰:"明日有载竹笥赁舟者[1],索之千金;不然,勿渡也。"某醒,不信。既寐,复梦,且书"顾、颙、颾"三字于壁,嘱云:"倘渠吝价,当即书此示之。"某异之。但不识其字,亦不解何意。

次日,留心行旅。日向西,果有一人驱骡载笥来,问舟。某如梦索价。其人笑之。反复良久,某牵其手,以指书前字。其人大愕,即刻而灭。搜其装载,则小棺数万馀,每具仅长指许,各贮滴血而已。某以三字传示遐迩,并无知者。未几,吴逆叛谋既露[2],党羽尽诛,陈尸几如棺数焉。徐白山说。

据《聊斋志异》铸雪斋抄本

---

[1]　竹笥:竹制方形盛器。
[2]　吴逆:指吴三桂。见《男生子》"吴藩"注。逆,叛逆。吴三桂于清康熙十一年(1672)举兵反清,事详《清史稿》本传。

邢子仪

滕有杨某[1],从白莲教党[2],得左道之术[3]。徐鸿儒诛后,杨幸漏脱,遂挟术以遨[4]。家中田园楼阁,颇称富有。至泗上某绅家[5],幻法为戏,妇女出窥。杨睨其女美,归谋摄取之。其继室朱氏,亦风韵,饰以华妆,伪作仙姬;又授木鸟,教之作用[6];乃自楼头推堕之。朱觉身轻如叶,飘飘然凌云而行。无何,至一处,云止不前,知已至矣。是夜,月明清洁,俯视甚了。取木鸟投之,鸟振翼飞去,直达女室。女见彩禽翔入,唤婢扑之,鸟已冲帘出。女追之,鸟堕地作鼓翼声;近逼之,扑入裙底;展转间,负女飞腾,直冲霄汉。婢大号。朱在云中言曰:"下界人勿须惊怖,我月府姮娥也[7]。渠是王母第九女,偶谪尘世。王母日切怀念[8],暂招去一相会聚,即送还耳。"遂与结襟而行。方及泗水之界[9],适有放飞爆者,斜触鸟翼;鸟惊堕,牵朱亦堕,落一秀才家。

秀才邢子仪,家赤贫而性方鲠[10]。曾有邻妇夜奔,拒不纳。妇衔愤去,谮诸其夫,诬以挑引。夫固无赖,晨夕登门诟辱之。邢因货产,僦居别村。有相者顾某,善决人福寿,邢踵门叩之[11]。顾望见笑曰:"君富足千钟,何着败絮见人[12]?岂谓某无瞳耶?"邢嗤妄之。顾细审曰:"是矣。固虽萧索,然金穴不远矣。"邢又妄之。顾曰:"不惟暴富,且得丽人。"邢终不以为信。顾推之出,曰:"且去且去,验后方索谢耳。"是夜,独坐月下,忽二女自天降,视之,皆丽姝。诧为妖,诘问之,初不肯言。邢将号召乡里,朱惧,始以实告,且嘱勿泄,愿终从焉。邢思世家女不与妖人妇等,遂遣人告其家。其父母自女飞升,零涕惶惑;忽得报书,惊喜过望,立刻命舆马星驰而去。报邢百金,携女归。

邢得艳妻,方忧四壁,得金甚慰。往谢顾。顾又审曰:"尚未尚未。泰运已交[13],百金何足言!"遂不受谢。先是,绅归,请于上官捕杨。杨预遁,不知所之,遂籍其家[14],发牒追朱。朱惧,牵邢饮泣。邢亦计窘,始赂承牒者,赁车骑携朱诣绅,哀求解脱。绅感其义,为竭力营谋,得赎免;留夫妻于别馆,欢如戚好。绅女幼受刘聘;刘,显秩也[15],闻女寄邢家信宿[16],以为辱,反婚书,与女绝姻。绅将议姻他族;女告父母,誓从邢。邢闻之喜;朱亦喜,自愿下之。绅忧邢无家,时杨居宅从官货,因代购之。夫妻遂归,出囊金,粗治器具,蓄婢仆,旬日耗费已尽。但冀女来,当复得其资助。一夕,朱谓邢曰:"孽夫杨某,曾以千金埋楼下,惟妾知之。适视其处,砖石依然,或窖藏无恙。"往共发之,果得金。因信顾术之神,厚报之。后女于归[17],妆资丰盛,不数年,富甲一郡矣。

异史氏曰:"白莲歼灭而杨独不死,又附益之[18],几疑恢恢者疏而且漏矣[19]。孰知天留之,盖为邢也。不然,邢即否极而泰[20],亦恶能仓卒起楼阁、累巨金哉?不爱一色,而天报之以两。呜呼!造物无言[21],而意可知矣。"

据《聊斋志异》铸雪斋抄本

〔1〕 滕:县名,今属山东省。
〔2〕 白莲教:佛教宗派之一,又叫闻香教。元末以来常为农民起义所利用。下文徐鸿儒,即明天启年间,以白莲教主身份为山东农民起义领袖。详《白莲教》注。
〔3〕 左道:邪道。
〔4〕 遨:游。
〔5〕 泗上:泗水之滨。泗水,也叫泗河,源于山东泗水县陪尾山,古时流经山东曲阜、江苏徐州入淮。
〔6〕 作用:启动、使用之法。
〔7〕 月府姮娥:即月中女神嫦娥,详《劳山道士》注。
〔8〕 王母:古代神话中的西方女神。旧时小说演绎为玉帝(天帝)之后。
〔9〕 泗水:县名,今属山东省。
〔10〕 方鲠(gěng 梗):正直。鲠,通"骾",刚直。
〔11〕 踵门叩之:亲至其门叩问。
〔12〕 败絮:破烂的棉絮,指破烂衣服。
〔13〕 泰运:吉祥的运气。泰,《易》卦名。《易·泰》:"天地交,泰。"又《象》:"泰,小往大来吉亨,天地交而万物通也。"引申为安宁、顺通。
〔14〕 籍其家:抄没其家产。籍,簿册,抄家时将其家产一一登记入册。
〔15〕 显秩:显要之官。
〔16〕 信宿:再宿,两宿。
〔17〕 于归:出嫁。
〔18〕 附益:此指聚敛暴富。《论语·先进》:"季氏富于周公,而求也为之聚敛而附益之。"
〔19〕 "几疑"句:几乎怀疑天网疏漏将其放掉。《老子》:"天网恢恢,疏而不失。"喻天道广大,无所不包。
〔20〕 否(pǐ 匹)极而泰:运气坏到极点即转而通泰。否、泰,均《易》卦名,旧时指命运的好坏、事情的顺逆。《易·否》:"天地不交,否。"天地不交,则上下相隔,闭塞不通。
〔21〕 造物:创造万物,指大自然。

李　生

　　商河李生[1],好道[2]。村外里馀,有兰若[3];筑精舍三楹[4],跌坐其中。游食缁黄[5],往来寄宿,辄与倾谈,供给不厌。一日,大雪严寒,有老僧担囊借榻,其词玄妙。信宿将行[6],固挽之,留数日。适生以他故归,僧嘱早至,意将别生。鸡鸣而往,扣关不应。逾垣入,见室中灯火荧荧,疑其有作,潜窥之。僧趣装矣,一瘦驴縶灯檠上[7]。细审,不类真驴,颇似殉葬物;然耳尾时动,气咻咻然。俄而装成,启户牵出。生潜尾之。门外原有大池,僧系驴池树,裸入水中,遍体掬濯已;着衣牵驴入,亦濯之。既而加装超乘[8],行绝驰[9]。生始呼之。僧但遥拱致谢,语不及闻,去已远矣。王梅屋言:李其友人。曾至其家,见堂上额书"待死堂",亦达士也。

据《聊斋志异》铸雪斋抄本

----

〔1〕 商河:县名,今属山东省。
〔2〕 道:此指佛法。
〔3〕 兰若:佛寺。详《画壁》注。
〔4〕 精舍:此指居士诵经修行的斋舍。三楹:三间。楹,量词,屋一间为一楹。
〔5〕 游食缁黄:指四方云游的僧道。僧人缁(黑色)服,道士黄冠,合称"缁黄"。

〔6〕 信宿:两宿。
〔7〕 灯檠(qíng 情):灯架。
〔8〕 超乘:本指跳跃上车,见《左传·僖公三十三年》,此指腾身跨上驴背。
〔9〕 绝驶:谓驴足不点地,飞奔而去。绝,绝尘。驶,驰。

陆押官

赵公，湖广武陵人[1]，官宫詹[2]，致仕归[3]。有少年伺门下，求司笔札[4]。公召入，见其人秀雅；诘其姓名，自言陆押官。不索佣值。公留之，慧过凡仆[5]。往来笺奏[6]，任意裁答[7]，无不工妙。主人与客弈，陆睨之，指点辄胜。赵益优宠之。

诸僚仆见其得主人青目[8]，戏索作筵。押官许之，问："僚属几何？"会别业主计者约三十馀人[9]，众悉告之数以难之。押官曰："此大易。但客多，仓卒不能遽办，肆中可也。"遂遍邀诸侣，赴临街店。皆坐。酒甫行，有按壶起者曰："诸君姑勿酹，请问今日谁作东道主？宜先出资为质，始可放情饮啖；不然，一举数千，哄然都散，向何取偿也？"众目押官。押官笑曰："得无谓我无钱耶？我固有钱。"乃起，向盆中捻湿面如拳，碎掐置几上；随掷，遂化为鼠，窜动满案。押官任捉一头，裂之，啾然腹破，得小金；再捉，亦如之。顷刻鼠尽，碎金满前，乃告众曰："是不足供饮耶？"众异之，乃共恣饮。既毕，会直三两馀。众秤金，适符其数。众索一枚怀归，白其异于主人。主人命取金，搜之已亡。反质肆主，则偿资悉化蒺藜。仆白赵，赵诘之。押官曰："朋辈逼索酒食，囊空无资。少年学作小剧[10]，故试之耳。"众复责偿。押官曰："某村麦穰中，再一簸扬，可得麦二石，足偿酒价有馀也。"因浼一人同去。某村主计者将归，遂与偕往。至则净麦数斛，已堆场中矣。众以此益奇押官。

一日，赵赴友筵，堂中有盆兰甚茂，爱之。归犹赞叹之。押官曰："诚爱此兰，无难致者。"赵犹未信。凌晨至斋，忽闻异香蓬勃，则有兰花一盆，箭叶多寡，宛如所见。因疑其窃，审之。押官曰："臣家所蓄，不下千百，何须窃焉？"赵不信。适某友至，见兰惊曰："何酷肖寒家物[11]！"赵曰："余适购之，亦不识所自来。但君出门时，见兰花尚在否？"某曰："我实不曾至斋，有无固不可知。然何以至此？"赵视押官，押官曰："此无难辨：公家盆破，有补缀处；此盆无也。"验之始信。夜告主人曰："向言某家花卉颇多，今屈玉趾，乘月往观。但诸人皆不可从，惟阿鸭无害。"——鸭，宫詹僮也。遂如所请。公出，已有四人荷肩舆[12]，伏候道左。赵乘之，疾于奔马。俄顷入山，但闻奇香沁骨。至一洞府，见舍宇华耀，迥异人间；随处皆设花石，精盆佳卉，流光散馥，即兰一种，约有数十馀盆，无不茂盛。观已，如前命驾归。

押官从赵十馀年。后赵无疾卒，遂与阿鸭俱出，不知所往。

据《聊斋志异》铸雪斋抄本

------

〔1〕 湖广武陵：指湖南常德府武陵县，即今湖南常德市。
〔2〕 宫詹：即詹事，秦置官，掌皇后、太子家事。明清皆置詹事府，设詹事及少詹事，掌太子（东宫）事，为三、四品官。
〔3〕 致仕：纳还其官职。《公羊传·宣公元年》"致仕"《注》："还禄于君。"一般指告老辞官，还归乡里。
〔4〕 司笔札：主管文书之事。
〔5〕 凡仆：一般的奴仆。

〔6〕 笺奏：书信、奏疏。
〔7〕 裁答：裁笺作答。
〔8〕 青目：看重，另眼相看。意同"青眼"。
〔9〕 别业：即别墅。主计者：主管财物账目的仆人。
〔10〕 小剧：此谓小戏法，今称魔术。
〔11〕 寒家：贫寒之家，谦词。
〔12〕 肩舆：小轿。

蒋 太 史

蒋太史超[1],记前世为峨嵋僧[2],数梦至故居庵前潭边濯足。为人笃嗜内典[3],一意台宗[4],虽早登禁林[5],常有出世之想。假归江南,抵秦邮[6],不欲归。子哭挽之,弗听。遂入蜀,居成都金沙寺;久之,又之峨嵋,居伏虎寺,示疾恒化[7]。自书偈云[8]:"翛然猿鹤自来亲,老衲无端堕业尘[9]。妄向镬汤求避热,那从大海去翻身[10]。功名傀儡场中物,妻子骷髅队里人[11]。只有君亲无报答,生生常自祝能仁[12]。"

据《聊斋志异》铸雪斋抄本

------

〔1〕 蒋太史超:蒋超,曾任翰林修撰。王士禛《池北偶谈》云:"(蒋超)金坛人,自号华阳山人。……祖母梦峨嵋山老僧而生。生数岁,尝梦身是老僧,所居茅屋一间;屋后流泉达之,时伸一足入泉洗濯;其上高山造天。……顺治丁亥,先生年二十三,以一甲第三人及第。入翰林二十馀载,率山居;仅自编修进修撰,终于史官。……晚自史馆以病请告,不归江南,附楚舟上峡,入峨嵋。以癸丑正月,卒于峨嵋之伏虎寺。临化有诗云……"
〔2〕 峨嵋:山名,也作"峨眉",在今四川峨眉县西南。山势雄伟,有两峰相对如峨眉,故名。
〔3〕 内典:佛教指称佛经。
〔4〕 台宗:盖指天台宗。中国佛教宗派,由陈隋之际的智者大师智颉所

创始。智𫖮居浙江天台山，因称其流派为天台宗，又因其以《法华经》为教义根据，又称法华宗。其讲论佛法，以反省观心为主，故亦称性宗。盛行于唐代，并曾传入日本、朝鲜等国。

〔5〕禁林：翰林院的别称。苏辙《辞召试中书舍人》："内外两制素号要途，兄轼顷已擢在禁林，臣今安敢复据西掖。"

〔6〕秦邮：地名，即今江苏高邮县。古称邗沟，因秦筑台置邮亭，故名。

〔7〕示疾怛化：佛家谓患病逝去。示疾，佛家语。佛菩萨及高僧生病，都说"示疾"，谓示现有疾。因为有道之人生存在世间，是应机缘而显示的形体；病亦为他显示给世人的现象，故曰"示疾"。怛化，意谓不要惊动垂死之人。《庄子·大宗师》："俄而子来有病，喘喘然将死，其妻子环而泣之。子犁往问之，曰：'叱！避，无怛化。'"后因称死亡为"怛化"。

〔8〕偈（jì计）：梵语"偈陀"的简称，佛经中的颂词，和尚坐化时所作之偈，多是悟道之语。

〔9〕"翛（xiāo消）然"二句：谓自身本是超然世外的僧人，却无缘无故地堕入世俗尘网之中。翛然，自然超脱的样子。《庄子·大宗师》："翛然而往，翛然而来而已矣。"《释文》："向（秀）云：翛然，自然无心而自尔之谓。"老衲，僧人自称。业尘，指尘世、世间。

〔10〕"妄向"二句：谓堕入尘俗就像到滚油锅中避热一样，岂能使自己脱离世俗这茫茫苦海。镬汤，滚油。镬，锅。大海，即苦海。佛教谓人间烦恼，苦深如海。翻身，从困苦中得到解脱。

〔11〕"功名"二句：谓在尘世所追求的功名富贵，不过像戏场中被人戏耍的木偶。娇妻爱子，最终也不过是一堆枯骨而已。傀儡，木偶人。

〔12〕"只有"二句：谓逃脱尘世无以报答君主和双亲的恩情，只有生生世世求佛庇佑他们了。君亲，指君主、父母。生生，犹言生生世世。佛教指轮回。庾信《陕州弘农五张寺经藏碑》："盖闻如来说法，万万恒沙，菩萨转轮，生生世界。"能仁，释迦牟尼佛。参见《翻译名义集·道别三身》。

邵士梅

邵进士,名士梅[1],济宁人。初授登州教授[2],有二老秀才投刺,睹其名,似甚熟识;凝思良久,忽悟前身。便问斋夫[3]:"某生居某村否?"又言其丰范[4],一一吻合。俄两生入,执手倾语,欢若平生。谈次,问高东海况。二生曰:"狱死二十馀年矣,今一子尚存。此乡中细民[5],何以见知?"邵笑云:"我旧戚也。"先是,高东海素无赖;然性豪爽,轻财好义。有负租而鬻女者[6],倾囊代赎之。私一媪,媪坐隐盗,官捕甚急,逃匿高家。官知之,收高,备极榜掠,终不服,寻死狱中。其死之日,即邵生辰。后邵至某村,恤其妻子,远近皆知其异。此高少宰言之[7],即高公子冀良同年也[8]。

据《聊斋志异》铸雪斋抄本

---

[1] 邵士梅:字峰晖,山东济宁(今济宁市)人,顺治十五年(1658)进士。王士禛《池北偶谈》、陆次山《邵士梅传》均载其生平,并详述与其妻三世为夫妇的迷信传闻。
[2] 登州:府名,明清时治所在今山东蓬莱县。教授:明清府学学官。
[3] 斋夫:学舍杂役。斋,书舍。
[4] 丰范:容貌风度。
[5] 细民:犹小民。
[6] 负租:欠租。
[7] 高少宰:指高珩(1612—1697),字念东,山东淄川(今淄博市淄川

区)人,崇祯年间进士。仕清为秘书院检讨,历官至礼部右侍郎、吏部左右侍郎、刑部侍郎。著有《荒政考略》、《栖云阁诗文集》。少宰,明清对吏部侍郎的别称。生平详《淄川县志》、《碑传集》四三。

〔8〕 高公子冀良:即高之騊,字冀良,高珩长子。顺天甲午科(1654)举人,辛丑(1661)成进士,曾任贵州平越县知县。生平详《淄川县志》。

顾　生

江南顾生[1],客稷下[2],眼暴肿,昼夜呻吟,罔所医药。十馀日,痛少减。乃合眼时[3],辄睹巨宅:凡四五进,门皆洞辟[4];最深处有人往来,但遥睹不可细认。一日,方凝神注之,忽觉身入宅中,三历门户,绝无人迹。有南北厅事[5],内以红毡贴地。略窥之,见满屋婴儿,坐者、卧者、膝行者,不可数计。愕疑间,一人自舍后出,见之曰:"小王子谓有远客在门,果然。"便邀之。顾不敢入,强之乃入。问:"此何所?"曰:"九王世子居。世子疟疾新瘥,今日亲宾作贺,先生有缘也。"言未已,有奔至者,督促速行。

俄至一处,雕榭朱栏,一殿北向,凡九楹。历阶而升,则客已满座。见一少年北面坐,知是王子,便伏堂下。满堂尽起。王子曳顾东向坐。酒既行,鼓乐暴作,诸妓升堂,演"华封祝"[6]。才过三折[7],逆旅主人及仆唤进午餐,就床头频呼之。耳闻甚真,心恐王子知,遂托更衣而出。仰视日中夕,则见仆立床前,始悟未离旅邸。心欲急返,因遣仆阖扉去。甫交睫,见宫舍依然,急循故道而入。路经前婴儿处,并无婴儿,有数十媪蓬首驼背,坐卧其中。望见顾,出恶声曰:"谁家无赖子,来此窥伺!"顾惊惧,不敢置辨,疾趋后庭,升殿即坐。见王子颔下添髭尺馀矣。见顾,笑问:"何往?剧本过七折矣。"因以巨觥示罚。移时曲终,又呈齣目[8]。顾点"彭祖娶妇[9]"。妓即以椰瓢行酒，可容五斗许。顾离席辞曰："臣目疾，不敢过醉。"王子曰："君患目，有太医在此，便合诊视。"东座一客，即离坐来，两指启双眦，以玉簪点白膏如脂，嘱合目少睡。王子命侍儿导入复室，令卧；卧片时，觉床帐香软，因而熟眠。居无何，忽闻鸣钲锽聒[10]，即复惊醒。疑是优戏未毕；开目视之，则旅舍中狗舐油铛也。然目疾若失。再闭眼，一无所睹矣。

据《聊斋志异》铸雪斋抄本

----

〔1〕 江南：省名，清顺治二年（1645）置，治所在江宁府（今江苏南京市）。康熙六年（1667）分置为江苏、安徽两省。后仍称这两省为江南。

〔2〕 稷下：战国齐国都城临淄（今山东淄博市临淄区）城的稷门，此指济南府城，即今山东济南市，蒲松龄诗有《稷下吟》可证。

〔3〕 乃：才。

〔4〕 洞辟：敞开。

〔5〕 厅事：官府的办公处所。

〔6〕 华封祝：即"华封三祝"。华封人祝帝尧长寿、富有、多子，后人因称"华封三祝"。见《庄子·天地》。此似指剧名，未详。

〔7〕 折：元杂剧剧本结构的一个段落。折是音乐单元，即每折用一个宫调的若干曲子联成一个整套，一韵到底，同时它也是故事发展的自然段落。

〔8〕 齣（chū 出）目：犹言戏单。杂剧一折即一齣。

〔9〕 彭祖：传说为颛顼帝之后。姓籛名铿，尧将其封于彭城。寿七百（或云八百）岁。因其道可祖，故称之为彭祖。

〔10〕 鸣钲（zhēng 争）锽（huáng 皇）聒：谓锣鼓乱响。钲，锣。锽聒，谓钟鼓之声聒耳。锽，锽锽，钟鼓之音。

陈锡九

陈锡九,邳人[1]。父子言,邑名士。富室周某,仰其声望,订为婚姻。陈累举不第,家业萧条,游学于秦[2],数年无信。周阴有悔心。以少女适王孝廉为继室;王聘仪丰盛,仆马甚都[3]。以此愈憎锡九贫,坚意绝昏[4];问女,女不从。怒,以恶服饰遣归锡九。日不举火,周全不顾恤。一日,使佣媪以榼饷女[5],入门向母曰:"主人使某视小姑姑饿死否。"女恐母惭,强笑以乱其词。因出榼中肴饵,列母前。媪止之曰:"无须尔!自小姑入人家,何曾交换出一杯温凉水?吾家物,料姥姥亦无颜唼嗫得。"母大恚,声色俱变。媪不服,恶语相侵。纷纭间,锡九自外入,讯知大怒,撮毛批颊,挞逐出门而去。次日,周来逆女,女不肯归;明日又来,增其人数,众口呶呶,如将寻斗。母强劝女去。女潸然拜母,登车而去。过数日,又使人来逼索离婚书,母强锡九与之。惟望子言归,以图别处。周家有人自西安来,知子言已死,陈母哀愤成疾而卒。

锡九哀迫中,尚望妻归;久而渺然,悲愤益切。薄田数亩,鬻治葬具。葬毕,乞食赴秦,以求父骨。至西安,遍访居人。或言数年前有书生死于逆旅,葬之东郊,今冢已没。锡九无策,惟朝丐市廛,暮宿野寺,冀有知者。会晚经丛葬处,有数人遮道,逼索饭价。锡九曰:"我异乡人,乞食城郭,何处少人饭价?"共怒,捽之仆地,以埋儿败絮塞其口。力尽声嘶,渐就危殆。忽共惊曰:"何处官府至矣!"释手寂然。俄有车马至,便问:"卧者何人?"即有数人扶至车下。车中人曰:"是吾儿也。孽鬼何敢尔!可悉缚来,勿致漏脱。"锡九觉有人去其塞,少定,细认,真其父也。大哭曰:"儿为父骨良苦。今固尚在人间耶!"父曰:"我非人,太行总管也[6]。此来亦为吾儿。"锡九哭益哀。父慰谕之。锡九泣述岳家离婚。父曰:"无忧,今新妇亦在母所。母念儿甚,可暂一往。"遂与同车,驰如风雨。移时,至一官署,下车入重门,则母在焉。锡九痛欲绝,父止之。锡九啜泣听命。见妻在母侧,问母曰:"儿妇在此,得毋亦泉下耶?"母曰:"非也,是汝父接来,待汝归家,当便送去。"锡九曰:"儿侍父母,不愿归矣。"母曰:"辛苦跋涉而来,为父骨耳。汝不归,初志为何也?况汝孝行已达天帝,赐汝金万斤,夫妻享受正远,何言不归?"锡九垂泣。父数数促行[7],锡九哭失声。父怒曰:"汝不行耶!"锡九惧,收声,始询葬所。父挽之曰:"子行,我告之:去丛葬处百馀步,有子母白榆是也。"挽之甚急,竟不遑别母。门外有健仆,捉马待之。既超乘[8],父嘱曰:"日所宿处,有少资斧,可速办装归,向岳索妇;不得妇,勿休也。"锡九诺而行。马绝驶[9],鸡鸣至西安。仆扶下,方将拜致父母,而人马已杳。寻至旧宿处,倚壁假寐,以待天明。坐处有拳石碍股;晓而视之,白金也。市棺赁舆,寻双榆下,得父骨而归。合厝既毕,家徒四壁。幸里中怜其孝,共饭之。将往索妇,自度不能用武,与族兄十九往。及门,门者绝之。十九素无赖,出语秽亵。周使人劝锡九归,愿即送女去,锡九还。

初，女之归也，周对之骂婿及母，女不语，但向壁零涕[10]。陈母死，亦不使闻。得离书，掷向女曰："陈家出汝矣[11]！"女曰："我不曾悍逆，何为出我？"欲归质其故，又禁闭之。后锡九如西安，遂造凶讣，以绝女志。此信一播，遂有杜中翰来议姻[12]，竟许之。亲迎有日，女始知，遂泣不食，以被韬面[13]，气如游丝。周正无法，忽闻锡九至，发语不逊，意料女必死，遂舁归锡九，意将待女死以泄其愤。锡九归，而送女者已至；犹恐锡九见其病而不内，甫入门，委之而去。邻里代忧，共谋舁还；锡九不听，扶置榻上，而气已绝。始大恐。正遑迫间，周子率数人持械入，门窗尽毁。锡九逃匿，苦搜之。乡人尽为不平；十九纠十馀人锐身急难，周子兄弟皆被夷伤[14]，始鼠窜而去。周益怒，讼于官，捕锡九、十九等。锡九将行，以女尸嘱邻媪。忽闻榻上若息，近视之，秋波微动矣；少时，已能转侧。大喜，诣官自陈。宰怒周讼诬。周惧，啖以重赂，始得免。

锡九归，夫妻相见，悲喜交并。先是，女绝食奄卧，自矢必死。忽有人捉起曰："我陈家人也，速从我去，夫妻可以相见；不然，无及矣！"不觉身已出门，两人扶登肩舆。顷刻至官廨，见翁姑具在[15]，问："此何所？"母曰："不必问，容当送汝归。"一日，见锡九至，甚喜。一见遽别，心颇疑怪。翁不知何事，恒数日不归。昨夕忽归，曰："我在武夷[16]，迟归二日，难为儿矣。可速送儿归去。"遂以舆马送女。忽见家门，遂如梦醒。女与锡九共述曩事，相与惊喜。从此夫妻相聚，但朝夕无以自给。

锡九于村中设童蒙帐[17]，兼自攻苦，每私语曰："父言天赐黄金,今四堵空空,岂训读所能发迹耶[18]?"一日,自塾中归,遇二人,问之曰:"君陈某耶?"锡九曰:"然。"二人即出铁索絷之。锡九不解其故。少间,村人毕集,共诘之,始知郡盗所牵。众怜其冤,醵钱略役[19],途中得无苦。至郡见太守[20],历述家世。太守愕然曰:"此名士之子,温文尔雅,乌能作贼!"命脱缧绁,取盗严梏之,始供为周某贿嘱。锡九又诉翁婿反面之由,太守更怒,立刻拘提。即延锡九至署[21],与论世好,盖太守旧邸宰韩公之子,即子言受业门人也。赠灯火之费以百金[22];又以二骡代步,使不时趋郡,以课文艺[23]。转于各上官游扬其孝[24],自总制而下[25],皆有馈遗。锡九乘骡而归,夫妻慰甚。一日,妻母哭至,见女伏地不起。女骇问之,始知周已被械在狱矣。女哀哭自咎,但欲觅死。锡九不得已,诣郡为之缓颊[26]。太守释令自赎,罚谷一百石,批赐孝子陈锡九。放归,出仓粟,杂糠秕而辇运之。锡九谓女曰:"尔翁以小人之心度君子矣。乌知我必受之,而琐琐杂糠覈耶[27]?"因笑却之。

锡九家虽小有,而垣墙陋蔽。一夜,群盗入。仆觉,大号,止窃两骡而去。后半年馀,锡九夜读,闻挝门声,问之寂然。呼仆起视,则门一启,两骡跃入,乃向所亡也。直奔枥下,咻咻汗喘。烛之,各负革囊;解视,则白镪满中。大异,不知其所自来。后闻是夜大盗劫周,盈装出,适防兵追急,委其捆载而去。骡认故主,径奔至家。周自狱中归,刑创犹剧;又遭盗劫,大病而死。女夜梦父囚系而至,曰:"吾生平所为,悔已无及。今受冥谴[28],非若翁莫能解脱,为我代求婿,致一函焉。"醒而呜泣。诘之,具以告。锡九久欲一诣太行,即日遂发。既至,备牲物酹祝之,即露宿其处,冀有所见,终夜无异,遂归。周死,母子逾贫,仰给于次婿。王孝廉考补县尹[29],以墨败[30],举家徙沈阳[31],益无所归。锡九时顾恤之。

异史氏曰:"善莫大于孝,鬼神通之,理固宜然。使为尚德之达人也者,即终贫,犹将取之,乌论后此之必昌哉?或以膝下之娇女,付诸颁白之叟[32],而扬扬曰[33]:'某贵官,吾东床也[34]。'呜呼!宛宛婴婴者如故,而金龟婿以谕葬归,其惨已甚矣;而况以少妇从军乎[35]?"

据《聊斋志异》铸雪斋抄本

----

〔1〕 邳(pī丕或péi陪):州名,治所在今江苏邳县境内。
〔2〕 秦:地名,指今陕西省。
〔3〕 都:华美。
〔4〕 昏:古"婚"字。
〔5〕 以榼(kē柯)饷女:以酒食赠女。榼,此指食盒。饷,赠送。
〔6〕 太行总管:此指冥官。太行,山名,在今河北、山西交界处。
〔7〕 数数:犹屡屡、一再。
〔8〕 超乘:此谓跳上坐骑。
〔9〕 绝驶:飞奔。
〔10〕 但:此据二十四卷抄本,原作"偶"。
〔11〕 出:休弃。
〔12〕 中翰:清代内阁中书之称,也称"内翰"。
〔13〕 韬面:蒙面。韬,藏。
〔14〕 夷伤:创伤。

〔15〕 翁姑：此据二十四卷抄本，原作"公姑"。下文"翁不知何事"，亦据二十四卷抄本。
〔16〕 武夷：山名，在今福建崇安县西南。
〔17〕 设童蒙帐：即做启蒙教师。童蒙，蒙昧无知的儿童。
〔18〕 训读：讲解诵读，谓教小儿识字读书。发迹：此据二十四卷抄本，原作"发积"。
〔19〕 醵钱：凑钱。醵，聚合。
〔20〕 太守：明清指称知府。
〔21〕 延：请。
〔22〕 灯火之费：学习费用的委婉说法。
〔23〕 文艺：此指八股文。详《陆判》注。
〔24〕 游扬：传扬其事迹。
〔25〕 总制：总督。总督别称制府、制军、制台。
〔26〕 缓颊：此谓说情。
〔27〕 糠覈（hé 核）：谷糠及米屑。覈，通"籺"、"麧"，米麦的粗屑。
〔28〕 冥谴：阴世的责罚。
〔29〕 县尹：即县令、知县。
〔30〕 墨：贪墨，贪污受贿。
〔31〕 沈阳：即今辽宁沈阳市。
〔32〕 颁白之叟：须发花白的老翁。颁白，通作"斑白"，也作"班白"，半白，花白。语出《孟子·梁惠王》上。
〔33〕 而扬扬曰：此据二十四卷抄本，"曰"原作"也"。
〔34〕 东床：指女婿。东晋郗鉴至王家选婿，选中了坦腹东床的王羲之（见《世说新语·雅量》），后因称人婿为东床。
〔35〕 "宛宛"四句：谓娇小的女儿依然娇小貌美，而做贵官的女婿却已死去而遵旨归葬；年轻守寡，其境况已十分悲惨了。又何况嫁给贪官污吏要随婿遭受流放的情景呢？此四句为针对但求贵婿而不计女婿品行的世俗丑态发出的感慨。宛宛，犹婉婉，柔美的样子。婴婴，指少女。金龟婿，任贵官之婿。金龟，黄金铸的官印，龟纽，汉为三公印饰，唐为三品以上官员的佩饰。见《汉旧仪·补遗》上和《旧唐书·舆服志》。谕葬，奉旨归葬，是

封建皇帝给已故品位较高大臣的一种荣誉。谕,谕旨。皇帝施于臣下的文书。从军,即充军。明清时代处罚犯罪官员的一种徒刑。

卷 九

邵 临 淄

临淄某翁之女[1],太学李生妻也[2]。未嫁时,有术士推其造[3],决其必受官刑。翁怒之,既而笑曰:"妄言一至于此!无论世家女必不至公庭,岂一监生不能庇一妇乎?"既嫁,悍甚,捶骂夫婿以为常[4]。李不堪其虐,忿鸣于官。邑宰邵公准其词[5],签役立勾[6]。翁闻之,大骇,率子弟登堂,哀求寝息[7]。弗许。李亦自悔,求罢。公怒曰:"公门内岂作辍尽由尔耶[8]?必拘审!"既到,略诘一二言,便曰:"真悍妇!"杖责三十,臀肉尽脱。

异史氏曰:"公岂有伤心于闺阃耶?何怒之暴也!然邑有贤宰,里无悍妇矣。志之,以补'循吏传'之所不及者[9]。"

据《聊斋志异》铸雪斋抄本

---

[1] 临淄:县名。明清属青州府,现为山东省淄博市临淄区。某翁:此从二十四卷抄本,原作"某公"。
[2] 太学:明清时国子监的代称。
[3] 推其造:推算她的生辰八字。人的生辰年月日时,干支相配共得八个字,星命术士称之为"造",据以推断其人命运休咎。
[4] 捶骂:底本作摇骂,此从二十四卷抄本。
[5] 邑宰邵公:邵如苓,湖北天门人,康熙二十一年任临淄知县。见《山东通志》六三《国朝职官表》十三。
[6] 签役立勾:发签牌给衙役,立予拘捕到案。签,签牌,官府交吏拘捕

犯人的凭证。
〔7〕 寝息：平息；停息。指免予拘审。寝，止息。
〔8〕 作辍：犹动止。指官府之拘囚、不拘囚。
〔9〕 循吏传：史书为奉职守法的官员作的传记。始自《史记》。《史记·太史公自序》："奉法循理之吏，不伐功矜能，百姓无称，亦无过行，作循吏列传第五十九。"循，循良；守法尽职。

于 去 恶

北平陶圣俞[1],名下士[2]。顺治间[3],赴乡试,寓居郊郭。偶出户,见一人负笈徛儴[4],似卜居未就者[5]。略诘之,遂释负于道,相与倾语,言论有名士风。陶大说之,请与同居。客喜,携囊入,遂同栖止。客自言:"顺天人,姓于,字去恶。"以陶差长[6],兄之。于性不喜游瞩,常独坐一室,而案头无书卷。陶不与谈,则默卧而已。陶疑之,搜其囊箧,则笔研之外,更无长物。怪而问之,笑曰:"吾辈读书,岂临渴始掘井耶[7]?"一日,就陶借书去,闭户抄甚疾,终日五十馀纸,亦不见其折叠成卷。窃窥之,则每一稿脱,则烧灰吞之。愈益怪焉。诘其故,曰:"我以此代读耳。"便诵所抄书,顷刻数篇,一字无讹。陶悦,欲传其术;于以为不可。陶疑其吝,词涉诮让[8]。于曰:"兄诚不谅我之深矣。欲不言,则此心无以自剖;骤言之,又恐惊为异怪。奈何?"陶固谓:"不妨。"于曰:"我非人,实鬼耳。今冥中以科目授官[9],七月十四日奉诏考帘官[10],十五日士子入闱,月尽榜放矣[11]。"陶问:"考帘官为何?"曰:"此上帝慎重之意,无论乌吏鳖官[12],皆考之。能文者以内帘用,不通者不得与焉。盖阴之有诸神,犹阳之有守令也[13]。得志诸公,目不睹坟典[14],不过少年持敲门砖[15],猎取功名,门既开,则弃去;再司簿书十数年[16],即文学士,胸中尚有字耶!阳世所以陋劣幸进,而英雄失志者,惟少此一考耳。"陶深然之,由是益加敬畏。

一日,自外来,有忧色,叹曰:"仆生而贫贱,自谓死后可免;不谓迮遭先生[17],相从地下。"陶请其故,曰:"文昌奉命都罗国封王[18],帘官之考遂罢。数十年游神耗鬼[19],杂入衡文[20],吾辈宁有望耶?"陶问:"此辈皆谁何人?"曰:"即言之,君亦不识。略举一二人,大概可知:乐正师旷、司库和峤是也[21]。仆自念命不可凭,文不可恃,不如休耳[22]。"言已怏怏,遂将治任[23]。陶挽而慰之,乃止。至中元之夕[24],谓陶曰:"我将入闱。烦于昧爽时,持香炷于东野[25],三呼去恶,我便至。"乃出门去。陶沽酒烹鲜以待之。东方既白,敬如所嘱。无何,于偕一少年来。问其姓字,于曰:"此方子晋,是我良友,适于场中相邂逅。闻兄盛名,深欲拜识。"同至寓,秉烛为礼。少年亭亭似玉[26],意度谦婉[27]。陶甚爱之,便问:"子晋佳作,当大快意。"于曰:"言之可笑!闱中七则[28],作过半矣;细审主司姓名[29],裹具径出[30]。奇人也!"陶扇炉进酒,因问:"闱中何题?去恶魁解否[31]?"于曰:"书艺、经论各一[32],夫人而能之。策问[33]:'自古邪僻固多[34],而世风至今日,奸情丑态,愈不可名[35],不惟十八狱所不得尽[36],抑非十八狱所能容。是果何术而可?或谓宜量加一二狱,然殊失上帝好生之心。其宜增与、否与,或别有道以清其源[37],尔多士其悉言勿隐[38]。'弟策虽不佳,颇为痛快。表:'拟天魔殄灭[39],赐群臣龙马天衣有差[40]。'次则'瑶台应制诗'[41]、'西池桃花赋'[42]。此三种,自谓场中无两矣!"言已鼓掌。方笑曰:"此时快心,放兄独步矣[43];数辰后[44],不痛哭始为男子也。"天明,方欲辞去。陶留与同寓,方不可,但期暮至[45]。三日,竟不复来。陶使于往寻之。于曰:"无须。子晋拳拳[46],非无意者。"日既西,方果来。出一卷授陶,曰:"三日失约,敬录旧艺百馀作,求一品题。"陶捧读大喜,一句一赞,略尽一二首,遂藏诸笥。谈至更深,方遂留,与于共榻寝。自此为常。方无夕不至[47],陶亦无方不欢也。

一夕,仓皇而入,向陶曰:"地榜已揭,于五兄落第矣!"于方卧,闻言惊起,泫然流涕。二人极意慰藉,涕始止。然相对默默,殊不可堪。方曰:"适闻大巡环张桓侯将至[48],恐失志者之造言也[49];不然,文场尚有翻覆。"于闻之,色喜。陶询其故,曰:"桓侯翼德,三十年一巡阴曹,三十五年一巡阳世,两间之不平,待此老而一消也。"乃起,拉方俱去。两夜始返,方喜谓陶曰:"君不贺五兄耶?桓侯前夕至,裂碎地榜,榜上名字,止存三之一。遍阅遗卷[50],得五兄甚喜,荐作交南巡海使[51],且晚舆马可到。"陶大喜,置酒称贺。酒数行,于问陶曰:"君家有闲舍否?"问:"将何为?"曰:"子晋孤无乡土,又不忍恝然于兄[52]。弟意欲假馆相依。"陶喜曰:"如此,为幸多矣。即无多屋宇,同榻何碍。但有严君,须先关白[53]。"于曰:"审知尊大人慈厚可依。兄场闱有日,子晋如不能待,先归何如?"陶留伴逆旅,以待同归。次日,方暮,有车马至门,接于莅任。于起,握手曰:"从此别矣。一言欲告,又恐阻锐进之志。"问:"何言?"曰:"君命淹蹇,生非其时。此科之分十之一;后科桓侯临世,公道初彰,十之三;三科始可望也。"陶闻,欲中止。于曰:"不然,此皆天数。即明知不可,而注定之艰苦,亦要历尽耳。"又顾方曰:"勿淹滞,今朝年、月、日、时皆良,即以舆盖送君归。仆驰马自去。"方忻然拜别。陶中心迷乱,不知所嘱,但挥涕送之。见舆马分途,顷刻都散。始悔子晋北旋,未致一字,而已无及矣。

三场毕[54],不甚满志,奔波而归。入门问子晋,家中并无知者。因为父述之,父喜曰:"若然,则客至久矣。"先是陶翁昼卧,梦舆盖止于其门,一美少年自车中出,登堂展拜。讶问所来,答云:"大哥许假一舍,以入闱不得偕来。我先至矣[55]。"言已,请入拜母。翁方谦却,适家媪入曰:"夫人产公子矣。"恍然而醒,大奇之。是日陶言,适与梦符,乃知儿即子晋后身也。父子各喜,名之小晋。儿初生,善夜啼,母苦之。陶曰:"倘是子晋,我见之,啼当止。"俗忌客忤[56],故不令陶见。母患啼不可耐[57],乃呼陶入。陶鸣之曰[58]:"子晋勿尔!我来矣!"儿啼正急,闻声辍止,停睇不瞬,如审顾状。陶摩顶而去[59]。自是竟不复啼。数月后,陶不敢见之:一见,则折腰索抱;走去,则啼不可止。陶亦狃爱之。四岁离母,辄就兄眠;兄他出,则假寐以俟其归。兄于枕上教"毛诗",诵声呢喃,夜尽四十馀行。以子晋遗文授之,欣然乐读,过口成诵;试之他文,不能也。八九岁,眉目朗彻,宛然一子晋矣。陶两入闱,皆不第。丁酉,文场事发[60],帘官多遭诛遣,贡举之途一肃,乃张巡环力也。陶下科中副车[61],寻贡[62]。遂灰志前途,隐居教弟。尝语人曰:"吾有此乐,翰苑不易也[63]。"

异史氏曰:"余每至张夫子庙堂[64],瞻其须眉,凛凛有生气。又

于去恶

凤仙

红毛毡

张鸿渐

其生平喑哑如霹雳声[65],矛马所至,无不大快,出人意表。世以将军好武,遂置与绛、灌伍[66];宁知文昌事繁,须侯固多哉!呜呼!三十五年,来何暮也[67]!"

据《聊斋志异》铸雪斋抄本

----

〔1〕 北平:旧府名。明洪武元年置,治所在北京大兴、宛平两县。永乐元年建为北京,改名顺天府。
〔2〕 名下士:有盛名之士。
〔3〕 顺治:清世祖年号(1644—1661)。
〔4〕 侊儴(kuāng ráng 匡穰):惶急不安。
〔5〕 卜居:寻找住处。
〔6〕 差长(zhǎng 掌):谓年龄略大。
〔7〕 临渴始掘井:喻事到临头才准备备急需。《素问·四气调神大论》:"夫病已成而后药之,乱已成而后治之,譬犹渴而穿井,斗而铸锥,不亦晚乎。"
〔8〕 词涉诮让:言语之间流露责怪之意。诮让,谴责。
〔9〕 以科目授官:按科目考试,授与相应官职。科目,封建时代分科取士的项目。唐制,取士之科有秀才、明经、进士、俊士、明法、明字、明算等五十馀科,又有大经、小经之目,故称科目。见顾炎武《日知录·科目》。宋代分科较少。明清虽只设进士一科,但仍沿称科目。
〔10〕 帘官:科举时代,乡、会试贡院内之官。考试期间,贡院至公堂后的内龙门,由监临封锁,门外挂帘。场中官员根据工作性质,分别住在帘内和帘外,于是有内外帘官之称。外帘官管事务;内帘官管阅卷,必须是科甲出身。
〔11〕 月尽:月底。
〔12〕 鸟吏鳖官:传说,古代帝王少皞氏即位,凤鸟来临,于是以鸟名其百官,见《左传·昭公十七年》。周置天官冢宰,其属官鳖人,掌取龟

鳖蚌蛤之属。见《周礼·天官·鳖人》。这里所说的"鸟""鳖",犹言屌、王八,实以粗话骂官场。
〔13〕守令:太守和县令,指州、县官员。
〔14〕坟典:即"三坟五典",传说为我国最古的书名。《左传·昭公十二年》:"是能读三坟五典八索九丘。"注:"皆古书名。"
〔15〕敲门砖:科举时代,士人读书应试,以取功名。功名取得即弃所学,犹如用砖敲门,既入门,即弃砖,故称敲门砖。清代径称八股文为敲门砖。
〔16〕司簿书:管理官署中的文书簿册。
〔17〕迍邅(zhūn zhān 谆沾)先生:这是拟人化的说法,犹言"倒霉鬼"。迍邅,迟缓难行,喻命运不佳。此据二十四卷抄本,原作"遭遭"。
〔18〕文昌:神名,即梓潼帝君,掌管文昌府及人间功名禄位之事。都罗国:不详。《汉书·西域传》注谓有都卢国。《文献通考·乐考·散乐百戏》:缘橦之伎众,"汉武帝时谓之都卢。都卢,国名,其人体轻而善缘。"此或借以讽指"夤缘攀附之国"。
〔19〕游神:游食之神。喻奔走干禄,借八股而倖进的试官。耗(mào 冒)鬼:耗乱不明的鬼,喻糊涂试官。耗,耗乱不明。《汉书·景帝纪》后二年诏:"不事官职耗乱者,丞相以闻,请其罪。"师古曰:"耗,不明也,读如眊同。"
〔20〕杂入衡文:混杂进来审阅考卷。
〔21〕乐正师旷、司库和峤:乐正,官名,周时乐官之长。师旷,春秋时晋国的乐师,他辨音能力很强,但生而目盲。司库,主管钱库之官。和峤,晋人,家极富而性至吝,杜预说他有钱癖。这两个人,一个瞎眼,一个爱钱,由他们作试官,必然是盲目评文或贪财受贿。
〔22〕休:罢休。
〔23〕治任:犹言"治装",整理行装,表示要离去。《孟子·滕文公》上:"门人治任将归。"注:"任,担也。"疏:"担于肩者,载于车者,通谓之任"。
〔24〕中元:旧时以农历七月十五日为中元节。
〔25〕炷:点香使燃。
〔26〕亭亭似玉:亭亭玉立的意思。亭亭,耸立的样子。

〔27〕 意度:意态风度。
〔28〕 闱中七则:清顺治三年颁科场条例,规定乡试第一场,试时文七篇。其中"四书"三题;"五经"各四题,考生可自选一经,故合称"七艺"或"七则"。
〔29〕 主司:这里指主考官。
〔30〕 裹具:包裹起文具。
〔31〕 魁解(jiè 介)否:犹言是否高中。魁解,指乡试中式第一名。魁,经魁,明代科举以"五经"取士,每经各取一名为首叫"经魁"。因此取在前五名的称"五经魁"或"五魁"。解,唐制,进士由乡而贡曰解。明清乡试本称"解试",因称乡试中了举人第一名为"解元"。魁、解,在这里是取得魁首、解元的意思。
〔32〕 书艺、经论:指根据"四书"、"五经"所出的八股文试题。从"四书"里出题叫"书艺";从"五经"里出题叫"经论"或"经义"。
〔33〕 策问:提出有关史事或时政等问题,以简策发问的形式,征求对答,叫"策问"。这也是科举考试项目之一。康熙二年(1663年)乡试以策、论、表、判取士,共考二场。第一场,试策五道;第二场,试"四书"论一篇、经论一篇、表一道、判五条。
〔34〕 邪僻:不正当的行为。僻,邪、不正。
〔35〕 愈不可名:更不可名状。名,指称。
〔36〕 十八狱所不得尽:意谓打入十八层地狱,也不能尽其罪。
〔37〕 清其源:指从根本上杜绝邪僻。源,本源。
〔38〕 多士:指应考的众生员。悉言:尽其所言。
〔39〕 拟:拟稿。天魔:佛教所说的从天上降到人间破坏佛道的恶魔,旧时以之代指旁门邪道。
〔40〕 龙马:指骏马。《周礼·天官·庚人》:"马八尺以上为龙,七尺以上为䮤,六尺以上为马。"天衣:犹言"御衣",指帝王所赐的冠带朝服。有差(cī疵):分等级。
〔41〕 瑶台应制诗:瑶台,神话传说中的神仙居处。应制诗,奉皇帝之命所作的诗。制,帝王的命令。
〔42〕 西池:指神话传说中西王母所居的瑶池。桃花赋:西王母有蟠桃园,故赋其桃花。

〔43〕放兄独步：任您超群领先。放，放任。独步，出众、独一无二。
〔44〕数辰后：几天之后；意谓放榜之时。男子：男子汉，好汉。
〔45〕期：约定。
〔46〕拳拳：忠诚，重言诺。
〔47〕无夕：据二十四卷抄本，原作"无息"。
〔48〕大巡环：虚拟的官名；取巡回视察之意。张桓侯：三国时蜀汉名将张飞。张飞，字翼德，死后谥号桓侯。《太平广记》卷一百八十九《关羽》引《独异志》："蜀将关羽善抚卒而轻士大夫，张飞敬礼士大夫而轻卒伍。"故虚拟张飞巡视试场，以消士子不平。
〔49〕造言：故意传播的流言。
〔50〕遗卷：没被录取者的试卷。
〔51〕交南：交州南部地区。今广东、广西属于古之交州。
〔52〕恝（jiá荚）然：淡漠忘怀。
〔53〕关白：禀告，通禀。关，通。
〔54〕三场毕：此指乡试完毕。明清时，乡试和会试都连考三场，每场三天。
〔55〕"先是……我先至矣"数句：据二十四卷抄本补，原阙。
〔56〕俗忌客忤：旧时习俗，禁忌生人进入产妇卧室，以免冲犯。
〔57〕耐：据二十四卷抄本，原作"恤"。
〔58〕鸣：抚弄。抚儿声。
〔59〕摩顶：以手抚其头顶。传说宋仁宗初生时，昼夜啼哭不止。娄道者"摩其顶曰：莫叫莫叫，何如当初莫笑。"啼遂止。见《聊斋志异》吕注引《一统志》。
〔60〕丁酉，文场事发：丁酉，指清顺治十四年（1657）。这一年江南、顺天、山东、山西、河南等地都发生乡试科场案。顺天府乡试房官张成璞、李振邺以及江南乡试主考及分考官，都遭杀戮；举人田耘等因贿买举人，也被杀。凡南北闱中式举人，都传京复试于太和门。
〔61〕副车：清代乡试有正副两榜。正榜取中的称举人，又称"公车"。副榜取中的，犹如备取生，称"副车"。
〔62〕寻贡：不久举为贡生。科举时代，取得"副车"资格的生员，可以贡入国子监读书。

〔63〕 翰苑不易：做个翰林也比不上。翰苑，翰林院，此指在翰林院为官。
〔64〕 张夫子：指张飞。
〔65〕 喑哑：当作"喑噁"，怒声喝叱。
〔66〕 置与绛、灌伍：把他同周勃、灌婴放在同等地位。绛，指汉初名将周勃，曾封为绛侯。灌，灌婴，也是汉初名将。这两个人都勇武无文。
〔67〕 暮：晚，迟。

狂　生

刘学师言[1]:"济宁有狂生某,善饮;家无儋石[2],而得钱辄沽,初不以穷厄为意。值新刺史莅任,善饮无对。闻生名,招与饮而悦之,时共谈宴。生恃其狎[3],凡有小讼求直者[4],辄受薄贿为之缓颊[5];刺史每可其请[6]。生习为常,刺史心厌之。一日早衙,持刺登堂。刺史览之微笑。生厉声曰:'公如所请,可之;不如所请,否之。何笑也!闻之:士可杀而不可辱。他固不能相报,岂一笑不能报耶?'言已,大笑,声震堂壁。刺史怒曰:'何敢无礼!宁不闻灭门令尹耶[7]!'生掉臂竟下[8],大声曰:'生员无门之可灭!'刺史益怒,执之。访其家居,则并无田宅,惟携妻在城堞上住[9]。刺史闻而释之,但逐不令居城垣。朋友怜其狂,为买数尺地,购斗室焉[10]。入而居之,叹曰:'今而后畏令尹矣!'"

异史氏曰:"士君子奉法守礼,不敢劫人于市,南面者奈我何哉[11]!然仇之犹得而加者,徒以有门在耳;夫至无门可灭,则怒者更无以加之矣。噫嘻!此所谓'贫贱骄人'者耶[12]!独是君子虽贫[13],不轻干人。乃以口腹之累[14],喋喋公堂,品斯下矣。虽然,其狂不可及[15]。"

据《聊斋志异》铸雪斋抄本

〔1〕 刘学师：刘支裔，济宁人。举人。康熙二十二年任淄川县儒学教谕，三十五年卒于官。见乾隆《淄川县志》四。
〔2〕 儋石（dàn shí旦时）：又作"担石"，百斤之量。"无儋石"，常以喻口粮储备不足。《后汉书·郭丹传》附范迁："及在公辅，……在位四年薨，家无担石焉。"
〔3〕 狎：亲昵，熟悉。
〔4〕 求直：要求胜诉；求官判己有理。
〔5〕 缓颊：为人说情。
〔6〕 可其请：答应他的请求。
〔7〕 灭门令尹：即俗语"灭门知县"。形容临民官之威虐权势。灭门，灭绝全家。
〔8〕 掉臂：甩动两臂。谓大摇大摆走路，表示傲视上官。
〔9〕 城堞：城垛口。堞，城上短墙，又叫"女墙"、"睥睨"。按，此当指城上望楼等可栖止处。
〔10〕 斗室：喻极小之室。
〔11〕 南面者：南向而治的统治者。泛指帝王以至临民官员。
〔12〕 贫贱骄人者：指身虽贫贱而不屈于富贵之人。战国田子方语，见《史记·魏世家》。
〔13〕 独是：但是，只是。
〔14〕 口腹之累：饮食之累。指为生活所迫。
〔15〕 狂不可及：谓疏狂任性，无人可及。本南朝宋颜延之自负语，见《南史》本传。

澂　俗[1]

　　澂人多化物类[2],出院求食。有客寓旅邸,时见群鼠入米盎,驱之即遁。客伺其入,骤覆之,瓢水灌注其中[3],顷之尽毙。主人全家暴卒,惟一子在。讼官,官原而宥之[4]。

　　　　　　　　据《聊斋志异》铸雪斋抄本

----

〔1〕 澂:此据二十四卷抄本,题及正文首字底本皆作"徵"。
〔2〕 澂人:未详所指。按,澂,"澄"的本字。春秋晋北澂地,汉置澄县,后魏改澄城,清代属同州府。又,云南有澂江府,在昆明东南。广东有澄海县,明嘉靖间置,属潮州府。三地中未知何指。物类:其他动物。
〔3〕 瓢水:用瓢舀水。
〔4〕 原而宥之:推其情而免其罪。原,推原。

凤　仙

刘赤水,平乐人[1],少颖秀[2]。十五入郡庠。父母早亡,遂以游荡自废[3]。家不中资,而性好修饰,衾榻皆精美。一夕,被人招饮,忘灭烛而去。酒数行,始忆之,急返。闻室中小语,伏窥之,见少年拥丽者眠榻上。宅临贵家废第,恒多怪异,心知其狐,亦不恐,入而叱曰:"卧榻岂容鼾睡[4]!"二人遑遽,抱衣赤身遁去。遗紫纨裤一,带上系针囊。大悦,恐其窃去,藏衾中而抱之。俄一蓬头婢自门罅入,向刘索取。刘笑要偿[5]。婢请遗以酒,不应;赠以金,又不应。婢笑而去。旋返曰:"大姑言:如赐还,当以佳偶为报。"刘问:"伊谁?"曰:"吾家皮姓,大姑小字八仙,共卧者胡郎也;二姑水仙,适富川丁官人[6];三姑凤仙,较两姑尤美,自无不当意者。"刘恐失信,请坐待好音。婢去复返曰:"大姑寄语官人:好事岂能猝合?适与之言,反遭诟厉;但缓时日以待之,吾家非轻诺寡信者[7]。"刘付之。过数日,渺无信息。薄暮,自外归,闭门甫坐,忽双扉自启,两人以被承女郎,手捉四角而入,曰:"送新人至矣!"笑置榻上而去。近视之,酣睡未醒,酒气犹芳,赪颜醉态,倾绝人寰。喜极,为之捉足解袜,抱体缓裳。而女已微醒,开目见刘,四肢不能自主,但恨曰:"八仙淫婢卖我矣!"刘狎抱之。女嫌肤冰,微笑曰:"今夕何夕,见此凉人[8]!"刘曰:"子兮子兮,如此凉人何!"遂相欢爱。既而曰:"婢子无耻,玷人床寝,而以妾换裤耶!必小报之!"从此无夕不至,绸缪甚殷。袖中出金钏一枚,曰:"此八仙物也。"又数日,怀绣履一双来,珠嵌金绣[9],工巧殊绝,且嘱刘暴扬之[10]。刘出夸示亲宾,求观者皆以资酒为贽,由此奇货居之。女夜来,作别语。怪问之,答云:"姊以履故恨妾,欲携家远去,隔绝我好。"刘惧,愿还之。女云:"不必。彼方以此挟妾,如还之,中其机矣[11]。"刘问:"何不独留?"曰:"父母远去,一家十餘口,俱托胡郎经纪,若不从去,恐长舌妇造黑白也[12]。"从此不复至。

逾二年,思念綦切。偶在途中,遇女郎骑款段马[13],老仆鞚之[14],摩肩过;反启障纱相窥,丰姿艳绝。顷,一少年后至。曰:"女子何人?似颇佳丽。"刘亟赞之。少年拱手笑曰:"太过奖矣!此即山荆也。"刘惶愧谢过。少年曰:"何妨。但南阳三葛,君得其龙[15],区区者又何足道!"刘疑其言。少年曰:"君不认窃眠卧榻者耶?"刘始悟为胡。叙僚婿之谊[16],嘲谑甚欢。少年曰:"岳新归,将以省覲,可同行否?"刘喜,从入萦山。山上故有邑人避乱之宅,女下马入。少间,数人出望,曰:"刘官人亦来矣。"入门谒见翁妪。又一少年先在,靴袍炫美。翁曰:"此富川丁婿。"并揖就坐。少时,酒炙纷纶[17],谈笑颇洽。翁曰:"今日三婿并临,可称佳集。又无他人,可唤儿辈来,作一团圞之会[18]。"俄,姊妹俱出。翁命设坐,各傍其婿。八仙见刘,惟掩口而笑;凤仙辄与嘲弄;水仙貌少亚,而沉重温克,满座倾谈,惟把酒含笑而已。于是履舄交错[19],兰麝熏人,饮酒乐甚。刘视床头乐具毕备,遂取玉笛,请为翁寿。翁喜,命善者各执一艺[20],因而合座争取;惟丁与凤仙不取。八仙曰:"丁郎不谙可也,汝宁指屈不伸耶?"因以拍板掷凤仙怀中。便串繁响[21]。翁悦曰:"家人之乐极矣!儿辈俱能歌舞,何不各尽所长?"八仙起,捉水仙曰:"凤仙从来金玉其音[22],不敢相劳;我二人可歌'洛妃'一曲[23]。"二人歌舞方已,适婢以金盘进果,都不知其何名。翁曰:"此自真腊携来[24],所谓'田婆罗'也[25]。"因掬数枚送丁前。凤仙不悦曰:"婿岂以贫富为爱憎耶?"翁微哂不言。八仙曰:"阿爹以丁郎异县,故是客耳。若论长幼,岂独凤妹妹有拳大酸婿耶?"凤仙终不快,解华妆,以鼓拍授婢,唱"破窑"一折[26],声泪俱下;既阕[27],拂袖径去,一座为之不欢。八仙曰:"婢子乔性犹昔[28]。"乃追之,不知所往。刘无颜,亦辞而归。至半途,见凤仙坐路旁,呼与并坐,曰:"君一丈夫,不能为床头人吐气耶?黄金屋自在书中[29],愿好为之。"举足云:"出门匆遽,棘刺破复履矣。所赠物,在身边否?"刘出之。女取而易之。刘乞其敝者。嬲然曰:"君亦大无赖矣!凡见自己衾枕之物[30],亦要怀藏者?如相见爱,一物可以相赠。"旋出一镜付之曰:"欲见妾,当于书卷中觅之;不然,相见无期矣。"言已,不见。怅惘而归。

视镜,则凤仙背立其中,如望去人于百步之外者。因念所嘱,谢客下帷[31]。一日,见镜中人忽现正面,盈盈欲笑,益重爱之。无人时,辄以共对。月馀,锐志渐衰,游恒忘返。归见镜影,惨然若涕;隔日再视,则背立如初矣。始悟为己之废学也。乃闭户研读,昼夜不辍;月馀,则影复向外。自此验之:每有事荒废,则其容戚;数日攻苦,则其容笑。于是朝夕悬之,如对师保[32]。如此二年,一举而捷。喜曰:"今可以对我凤仙矣!"揽镜视之,见画黛弯长[33],瓠犀微露[34],喜容可掬,宛在目前。爱极,停睇不已。忽镜中人笑曰:"'影里情郎,画中爱宠[35]',今之谓矣。"惊喜四顾,则凤仙已在座右。握手问翁媪起居,曰:"妾别后,不曾归家,伏处岩穴,聊与君分苦耳。"刘赴宴郡中,女请与俱;共乘而往,人对面不相窥。既而将归,阴与刘谋,伪为娶于郡也者。女既归,始出见客,经理家政。人皆惊其美,而不知其狐也。

刘属富川令门人,往谒之。遇丁,殷殷邀至其家,款礼优渥,言:"岳父母近又他徙。内人归宁,将复。当寄信往,并诣申贺。"刘初疑丁亦狐,及细审邦族,始知富川大贾子也。初,丁自别业暮归,遇水仙独步,见其美,微睨之。女请附骥以行[36]。丁喜,载至斋,与同寝处。棂隙可入,始知为狐。女言:"郎勿见疑。妾以君诚笃,故愿托之。"丁嬖之[37],竟不复娶。刘归,假贵家广宅,备客燕寝[38],洒扫光洁,而苦无供帐[39];隔夜视之,则陈设焕然矣。过数日,果有三十馀人,赍旗采酒礼而至,舆马缤纷[40],填溢阶巷[41]。刘揖翁及丁、胡入客舍,凤仙逆妪及两姨入内寝。八仙曰:"婢子今贵,不怨冰人矣。钏履犹存否?"女搜付之,曰:"履则犹是也,而被千人看破矣。"八仙以履击背,曰:"挞汝寄于刘郎。"乃投诸火,祝曰:"新时如花开,旧时如花谢;珍重不曾着,姮娥来相借[42]。"水仙亦代祝曰:"曾经笼玉笋[43],着出万人称;若使姮娥见,应怜太瘦生[44]。"凤仙拨火曰:"夜夜上青天,一朝去所欢;留得纤纤影,遍与世人看。"遂以灰捻椊中，堆作十馀分，望见刘来，托以赠之。但见绣履满栌，悉如故款[45]。八仙急出，推栌堕地；地上犹有一二只存者，又伏吹之，其迹始灭。次日，丁以道远，夫妇先归。八仙贪与妹戏，翁及胡屡督促之，亭午始出[46]，与众俱去。

初来，仪从过盛，观者如市。有两寇窥见丽人，魂魄丧失[47]，因谋劫诸途。侦其离村，尾之而去。相隔不盈一矢[48]，马极奔，不能及。至一处，两崖夹道，舆行稍缓；追及之，持刀吼咤，人众都奔。下马启帘，则老妪坐焉。方疑误掠其母；才他顾，而兵伤右臂[49]，顷已被缚。凝视之，崖并非崖，乃平乐城门也，舆中则李进士母，自乡中归耳。一寇后至，亦被断马足而絷之。门丁执送太守，一讯而伏。时有大盗未获，诘之，即其人也。明春，刘及第[50]。凤仙以招祸，故悉辞内戚之贺。刘亦更不他娶。及为郎官[51]，纳妾，生二子。

异史氏曰："嗟乎！冷暖之态，仙凡固无殊哉！'少不努力，老大徒伤[52]'。惜无好胜佳人[53]，作镜影悲笑耳。吾愿恒河沙数仙人[54]，并遣娇女婚嫁人间，则贫穷海中，少苦众生矣。"

据《聊斋志异》铸雪斋抄本

----

[1] 平乐：旧县名，三国时置，在今广西壮族自治区东部。明清时为广西平乐府治。又，汉置平乐故城在今山东省单县东。
[2] 颖秀：聪明秀雅。
[3] 自废：自暴自弃，不求上进。
[4] 卧榻岂容酣睡：曾慥《类说》引杨亿《谈苑》谓：宋开宝八年，宋军进围金陵。南唐主李煜请缓兵。宋太祖曰："江南有何罪，但天下一

家,卧榻之侧,岂可许他人鼾睡?"此戏用其意。
〔5〕 要(yāo腰)偿:要挟酬报。
〔6〕 富川:县名,汉置。在今广西平乐县东北。
〔7〕 轻诺寡信:随便应许而不守信用。
〔8〕 今夕何夕,见此凉人:《诗·唐风·绸缪》:"今夕何夕,见此良人。子兮子兮,如此良人何。"这是一首欢庆新婚的诗。这里借用其意,并谐"良"为"凉",以相戏谑。
〔9〕 珠嵌金绣:上有珍珠嵌缀,且用金线绣成。
〔10〕 暴(pù瀑)扬:公开展露。扬,宣扬。
〔11〕 机:计谋。
〔12〕 长舌妇:好说闲话的女人。《诗·大雅·瞻卬》:"妇有长舌,维厉之阶。"笺:"长舌喻多言语"。
〔13〕 款段马:慢行的马。款段,形容马行平稳舒缓。
〔14〕 鞚:此谓"捉鞚"。
〔15〕 南阳三葛,君得其龙:意指皮氏三姊妹,你得到的是其中最美的。南阳三葛,指三国时诸葛亮、诸葛瑾、诸葛诞兄弟三人。分别仕于蜀、吴、魏。《世说新语·品藻》谓:"于时以为:蜀得其龙,吴得其虎,魏得其狗。"南阳,郡名,治所在今河南省南阳市。相传诸葛亮曾躬耕南阳,时人称之为"卧龙"。这里以"龙"比喻杰出者。
〔16〕 僚婿:姊妹之夫相称,叫"僚婿",俗称"连襟"。《尔雅·释亲》:"今江东人呼同门曰僚婿。"
〔17〕 酒炙纷纶:行酒上菜纷繁忙碌。纶,忙碌。
〔18〕 团圞(luán峦):团圆。
〔19〕 履舄交错:意谓男女同席,人数众多。《史记·滑稽列传》:"男女同席,履舄交错。"古时席地而坐,脱鞋就席,所以鞋子错杂。履,鞋。舄,古代的一种附有木底的复底鞋。
〔20〕 执一艺:犹言献一艺。艺,技艺,这里指演奏乐器。
〔21〕 串:串演。繁响:诸般乐器,响声烦杂;指合奏。
〔22〕 金玉其音:珍视自己的歌声,不轻易歌唱。
〔23〕 "洛妃":戏曲名。曹植曾作有《洛神赋》,明代汪道昆改编为杂剧《洛神记》,又名《洛水悲》。洛妃,指洛水的女神洛嫔。

[24] 真腊:古国名,见《明史·真腊传》。明后期改名为柬埔寨。
[25] 田婆罗:波罗密,果汁甜美,核大如枣,可以炒食。
[26] "破窑":戏曲名。元代杂剧有《吕蒙正风雪破窑记》,写富家女刘月娥掷彩球,选中穷秀才吕蒙正为婿,被父亲赶出家门,夫妇同住破窑。最后吕蒙正中状元,父女始和好如初。一折:杂剧一出叫一折。
[27] 阕(què 却):乐曲终了叫"阕"。
[28] 乔性:个性乖戾。
[29] 黄金屋自在书中:这是劝人读书上进的话,意思是读书作官就能够住上高堂大厦。语出宋真宗《劝学篇》:"安居不用架高堂,书中自有黄金屋。"
[30] 几见:几曾见得。
[31] 下帷:犹言闭门读书。
[32] 师保:古时教导贵族子弟的官员,有师有保,统称"师保",语出《尚书·太甲》。这里是老师的意思。
[33] 画黛:指妇女眉毛。黛,古时女子用以画眉的青黑色颜料。
[34] 瓠犀:指妇女牙齿。瓠犀是瓠瓜的种子,因其洁白整齐,常用以比喻女子的牙齿。《诗·卫风·硕人》:"齿如瓠犀,螓首蛾眉。"
[35] "影里情郎,画中爱宠":语出《西厢记》第二本第四折《越调·斗鹌鹑》。崔莺莺怀念张生,曾说:"他做了个影儿里的情郎,我做了画儿里的爱宠。"
[36] 附骥:《史记·伯夷列传》:"颜渊虽笃学,附骥尾而行益显。"《索隐》:"蚊蝇附骥尾而致千里,以譬颜回因孔子而名彰。"本谓依附他人以成名,这里是追随、跟从的意思。骥,千里马。
[37] 嬖:宠爱。
[38] 燕寝:居息;居住。
[39] 供帐:陈设的帷帐,也泛指陈设之物。
[40] 缤纷:盛多杂乱。
[41] 填溢:布满。
[42] "珍重不曾着"二句:李商隐《袜》诗:"常闻阃妃袜,渡水欲生尘。好借嫦娥着,清秋踏月轮。"此借用其意。姮(héng 衡)娥:即"嫦

娥",传说中的月中女神。
〔43〕 曾经笼玉笋:指曾被女子穿过。笼,罩。玉笋,喻女子的尖足。
〔44〕 太瘦生:过于窄小。生,语助辞。
〔45〕 故款:原来的式样。款,款式。
〔46〕 亭午:中午。
〔47〕 魂魄丧失:指为美色所迷,心神不能自主。
〔48〕 不盈一矢:不到一箭之地。盈,满。
〔49〕 兵:兵器。
〔50〕 及第:此指进士及第。
〔51〕 郎官:指六部的郎中、员外郎之类的官员。
〔52〕 "少不努力,老大徒伤":《汉乐府·长歌行》:"少壮不努力,老大徒伤悲"的省语。徒,空自。
〔53〕 好胜:争强。
〔54〕 恒河沙数:佛经中语,形容数量多得无法计算。恒河,印度著名大河。

佟　客

董生，徐州人[1]。好击剑，每慷慨自负[2]。偶于途中遇一客，跨蹇同行。与之语，谈吐豪迈。诘其姓字，云："辽阳佟姓[3]。"问："何往？"曰："余出门二十年，适自海外归耳。"董曰："君遨游四海，阅人綦多，曾见异人否[4]？"佟曰："异人何等？"董乃自述所好，恨不得异人之传。佟曰："异人何地无之，要必忠臣孝子，始得传其术也。"董又毅然自许；即出佩剑，弹之而歌[5]；又斩路侧小树，以矜其利[6]。佟掀髯微笑，因便借观。董授之。展玩一过，曰："此甲铁所铸[7]，为汗臭所蒸[8]，最为下品。仆虽未闻剑术，然有一剑，颇可用。"遂于衣底出短刃尺许，以削董剑，叠如瓜瓠[9]，应手斜断，如马蹄[10]。董骇极，亦请过手[11]，再三拂拭而后返之。邀佟至家，坚留信宿。叩以剑法，谢不知。董按膝雄谈[12]，惟敬听而已。

更既深，忽闻隔院纷拏[13]。隔院为生父居，心惊疑。近壁凝听，但闻人作怒声曰："教汝子速出即刑，便赦汝！"少顷，似加搒掠，呻吟不绝者，真其父也。生捉戈欲往。佟止之曰："此去恐无生理[14]，宜审万全[15]。"生皇然请教，佟曰："盗坐名相索[16]，必将甘心焉[17]。君无他骨肉，宜嘱后事于妻子；我启户，为君警厮仆。"生诺，入告其妻。妻牵衣泣。生壮念顿消，遂共登楼上，寻弓觅矢，以备盗攻。仓皇未已，闻佟在楼檐上笑曰："贼幸去矣。"烛之，已杳。逡巡出,则见翁赴邻饮,笼烛方归;惟庭前多编菅遗灰焉。乃知佟异人也。

异史氏曰:"忠孝,人之血性[18];古来臣子而不能死君父者[19],其初岂遂无提戈壮往时哉[20],要皆一转念误之耳。昔解缙与方孝孺相约以死,而卒食其言[21];安知矢约归后,不听床头人呜泣哉?"

邑有快役某[22],每数日不归,妻遂与里中无赖通。一日归,值少年自房中出,大疑,苦诘妻。妻不服。既于床头得少年遗物,妻窘无词,惟长跪哀乞。某怒甚,掷以绳,逼令自缢。妻请妆服而死,许之。妻乃入室理妆;某自酌以待之,呵叱频催。俄妻炫服出,含涕拜曰:"君果忍令奴死耶?"某盛气咄之。妻返走入房,方将结带,某掷盏呼曰:"哈[23],返矣! 一顶绿头巾[24],或不能压人死耳。"遂为夫妇如初。此亦大绅者类也,一笑。

据《聊斋志异》铸雪斋抄本

----

〔1〕 徐州:州名。清代治所即今江苏省徐州市。
〔2〕 慷慨自负:意气激昂,自以为能。
〔3〕 辽阳:即今辽宁省辽阳市。明代为辽东都指挥使司治所。后金一度于此建都,清初置辽阳府。
〔4〕 异人:此指有奇技异能之人。
〔5〕 弹之而歌:弹剑作歌。本战国冯谖事,见《战国策·齐策》四。相沿为怀志莫伸的表示。
〔6〕 矜:自负。
〔7〕 甲铁:指废旧铠甲之铁。
〔8〕 蒸:薰蒸,污染。

〔9〕 毳（cuì 翠）：通"脆"。
〔10〕 马蹄：此从二十四卷抄本，底本作"鸟蹄"。
〔11〕 过手：传玩；接过观赏。
〔12〕 雄谈：高谈阔论。
〔13〕 纷挐：谓互相争持，不可开交。同"纷拏"。《史记·卫将军骠骑列传》："时已昏，汉匈奴相纷挐，杀伤大当。"纷，纷纭，杂乱貌。挐，搏持。拏，牵引。
〔14〕 生理：活命的希望。
〔15〕 万全：万无一失的办法。
〔16〕 坐名：指名。
〔17〕 必将甘心：谓必加残害，以快心意。甘心，称心，快意。
〔18〕 血性：秉性，本性。
〔19〕 死君父：为君父而死。
〔20〕 提戈壮往：拿起武器，勇敢赴敌。
〔21〕 "昔解缙与方孝孺"二句：孺，底本作"儒"，从青柯亭刻本改。解缙，字大绅，江西吉水人。明洪武二十一年举进士，授中书庶吉士，改御史，受明太祖爱重。惠帝时，召为翰林待诏。燕王朱棣进攻南京，解缙与周是修、杨士奇、胡靖、金幼孜、黄淮、胡俨等约共死难。及朱棣入京，解缙驰谒，擢授侍读，并没有践行其言。方孝孺，字希直，一字希古，浙江宁海人。尝从学于宋濂。明初，两以荐召至京，太祖善其举止端整，除汉中教授，未及大用。惠帝即位，召为翰林侍讲，迁侍讲学士，国家大政事辄咨之。燕兵起，朝廷讨伐诏檄皆出其手。燕兵入京，孝孺被执下狱。朱棣即位，使草诏告天下，孝孺投笔于地，且哭且骂，谓"死即死耳，诏不可草！"朱棣怒，命磔诸市。按，解缙与方孝孺在明惠帝时虽同仕翰林院，但据《明史》二人本传及有关纪传，无相约死难之事。
〔22〕 快役：又称"快手"、"捕快"，旧时州县官署掌缉捕、行刑等职事的差役。
〔23〕 咍（hāi 咳）：叹词，常用以表示强忍、自宽。
〔24〕 绿头巾：元明娼妓及乐人家男子着青碧头巾；后因指妻子有外遇，丈夫为"着绿头巾"。

辽 阳 军

沂水某[1],明季充辽阳军[2]。会辽城陷,为乱兵所杀;头虽断,犹不甚死。至夜,一人执簿来,按点诸鬼。至某,谓其不宜死,使左右续其头而送之。遂共取头按项上,群扶之,风声簌簌,行移时,置之而去。视其地,则故里也。沂令闻之,疑其窃逃。拘讯而得其情,颇不信;又审其颈无少断痕,将刑之。某曰:"言无可凭信,但请寄狱中[3]。断头可假,陷城不可假。设辽城无恙,然后受刑未晚也。"令从之。数日,辽信至,时日一如所言,遂释之。

据《聊斋志异》铸雪斋抄本

------

[1] 沂水:县名,明清属沂州,即今山东省沂水县。
[2] 辽阳:注见前《佟客》篇。明熹宗天启元年(1621)三月壬戌辽阳陷于清兵,辽东经略使袁应泰等死难。见《明史·熹宗纪》。
[3] 寄狱:暂押在狱。

张 贡 士

安邱张贡士[1],寝疾[2],仰卧床头。忽见心头有小人出,长仅半尺;儒冠儒服,作俳优状[3]。唱昆山曲[4],音调清澈,说白自道名贯[5],一与己同;所唱节末[6],皆其生平所遭。四折既毕,吟诗而没[7]。张犹记其梗概,为人述之。

据《聊斋志异》二十四卷抄本

----

〔1〕 安邱张贡士:据青柯亭本附记,指张在辛。张在辛,字卯君,山东安丘县人,康熙二十五年拔贡。尝从邑人刘源渌讲学,又从郑簠学隶书。师事周亮工,传其印法,故于篆刻尤精,与同时长山王德昌八分书,新城王启磊画,并称"三绝"。传见《青州府志》十八、《山东通志》一七五。
〔2〕 寝疾:卧病在床。
〔3〕 俳优:古代以乐舞作谐戏的艺人。后来泛指戏曲演员。此谓装扮举止如剧中人物。
〔4〕 昆山曲:即昆曲。本为元末明初流行于昆山一带的戏曲。明代中叶,昆山艺人魏良辅融合弋阳、海盐故调及民间曲调,用以演唱传奇剧本,逐渐传播各地,明末清初达于极盛。
〔5〕 说白:即"道白",戏剧中人物的对话和独白。名贯:姓名乡贯;指剧中人物的自我介绍。
〔6〕 节末:情节。
〔7〕 四折:每剧四折是元杂剧的基本体制。明代和清初用南曲或南北合套演出的短剧,称"南杂剧",也有一至四、五折不等,本文张在辛

梦中所见当属此类中的末本戏。吟诗而没：指剧尾人物吟诗四句（下场诗）然后下场。

爱　奴

河间徐生[1]，设教于恩[2]。腊初归[3]，途遇一叟，审视曰："徐先生撤帐矣[4]。明岁授教何所？"答曰："仍旧。"叟曰："敬业姓施[5]。有舍甥延求明师，适托某至东瞳聘吕子廉，渠已受贽稷门[6]。君如苟就[7]，束仪请倍于恩[8]。"徐以成约为辞。叟曰："信行君子也[9]。然去新岁尚远，敬以黄金一两为贽，暂留教之，明岁另议何如？"徐可之。叟下骑呈礼函[10]，且曰："敝里不遥矣。宅綦隘，饲畜为艰，请即遣仆马去，散步亦佳。"徐从之，以行李寄叟马上。行三四里许，日既暮，始抵其宅，泒钉兽镮[11]，宛然世家。呼甥出拜，十三四岁童子也。叟曰："妹夫蒋南川，旧为指挥使[12]。止遗此儿，颇不钝，但娇惯耳。得先生一月善诱，当胜十年。"未几，设筵，备极丰美；而行酒下食[13]，皆以婢媪。一婢执壶侍立，年约十五六，风致韵绝，心窃动之。席既终，叟命安置床寝，始辞而去。天未明，儿出就学。徐方起，即有婢来捧巾侍盥，即执壶人也。日给三餐，悉此婢；至夕，又来扫榻。徐问："何无僮仆？"婢笑不言，布衾径去。次夕复至。入以游语[14]，婢笑不拒，遂与狎。因告曰："吾家并无男子，外事则托施舅。妾名爱奴。夫人雅敬先生[15]，恐诸婢不洁，故以妾来。今日但须缄密，恐发觉，两无颜也。"一夜，共寝忘晓，为公子所遭，徐惭怍不自安。至夕，婢来曰："幸夫人重君，不然败矣！公子入告，夫人急掩其口,若恐君闻。但戒妾勿得久留斋馆而已。"言已,遂去。徐甚德之。然公子不善读,诃责之,则夫人辄为缓颊[16]。初犹遣婢传言;渐亲出,隔户与先生语,往往零涕。顾每晚必问公子日课[17]。徐颇不耐,作色曰:"既从儿懒,又责儿工[18],此等师我不惯作!请辞。"夫人遣婢谢过,徐乃止。自入馆以来,每欲一出登眺,辄锢闭之。一日,醉中怏闷,呼婢问故。婢言:"无他,恐废学耳。如必欲出,但请以夜。"徐怒曰:"受人数金,便当淹禁死耶[19]!教我夜窜何之乎? 久以素食为耻[20],贽固犹在囊耳。"遂出金置几上,治装欲行。夫人出,脉脉不语[21],惟掩袂哽咽,使婢返金,启钥送之。徐觉门户偪侧[22];走数步,日光射入,则身自陷冢中出,四望荒凉,一古墓也。大骇。然心感其义,乃卖所赐金,封堆植树而去[23]。

过岁,复经其处,展拜而行。遥见施叟,笑致温凉[24],邀之殷切。心知其鬼,而欲一问夫人起居,遂相将入村,沽酒共酌。不觉日暮,叟起偿酒价,便言:"寒舍不远,舍妹亦适归宁,望移玉趾,为老夫祓除不祥[25]。"出村数武,又一里落,叩扉入,秉烛向客。俄,蒋夫人自内出,始审视之,盖四十许丽人也。拜谢曰:"式微之族[26],门户零落,先生泽及枯骨,真无计可以偿也。"言已,泣下。既而呼爱奴,向徐曰:"此婢,妾所怜爱,今以相赠,聊慰客中寂寞。凡有所须,渠亦略能解意。"徐唯唯。少间,兄妹俱去,婢留侍寝。鸡初鸣,叟即来促装送行;夫人亦出,嘱婢善事先生。又谓徐曰:"从此尤宜谨秘,彼此遭逢诡异,恐好事者造言也。"徐诺而别,与婢共骑。至馆,独处一室,与同栖止。或客至,婢不避,人亦不之见也。偶有所欲,意一萌,而婢已致之。又善巫，一按掔而疴立愈[27]。清明归，至墓所，婢辞而下。徐嘱代谢夫人。曰："诺。"遂没。数日返，方拟展墓[28]，见婢华妆坐树下，因与俱发。终岁往还，如此为常。欲携同归，执不可。岁杪[29]，辞馆归，相订后期。婢送至前坐处，指石堆曰："此妾墓也。夫人未出阁时，便从服役，夭殂瘗此。如再过，以炷香相吊，当得复会。"

别归，怀思颇苦，敬往祝之，殊无影响。乃市椟发冢[30]，意将载骨归葬，以寄恋慕。穴开自入，则见颜色如生。肤虽未朽，衣败若灰；头上玉饰金钏，都如新制。又视腰间，裹黄金数铤，卷怀之。始解袍覆尸，抱入材内，赁舆载归；停诸别第，饰以绣裳，独宿其旁，冀有灵应。忽爱奴自外入，笑曰："劫坟贼在此耶！"徐惊喜慰问。婢曰："向从夫人往东昌[31]，三日既归，则舍宇已空[32]。频蒙相邀，所以不肯相从者，以少受夫人重恩，不忍离边耳[33]。今既劫我来，即速瘗葬，便见厚德。"徐问："有百年复生者，今芳体如故，何不效之？"叹曰："此有定数。世传灵迹，半涉幻妄。要欲复起动履[34]，亦复何难？但不能类生人，故不必也。"乃启棺入，尸即自起，亭亭可爱。探其怀，则冷若冰雪。遂将入棺复卧，徐强止之。婢曰："妾过蒙夫人宠，主人自异域来，得黄金数万，妾窃取之，亦不甚追问。后濒危[35]，又无戚属，遂藏以自殉。夫人痛妾夭谢，又以宝饰入殓。身所以不朽者，不过得金宝之馀气耳。若在人世，岂能久乎？必欲如此，切勿强以饮食；若使灵气一散，则游魂亦消矣。"徐乃构精舍，与共寝处。笑语一如常人；但不食不息，不见生人。年馀，徐饮薄醉，执残沥强灌之[36];立刻倒地,口中血水流溢,终日而尸已变。哀悔无及,厚葬之。

异史氏曰:"夫人教子,无异人世;而所以待师者何厚也!不亦贤乎!余谓艳尸不如雅鬼,乃以措大之俗葬[37],致灵物不享其长年,惜哉!"

章丘朱生[38],素刚鲠[39],设帐于某贡士家。每谴弟子,内辄遣婢为乞免。不听。一日,亲诣窗外,与朱关说[40]。朱怒,执界方大骂而出[41]。妇惧而奔;朱追之,自后横击臀股,锵然作皮肉声。令人笑绝[42]!

长山某[43],每延师,必以一年束金,合终岁之虚盈[44],计每日得如干数;又以师离斋、归斋之日,详记为籍;岁终,则公同按日而乘除之[45]。马生馆其家,初见操珠盘来[46],得故甚骇;既而暗生一术,反嗔为喜,听其复算不少校。翁大悦,坚订来岁之约。马辞以故。遂荐一生乖谬者自代。及就馆,动辄诟骂,翁无奈,悉含忍之。岁杪,携珠盘至。生勃然忿极,姑听其算。翁又以途中日,尽归于西[47],生不受,拨珠归东[48]。两争不决,操戈相向[49],两人破头烂额而赴公庭焉。

据《聊斋志异》铸雪斋抄本

---

〔1〕 河间:府名,府治在今河北省河间县。
〔2〕 设教:实施教化。此指坐馆执教。恩:旧县名,故治在山东省西北部马颊河西岸。现已撤销。

〔3〕 腊初:农历十二月初。腊,腊月,农历十二月腊祭百神,故称"腊月"。
〔4〕 撤帐:古称教书为"设帐",称年终散馆为"撤帐"。
〔5〕 敬业:此为施叟之名。取意于《礼记·学记》:"一年视离经辨志,三年视敬业乐群。"
〔6〕 受贽稷门:接受稷门的聘请。贽,指送给教师的聘金。稷门,战国时齐国都城临淄城西边南首门;这里代指临淄。
〔7〕 苟就:犹言屈就;敬辞。
〔8〕 束仪:犹言束脩。古时亲友之间互相赠献的一种礼物,后专指学生向老师致送的酬金。
〔9〕 信行:行事遵守信义。
〔10〕 礼函:致送聘金的函封;类似今之聘书。礼,贽币。
〔11〕 沤钉兽镮:贵族府第的门饰。沤钉,门上水泡形的黄色铆钉。兽镮,铸有兽口衔环图像的门环。
〔12〕 指挥使:官名,军卫之长官。明代内外各卫皆置指挥使等官。
〔13〕 下食:添菜让客。下,布。
〔14〕 游语:游词浮语,指轻浮的话语。
〔15〕 雅敬:非常尊敬。
〔16〕 缓颊:婉言代为讲情。
〔17〕 日课:每天按照规定所学的课业。
〔18〕 责:责成;要求。工:指精于所学。
〔19〕 淹禁:约束。
〔20〕 素食:无功而食。《诗·魏风·伐檀》:"彼君子兮,不素食兮。"
〔21〕 脉脉(mò mò 末末)不语:相视不语。
〔22〕 偪侧:同"逼仄",狭窄。
〔23〕 封堆植树:聚土为坟,植树为记。
〔24〕 温凉:据二十四卷抄本,原作"温和"。
〔25〕 祓(fú 浮)除不祥:古时除灾求福的一种祭仪,一般于岁首行之。
〔26〕 式微:衰微,语出《诗·邶风·式微》。式,发语辞。微,衰落。
〔27〕 挼挱(ruó suō 若梭):揉搓,按摩。疴(kē 颗):病。
〔28〕 展墓:谒墓。

〔29〕 岁杪：年终。
〔30〕 市椟：买棺。市，买。椟，棺材。
〔31〕 东昌：府名，府治在今山东省聊城县。
〔32〕 舍宇：宅舍，这里指墓穴。
〔33〕 离逷（tì 涕）：远离。逷，远。
〔34〕 动履：举步，指行走。
〔35〕 濒危：指病危。濒，迫近。
〔36〕 残沥：杯中剩酒。沥，清酒。
〔37〕 措大：旧时对贫寒读书人的轻慢称呼。俗莽：庸俗鲁莽。
〔38〕 章丘：县名，今山东省章丘县。
〔39〕 刚鲠：刚正耿直。
〔40〕 关说：讲情。
〔41〕 界方：也称"戒方"，旧时塾师对学童施行体罚的界尺。
〔42〕 笑绝：笑煞。
〔43〕 长山：旧县名，在今山东省桓台县南。
〔44〕 终岁之虚盈：指全年的实际天数。虚盈，指月小月大。
〔45〕 乘除：计算。
〔46〕 珠盘：算盘。
〔47〕 以途中日，尽归于西：把塾师就馆时在路上的日数都算在塾师的账上，不给工资。西，西席，旧时对家塾教师的称呼。
〔48〕 拨珠归东：拨动算盘珠，算在主人的账上。东，东家，旧时塾师对主人的称呼。
〔49〕 操戈：指动武。操，持。戈，兵器。

单 父 宰

青州民某,五旬馀,继娶少妇。二子恐其复育,乘父醉,潜割睾丸而药糁之[1]。父觉,托病不言。久之,创渐平。忽入室,刀缝绽裂,血溢不止,寻毙。妻知其故,讼于官。官械其子[2],果伏[3]。骇曰:"余今为'单父宰'矣[4]!"并诛之。

邑有王生者,娶月馀而出其妻。妻父讼之。时淄宰辛公[5],问王:"何故出妻?"答云:"不可说。"固诘之,曰:"以其不能产育耳。"公曰:"妄哉!月馀新妇,何知不产?"忸怩久之[6],告曰:"其阴甚偏。"公笑曰:"是则偏之为害,而家之所以不齐也[7]。"此可与"单父宰"并传。一笑。

据《聊斋志异》铸雪斋抄本

---

[1] 药糁(sǎn 伞)之:撒上药粉。糁,粉末。
[2] 械:用刑。
[3] 伏:服罪。
[4] 单(shàn 善)父宰:单父,春秋鲁邑名,明清为单县地,属山东兖州府。孔子弟子宓不齐(字子贱)尝为单父宰,弹琴,身不下堂,而单父理,见《史记·仲尼弟子列传》。又,单父谐音为"骟父"(儿子阉割父亲),此官自嘲为"单父宰",是慨叹自己成了骟父之民的官宰。
[5] 淄宰辛公:辛民,字先民,直隶大兴举人,顺治元年任淄川知县,三

年升西安府同知。挂冠后,放迹山水,改名霜翙,字严公,著诗文以自娱。传见乾隆《淄川县志》四。

〔6〕 忸怩(niǔ ní 扭尼):羞惭貌。

〔7〕 家不齐:家政不修。指夫妻失和,家庭破裂。《礼记·大学》:"欲治其国者,先齐其家;欲齐其家者,先修其身。"又,《白虎通·嫁娶》:"妻者,齐也。"不齐,犹言不妻,谓不能履行妻的职守。

孙 必 振

孙必振渡江[1],值大风雷,舟船荡摇,同舟大恐。忽见金甲神立云中[2],手持金字牌下示;诸人共仰视之,上书"孙必振"三字,甚真。众谓孙:"必汝有犯天谴,请自为一舟,勿相累。"孙尚无言,众不待其肯可,视旁有小舟,共推置其上。孙既登舟,回首,则前舟覆矣。

据《聊斋志异》铸雪斋抄本

------

[1] 孙必振:字孟起,山东诸城县人。顺治十六年进士。授河南怀庆府(治今沁阳县)推官,监漕,却陋例二千金,令民开渠溉田千馀亩。补山西陵川知县,凿山开道以通行旅,人号"孙公峪"。行取河南道御史,视浙江盐政。迁掌河南道。三藩平后,尝劾投诚之遵义总兵李师膺混厕囚俘,冒滥今职,又劾吏部铨法不公,险被中以危法。旋以病归,卒于乡。见光绪《山东通志》一七五《人物志》十一。
[2] 金甲神:即"金刚力士",省称"金刚"。传说中佛、道两教皆有的护法神。

邑　人

邑有乡人,素无赖[1]。一日,晨起,有二人摄之去。至市头,见屠人以半猪悬架上,二人便极力推挤之,遂觉身与肉合,二人亦径去。少间,屠人卖肉,操刀断割,遂觉一刀一痛,彻于骨髓。后有邻翁来市肉,苦争低昂[2],添脂搭肉,片片碎割,其苦更惨。肉尽,乃寻途归[3];归时,日已向辰[4]。家人谓其晏起[5],乃细述所遭。呼邻问之,则市肉方归,言其片数、斤数,毫发不爽。崇朝之间[6],已受凌迟一度[7],不亦奇哉!

据《聊斋志异》铸雪斋抄本

----

[1]　无赖:奸猾。无操守。
[2]　苦争低昂:力争秤高、秤低。
[3]　寻途:沿着旧路。寻,循,缘。
[4]　向辰:接近辰时。辰时相当于早上七点至九点。
[5]　晏起:起床晚。晏,晚。
[6]　崇朝(zhāo 昭):终朝。从天亮到早饭之间。崇,终尽。
[7]　凌迟:即剐刑。封建酷刑之一,对犯者碎割其肉至死。一度:一次。

元　宝

广东临江山崖巉岩[1],常有元宝嵌石上[2]。崖下波涌,舟不可泊。或荡桨近摘之,则牢不可动;若其人数应得此,则一摘即落,回首已复生矣。

据《聊斋志异》铸雪斋抄本

----

〔1〕　巉岩:险峻的山岩。
〔2〕　元宝:马蹄形银锭。

研 石

王仲超言[1]:"洞庭君山间有石洞[2],高可容舟,深暗不测,湖水出入其中。尝秉烛泛舟而入,见两壁皆黑石,其色如漆,按之而软;出刀割之,如切硬腐[3]。随意制为研[4],既出,见风则坚凝过于他石。试之墨,大佳。估舟游楫,往来甚众,中有佳石,不知取用,亦赖好奇者之品题也[5]。"

据《聊斋志异》铸雪斋抄本

------

〔1〕 王仲超:未详。
〔2〕 洞庭君山:君山又名湘山,在湖南省洞庭湖中,相传为女神湘君住处。见《水经注·湘水》。
〔3〕 硬腐:豆腐干。
〔4〕 研:通"砚"。
〔5〕 品题:称扬。

武　夷

武夷山有削壁千仞[1]，人每于下拾沉香玉块焉[2]。太守闻之，督数百人作云梯[3]，将造顶以觇其异，三年始成。太守登之，将及巅，见大足伸下，一拇粗于捣衣杵，大声曰："不下，将堕矣！"大惊，疾下。才至地，则架木朽折，崩坠无遗。

据《聊斋志异》铸雪斋抄本

---

[1] 武夷山：在今福建省武夷山市西南，相传汉有武夷君居此山，故名。
[2] 沉香：香木名。其木材及树脂可作薰香料。以其入水能沉，又名沉水香。
[3] 云梯：一种安置在底架上，可以移动的高梯；古代常用作乘城之具。

大 鼠

万历间[1],宫中有鼠,大与猫等,为害甚剧。遍求民间佳猫捕制之,辄被噉食。适异国来贡狮猫[2],毛白如雪。抱投鼠屋,阖其扉,潜窥之。猫蹲良久,鼠逡巡自穴中出[3],见猫,怒奔之。猫避登几上,鼠亦登,猫则跃下。如此往复,不啻百次。众咸谓猫怯,以为是无能为者[4]。既而鼠跳掷渐迟[5],硕腹似喘,蹲地上少休。猫即疾下,爪掬顶毛,口龁首领,辗转争持,猫声呜呜,鼠声啾啾。启扉急视,则鼠首已嚼碎矣。然后知猫之避,非怯也,待其惰也。彼出则归,彼归则复[6],用此智耳。噫!匹夫按剑[7],何异鼠乎!

据《聊斋志异》铸雪斋抄本

------

〔1〕 万历:明神宗朱翊钧年号,公元一五七三至一六一九年。
〔2〕 狮猫:猫的一种,俗称狮子猫。长毛巨尾,较名贵。
〔3〕 逡巡:犹豫不前。窥探警觉的样子。
〔4〕 无能为:无本领。无所作为。
〔5〕 跳掷:跳跃。
〔6〕 "彼出则归"二句:《左传·昭公三十年》:"彼出则归,彼归则出,楚必道敝。"讲的是用运动战术敝敌制胜。此化用其意。
〔7〕 匹夫按剑:指庸人斗狠,勇而无谋。匹夫,庸人。按剑,怒貌。意本《孟子·梁惠王》下:"夫抚剑疾视曰:'彼恶敢当我哉!'此匹夫之勇,敌一人者也。"

张 不 量

贾人某,至直隶界[1],忽大雨雹[2],伏禾中。闻空中云:"此张不量田,勿伤其稼。"贾私意张氏既云"不良",何反祜护[3]。雹止,入村,访问其人,且问取名之义。盖张素封,积粟甚富。每春贫民就贷,偿时多寡不校[4],悉内之[5],未尝执概取盈[6],故名"不量",非不良也。众趋田中,见稞穗摧折如麻[7],独张氏诸田无恙。

据《聊斋志异》铸雪斋抄本

------

〔1〕 直隶:清代直隶省,即今河北省。
〔2〕 大雨(yù玉)雹:冰雹下得很大。雨,降。
〔3〕 祜护:赐福庇护。祜,福。
〔4〕 不校:不计较。校,通"较"。
〔5〕 内:通"纳"。接受。
〔6〕 执概取盈:意谓躬操斗斛,务取足数。概,量取谷物时刮平斗斛的尺状工具,俗称"斗趟子"。
〔7〕 稞穗:犹"棵穗"。指禾秆及禾穗。

牧　竖

　　两牧竖入山至狼穴[1],穴有小狼二,谋分捉之。各登一树,相去数十步。少顷,大狼至,入穴失子,意甚仓皇[2]。竖于树上扭小狼蹄耳故令嗥;大狼闻声仰视,怒奔树下,号且爬抓。其一竖又在彼树致小狼鸣急;狼辍声四顾,始望见之,乃舍此趋彼,跑号如前状。前树又鸣,又转奔之。口无停声,足无停趾,数十往复,奔渐迟,声渐弱;既而奄奄僵卧[3],久之不动。竖下视之,气已绝矣。今有豪强子[4],怒目按剑,若将搏噬[5];为所怒者,乃阖扇去[6]。豪力尽声嘶,更无敌者,岂不畅然自雄[7]?不知此禽兽之威,人故弄之以为戏耳[8]。

据《聊斋志异》铸雪斋抄本

------

〔1〕　牧竖:牧童。竖,童仆。
〔2〕　仓皇:慌乱。惊惶失措。
〔3〕　奄奄:气息微弱的样子。
〔4〕　豪强子:强梁霸道的人。
〔5〕　搏噬:攫而食之。搏,攫取。
〔6〕　阖扇:关门。扇,指门扇。
〔7〕　畅然自雄:得意地自命为英雄。
〔8〕　弄之:捉弄他。

富　翁

富翁某,商贾多贷其资。一日出,有少年从马后,问之,亦假本者[1]。翁诺之。既至家[2],适几上有钱数十[3],少年即以手叠钱,高下堆垒之[4]。翁谢去,竟不与资。或问故,翁曰:"此人必善博[5],非端人也[6]。所熟之技,不觉形于手足矣。"访之果然。

据《聊斋志异》铸雪斋抄本

----

[1] 假本:借本钱。
[2] 既至家:此从二十四卷抄本,底本无"家"字。
[3] 适:恰遇。凑巧。
[4] 高下堆垒之:摞成高低不等的几叠。
[5] 善博:好赌博。
[6] 端人:正派人,规矩人。

王司马

新城王大司马霁宇镇北边时[1],常使匠人铸一大杆刀[2],阔盈尺,重百钧。每按边[3],辄使四人扛之。卤簿所止[4],则置地上,故令北人捉之,力撼不可少动。司马阴以桐木依样为刀,宽狭大小无异,贴以银箔[5],时于马上舞动。诸部落望见,无不震悚。又于边外埋苇薄为界[6],横斜十馀里,状若藩篱,扬言曰:"此吾长城也。"北兵至,悉拔而火之。司马又置之。既而三火,乃以炮石伏机其下[7],北兵焚薄,药石尽发,死伤甚众。既遁去,司马设薄如前。北兵遥望皆却走,以故帖服若神。后司马乞骸归,塞上复警。召再起;司马时年八十有三,力疾陛辞[8]。上慰之曰:"但烦卿卧治耳[9]。"于是司马复至边。每止处,辄卧幛中[10]。北人闻司马至,皆不信,因假议和,将验真伪。启帘,见司马坦卧[11],皆望榻伏拜,挢舌而退[12]。

　　　　　　　据《聊斋志异》铸雪斋抄本

----

[1] "新城王大司马"句:王象乾,见卷一《四十千》注。镇北边:从明代万历二十年至天启、崇祯间,王象乾四度总督宣大、蓟辽军务,力主款抚,边境以安。史称"居边镇二十年,始终以抚西部成功名"。参康熙《新城县志》七本传。
[2] 大杆刀:长柄大刀。
[3] 按边:巡视边防。按,巡行。

〔4〕卤簿：扈从仪仗。汉以前仅帝王驾出用卤簿，以后下及王公大臣。卤，护卫所用大盾。簿，谓扈从先后有序，皆载之簿籍。
〔5〕银箔：此从二十四卷抄本，底本作"银薄"。银纸。
〔6〕苇薄：苇帘；以绳编芦苇为之。薄，帘、席。
〔7〕炮石：古代炮车用机括发石。本句谓在炮石下埋以机括和火药，燃发后杀伤敌人，仿佛后世之地雷。按，此段叙述，康熙《新城县志》作"相地穿坎，瘗火器植木签以待"。
〔8〕"后司马乞骸归"数句：天启中，王象乾以继母艰去官。天启七年，明思宗即位，象乾即家以兵部尚书兼右副都御史总督宣大行边。次年（即崇祯元年）春陛辞赴任，时年八十三岁。事竟，复以疾乞休。崇祯三年，卒于家，年八十五。见同上。
〔9〕烦卿卧治：意谓借助重望，不劳而治。卧治，安卧治事，即不劳而治。语出《史记·汲黯列传》。
〔10〕幛：通"帐"。指军中营帐。
〔11〕坦卧：坦然高卧。安卧。
〔12〕挢（jiǎo矫）舌：翘舌不能出声。形容惊讶或畏惧。

岳　神

扬州提同知[1],夜梦岳神召之[2],词色愤怒。仰见一人侍神侧,少为缓颊。醒而恶之。早诣岳庙,默作祈禳。既出,见药肆一人,绝肖所见。问之,知为医生。及归,暴病。特遣人聘之。至则出方为剂,暮服之,中夜而卒。或言:阎罗王与东岳天子,日遣侍者男女十万八千众[3],分布天下作巫医[4],名"勾魂使者"[5]。用药者不可不察也!

据《聊斋志异》铸雪斋抄本

------

[1] 同知:府州佐贰官,此指府同知。
[2] 岳神:即下文"东岳天子",指泰山神"东岳天齐仁圣大帝"。传说主宰人之生死,为百鬼之主帅。参卷一《鹰虎神》"东岳庙"注。
[3] 侍者:指供神役使的鬼卒。
[4] 巫医:巫师和医师。古代巫与医相通,故常因类连称。
[5] 勾魂使者:追摄罪人灵魂的差役(鬼卒)。

小　梅

蒙阴王慕贞[1]，世家子也。偶游江浙，见媪哭于途，诘之。言："先夫止遗一子，今犯死刑，谁有能出之者？"王素慷慨，志其姓名，出橐中金为之斡旋[2]，竟释其罪。其人出，闻王之救己也，茫然不解其故；访诣旅邸，感泣谢问。王曰："无他，怜汝母老耳。"其人大骇曰："母故已久。"王亦异之。抵暮，媪来申谢，王咎其谬诬。媪曰："实相告：我东山老狐也。二十年前，曾与儿父有一夕之好，故不忍其鬼之馁也[3]。"王悚然起敬，再欲诘之，已杳。

先是，王妻贤而好佛，不茹荤酒；治洁室，悬观音像，以无子，日日焚祷其中。而神又最灵，辄示梦，教人趋避[4]，以故家中事皆取决焉。后有疾，綦笃，移榻其中；又别设锦裀于内室而扃其户，若有所伺。王以为惑，而以其疾势昏瞀[5]，不忍伤之。卧病二年，恶嚣[6]，常屏人独寝。潜听之，似与人语；启门视之，又寂然。病中他无所虑，有女十四岁，惟日催治装遣嫁。既醮，呼王至榻前，执手曰："今诀矣[7]！初病时，菩萨告我命当速死；念不了者，幼女未嫁，因赐少药，俾延息以待。去岁，菩萨将回南海，留案前侍女小梅，为妾服役。今将死，薄命人又无所出[8]。保儿，妾所怜爱，恐娶悍怒之妇，令其子母失所。小梅姿容秀美，又温淑，即以为继室可也。"盖王有妾，生一子，名保儿。王以其言荒唐，曰："卿素敬者神，今出此言，不已亵乎[9]?"答云:"小梅事我年馀[10],相忘形骸[11],我已婉求之矣。"问:"小梅何处?"曰:"室中非耶?"方欲再诘,闭目已逝。

王夜守灵帏[12],闻室中隐隐啜泣[13],大骇,疑为鬼。唤诸婢妾启钥视之,则二八丽者,缞服在室[14]。众以为神,共罗拜之。女敛涕扶掖[15]。王凝注之,俯首而已。王曰:"如果亡室之言非妄[16],请即上堂,受儿女朝谒[17];如其不可,仆亦不敢妄想,以取罪过。"女靦然出[18],竟登北堂[19]。王使婢为设坐南向,王先拜,女亦答拜;下而长幼卑贱,以次伏叩,女庄容坐受;惟妾至,则挽之。自夫人卧病,婢惰奴偷[20],家久替。众参已[21],肃肃列侍[22]。女曰:"我感夫人盛意,羁留人间,又以大事相委,汝辈宜各洗心[23],为主效力,从前愆尤[24],悉不计校;不然,莫谓室无人也!"共视座上,真如悬观音图像,时被微风吹动。闻言悚惕[25],哄然并诺。女乃排拨丧务[26],一切井井[27]。由是大小无敢懈者。女终日经纪内外[28],王将有作,亦禀白而行;然虽一夕数见,并不交一私语。既殡,王欲申前约,不敢径告,嘱妾微示意。女曰:"妾受夫人谆嘱[29],义不容辞;但匹配大礼,不得草草。年伯黄先生[30],位尊德重,求使主秦晋之盟[31],则惟命是听。"时沂水黄太仆[32],致仕闲居,于王为父执[33],往来最善。王即亲诣,以实告。黄奇之,即与同来。女闻,即出展拜。黄一见,惊为天人,逊谢不敢当礼[34];既而助妆优厚[35],成礼乃去。女馈遗枕履,若奉舅姑,由此交益亲。合卺后,王终以神故,亵中带肃,时研诘菩萨起居[36]。女笑曰:"君亦太愚,焉有正直之神[37],而下婚尘世者?"王力审所自[38]。女曰:"不必研穷[39],

既以为神,朝夕供养,自无殃咎[40]。"女御下常宽[41],非笑不语;然婢贱戏狎时,遥见之,则默默无声。女笑谕曰:"岂尔辈尚以我为神耶? 我何神哉! 实为夫人姨妹,少相交好;姊病见思,阴使南村王姥招我来。第以日近姊夫,有男女之嫌,故托为神道[42],闭内室中,其实何神。"众犹不信。而日侍边傍,见其举动,不少异于常人,浮言渐息。然即顽奴钝婢,王素挞楚所不能化者,女一言无不乐于奉命。皆云:"并不自知。实非畏之;但睹其貌,则心自柔,故不忍拂其意耳。"以此百废具举。数年中,田地连阡[43],仓廪万石矣。

又数年,妾产一女。女生一子——子生,左臂有朱点,因字小红。弥月[44],女使王盛筵招黄。黄贺仪丰渥,但辞以耄[45],不能远涉;女遣两媪强邀之,黄始至。抱儿出,袒其左臂,以示命名之意。又再三问其吉凶。黄笑曰:"此喜红也,可增一字,名喜红。"女大悦,更出展叩[46]。是日,鼓乐充庭,贵戚如市。黄留三日始去。忽门外有舆马来,逆女归宁。向十馀年,并无瓜葛,共议之,而女若不闻。理妆竟,抱子于怀,要王相送,王从之。至二三十里许,寂无行人,女停舆,呼王下骑,屏人与语,曰:"王郎王郎,会短离长,谓可悲否?"王惊问故,女曰:"君谓妾何人也?"答曰:"不知。"女曰:"江南拯一死罪,有之乎?"曰:"有。"曰:"哭于路者吾母也;感义而思所报,乃因夫人好佛,附为神道,实将以妾报君也。今幸生此襁褓物,此愿已慰。妾视君晦运将来[47],此儿在家,恐不能育,故借归宁,解儿危难。君记取:家有死口时,当于晨鸡初唱,诣西河柳堤上,见有挑葵花灯来者,遮道苦求,可免灾难。"王曰:"诺。"因讯归期。女云:"不可预定。要当牢记吾言[48],后会亦不远也。"临别执手,怆然交涕。俄登舆,疾若风;王望之不见,始返。

经六七年,绝无音问。忽四乡瘟疫流行,死者甚众,一婢病三日死。王念曩嘱,颇以关心。是日与客饮,大醉而睡。既醒,闻鸡鸣,急起至堤头,见灯光闪烁,适已过去。急追之,止隔百步许,愈追愈远,渐不可见,懊恨而返。数日暴病,寻卒。王族多无赖,共凭凌其孤寡[49],田禾树木,公然伐取,家日凌替[50]。逾岁,保儿又殇,一家更无所主。族人益横,割裂田产,厩中牛马俱空;又欲瓜分第宅,以妾居故,遂将数人来,强夺鬻之。妾恋幼女,母子环泣,惨动邻里。方危难间,俄闻门外有肩舆入,共觇,则女引小郎自车中出。四顾人纷如市,问:"此何人?"妾哭诉其由。女颜色惨变,便唤从来仆役,关门下钥。众欲抗拒,而手足若痿[51]。女令一一收缚,系诸廊柱,日与薄粥三瓯。即遣老仆奔告黄公,然后入室哀泣。泣已,谓妾曰:"此天数也。已期前月来,适以母病耽延,遂至于今。不谓转盼间已成丘墟[52]!"问旧时婢媪,则皆被族人掠去,又益欷歔。越日,婢仆闻女至,皆自遁归,相见无不流涕。所絷族人,共噪儿非慕贞体胤[53],女亦不置辨。既而黄公至,女引儿出迎。黄握儿臂,便捋左袂,见朱记宛然,因袒示众人,以证其确。乃细审失物,登簿记名,亲诣邑令。令拘无赖辈,各笞四十,械禁严追[54];不数日,田地马牛,悉归故主。黄将归,女引儿泣拜曰:"妾非世间人,叔父所知也。今以此子委叔父矣[55]。"黄曰:"老夫一息尚在,无不为区处[56]。"黄去,女盘查就绪,托儿于妾,乃具馔为夫祭扫[57],半日不返。视之,则杯馔犹陈,而人杳矣。

异史氏曰:"不绝人嗣者,人亦不绝其嗣,此人也而实天也[58]。至座有良朋,车裘可共;迨宿莽既滋,妻子陵夷,则车中人望望然去之矣[59]。死友而不忍忘,感恩而思所报,独何人哉!狐乎!倘尔多财,吾为尔宰[60]。"

据《聊斋志异》铸雪斋抄本

------

[1] 蒙阴:县名,明清属山东省青州府。王慕贞:未详。
[2] 斡(wò 握)旋:扭转;调解。
[3] 鬼之馁:此从青柯亭刻本,底本作"儿之馁"。鬼魂挨饿。指无后嗣,祭享无人。《左传·宣公四年》:"鬼犹求食,若敖氏之鬼不其馁而。"
[4] 趋避:指趋吉避凶。
[5] 昏瞀(mào 冒):昏乱;神智不清。瞀,紊乱,错乱。
[6] 恶嚣:厌恶喧闹。
[7] 今诀矣:此从二十四卷抄本,底本作"今决矣"。诀,诀别。
[8] 薄命人:王妻自称,意谓自己福运单薄。无所出:谓未曾生育。
[9] 不已亵乎:岂不太亵渎神明么。已,太,过分。
[10] 小梅事我年馀:此从二十四卷抄本,底本无"小梅"二字。
[11] 相忘形骸:此从青柯亭本,底本作"相忘形体"。谓二人相得,不分彼此。形骸,躯体。
[12] 灵帏:灵幛。遮隔灵床的帐幔。
[13] 啜泣:饮泣,抽泣。
[14] 缞(cuī 崔)服:服丧三年者之服:白衣,胸前披麻。
[15] 扶掖:自肋下搀扶。
[16] 亡室:亡妻。
[17] 朝谒:拜见。
[18] 觍(miǎn 免)然:羞惭貌。
[19] 北堂:堂屋;正房。

[20] 婢惰奴偷：奴婢们懈怠苟且。偷，苟且，偷懒。《大戴礼·盛德》："无度量则小者偷堕，大者复靡，而不知足。"
[21] 参：参拜。
[22] 肃肃：恭敬貌。又严整貌。
[23] 洗心：洗涤邪恶之心；犹言改过自新。
[24] 愆（qiān 千）尤：过失，罪过。
[25] 悚（sǒng 耸）惕：惶恐戒惧。
[26] 排拨：安排指挥。
[27] 井井：有条不紊的样子。
[28] 经纪：经管。
[29] 谆嘱：恳切嘱托。
[30] 年伯：对于与父同年登科者的尊称。明清泛称父辈友人。
[31] 秦晋之盟：春秋时秦、晋两国世为婚姻，后因以"秦晋"称两姓联姻之好。
[32] 沂水黄太仆：未详，疑出虚构。
[33] 父执：父亲的挚友。泛指父辈至交。
[34] 逊谢：谦逊推辞。
[35] 助妆：赠助妆奁之费；指赠送婚礼贺仪。
[36] 起居：日常生活。
[37] 正直之神：古人认为神有聪明正直而始终如一的品格。《左传·庄公三十一年》："史嚚曰：神，聪明正直而壹者也。"
[38] 所自：来历。
[39] 研穷：犹言追根究底。
[40] 殃咎：灾患。
[41] 御下常宽：对待下人常很宽容。御，驾驭，对待。
[42] 神道：神术或神意。
[43] 连阡：阡陌相连；谓地产增多。
[44] 弥月：指婴儿出生满月之庆。
[45] 耄（mào 冒）：年高。《礼记·曲礼》："八十、九十曰耄。"
[46] 展叩：相见叩谢。
[47] 晦运：不吉利的命运。

〔48〕 要当:一定要。
〔49〕 凭凌:侵夺。
〔50〕 凌替:衰落。
〔51〕 痿(wěi 委):筋肉痿缩,偏枯之疾。此谓瘫软无力。
〔52〕 转盼间:犹转眼间。形容短暂。
〔53〕 体胤:亲生骨肉。胤,嗣。
〔54〕 械禁:桎梏手足而禁闭之。
〔55〕 委:委托。遗累。
〔56〕 区处:安排料理。
〔57〕 祭扫:致祭,扫墓。
〔58〕 "此人"句:意谓上述情况虽属人事,实由天意。
〔59〕 "至座有良朋"五句:分别刻画主人盛时和衰后朋友的不同态度。座有良朋,即李邕所谓"座上客常满,樽中酒不空"。车裘可共,即子路所谓"愿车马,衣轻裘,与朋友共,敝之而无憾"。二句写主人家势盛时,有美酒车裘供客,朋友亦乐与共享富贵。"迨宿莽既滋"以下三句,则写主人死后,家势衰落,昔日朋友不仅莫肯顾恤遗属,抑且去之惟恐不远、不速。宿莽既滋,墓草萌出新芽,指主人死后经年。《礼记·檀弓》上:"朋友之墓,有宿草而不哭焉。"车中人,乘高车的人,指有地位的朋友。望望然去之,不高兴地离开,惟恐遗属有所告求。《孟子·公孙丑》上:"望望然去之,若将浼焉。"此用其意。陵夷,此从青柯亭本,底本作"凌夷"。
〔60〕 宰:管家。

药　僧

济宁某,偶于野寺外,见一游僧,向阳扪虱[1];杖挂葫芦,似卖药者。因戏曰:"和尚亦卖房中丹否[2]?"僧曰:"有。弱者可强,微者可巨,立刻见效,不俟经宿。"某喜,求之。僧解衲角[3],出药一丸,如黍大[4],令吞之。约半炊时,下部暴长;逾刻自扪,增于旧者三之一。心犹未足,窥僧起遗[5],窃解衲,拈二三丸并吞之。俄觉肤若裂,筋若抽,项缩腰橐[6],而阴长不已。大惧,无法。僧返,见其状,惊曰:"子必窃吾药矣!"急与一丸,始觉休止。解衣自视,则几与两股鼎足而三矣。缩颈蹒跚而归[7],父母皆不能识。从此为废物,日卧街上,多见之者。

据《聊斋志异》铸雪斋抄本

----

〔1〕 向阳扪虱:在向阳处捉虱子。
〔2〕 房中丹:指增进性功能的一类丹药。
〔3〕 衲:僧衣。即百衲衣。
〔4〕 黍(shǔ 鼠):黏米,俗称"黄米子"。
〔5〕 遗:入厕。
〔6〕 项缩腰橐(tuó 驼):此从青柯亭刻本,底本作"项缩腰橐"。橐,通"驼",谓腰背弯曲。
〔7〕 蹒跚(pán shān 盘珊):跛行貌。

于中丞

于中丞成龙[1],按部至高邮[2]。适巨绅家将嫁女,装奁甚富,夜被穿窬席卷而去[3]。刺史无术[4]。公令诸门尽闭,止留一门放行人出入,吏目守之[5],严搜装载。又出示,谕阖城户口各归第宅[6],候次日查点搜掘,务得赃物所在。乃阴嘱吏目:设有城门中出入至再者[7],捉之。过午得二人,一身之外,并无行装。公曰:"此真盗也。"二人诡辩不已。公令解衣搜之,见袍服内着女衣二袭[8],皆奁中物也。盖恐次日大搜,急于移置,而物多难携,故密着而屡出之也。

又公为宰时[9],至邻邑。早旦,经郭外,见二人以床舁病人,覆大被;枕上露发,发上簪凤钗一股[10],侧眠床上。有三四健男夹随之,时更番以手拥被[11],令压身底,似恐风入。少顷,息肩路侧,又使二人更相为荷[12]。于公过,遣隶回问之,云是妹子垂危,将送归夫家。公行二三里,又遣隶回,视其所入何村。隶尾之,至一村舍,两男子迎之而入。还以白公。公谓其邑宰:"城中得无有劫寇否[13]?"宰曰:"无之。"时功令严[14],上下讳盗,故即被盗贼劫杀,亦隐忍而不敢言[15]。公就馆舍[16],嘱家人细访之,果有富室被强寇入家,炮烙而死[17]。公唤其子来,诘其状。子固不承。公曰:"我已代捕大盗在此,非有他也。"子乃顿首哀泣,求为死者雪恨。公叩关往见邑宰,差健役四鼓出城[18],直至村舍,捕得八人,一鞫而伏。诘其病妇何人,盗供:"是夜同在勾栏[19],故与妓女合谋,置金床上,令抱卧至窝处始瓜分耳[20]。"共服于公之神[21]。或问所以能知之故,公曰:"此甚易解,但人不关心耳。岂有少妇在床,而容入手衾底者?且易肩而行[22],其势甚重;交手护之,则知其中必有物矣。若病妇昏愦而至[23],必有妇人倚门而迎;止见男子,并不惊问一言,是以确知其为盗也。"

据《聊斋志异》铸雪斋抄本

------

[1] 于中丞成龙:于成龙,字北溟,山西永宁州(今离石县)人。崇祯时副贡。顺治末,授广西罗城知县。康熙间,历官直隶巡抚,擢兵部尚书,总督江南江西。二十三年,兼摄江苏、安徽两省巡抚事,未几,卒于官。谥清端。于为官简陋自奉,而所至申明保甲,好微行诇知民隐,摘发盗贼。康熙称之为"古今第一廉吏"。《清史稿》二七七有传。下文称"按部至高邮",知本段所记为于出任两江总督后事。

[2] 按部:谓巡视属下州县。高邮:明清时州名,属扬州府,州治即今江苏省高邮县。

[3] 穿窬(yú鱼):穿壁逾墙。指偷窃行为。《论语·阳货》:"色厉而内荏,譬诸小人,其犹穿窬之盗也与。"注:"穿,穿壁;窬,窬(踰)墙。"

[4] 刺史:知州的别称。

[5] 吏目:官名。明清州置吏目,职掌缉捕、守狱及文书等事。

[6] 谕阛城户口:此从二十四卷抄本,底本"阛"作"阁"。

[7] 再:两次。

[8] 二袭:两身。衣裳一套叫一袭。

[9] 宰:知县。本段记述于成龙初任广西罗城县知县时事。于在罗城

七年,政绩最著,被举卓异。参《清史稿》本传及易宗夔《新世说·政事》。

[10] 凤钗:股端镌作凤头状的发钗。又叫凤头钗。
[11] 更番:轮换。拥:推而塞之。
[12] 二人:此从二十四卷抄本,底本作"一人"。
[13] 劫寇:被劫失盗之事。
[14] 功令:此从二十四卷抄本,原作"公令"。朝廷考核官员的有关条例。
[15] 隐忍:隐瞒、忍耐。
[16] 馆舍:驿馆。
[17] 炮烙:指强盗逼财所施烧灼之刑。
[18] 四鼓:四更天。谓天未明。
[19] 勾栏:此从青柯亭本,底本作"钩栏"。指妓院。
[20] 窝处:窝藏赃物之所。藏匿罪犯或赃物的主家,称为"窝主"或"窝停主人",见洪迈《夷坚志》及《元典章》。
[21] 神:神明;明察。
[22] 易肩:指换人扛抬。
[23] 昏愦:昏迷不醒。谓病重。

皂 隶

万历间,历城令梦城隍索人服役[1],即以皂隶八人书姓名于牒[2],焚庙中;至夜,八人皆死。庙东有酒肆,肆主故与一隶有素。会夜来沽酒,问:"款何客?"答云:"僚友甚多[3],沽一尊少叙姓名耳。"质明,见他役,始知其人已死。入庙启扉,则瓶在焉,贮酒如故。归视所与钱,皆纸灰也。令肖八像于庙[4]。诸役得差,皆先酬之乃行[5];不然,必遭笞谴。

> 据《聊斋志异》铸雪斋抄本

----

〔1〕 历城:县名,明清为山东济南府附郭之县。
〔2〕 皂隶:指县署衙役。明制,官府衙役服皂色盘领衫。牒:简牒;指录名纸札。
〔3〕 僚友:指同署供职的衙役。僚,服事执役的人。
〔4〕 令:指历城知县。
〔5〕 酬:报谢。酹奠致谢。

绩　女

绍兴有寡媪夜绩[1],忽一少女推扉入,笑曰:"老姥无乃劳乎[2]?"视之,年十八九,仪容秀美,袍服炫丽。媪惊问:"何来?"女曰:"怜媪独居,故来相伴。"媪疑为侯门亡人[3],苦相诘。女曰:"媪勿惧。妾之孤[4],亦犹媪也。我爱媪洁,故相就。两免岑寂[5],固不佳耶[6]?"媪又疑为狐,默然犹豫。女竟升床代绩,曰:"媪无忧,此等生活,妾优为之[7],定不以口腹相累[8]。"媪见其温婉可爱,遂安之。

夜深,谓媪曰:"携来衾枕,尚在门外,出溲时,烦捉之[9]。"媪出,果得衣一裹。女解陈榻上,不知是何等锦绣,香滑无比。媪亦设布被,与女同榻。罗衿甫解[10],异香满室。既寝,媪私念:遇此佳人,可惜身非男子。女子枕边笑曰:"姥七旬,犹妄想耶?"媪曰:"无之。"女曰:"既不妄想,奈何欲作男子?"媪愈知为狐,大惧。女又笑曰:"愿作男子何心,而又惧我耶?"媪益恐,股战摇床。女曰:"嗟乎!胆如此大,还欲作男子!实相告:我真仙人[11],然非祸汝者。但须谨言,衣食自足。"媪早起,拜于床下。女出臂挽之,臂腻如脂,热香喷溢;肌一着人,觉皮肤松快。媪心动,复涉遐想。女哂曰:"婆子战栗才止,心又何处去矣!使作丈夫,当为情死。"媪曰:"使是丈夫,今夜那得不死!"由是两心浃洽[12],日同操作。视所绩,匀细生光;织为布,晶莹如锦,价较常三倍。媪出,则扃其户;有访媪者,辄于他室应之。居半载,无知者。

后媪渐泄于所亲,里中姊妹行皆托媪以求见。女让曰[13]:"汝言不慎,我将不能久居矣。"媪悔失言,深自责;而求见者日益众,至有以势迫媪者。媪涕泣自陈。女曰:"若诸女伴,见亦无妨;恐有轻薄儿,将见狎侮。"媪复哀恳,始许之。越日,老媪少女,香烟相属于道。女厌其烦,无贵贱,悉不交语;惟默然端坐,以听朝参而已。乡中少年闻其美,神魂倾动,媪悉绝之。

有费生者,邑之名士,倾其产,以重金啗媪。媪诺,为之请。女已知之,责曰:"汝卖我耶?"媪伏地自投。女曰:"汝贪其赂,我感其痴[14],可以一见。然而缘分尽矣。"媪又伏叩。女约以明日。生闻之,喜,具香烛而往,入门长揖。女帘内与语,问:"君破产相见,将何以教妾也?"生曰:"实不敢他有所干。只以王嫱、西子,徒得传闻;如不以冥顽见弃[15],俾得一阔眼界,下愿已足。若休咎自有定数,非所乐闻[16]。"忽见布幕之中,容光射露,翠黛朱樱[17],无不毕现,似无帘幌之隔者。生意炫神驰,不觉倾拜。拜已而起,则厚幕沉沉[18],闻声不见矣。悒怅间,窃恨未睹下体[19];俄见帘下绣履双翘[20],瘦不盈指。生又拜。帘中语曰:"君归休!妾体惰矣!"媪延生别室,烹茶为供。生题《南乡子》[21]一调于壁云:"隐约画帘前,三寸凌波玉笋尘[22];点地分明莲瓣落,纤纤[23],再着重台更可怜。花衬凤头弯[24],入握应知软似绵;但愿化为蝴蝶去,裙边,一嗅馀香死亦甘[25]。"题毕而去。女览题不悦,谓媪曰:"我言缘分已尽,今不妄矣。"媪伏地请罪。女曰："罪不尽在汝。我偶堕情障[26]，以色身示人[27]，遂被淫词污亵[28]，此皆自取，于汝何尤[29]。若不速迁，恐陷身情窟，转劫难出矣[30]。"遂襆被出。媪追挽之，转瞬已失。

据《聊斋志异》铸雪斋抄本

----

〔1〕 绍兴：县名，明清为绍兴府治。即今浙江省绍兴市。绩：析理丝麻，搓纺成线。
〔2〕 姥（mǔ母）：对老妇的尊称。
〔3〕 侯门亡人：谓贵家出逃的姬妾之类。
〔4〕 孤：孤独无依。
〔5〕 岑寂：孤寂。
〔6〕 固：岂。反。
〔7〕 优为：擅长。
〔8〕 不以口腹相累：谓不须寡媪供给饮食。
〔9〕 捉：提。
〔10〕 罗衿：罗衣衣襟。衿，同"襟"。
〔11〕 仙人：狐精的婉称。
〔12〕 浃洽：融洽。
〔13〕 让：斥责。
〔14〕 痴：钟情。
〔15〕 冥顽：愚钝。
〔16〕 "若休咎"二句：谓一生祸福已由命定，自己不屑置念。
〔17〕 翠黛朱樱：翠眉朱唇。
〔18〕 沉沉：重垂貌。
〔19〕 下体：下身。
〔20〕 绣履双翘：指旧时女子尖足绣鞋翘起的鞋尖。
〔21〕《南乡子》：本唐教坊曲名，后为词牌名，有单调、双调两体。此为双调，始自冯延巳词，宋代苏轼、陆游、辛弃疾等皆有此体词作。

〔22〕 "隐约"二句：谓身隔画帘，隐约看到绩女所着尖小绣鞋。凌波玉笋，指旧时裹足女子所着弓鞋，实兼咏足。曹植《洛神赋》："凌波微步，罗袜生尘。"杜牧《咏袜诗》："钿尺裁量减四分，纤纤玉笋裹轻云。"

〔23〕 "点地"二句：写绩女细步走动，足迹像莲花瓣轻柔地洒落地面。莲瓣，指足印。相传南齐潘妃行于金简莲花铺成的地面上，被赞为"步步生莲花"。见《南史·齐东昏侯纪》。纤纤，谓步履轻柔、细巧。《古诗为焦仲卿妻作》："纤纤作细步，精妙世无双。"

〔24〕 "再着"二句：谓如改穿高底绣鞋，鞋面复瓣花儿衬着凤鸟，就更加惹人爱怜。重台，本作"重抬"，此从二十四卷抄本。谓重台履，即古之高底鞋。元稹《梦游春》诗："丛梳百叶髻，金蹙重台履。"又，"重台"亦下射"花"字，花之复瓣者称重台花。韩偓《香奁集·妬媒》诗："好鸟岂须兼比翼，异花何必更重台。"凤头：鞋面绣饰；鞋头绣凤鸟为饰者称凤头鞋。见马缟《中华古今注》及苏轼《谢人惠云巾方舄》诗自注。

〔25〕 "入握"四句：想象女足香软，表示如有缘亲近，死也甘心。

〔26〕 情障：谓因情爱而造成业障。此处犹言"情网"。

〔27〕 色身：眼力能见之身，俗谓肉胎凡身。佛家语，见《楞严经》。

〔28〕 污亵：玷污。

〔29〕 尤：怨恨。

〔30〕 转劫：历劫。劫，梵语"劫波"音译之省。

红 毛 毡

红毛国,旧许与中国相贸易[1]。边帅见其众,不许登岸。红毛人固请:"赐一毡地足矣。"帅思一毡所容无几,许之。其人置毡岸上,仅容二人;拉之,容四五人;且拉且登,顷刻毡大亩许,已数百人矣。短刃并发,出于不意,被掠数里而去。

据《聊斋志异》铸雪斋抄本

------

[1] 红毛国:指荷兰。据《明史·和兰传》及《清史稿·邦交志》,自明万历中,荷兰海商始借船舰与中国往来。迄崇祯朝,先后侵扰澎湖、漳州、台湾、广州等地,强求通商,但屡遭中国地方官员驱逐,不许贸易;惟台湾一地,荷兰人以武力据守,始终不去。清顺治间,荷兰要求与清政府建交,至康熙二年遣使入朝。其后清廷施行海禁。二十二年,荷兰以助剿郑成功父子功,首请开海禁以通市,清廷许之,乃通贸易。本篇所记,系据作者当时传闻,时、地未详。

抽　肠

莱阳民某昼卧[1],见一男子与妇人握手入。妇黄肿[2],腰粗欲仰,意象愁苦[3]。男子促之曰:"来,来!"某意其苟合者,因假睡以窥所为。既入,似不见榻上有人。又促曰:"速之!"妇便自坦胸怀,露其腹,腹大如鼓。男子出屠刀一把,用力刺入,从心下直剖至脐,蛊蛊有声[4]。某大惧,不敢喘息。而妇人攒眉忍受[5],未尝少呻。男子口衔刀,入手于腹,捉肠挂肘际;且挂且抽,顷刻满臂。乃以刀断之,举置几上,还复抽之。几既满,悬椅上;椅又满,乃肘数十盘,如渔人举网状,望某首边一掷。觉一阵热腥,面目喉膈覆压无缝。某不能复忍,以手推肠,大号起奔。肠堕榻前,两足被絷,冥然而倒。家人趋视,但见身绕猪脏;既入审顾,则初无所有。众各自谓目眩,未尝骇异。及某述所见,始共奇之。而室中并无痕迹,惟数日血腥不散。

据《聊斋志异》铸雪斋抄本

----

〔1〕　莱阳:县名,明清属山东登州府。即今山东省莱阳县。
〔2〕　妇黄肿:此从二十四卷抄本,底本作"妇黄癉"。
〔3〕　意象:心绪和表情。
〔4〕　蛊蛊:象声词。今通作"嗤嗤"。
〔5〕　攒眉:皱眉。

张 鸿 渐

张鸿渐,永平人[1]。年十八,为郡名士。时卢龙令赵某贪暴,人民共苦之。有范生被杖毙[2],同学忿其冤,将鸣部院[3],求张为刀笔之词[4],约其共事。张许之。妻方氏,美而贤,闻其谋,谏曰:"大凡秀才作事,可以共胜,而不可以共败:胜则人人贪天功[5],一败则纷然瓦解[6],不能成聚。今势力世界,曲直难以理定;君又孤,脱有翻覆,急难者谁也[7]!"张服其言,悔之,乃婉谢诸生[8],但为创词而去[9]。质审一过,无所可否。赵以巨金纳大僚,诸生坐结党被收[10],又追捉刀人[11]。

张惧,亡去。至凤翔界[12],资斧断绝。日既暮,踟蹰旷野,无所归宿。欻睹小村,趋之。老妪方出阖扉,见生,问所欲为。张以实告,妪曰:"饮食床榻,此都细事;但家无男子,不便留客。"张曰:"仆亦不敢过望,但容寄宿门内,得避虎狼足矣。"妪乃令入,闭门,授以草荐,嘱曰:"我怜客无归,私容止宿,未明宜早去,恐吾家小娘子闻知,将便怪罪。"妪去,张倚壁假寐。忽有笼灯晃耀,见妪导一女郎出。张急避暗处,微窥之,二十许丽人也。及门,见草荐,诘妪。妪实告之,女怒曰:"一门细弱[13],何得容纳匪人[14]!"即问:"其人焉往?"张惧,出伏阶下。女审诘邦族,色稍霁,曰:"幸是风雅士,不妨相留。然老奴竟不关白[15],此等草草,岂所以待君子。"命妪引客入舍。俄顷，罗酒浆，品物精洁；既而设锦裯于榻。张甚德之，因私询其姓氏。妪曰："吾家施氏，太翁夫人俱谢世，止遗三女。适所见，长姑舜华也。"妪去。张视几上有《南华经》注[16]，因取就枕上，伏榻翻阅。忽舜华推扉入。张释卷，搜觅冠履。女即榻捺坐曰："无须，无须！"因近榻坐，腼然曰："妾以君风流才士，欲以门户相托[17]，遂犯瓜李之嫌[18]。得不相遐弃否[19]？"张皇然不知所对，但云："不相诳，小生家中，固有妻耳。"女笑曰："此亦见君诚笃，顾亦不妨。既不嫌憎，明日当烦媒妁。"言已，欲去。张探身挽之，女亦遂留。未曙即起，以金赠张曰："君持作临眺之资[20]；向暮，宜晚来，恐傍人所窥。"张如其言，早出晏归，半年以为常。

一日，归颇早，至其处，村舍全无，不胜惊怪。方徘徊间，闻妪云："来何早也！"一转盼间，则院落如故，身固已在室中矣，益异之。舜华自内出，笑曰："君疑妾耶？实对君言：妾，狐仙也，与君固有夙缘。如必见怪，请即别。"张恋其美，亦安之。夜谓女曰："卿既仙人，当千里一息耳[21]。小生离家三年，念妻孥不去心，能携我一归乎？"女似不悦，曰："琴瑟之情，妾自分于君为笃[22]；君守此念彼，是相对绸缪者，皆妄也！"张谢曰："卿何出此言。谚云：'一日夫妻，百日恩义。'后日归念卿时，亦犹今日之念彼也。设得新忘故，卿何取焉？"女乃笑曰："妾有褊心：于妾，愿君之不忘；于人，愿君之忘之也。然欲暂归，此复何难：君家咫尺耳。"遂挽出门，见道路昏暗，张逡巡不前。女曳之走，无几时，曰："至矣。君归，妾且去。"张停足细认，果见家门。逾垝垣入[23]，见室中灯火犹荧。近以两指弹扉。内问为谁，张具道所来。内秉烛启关,真方氏也。两相惊喜,握手入帏。见儿卧床上,慨然曰:"我去时儿才及膝,今身长如许矣!"夫妇依倚,恍如梦寐。张历述所遭。问及讼狱,始知诸生有瘐死者[24],有远徙者[25],益服妻之远见。方纵体入怀,曰:"君有佳偶,想不复念孤衾中有零涕人矣!"张曰:"不念,胡以来也?我与彼虽云情好,终非同类;独其恩义难忘耳。"方曰:"君以我何人也?"张审视,竟非方氏,乃舜华也。以手探儿,一竹夫人耳[26]。大惭无语。女曰:"君心可知矣!分当自此绝矣[27],犹幸未忘恩义,差足自赎[28]。"

过二三日,忽曰:"妾思痴情恋人,终无意味。君日怨我不相送,今适欲至都,便道可以同去。"乃向床头取竹夫人共跨之,令闭两眸,觉离地不远,风声飕飕。移时,寻落。女曰:"从此别矣。"方将订嘱,女去已渺。怅立少时,闻村犬鸣吠,苍茫中见树木屋庐,皆故里景物,循途而归。逾垣叩户,宛若前状。方氏惊起,不信夫归;诘证确实,始挑灯呜咽而出。既相见,涕不可仰[29]。张犹疑舜华之幻弄也;又见床卧一儿,如昨夕,因笑曰:"竹夫人又携入耶?"方氏不解,变色曰:"妾望君如岁[30],枕上啼痕固在也。甫能相见,全无悲恋之情,何以为心矣!"张察其情真,始执臂欷歔,具言其详。问讼案所结,并如舜华言。方相感慨,闻门外有履声,问之不应。盖里中有恶少甲,久窥方艳,是夜自别村归,遥见一人逾垣去,谓必赴淫约者,尾之入。甲故不甚识张,但伏听之。及方氏亟问,乃曰:"室中何人也?"方讳言:"无之。"甲言:"窃听已久,敬将以执奸也。"方不得已,以实告。甲曰:"张鸿渐大案未消,即使归家,亦当缚送官府。"方苦哀之,甲词益狎逼。张忿火中烧,把刀直出,剁甲中颅。甲踣,犹号;又连剁之,遂死。方曰:"事已至此,罪益加重。君速逃,妾请任其辜。"张曰:"丈夫死则死耳,焉肯辱妻累子以求活耶!卿无顾虑,但令此子勿断书香[31],目即瞑矣。"天明,赴县自首。赵以钦案中人[32],姑薄惩之。寻由郡解都,械禁颇苦。

途中遇女子跨马过,一老妪捉鞚,盖舜华也。张呼妪欲语,泪随声堕。女返辔,手启障纱[33],讶曰:"表兄也,何至此?"张略述之。女曰:"依兄平昔,便当掉头不顾;然予不忍也。寒舍不远,即邀公役同临,亦可少助资斧。"从去二三里,见一山村,楼阁高整。女下马入,令妪启舍延客。既而酒炙丰美,似所夙备。又使妪出曰:"家中适无男子,张官人即向公役多劝数觞,前途倚赖多矣。遣人措办数十金为官人作费,兼酬两客,尚未至也。"二役窃喜,纵饮,不复言行。日渐暮,二役径醉矣。女出,以手指械,械立脱;曳张共跨一马,驶如龙。少时,促下,曰:"君止此。妾与妹有青海之约[34],又为君逗留一晌,久劳盼注矣。"张问:"后会何时?"女不答,再问之,推堕马下而去。既晓,问其地,太原也。遂至郡,赁屋授徒焉。托名宫子迁。居十年,访知捕亡浸怠,乃复逡巡东向。既近里门,不敢遽入,俟夜深而后入。及门,则墙垣高固,不复可越,只得以鞭挝门。久之,妻始出问。张低语之。喜极,纳入,作呵叱声,曰:"都中少用度,即当早归,何得遣汝半夜来?"入室,各道情事,始知二役逃亡未返。言次,帘外一少妇频来,张问伊谁,曰:"儿妇耳。"问:"儿安在?"曰:"赴郡大比未归[35]。"张涕下曰:"流离数年,儿已成立,不谓能继书香,卿心血殆尽矣!"话未已,子妇已温酒炊饭,罗列满几。张喜慰过望。居数日,隐匿屋榻,惟恐人知。一夜,方卧,忽闻人语腾沸,捶门甚厉。大惧,并起。闻人言曰:"有后门否?"益惧,急以门扇代梯,送张夜度垣而出;然后诣门问故,乃报新贵者也[36]。方大喜,深悔张遁,不可追挽。

张是夜越莽穿榛,急不择途;及明,困殆已极。初念本欲向西,问之途人,则去京都通衢不远矣。遂入乡村,意将质衣而食。见一高门,有报条粘壁上[37];近视,知为许姓,新孝廉也。顷之一翁自内出,张迎揖而告以情。翁见仪容都雅,知非赚食者,延入相款。因诘所往,张托言:"设帐都门,归途遇寇。"翁留诲其少子。张略问官阀,乃京堂林下者[38];孝廉,其犹子也。月馀,孝廉偕一同榜归[39],云是永平张姓,十八九少年也。张以乡谱俱同[40],暗中疑是其子;然邑中此姓良多,姑默之。至晚解装,出"齿录"[41],急借披读[42],真子也。不觉泪下。共惊问之,乃指名曰:"张鸿渐,即我是也。"备言其由。张孝廉抱父大哭。许叔侄慰劝,始收悲以喜。许即以金帛函字[43],致告宪台[44],父子乃同归。方自闻报,日以张在亡为悲[45];忽白孝廉归,感伤益痛。少时,父子并入,骇如天降,询知其故,始共悲喜。甲父见其子贵,祸心不敢复萌。张益厚遇之,又历述当年情状,甲父感愧,遂相交好。

据《聊斋志异》铸雪斋抄本

---

〔1〕 永平:府名,府治在今河北省卢龙县。
〔2〕 杖毙:杖刑毙命。
〔3〕 鸣部院:鸣冤于部院。部院,指巡抚衙门。见《小谢》注。

〔4〕 为刀笔之词:撰写讼状。刀笔,古时称主办文案的官吏为刀笔吏;后世也称讼师为刀笔,是说其笔利如刀。
〔5〕 贪天功:喻指贪他人之功为己有。《左传·僖公二十四年》:"窃人之财,犹谓之盗;而况贪天之功以为己力乎?"
〔6〕 瓦解:喻崩溃之势如屋瓦散脱,各自分离。语出《淮南子·泰族》。
〔7〕 急难:急人之难;此指兄弟相助。语出《诗·小雅·常棣》:"兄弟急难。"
〔8〕 婉谢:据二十四卷抄本,原作"宛谢"。
〔9〕 刱词:起草讼词。刱,草创。
〔10〕 坐结党:治以结党之罪。收:逮捕入狱。
〔11〕 捉刀人:《世说新语·容止》:"魏武将见匈奴使,自以形陋不足雄远国,使崔季珪代,帝自捉刀立床头。"捉刀,握刀。后称代人作文字者为捉刀人。
〔12〕 凤翔:府名,治所在今陕西省凤翔县。
〔13〕 细弱:指老、幼、妇女。
〔14〕 匪人:不是亲近的人。《易·比》:"比之匪人,不亦伤乎!"注:"所与比者,皆非己亲,故曰比之匪人。"
〔15〕 关白:禀告。
〔16〕 《南华经》:即《庄子》。唐天宝元年二月号庄子为南华真人,始称《庄子》为《南华真经》。
〔17〕 以门户相托:托付家事,支撑门户。指招男入赘。
〔18〕 瓜李之嫌:此谓私相会见,处身嫌疑。古乐府《君子行》:"君子防未然,不处嫌疑间,瓜田不纳履,李下不整冠。"
〔19〕 遐弃:远弃。《诗·周南·汝坟》:"既见君子,不我遐弃。"
〔20〕 临眺:登高望远;指游览。
〔21〕 千里一息:千里之遥,呼吸之间即可到达。息,气息、呼吸。
〔22〕 自分(fèn 份):自认为。
〔23〕 垝(guǐ 鬼)垣:倒坍的垣墙。
〔24〕 瘐(yǔ 羽)死:病死狱中。瘐,囚徒病叫"瘐"。此据二十四卷抄本,原作"瘦"。
〔25〕 远徙:流放到边远地区。徙,流刑。

〔26〕 竹夫人：夏天置于床上的取凉用具，竹制，圆柱形，中空，周围有洞，可以通风。
〔27〕 分(fēn 份)当：自应；本应该。
〔28〕 差足自赎：勉强可以赎罪。自赎，将功折罪。
〔29〕 涕不可仰：哭泣得不能仰视。仰，抬头。
〔30〕 望君如岁：《左传·哀公十二年》："国人望君，如望岁焉。"岁，一年的农业收成。此谓盼您如盼年岁丰登。
〔31〕 勿断书香：意谓令其子继承父业，读书上进。书香，古人以芸香草藏书辟蠹，故有书香之称。此用指读书的家风。
〔32〕 钦案：钦命审办的案件。钦，旧时对皇帝行事的敬称。
〔33〕 障纱：犹言面纱。
〔34〕 青海：古称仙海，中有海心山，传说为求仙访道之地。吕湛恩注引逦贤诗："丘公神仙流，学道青海东。"
〔35〕 郡：指太原府治。明清时的太原县，在今太原市西南。大比：乡试。
〔36〕 报新贵者：向新贵人报喜的人。新贵，新任高官的人；此指新登科第的人。
〔37〕 报条：向科举考中者报喜的纸帖。
〔38〕 京堂林下者：退休的京官。清代都察院、通政司及诸卿寺的堂官，均称京堂。林下，僻静之处，指退隐之地。此指退隐。
〔39〕 同榜：科举时代同榜取中的人叫"同榜"或"同科"。
〔40〕 乡、谱：指籍贯和姓氏。乡，乡里，乡贯。谱，姓谱，记录族姓世系的簿籍。
〔41〕 齿录：也称"同年录"。科举时代，凡同登一榜者，各具姓名、年龄、籍贯、三代，汇刻成帙，称"齿录"。
〔42〕 披读：翻阅。
〔43〕 金帛函字：礼品及书信。
〔44〕 宪台：东汉称御史府为宪台，后乃以之通称御史。此为封建时代下属对上司的称呼。
〔45〕 在亡：在逃。

太　医

　　万历间,孙评事少孤[1],母十九岁守节。孙举进士,而母已死。尝语人曰:"我必博诰命以光泉壤[2],始不负萱堂苦节[3]。"忽得暴病,綦笃。素与太医善[4],使人招之;使者出门,而疾益剧。张目曰:"生不能扬名显亲,何以见老母地下乎!"遂卒,目不瞑。

　　无何,太医至,闻哭声,即入临吊。见其状,异之。家人告以故,太医曰:"欲得诰命,即亦不难。今皇后旦晚临盆矣,但活十馀日,诰命可得。"立命取艾[5],灸尸一十八处。炷将尽,床上已呻;急灌以药,居然复生。嘱曰:"切记勿食熊虎肉。"共志之;然以此物不常有,颇不关意。既而三日平复,仍从朝贺[6]。

　　过六七日,果生太子,召赐群臣宴。中使出异品[7],遍赐文武,白片朱丝[8],甘美无比。孙啖之,不知何物。次日,访诸同僚,曰:"熊膰也[9]。"大惊失色;即刻而病,至家遂卒。

　　　　　　　　　　　　　　据《聊斋志异》铸雪斋抄本

------

〔1〕孙评事:未详。
〔2〕"我必博诰命"句:谓孙立志使亡母受到封赠。诰命,帝王的封赠命令。分言之,明清官五品以上授诰命(本身之封曰诰授;曾祖父母、祖父母、父母及妻,存者曰诰封,殁者曰诰赠);六品以下之封赠曰

敕命。此"诰命"系泛指封赠。
〔3〕 萱堂：母亲的代称。《诗·卫风·伯兮》："焉得谖草，言树之背。"诗意谓于母亲所居之北堂种植谖草（即萱草，一名忘忧草），使之忘忧。后因以萱堂为母亲或母亲住处的代称。
〔4〕 太医：官名。明清属太医院，主医药之事。
〔5〕 艾（ài 爱）：艾炷。用干艾卷制的灸用药物。
〔6〕 朝贺：群臣入朝，列班向皇帝贺喜的仪式。
〔7〕 中使：太监。
〔8〕 白片朱丝：指熊掌切片。熊掌掌心有脂如玉，并筋络煮熟后皆为白色，肌肉断面则呈红色纹理，故称。
〔9〕 熊膰：当作"熊蹯（fān 番）"，即熊掌。蹯，兽足。

牛　飞

邑人某,购一牛,颇健。夜梦牛生两翼飞去,以为不祥,疑有丧失[1]。牵入市损价售之[2]。以巾裹金,缠臂上。归至半途,见有鹰食残兔,近之甚驯。遂以巾头絷股[3],臂之[4]。鹰屡摆扑,把捉稍懈,带巾腾去。此虽定数,然不疑梦[5],不贪拾遗[6],则走者何遽能飞哉[7]?

据《聊斋志异》铸雪斋抄本

----

[1] 疑有丧失:担心牛会死亡、逃失。
[2] 损价:减价。
[3] 絷股:捆住鹰腿。
[4] 臂之:以臂架(或挽)鹰。
[5] 疑梦:因梦生疑,惑于梦兆。指因梦卖牛一事。
[6] 拾遗:拾取他人失物。指途中之鹰。
[7] "则走者"句:谓留得牛在,是不会飞掉的。走者,指牛。

王 子 安

王子安,东昌名士[1],困于场屋。入闱后,期望甚切。近放榜时,痛饮大醉,归卧内室。忽有人白:"报马来[2]。"王踉跄起曰:"赏钱十千!"家人因其醉,诳而安之曰:"但请睡,已赏矣。"王乃眠。俄又有人者曰:"汝中进士矣!"王自言:"尚未赴都[3],何得及第?"其人曰:"汝忘之耶?三场毕矣[4]。"王大喜,起而呼曰:"赏钱十千!"家人又诳之如前。又移时,一人急入曰:"汝殿试翰林[5],长班在此[6]。"果见二人拜床下,衣冠修洁。王呼赐酒食,家人又绐之,暗笑其醉而已。久之,王自念不可不出耀乡里,大呼长班;凡数十呼,无应者。家人笑曰:"暂卧候,寻他去。"又久之,长班果复来。王捶床顿足,大骂:"钝奴焉往[7]!"长班怒曰:"措大无赖[8]!向与尔戏耳,而真骂耶?"王怒,骤起扑之,落其帽。王亦倾跌。妻入,扶之曰:"何醉至此!"王曰:"长班可恶,我故惩之,何醉也?"妻笑曰:"家中止有一媪,昼为汝炊,夜为汝温足耳。何处长班,伺汝穷骨?"子女皆笑。王醉亦稍解,忽如梦醒,始知前此之妄。然犹记长班帽落;寻至门后,得一缨帽如盏大[9],共疑之。自笑曰:"昔人为鬼揶揄[10],吾今为狐奚落矣。"

异史氏曰:"秀才入闱,有七似焉。初入时,白足提篮[11],似丐。唱名时[12],官呵隶骂,似囚。其归号舍也[13],孔孔伸头,房房露脚,似秋末之冷蜂。其出场也,神情惝怳[14],天地异色,似出笼之病鸟。迨望报也[15],草木皆惊[16],梦想亦幻。时作一得志想,则顷刻而楼阁俱成;作一失志想,则瞬息而骸骨已朽。此际行坐难安,则似被絷之猱[17]。忽然而飞骑传人[18],报条无我,此时神色猝变,嗒然若死,则似饵毒之蝇[19],弄之亦不觉也。初失志,心灰意败,大骂司衡无目[20],笔墨无灵[21],势必举案头物而尽炬之;炬之不已,而碎踏之;踏之不已,而投之浊流[22]。从此披发入山,面向石壁[23],再有以'且夫'、'尝谓'之文进我者[24],定当操戈逐之。无何,日渐远,气渐平,技又渐痒[25];遂似破卵之鸠,只得衔木营巢,从新另抱矣[26]。如此情况,当局者痛哭欲死[27];而自旁观者视之,其可笑孰甚焉。王子安方寸之中[28],顷刻万绪,想鬼狐窃笑已久,故乘其醉而玩弄之。床头人醒[29],宁不哑然失笑哉?顾得志之况味,不过须臾,词林诸公[30],不过经两三须臾耳[31]。子安一朝而尽尝之,则狐之恩与荐师等[32]。"

据《聊斋志异》铸雪斋抄本

----

〔1〕 东昌:明清府名,治所在今山东省聊城县。

〔2〕 报马:也称"报子",为科举中式者报喜的人;因骑马快报故称"报马"。

〔3〕 都:京城。明清时进士考试在京城北京举行,故云"尚未赴都,何得及第"。

〔4〕 三场:指礼部会试的三场考试。

〔5〕 殿试翰林:指殿试及第,授官翰林。殿试,举人赴京参加会试录取

后,再参加复试、殿试,考中的称"进士"。殿试由皇帝主持,在殿廷上举行,前三名赐进士及第。其中第一名称"状元",授职翰林院修撰,第二、三名授职翰林院编修。

〔6〕 长班:又称"长随",明清时官员随身使唤的公役。

〔7〕 钝奴:犹言"蠢才"。钝,笨。

〔8〕 措大:旧时对贫寒读书人的轻慢称呼。无赖:憎骂语。此处斥其强横无理。

〔9〕 缨帽:红缨帽,清代的官帽,帽顶披红缨。盏:杯子。

〔10〕 昔人为鬼揶揄:指晋代罗友仕途失意,被鬼揶揄。详见《叶生》注。揶揄,戏弄。

〔11〕 白足提篮:科举场规有搜挟带之条。清初规定,考生入场携带格眼竹柳考篮,只准带笔墨、食具等物。顺治时规定士子穿拆缝衣服,单层鞋袜。入场时,诸生解衣等候,左手执笔砚,右手执布袜,赤脚站立,等候点名、搜检。

〔12〕 唱名:即点名入场。乡试入场前,先期告知士子点名入场的分路和次序,士子齐集后由差役持点名牌导入,官呵吏骂,如对囚犯。

〔13〕 号舍:乡试贡院甬道两侧为考生的号舍。号门之内有小巷,巷北有号舍五六十间至百间。号舍为考生日间考试、夜间住宿之所,无门,搭木板于墙供书写之用,故考试时考生伸头露脚。

〔14〕 惝怳(chǎng huǎng 敞谎):神志模糊,失意迷惘。

〔15〕 望报:盼望报录人。报,科举时代向考中者报告喜信的人。

〔16〕 草木皆惊:形容情绪紧张。此为成语"草木皆兵"的化用,意谓但有风吹草动,都以为是报马到来。

〔17〕 猱(náo 挠):猿猴。

〔18〕 飞骑(jì 季)传人:报马传送喜报给别人。飞骑,指报马。

〔19〕 饵毒:服毒。饵,吃。

〔20〕 司衡无目:考官瞎眼。司衡,主持衡文评卷官员。

〔21〕 笔墨无灵:谓自己文思失灵,不能下笔有神。

〔22〕 浊流:对清流而言。古称德行高洁之士为"清流"。欧阳修《朋党论》,谓唐昭宗时,尽杀朝中名士,或投之黄河,曰:"此辈清流,可投浊流。"此谓把案头物投之浊流,意思是摒弃八股文,不再应科举。

〔23〕 披发入山,面向石壁:指遁入深山,出家修道。面壁,佛教用语,面对石壁默坐静修的意思。相传印度僧人达摩来中国,曾在嵩山少林寺修真养性,面壁而坐,终日默然。见《五灯会元》。
〔24〕 "且夫"、"尝谓"之文:指八股文。"且夫"、"尝谓"是八股文常用的套语。
〔25〕 技又渐痒:意谓又揣摩八股,跃跃欲试,准备下届应考。技痒,长于某种技艺的人,一遇机会,就急欲表现,如像身上发痒不能自忍。
〔26〕 抱:孵卵,俗称"抱窝"。
〔27〕 当局者:当事人,指落榜士子。
〔28〕 方寸:指心。
〔29〕 床头人醒:谓其妻旁观,比较清醒。床头人,指妻子。
〔30〕 词林诸公:指翰林院的诸位先生。词林,翰林院的别称。
〔31〕 经两三须臾:经历二三次短暂的得志况味;指经历乡试、会试或殿试考中的喜悦。
〔32〕 荐师:科举时代,乡试或会试主考官以下,设同考官若干人,分房阅卷。同考官在认可的试卷上批一"荐"字,荐给主考官,由主考官核批录取。被录取者称荐举其试卷的官员为"房师"或"荐师"。

刁　姓

有刁姓者，家无生产，每出卖许负之术[1]——实无术也——数月一归，则金帛盈橐。共异之。

会里人有客于外者，遥见高门内一人，冠华阳巾[2]，言语啁嗻[3]，众妇丛绕之。近视，则刁也。因微窥所为。见有问者曰："吾等众人中，有一夫人在[4]，能辨之乎？"盖有一贵人妇微服其中[5]，将以验其术也。里人代为刁窘。刁从容望空横指曰："此何难辨。试观贵人顶上，自有云气环绕。"众目不觉集视一人，觇其云气。刁乃指其人曰："此真贵人！"众惊以为神。

里人归，述其诈慧[6]。乃知虽小道[7]，亦必有过人之才；不然，乌能欺耳目、赚金钱，无本而殖哉[8]！

据《聊斋志异》铸雪斋抄本

----

〔1〕 许负之术：指相术。许负，汉初河内温地老妇，善相术，曾为周亚夫相，皆中。见《史记·绛侯周勃世家》。
〔2〕 华阳巾：道士所着之头巾。其式上下皆平。创始者，或谓三国魏之韦节，或谓南朝梁之陶隐居（弘景），其说不一。
〔3〕 啁嗻：本指声音细碎刺耳。此谓异腔别调，使人难解。
〔4〕 夫人：封建时代妇女封号。明清一品、二品官员之妻封夫人。
〔5〕 微服：为隐蔽身分而改着地位低下者的服装。

〔6〕 诈慧:诡诈的小聪明。

〔7〕 小道:相对于儒家大道而言,习指其他学说和技能。此处犹言"小小骗术"。

〔8〕 无本而殖:不须资本而孳生财利。殖,孳生,蕃殖。

农　妇

邑西磁窑坞有农人妇[1]，勇健如男子，辄为乡中排难解纷[2]。与夫异县而居。夫家高苑[3]，距淄百馀里；偶一来，信宿便去[4]。妇自赴颜山[5]，贩陶器为业。有赢馀，则施丐者。一夕与邻妇语，忽起曰："腹少微痛，想孽障欲离身也[6]。"遂去。天明往探之，则见其肩荷酿酒巨瓮二，方将入门。随至其室，则有婴儿绷卧。骇问之，盖娩后已负重百里矣。故与北庵尼善，订为姊妹。后闻尼有秽行[7]，忿然操杖，将往挞楚，众苦劝乃止。一日，遇尼于途，遽批之[8]。问："何罪？"亦不答。拳石交施，至不能号，乃释而去。

异史氏曰："世言女中丈夫，犹自知非丈夫也，妇并忘其为巾帼矣[9]。其豪爽自快，与古剑仙无殊[10]，毋亦其夫亦磨镜者流耶[11]？"

据《聊斋志异》铸雪斋抄本

---

〔1〕磁窑坞：集镇名，在淄川西南乡。见乾隆《淄川县志》二下"乡村"。
〔2〕排难解纷：为人排除危难，调解争执。语出《战国策·赵策》三。
〔3〕高苑：旧县名。在淄川县东北，明清属青州府。今为山东省高青县之一部分。
〔4〕信宿：再宿。
〔5〕颜山：又名颜神山、神头山或凤凰山。在益都县西南一百八十里，

博山县西南三里。旧属益都县,今属淄博市博山区,山下即颜神镇。

〔6〕 孽障:即"业障",佛教谓过去作恶导致的后果。此处作为对腹中胎儿的昵称。

〔7〕 秽行:习指男女关系混乱。

〔8〕 批:批颊,打嘴巴。

〔9〕 巾帼(guó 国):妇女的头巾和发饰。衍为妇女代称。

〔10〕 剑仙:指技能超凡入化的剑客。

〔11〕 磨镜者:指唐人小说中女剑客聂隐娘的丈夫。聂隐娘,唐贞元中魏博大将聂锋之女。十岁时被一女尼携去,授以剑术,五年送归。偶一磨镜少年及门,隐娘禀于父而嫁之。夫妇初事魏博,后事陈许,终渐不知所之,而此磨镜少年始终未见有他艺能,是一个带有神秘色彩的人物。见《太平广记》一九四、唐裴铏《传奇·聂隐娘》。此谓农妇之夫似之。

金 陵 乙

金陵卖酒人某乙,每酿成,投水而置毒焉[1];即善饮者,不过数盏,便醉如泥。以此得"中山"之名[2],富致巨金。

早起,见一狐醉卧槽边;缚其四肢,方将觅刃,狐已醒,哀曰:"勿见害,请如所求。"遂释之,辗转已化为人[3]。时巷中孙氏,其长妇患狐为祟,因问之。答云:"是即我也。"乙窥妇娣尤美[4],求狐携往。狐难之。乙固求之。狐邀乙去,入一洞中,取褐衣授之,曰:"此先兄所遗,着之当可去。"既服而归,家人皆不之见;袭衣裳而出[5],始见之。大喜,与狐同诣孙氏家。

见墙上贴巨符,画蜿蜒如龙[6],狐惧曰:"和尚大恶[7],我不往矣!"遂去。乙逡巡近之,则真龙盘壁上,昂首欲飞。大惧亦出。盖孙觅一异域僧,为之厌胜[8],授符先归,僧犹未至也。

次日,僧来,设坛作法[9]。邻人共观之,乙亦杂处其中。忽变色急奔,状如被捉;至门外,踣地化为狐[10],四体犹着人衣。将杀之。妻子叩请。僧命牵去,日给饮食,数月寻毙。

据《聊斋志异》铸雪斋抄本

------

[1] 投水而置毒:酒中掺水,并且放进有害人体的药物。

〔2〕 "中山":指中山酒,又名千日酒,是一种酒力很大的陈酿。晋张华《博物志》十、干宝《搜神记》十九谓:狄希,中山人,能造千日酒,饮之亦千日醉。州人刘玄石尝求饮一杯,至家醉死;三年后狄希往探,令其家发冢破棺,刘方醉醒,而发墓人为其酒气所中,竟各醉卧三月。

〔3〕 辗转:犹言"转侧间",形容为时不久。

〔4〕 妇娣:指长妇的弟妻。兄妻为姒,弟妻为娣,统称娣姒,即俗言妯娌。

〔5〕 袭:穿着。

〔6〕 画:笔画。蜿蜒:本作蛇蜒,此从二十四卷抄本。

〔7〕 大恶:太凶。很厉害。

〔8〕 厌(yà压)胜:古代迷信,陈设相克器物,并通过符咒以镇压邪魅,叫厌胜。

〔9〕 坛:祭坛。平地筑土以供祭祀的高台。

〔10〕 踣(bó薄)地:僵仆在地。

郭 安

孙五粒[1],有僮仆独宿一室,恍惚被人摄去[2]。至一宫殿,见阎罗在上,视之曰:"误矣,此非是。"因遣送还。既归,大惧,移宿他所;遂有僚仆郭安者[3],见榻空闲,因就寝焉。又一仆李禄,与僮有夙怨,久将甘心[4],是夜操刀入,扪之,以为僮也,竟杀之。郭父鸣于官。时陈其善为邑宰[5],殊不苦之[6]。郭哀号,言:"半生止此子,今将何以聊生!"陈即以李禄为之子。郭含冤而退。此不奇于僮之见鬼,而奇于陈之折狱也。

济之西邑有杀人者[7],其妇讼之。令怒,立拘凶犯至,拍案骂曰:"人家好好夫妇,直令寡耶[8]!即以汝配之,亦令汝妻寡守。"遂判合之。此等明决[9],皆是甲榜所为[10],他途不能也[11]。而陈亦尔尔,何途无才!

据《聊斋志异》铸雪斋抄本

------

[1] 孙五粒:孙秭,后改名珀龄,字五粒。孙之獬子,孙琰龄兄,山东淄川人。明崇祯六年举人,清顺治三年进士。历工科、刑科给事中,礼科都给事中,太仆寺少卿,迁鸿胪寺卿,转通政使司左通政使。乾隆《淄川县志》五《选举志》附有小传。
[2] 摄:捉拿,拘捕。
[3] 僚仆:同一主家的仆人。

〔4〕 久将甘心:谓久欲报复,以求快意。
〔5〕 陈其善:辽东人,贡士,顺治四年任淄川县知县。九年,入朝为拾遗。见乾隆《淄川县志》四《秩官》。
〔6〕 殊不苦之:谓对李禄很宽容,不使受刑罚之苦。
〔7〕 济之西邑:指济南府西境某县。按,此一附则之前,底本及二十四卷抄本有一段文字:"王阮亭曰:新城令陈端菴凝,性仁柔无断。王生与哲典居宅于人,久不给直。讼之官,陈不能决,但曰:'《诗》云:维鹊有巢,维鸠居之。生为鹊可也。'"
〔8〕 直:径直;竟然。
〔9〕 明决:反语。讽其糊涂判案。
〔10〕 皆是甲榜所为:意谓都是进士出身的官员所干的事。王阮亭所举新城令陈凝,字端菴,浙江德清人,进士,顺治五年至八年任新城知县。"济之西邑"之某"令",当也为进士出身。明清时,习称进士为甲榜,举人为乙榜。
〔11〕 他途:此指甲榜之外,其他出身选官者。陈其善由贡士选官,亦如此昏愦,故讽曰:"陈亦尔尔,何途无才!"

折　狱

邑之西崖庄,有贾某被人杀于途;隔夜,其妻亦自经死[1]。贾弟鸣于官。时浙江费公祎祉令淄[2],亲诣验之。见布袱裹银五钱馀,尚在腰中,知非为财也者。拘两村邻保审质一过[3],殊少端绪,并未搒掠,释散归农;但命约地细察[4],十日一关白而已。逾半年,事渐懈。贾弟怨公仁柔[5],上堂屡聒。公怒曰:"汝既不能指名,欲我以桎梏加良民耶!"呵逐而出。贾弟无所伸诉,愤葬兄嫂。

一日,以逋赋故[6],逮数人至。内一人周成,惧责,上言钱粮措办已足[7],即于腰中出银袱[8],禀公验视。验已,便问:"汝家何里?"答云:"某村。"又问:"去西崖几里?"答云:"五六里。""去年被杀贾某,系汝何亲[9]?"答云:"不识其人。"公勃然曰:"汝杀之,尚云不识耶!"周力辨,不听;严桎之,果伏其罪。先是,贾妻王氏,将诣姻家,惭无钗饰[10],聒夫使假于邻。夫不肯;妻自假之,颇甚珍重。归途,卸而裹诸袱,内袖中;既至家,探之已亡。不敢告夫,又无力偿邻,懊恼欲死。是日,周适拾之,知为贾妻所遗,窥贾他出,半夜逾垣,将执以求合。时溽暑,王氏卧庭中,周潜就淫之。王氏觉,大号。周急止之,留袱纳钗[11]。事已,妇嘱曰:"后勿来,吾家男子恶,犯恐俱死!"周怒曰:"我挟勾栏数宿之资,宁一度可偿耶?"妇慰之曰:"我非不愿相交,渠常善病,不如从容以待其死。"周乃去,于是杀贾,夜诣妇曰:"今某已被人杀,请如所约。"妇闻大哭,周惧而逃,天明则妇死矣。公廉得情[12],以周抵罪。共服其神,而不知所以能察之故。公曰:"事无难辨,要在随处留心耳。初验尸时,见银袂刺万字文,周袂亦然,是出一手也。及诘之,又云无旧[13],词貌诡变[14],是以确知其真凶也。"

异史氏曰:"世之折狱者[15],非悠悠置之[16],则缧系数十人而狼藉之耳[17]。堂上肉鼓吹[18],喧阗旁午[19],遂噸蹙曰[20]:'我劳心民事也。'云板三敲[21],则声色并进,难决之词[22],不复置念;专待升堂时,祸桑树以烹老龟耳[23]。呜呼!民情何由得哉!余每曰:'智者不必仁,而仁者则必智;盖用心苦则机关出也[24]。''随在留心'之言,可以教天下之宰民社者矣[25]。"

邑人胡成,与冯安同里,世有郤[26]。胡父子强,冯屈意交欢,胡终猜之[27]。一日,共饮薄醉,颇倾肝胆。胡大言[28]:"勿忧贫,百金之产不难致也。"冯以其家不丰,故哂之。胡正色曰:"实相告:昨途遇大商[29],载厚装来,我颠越于南山眢井中矣[30]。"冯又笑之。时胡有妹夫郑伦,托为说合田产,寄数百金于胡家,遂尽出以炫冯。冯信之。既散,阴以状报邑。公拘胡对勘[31],胡言其实,问郑及产主皆不讹。乃共验诸眢井。一役缒下,则果有无首之尸在焉。胡大骇,莫可置辨,但称冤苦。公怒,击喙数十[32],曰:"确有证据,尚叫屈耶!"以死囚具禁制之[33]。尸戒勿出,惟晓示诸村,使尸主投状。逾日,有妇人抱状[34],自言为亡者妻,言:"夫何甲,揭数百金作贸易,被胡杀死。"公曰:"井有死人,恐未必即是汝夫。"妇执言甚坚。

公乃命出尸于井,视之,果不妄。妇不敢近,却立而号。公曰:"真犯已得,但骸躯未全。汝暂归,待得死者首,即招报令其抵偿[35]。"遂自狱中唤胡出,呵曰:"明日不将头至,当械折股[36]!"押去终日而返,诘之,但有号泣。乃以梏具置前作刑势,却又不刑,曰:"想汝当夜扛尸忙迫,不知坠落何处,奈何不细寻之?"胡哀祈容急觅。公乃问妇:"子女几何?"答曰:"无。"问:"甲有何戚属?""但有堂叔一人。"慨然曰:"少年丧夫,伶仃如此,其何以为生矣!"妇乃哭,叩求怜悯。公曰:"杀人之罪已定,但得全尸,此案即结;结案后,速醮可也。汝少妇,勿复出入公门。"妇感泣,叩头而下。公即票示里人[37],代觅其首。经宿,即有同村王五,报称已获。问验既明,赏以千钱。唤甲叔至,曰:"大案已成;然人命重大,非积岁不能成结。侄既无出,少妇亦难存活,早令适人。此后亦无他务,但有上台检驳,止须汝应声耳。"甲叔不肯,飞两签下[38];再辩,又一签下。甲叔惧,应之而出。妇闻,诣谢公恩。公极意慰谕之。又谕:"有买妇者,当堂关白。"既下[39],即有投婚状者,盖即报人头之王五也。公唤妇上,曰:"杀人之真犯,汝知之乎?"答曰:"胡成。"公曰:"非也。汝与王五乃真犯耳。"二人大骇,力辩冤枉。公曰:"我久知其情,所以迟迟而发者,恐有万一之屈耳。尸未出井,何以确信为汝夫?盖先知其死矣。且甲死犹衣败絮,数百金何所自来?"又谓王五曰:"头之所在,汝何知之熟也!所以如此其急者,意在速合耳。"两人惊颜如土,不能强置一词。并械之,果吐其实。盖王五与妇私已久,谋杀其夫,而适值胡成之戏也。乃释胡。冯以诬告,重笞,徒三年。事结,并未妄刑一人。

异史氏曰[40]:"我夫子有仁爱名[41],即此一事,亦以见仁人之用心苦矣。方宰淄时,松才弱冠[42],过蒙器许[43],而驽钝不才,竟以不舞之鹤为羊公辱[44]。是我夫子有不哲之一事[45],则某实贻之也[46]。悲夫!"

据《聊斋志异》铸雪斋抄本

----

〔1〕 自经:自缢;上吊。
〔2〕 费公祎祉:费祎祉字支崤,浙江鄞县人,顺治十五年(公元1658年)为淄川县令。
〔3〕 邻保:犹言邻居、近邻。《周礼·地官·遂人》:"五家为邻,五邻为里。"又《周礼·地官·大司徒》:"令五家为比,使之相保。"
〔4〕 约地:指乡约、地保之类的乡中小吏。蒲松龄《代毕仲贺韦玉霄任五村乡约序》,谓乡约"脱有关白,则冠带上公庭"。
〔5〕 仁柔:犹言心慈手软,不够果断。
〔6〕 逋赋:拖欠赋税。
〔7〕 钱粮:田赋所征钱和粮的合称。清代则专指田赋税款,粮食也折钱缴纳。
〔8〕 银袱:包裹银钱的包袱。
〔9〕 何亲:据二十四卷抄本,原作"何物"。
〔10〕 钗饰:妇女的首饰。钗,两股笄。
〔11〕 留袱纳钗:自己留下包袱,把钗饰给了王氏。纳,交付。
〔12〕 廉:考察。情:指案情。
〔13〕 无旧:无旧交。
〔14〕 词貌诡变:言词搪塞,神态异常。
〔15〕 折狱:断案。折,判断。狱,讼案。
〔16〕 悠悠置之:谓长期搁置,不加处理。悠悠,安闲自在,此谓漫不

经心。
〔17〕 缧(léi雷)系:囚禁。狼藉之:把他们折磨得不成样子。狼藉,折磨、作践。
〔18〕 肉鼓吹:喻拷打犯人的声响。鼓吹,击鼓奏乐。后蜀李匡远为盐亭令,一天不对犯人施刑,就心中不乐。闻笞挞之声,曰:"此我一部肉鼓吹。"见《外史梼杌》。
〔19〕 喧阗旁午:哄闹。喧阗,哄闹声。旁午,交错,纷繁。语见《汉书·霍光传》颜师古注:"一纵一横为旁午,犹言交横也。"
〔20〕 嚬蹙:皱眉蹙容。谓装出一副忧心的样子。
〔21〕 云板三敲:此指打点退堂。云板,报时报事之器,俗谓之"点"。板形刻作云朵状,故名。旧时官署或权贵之家皆击云板作为报事的信号。
〔22〕 难决之词:难以判断的官司。词,词讼,诉讼。
〔23〕 祸桑树以烹老龟:比喻胡乱判案,滥施刑罚,使众多无辜者牵累受害。传说三国时,吴国永康有人入山捉到一只大龟,以船载归,要献给吴王孙权。夜间系舟于大桑树。舟人听见大龟说:我既被捉,将被烹煮,但是烧尽南山之柴,也煮我不烂。桑树说:诸葛恪见识广博,假使用我们桑树去烧你,你怎么办呢?孙权得龟,焚柴百车,龟依然如故。诸葛恪献策,砍桑树烧煮,果然把龟煮烂。出自《异苑》,见《太平广记》卷四六八《永康人》。这里以桑树与老龟比喻诉讼的两造。
〔24〕 机关:计谋或计策。此指弄清案情的线索和办法。
〔25〕 宰民社者:理民的地方官。民社,人民与社稷。
〔26〕 世有郤:世代不和睦。郤,通"隙",嫌隙。
〔27〕 猜:猜疑;不信任。
〔28〕 大言:说大话。
〔29〕 大商:据二十四卷抄本,原作"大高"。
〔30〕 颠越:陨坠。眢(yuān渊)井:无水的井;枯井。
〔31〕 对勘:查对核实。
〔32〕 击喙(huì会):掌嘴,打嘴巴。
〔33〕 死囚具:为死刑囚犯所用的刑具。

〔34〕 有妇人抱状：有个妇人抱持状纸，亲诣公堂。按清制，妇女不宜出入公门，有诉讼之事，得委派亲属或仆人代替。此妇女抱状自至，甚为蹊跷。

〔35〕 招报：公开判决。招，揭示其罪。报，断狱，判决。

〔36〕 械折（shé 舌）股：夹断你的腿。械，刑具，此指夹棍之类的刑械。

〔37〕 票示：持官牌传令。票，旧时称官牌为"票"，见《正字通》。

〔38〕 签：旧时官吏审案时，公案上置签筒，用刑时就拔签掷地，衙役则凭签施刑。

〔39〕 既下：据二十四卷抄本，原作"即下"。

〔40〕 "异史氏曰"一段：据二十四卷抄本补，底本阙。

〔41〕 我夫子：指费祎祉。夫子，旧时对老师的专称。

〔42〕 松：蒲松龄自称。弱冠：古时男子二十岁成人，初加冠，因体弱未壮，故称"弱冠"；后来也以称一般少年。

〔43〕 器许：器重和赞许。

〔44〕 竟以不舞之鹤为羊公辱：意谓自己无能，辜负了赏识者的厚望。《世说新语·排调》："昔羊叔子有鹤善舞，尝向客称之。客试使驱来，氃氋而不肯舞。"蒲松龄以自己科举受挫，有负费祎祉的器许，故有此喻。

〔45〕 不哲：不明智。

〔46〕 贻：留给。

义　犬

周村有贾某[1]，贸易芜湖[2]，获重资。赁舟将归，见堤上有屠人缚犬，倍价赎之，养豢舟上。舟人固积寇也[3]，窥客装，荡舟入莽[4]，操刀欲杀。贾哀赐以全尸，盗乃以毡裹置江中。犬见之，哀嗥投水，口衔裹具，与共浮沉。流荡不知几里，达浅搁乃止[5]。

犬泅出，至有人处，狺狺哀吠[6]。或以为异，从之而往，见毡束水中，引出断其绳。客固未死，始言其情。复哀舟人，载还芜湖，将以伺盗船之归。登舟失犬，心甚悼焉。抵关三四日，估楫如林[7]，而盗船不见。

适有同乡估客将携俱归，忽犬自来，望客大嗥，唤之却走。客下舟趁之。犬奔上一舟，啮人胫股，挞之不解。客近呵之，则所啮即前盗也。衣服与舟皆易，故不得而认之矣。缚而搜之，则裹金犹在。呜呼！一犬也，而报恩如是。世无心肝者[8]，其亦愧此犬也夫！

据《聊斋志异》铸雪斋抄本

----

〔1〕周村：集镇名。明清属山东省长山县，今属淄博市周村区。
〔2〕芜湖：县名，明清属太平府。今为安徽省芜湖市。
〔3〕积寇：积年盗匪，即惯匪。
〔4〕荡舟入莽：把船划到蒹葭、芦苇丛生的僻处。荡舟，划船。

〔5〕 浅搁:即搁浅。船或他物阻滞于浅滩,不能进退。
〔6〕 狺狺(yín yín 银银):犬吠声。
〔7〕 估楫:商船。
〔8〕 无心肝:即俗言"没良心"。心肝,犹言肝胆,喻真挚情意。杜甫《彭衙行》:"谁能艰难际,豁达露心肝。"

杨 大 洪

大洪杨先生涟[1],微时为楚名儒[2],自命不凡。科试后[3],闻报优等者,时方食,含哺出问[4]:"有杨某否?"答云:"无。"不觉嗒然自丧[5],咽食入鬲[6],遂成病块[7],噎阻甚苦。众劝令录遗才[8];公患无资,众醵十金送之行[9],乃强就道。夜梦人告之云:"前途有人能愈君疾,宜苦求之。"临去,赠以诗,有"江边柳下三弄笛[10],抛向江心莫叹息"之句。明日途次,果见道士坐柳下,因便叩请。道士笑曰:"子误矣,我何能疗病?请为三弄可也。"因出笛吹之。公触所梦,拜求益切,且倾囊献之。道士接金,掷诸江流。公以所来不易,哑然惊惜[11]。道士曰:"君未能恝然耶[12]?金在江边,请自取之。"公诣视果然。又益奇之,呼为仙。道士漫指曰:"我非仙,彼处仙人来矣。"赚公回顾,力拍其项曰:"俗哉!"公受拍,张吻作声,喉中呕出一物,堕地塌然[13],俯而破之,赤丝中裹饭犹存[14],病若失。回视道士已杳。

异史氏曰:"公生为河岳,没为日星[15],何必长生乃为不死哉!或以未能免俗[16],不作天仙,因而为公悼惜。余谓天上多一仙人,不如世上多一圣贤,解者必不议予说之傎也[17]。"

据《聊斋志异》铸雪斋抄本

〔1〕 大洪杨先生涟：杨涟，字文孺，别字大洪，湖北应山人。明万历三十五年进士，历擢兵科给事中。万历四十八年（即泰昌元年），神宗、光宗相继去世，杨涟与御史左光斗等协心建议，扶幼主熹宗正位，于时并称"杨左"。天启间，拜左副都御史，激扬讽议，尝劾魏忠贤二十四大罪，魏党恨之入骨。天启五年，被魏党诬陷下狱，拷讯残酷，死狱中。本传见《明史》。
〔2〕 微时：指作官前地位卑微之时。
〔3〕 科试：明清时各省学政周历各府州，考试欲应乡试的生员，称科试。
〔4〕 含哺（bǔ 补）：口中含饭。哺，口中所含食物。
〔5〕 嗒然自丧：自感灰心沮丧。参卷一《叶生》"嗒丧"注。
〔6〕 鬲：通"膈"。胸腹间的隔膜。
〔7〕 病块：因积食不化所致胸腹闷满结块之症，即痞症。
〔8〕 录遗才：指参加录遗考试，以取得参加乡试资格。明清时，秀才参加科试，考在一、二等及三等前十名者，得录名参加乡试，称录科。其在三等十名以下，及因故未试之秀才与在籍贡、监生等，得再参加录科考试，取中者亦得参加乡试。录科考试未取及因故未参加者，可以参加录遗考试，其名列前茅者，亦可参加乡试。
〔9〕 醵（jù 聚）：此从二十四卷抄本，原作"鏂"。凑钱。
〔10〕 三弄笛：三度吹笛或吹奏三阕。
〔11〕 哑（yà 亚）：叹词。表惊讶，惋惜。
〔12〕 恝（jiá 戛）然：淡然。恝，无愁貌。
〔13〕 墢（bì 必）然：犹言"噼的一声"。墢，本义为土块，《聊斋》常借作象声词用。
〔14〕 赤丝：指血丝。
〔15〕 "公生为河岳"二句：宋文天祥《正气歌》："天地有正气，杂然赋流形；下则为河岳，上则为日星。"此借谓杨涟不论生前死后，其浩然正气经天纬地，受人景仰。
〔16〕 未能免俗：行事未能摆脱俗例。语出《世说新语·任诞》。此指杨涟不忘功名而且爱惜金钱，无异于常人。
〔17〕 "解者"句：谓洞达事理的人必不认为作者的见解是颠倒是非。傎，同"颠"，谓颠倒事理。

查牙山洞

章丘查牙山[1],有石窟如井,深数尺许。北壁有洞门,伏而引领望见之。会近村数辈,九日登临[2],饮其处,共谋入探之。三人受灯,縋而下。

洞高敞与夏屋等[3];入数武,稍狭,即忽见底。底际一窦,蛇行可入[4]。烛之,漆漆然暗深不测。两人馁而却退[5];一人夺火而嗤之,锐身塞而进。幸隘处仅厚于堵,即又顿高顿阔,乃立,乃行。顶上石参差危耸[6],将坠不坠。两壁嶙嶙峋峋然[7],类寺庙山塑[8],都成鸟兽人鬼形:鸟若飞,兽若走,人若坐若立,鬼罔两示现忿怒[9];奇奇怪怪,类多丑少妍。心凛然作怖畏。喜径夷,无少陂[10]。逡巡几百步,西壁开石室[11],门左一怪石鬼,面人而立,目努,口箕张,齿舌狞恶;左手作拳,触腰际;右手叉五指,欲扑人。心大恐,毛森森似立。遥望门中有爇灰,知有人曾至者,胆乃稍壮[12],强入之。见地上列碗盏,泥垢其中;然皆近今物,非古窑也[13]。傍置锡壶四,心利之,解带缚项系腰间[14]。即又旁瞩[15],一尸卧西隅,两肱及股四布以横。骇极。渐审之,足躧锐履[16],梅花刻底犹存[17],知是少妇。人不知何里,毙不知何年。衣色黯败,莫辨青红;发蓬蓬似筐许,乱丝粘着髑髅上[18];目、鼻孔各二;瓠犀两行[19],白巉巉,意是口也。存想首颠当有金珠饰,以火近脑,似有口气嘘灯,灯摇摇无定,焰缥黄[20],衣动掀掀。复大惧,手摇颤,灯顿灭。忆路急奔,不敢手索壁,恐触鬼者物也。头触石,仆,即复起;冷湿浸颔颊,知是血,不觉痛,抑不敢呻;垄息奔至窦,方将伏,似有人捉发住,晕然遂绝。

众坐井上俟久,疑之,又绁二人下。探身入窦,见发冒石上,血淫淫已僵。二人失色,不敢入,坐愁叹。俄井上又使二人下;中有勇者,始健进,曳之以出。置山上,半日方醒,言之缕缕[21]。所恨未穷其底极;穷之,必更有佳境。后章令闻之[22],以丸泥封窦[23],不可复入矣。

康熙二十六、七年间,养母峪之南石崖崩[24],现洞口;望之,钟乳林林如密笋[25]。然深险,无人敢入。忽有道士至,自称钟离弟子[26],言:"师遣先至,粪除洞府。"居人供以膏火,道士携之而下,坠石笋上,贯腹而死。报令,令封其洞。其中必有奇境,惜道士尸解[27],无回音耳。

据《聊斋志异》铸雪斋抄本

----

〔1〕 查牙山:乾隆《章丘县志》作"杈枒山",在县东界。
〔2〕 九日登临:重九登高。
〔3〕 高敞:本作高廠,此从青柯亭本。夏屋:大屋。
〔4〕 蛇行:全身贴地爬行。
〔5〕 馁:气馁。失去勇气。
〔6〕 顶上石参差危耸:底本无"耸"字,从青柯亭本补。
〔7〕 嶙嶙岣岣:怪石重叠高耸的样子。
〔8〕 山塑:山墙下的塑像。山,山墙的省称。寺庙两山墙下多塑众鬼神像。

[9] "鬼罔两"句:谓鬼怪之类,神色愤怒。罔两,即魍魉,山精水怪之类。鬼罔两,犹言鬼怪。示现,谓表情、神色。
[10] 径夷:道路平坦。无少陂(pō坡):没一点斜坡。陂,斜坡。
[11] 西壁:此从二十四卷抄本,原作"四壁"。
[12] 胆乃稍壮:底本无"胆"字,从青柯亭本补。
[13] 古窑:古代陶瓷器皿。
[14] 项:此从二十四卷抄本,原作"顶"。指锡壶颈部。
[15] 即又旁瞩:此从二十四卷抄本,"又"原作"有"。
[16] 锐履:谓尖足女鞋。
[17] 梅花刻底:指纳有梅花的鞋底。粗线刺纳使其图案鲜明,叫做刻。
[18] 髑髅(dú lóu 独娄):死人的头骨。
[19] 瓠犀:瓠籽。喻洁白细密的牙齿。《诗·卫风·硕人》:"齿如瓠犀,螓首蛾眉。"
[20] 焰缥黄:谓灯光暗淡。缥黄,黄中透红之色。
[21] 言之缕缕:谓叙述详尽。
[22] 章令:章丘知县。
[23] 丸泥:泥团。
[24] 养马峪:未详其地。大约在淄川或博山县境。
[25] 钟乳:又名石钟乳。石灰岩顶部下垂的檐冰状物。系由溶岩水分挥发后凝成,以其状如钟乳,故名。林林:繁密;纷纭众多貌。柳宗元《贞符》:"惟人之初,总总而生,林林而群。"
[26] 钟离:钟离权。传说复姓钟离,名权,号云房,为道教八仙之一。全真道奉为"正阳祖师"。《金莲正宗记》列为"北五祖"之一,并说他是洞灵真人王玄甫的徒弟。《宣和画谱》谓与吕洞宾同时。
[27] 尸解:道教称修道成功者假托为尸以解化登仙,曰尸解。此处作为"死"的婉称。

安 期 岛

长山刘中堂鸿训[1],同武弁某使朝鲜[2]。闻安期岛神仙所居[3],欲命舟往游。国中臣僚佥谓不可[4],令待小张。盖安期不与世通,惟有弟子小张,岁辄一两至。欲至岛者,须先自白。如以为可,则一帆可至;否则飓风覆舟。逾一二日,国王召见。入朝,见一人佩剑,冠棕笠,坐殿上;年三十许,仪容修洁。问之,即小张也。刘因自述向往之意,小张许之。但言:"副使不可行。"又出,遍视从人,惟二人可以从游。遂命舟导刘俱往。

水程不知远近,但觉习习如驾云雾,移时已抵其境。时方严寒,既至,则气候温煦,山花遍岩谷。导入洞府,见三叟跌坐[5]。东西者见客入,漠若罔知;惟中坐者起迎客,相为礼。既坐,呼茶。有僮将盘去。洞外石壁上有铁锥,锐没石中[6];僮拔锥,水即溢射,以盏承之;满,复塞之。既而托至,其色淡碧。试之,其凉震齿。刘畏寒不饮。叟顾僮颐示之[7]。僮取盏去,呷其残者[8];仍于故处拔锥,溢取而返,则芳烈蒸腾,如初出于鼎。窃异之。问以休咎,笑曰:"世外人岁月不知,何解人事?"问以却老术[9],曰:"此非富贵人所能为者。"刘兴辞[10],小张仍送之归。既至朝鲜,备述其异。国王叹曰:"惜未饮其冷者。此先天之玉液[11],一盏可延百龄。"

刘将归,王赠一物,纸帛重裹,嘱近海勿开视。既离海,急取拆视,去尽数百重,始见一镜;审之,则鲛宫龙族,历历在目。方凝注间,忽见潮头高于楼阁,汹汹已近[12]。大骇,极驰;潮从之,疾若风雨。大惧,以镜投之,潮乃顿落。

据《聊斋志异》铸雪斋抄本

----

〔1〕 长山刘中堂鸿训:刘鸿训,字默承,号青岳,明代山东长山县人。万历四十年举人,四十一年进士,由庶吉士授编修。于泰昌元年(1620)冬奉使颁诏朝鲜,会辽阳失陷,间关自海道达登州覆命。天启末,以忤魏忠贤,斥为民。崇祯间,尝以礼部尚书兼东阁大学士,进文渊阁大学士,主政府。崇祯七年,卒于代州戍所。《明史》有传。

〔2〕 武弁:武官。即下文"副使"。

〔3〕 安期岛:传说中仙人安期生所居的海岛。安期生,战国后期方士,据说为琅邪人,卖药于东海边,曾见秦始皇。后流传为道家仙人名。汉武帝时,方士李少君建言遣使入海,求蓬莱仙人安期生之属。见《史记·封禅书》、《乐毅传》,及《列仙传》、《高士传》等。

〔4〕 佥(qiān 千):皆。

〔5〕 趺坐:即"结跏趺坐",俗谓盘腿打坐。

〔6〕 锐没石中:锥尖插在石孔中。

〔7〕 颐示:用下巴动作示意。示,底本作视,此从二十四卷抄本。

〔8〕 呷(xiā 瞎):吸饮。

〔9〕 却老术:即俗言"返老还童"的方术。

〔10〕 兴辞:起身告辞。

〔11〕 玉液:相传为仙人饮料,服之可益寿长生。又叫玉浆。

〔12〕 汹汹:波浪翻滚的样子。

沅 俗

李季霖摄篆沅江[1]，初莅任，见猫犬盈堂，讶之。僚属曰："此乡中百姓，瞻仰风采也[2]。"少间，人畜已半；移时，都复为人，纷纷并去。一日，出谒客[3]，肩舆在途。忽一舆夫急呼曰："小人吃害矣[4]！"即倩役代荷，伏地乞假。怒诃之，役不听，疾奔而去。遣人尾之。役奔入市，觅得一叟，便求按视。叟相之曰："是汝吃害矣。"乃以手揣其肤肉[5]，自上而下力推之；推至少股，见皮内坟起[6]，以利刃破之，取出石子一枚，曰："愈矣。"乃奔而返。后闻其俗有身卧室中，手即飞出，入人房闼[7]，窃取财物。设被主觉[8]，縶不令去，则此人一臂不用矣[9]。

据《聊斋志异》铸雪斋抄本

------

[1] 李季霖：李鸿霔，字季霖，号厚馀。其先长山人，曾祖徙新城。顺治十一年举人，康熙三年进士。历内阁中书舍人，刑部浙江司员外郎，以丁父忧去官。康熙二十五年起复，旋任湖南沅江县知县。沅江旧俗，官廨所需皆取给里民，鸿霔尽革之。又躬行坰野以劝农，设义学训课其民。因其为政清而和，近境苗部咸戒其党不为边隅患。未几，卒于官。僚友交赙助之，乃得归葬。传见康熙《新城县志》七《人物志·宦绩》。
[2] 瞻仰风采：瞻望风度、容色。是"见面"、"认识"的敬辞。
[3] 谒客：拜访客人。

〔4〕 吃害:遭受伤害。
〔5〕 揣:用手触摸、探测。肤肉:皮肉。
〔6〕 坟(fén奋)起:隆起,鼓起。
〔7〕 房闼:卧房,寝室。闼,房门。
〔8〕 设被主觉:此从二十四卷抄本,"觉",原作"觅"。
〔9〕 不用:不听使用;不受支配。

云萝公主

安大业,卢龙人[1]。生而能言,母饮以犬血,始止。既长,韶秀,顾影无俦[2];慧而能读。世家争婚之。母梦曰:"儿当尚主[3]。"信之。至十五六,迄无验,亦渐自悔。一日,安独坐,忽闻异香。俄一美婢奔入,曰:"公主至。"即以长毡贴地,自门外直至榻前。方骇疑间,一女郎扶婢肩入;服色容光,映照四堵。婢即以绣垫设榻上,扶女郎坐。安仓皇不知所为,鞠躬便问:"何处神仙,劳降玉趾?"女郎微笑,以袍袖掩口。婢曰:"此圣后府中云萝公主也。圣后属意郎君,欲以公主下嫁[4],故使自来相宅[5]。"安惊喜,不知置词;女亦俛首:相对寂然。安故好棋,楸枰尝置坐侧[6]。一婢以红巾拂尘,移诸案上,曰:"主日耽此,不知与驸侯孰胜[7]?"安移坐近案,主笑从之。甫三十馀着[8],婢竟乱之,曰:"驸马负矣[9]!"敛子入盒,曰:"驸马当是俗间高手,主仅能让六子。"乃以六黑子实局中[10],主亦从之。主坐次,辄使婢伏座下,以背受足;左足踏地,则更一婢右伏。又两小鬟夹侍之;每值安凝思时,辄曲一肘伏肩上。局阑未结[11],小鬟笑云:"驸马负一子。"进曰:"主惰,宜且退。"女乃倾身与婢耳语。婢出,少顷而还,以千金置榻上,告生曰:"适主言宅湫隘[12],烦以此少致修饰,落成相会也。"一婢曰:"此月犯天刑[13],不宜建造;月后吉。"女起;生遮止,闭门。婢出一物,状类皮排[14],就地鼓之;云气突出,俄顷四合，冥不见物，索之已杳。母知之，疑以为妖。而生神驰梦想，不能复舍。急于落成，无暇禁忌；刻日敦迫[15]，廊舍一新。

先是，有滦州生袁大用[16]，侨寓邻坊[17]，投刺于门；生素寡交，托他出，又窥其亡而报之[18]。后月馀，门外适相值，二十许少年也。宫绢单衣[19]，丝带乌履，意甚都雅。略与倾谈，颇甚温谨。悦之，揖而入。请与对弈，互有赢亏。已而设酒留连，谈笑大欢。明日，邀生至其寓所，珍肴杂进，相待殷渥。有小僮十二三许，拍板清歌，又跳掷作剧[20]。生大醉，不能行，便令负之。生以其纤弱，恐不胜。袁强之。僮绰有馀力，荷送而归。生奇之。次日，犒以金，再辞乃受。由此交情款密，三数日辄一过从[21]。袁为人简默[22]，而慷慨好施。市有负债鬻女者，解囊代赎，无吝色。生以此益重之。过数日，诣生作别，赠象箸、楠珠等十馀事[23]，白金五百，用助兴作。生反金受物，报以束帛[24]。后月馀，乐亭有仕宦而归者[25]，橐资充牣[26]。盗夜入，执主人，烧铁钳灼，劫掠一空。家人识袁，行牒追捕[27]。邻院屠氏，与生家积不相能[28]，因其土木大兴，阴怀疑忌。适有小仆窃象箸，卖诸其家，知袁所赠，因报大尹[29]。尹以兵绕舍，值生主仆他出，执母而去。母衰迈受惊，仅存气息，二三日不复饮食。尹释之。生闻母耗，急奔而归，则母病已笃，越宿遂卒。收殓甫毕，为捕役执去。尹见其少年温文，窃疑诬枉，故恐喝之。生实述其交往之由。尹问："何以暴富？"生曰："母有藏镪，因欲亲迎，故治昏室耳[30]。"尹信之，具牒解郡。邻人知其无事，以重金赂监者，使杀诸途。路经深山，被曳近削壁，将推堕之。计逼情危[31]，时方急难，忽一虎自丛莽中出,啮二役皆死,衔生去。至一处,重楼叠阁,虎入,置之。见云萝扶婢出,凄然慰吊[32]:"妾欲留君,但母丧未卜窀穸[33]。可怀牒去,到郡自投,保无恙也。"因取生胸前带,连结十馀扣,嘱云:"见官时,拈此结而解之,可以弭祸。"生如其教,诣郡自投。太守喜其诚信,又稽牒知其冤,销名令归。至中途,遇袁,下骑执手,备言情况。袁愤然作色,默不一语。生曰:"以君风采,何自污也?"袁曰:"某所杀皆不义之人,所取皆非义之财。不然,即遗于路者,不拾也。君教我固自佳,然如君家邻,岂可留在人间耶!"言已,超乘而去[34]。生归,殡母已,杜门谢客[35]。忽一日,盗入邻家,父子十馀口,尽行杀戮,止留一婢。席卷资物,与僮分携之。临去,执灯谓婢:"汝认之,杀人者我也,与人无涉。"并不启关,飞檐越壁而去。明日,告官。疑生知情,又捉生去。邑宰词色甚厉。生上堂握带,且辨且解。宰不能诘,又释之。

既归,益自韬晦[36],读书不出,一跛妪执炊而已。服既阕[37],日扫阶庭,以待好音。一日,异香满院。登阁视之,内外陈设焕然矣。悄揭画帘,则公主凝妆坐[38],急拜之。女挽手曰:"君不信数,遂使土木为灾[39],又以苫块之戚[40],迟我三年琴瑟:是急之而反以得缓,天下事大抵然也。"生将出资治具。女曰:"勿复须。"婢探椟[41],有肴羹热如新出于鼎[42],酒亦芳洌[43]。酌移时,日已投暮,足下所踏婢,渐都亡去。女四肢娇惰,足股屈伸,似无所着。生狎抱之。女曰:"君暂释手。今有两道,请君择之。"生揽项问故,曰:"若为棋酒之交,可得三十年聚首;若作床笫之欢,可六年谐合耳。

君焉取？"生曰："六年后再商之。"女乃默然，遂相燕好。女曰："妾固知君不免俗道，此亦数也。"因使生蓄婢媪，别居南院，炊爨纺织，以作生计。北院中并无烟火，惟棋枰、酒具而已。户常阖，生推之则自开，他人不得入也。然南院人作事勤惰，女辄知之，每使生往谴责，无不具服。女无繁言[44]，无响笑[45]，与有所谈，但俯首微哂[46]。每骈肩坐，喜斜倚人。生举而加诸膝，轻如抱婴。生曰："卿轻若此，可作掌上舞[47]。"曰："此何难！但婢子之为，所不屑耳。飞燕原九姊侍儿，屡以轻佻获罪，怒谪尘间，又不守女子之贞[48]；今已幽之[49]。"阁上以锦裯布满[50]，冬未尝寒，夏未尝热。女严冬皆着轻縠[51]；生为制鲜衣[52]，强使着之。逾时解去，曰："尘浊之物，几于压骨成劳[53]！"一日，抱诸膝上，忽觉沉倍曩昔，异之。笑指腹曰："此中有俗种矣。"过数日，颦黛不食，曰："近病恶阻[54]，颇思烟火之味[55]。"生乃为具甘旨。从此饮食遂不异于常人。一日曰："妾质单弱，不任生产。婢子樊英颇健，可使代之。"乃脱亵服衣英[56]，闭诸室。少顷，闻儿啼。启扉视之，男也。喜曰："此儿福相，大器也[57]！"因名大器。绷纳生怀，俾付乳媪，养诸南院。女自免身[58]，腰细如初，不食烟火矣。忽辞生，欲暂归宁。问返期，答以"三日"。鼓皮排如前状，遂不见。至期不来；积年馀，音信全渺，亦已绝望。生键户下帏[59]，遂领乡荐。终不肯娶；每独宿北院，沐其馀芳。一夜，辗转在榻，忽见灯火射窗，门亦自阒，群婢拥公主入。生喜，起问爽约之罪。女曰："妾未愆期[60]，天上二日半耳。"生得意自诩，告以秋捷[61]，意主必喜。女愀然曰："乌用是傥来者为[62]！无足荣辱,止折人寿数耳。三日不见,入俗幛又深一层矣[63]。"生由是不复进取。过数月,又欲归宁。生殊凄恋。女曰:"此去定早还,无烦穿望[64]。且人生合离,皆有定数,撙节之则长,恣纵之则短也。"既去,月馀即返。从此一年半岁辄一行,往往数月始还,生习以为常,亦不之怪。又生一子。女举之曰:"豺狼也!"立命弃之。生不忍而止,名曰可弃。甫周岁,急为卜婚。诸媒接踵,问其甲子[65],皆谓不合。曰:"吾欲为狼子治一深圈,竟不可得,当令倾败六七年,亦数也。"嘱生曰:"记取四年后,侯氏生女,左胁有小赘疣,乃此儿妇。当婚之,勿较其门地也[66]。"即令书而志之。后又归宁,竟不复返。

生每以所嘱告亲友。果有侯氏女,生有疣赘。侯贱而行恶,众咸不齿,生竟媒定焉。大器十七岁及第,娶云氏,夫妻皆孝友。父钟爱之。可弃渐长,不喜读,辄偷与无赖博赌,恒盗物偿戏债[67]。父怒,挞之,卒不改。相戒提防,不使有所得。遂夜出,小为穿窬[68]。为主所觉,缚送邑宰。宰审其姓氏,以名刺送之归。父兄共絷之,楚掠惨棘[69],几于绝气。兄代哀免,始释之。父忿恚得疾,食锐减。乃为二子立析产书,楼阁沃田,尽归大器。可弃怨怒,夜持刀入室,将杀兄,误中嫂。先是,主有遗袴,绝轻煖,云拾作寝衣。可弃斫之,火星四射,大惧奔出。父知,病益剧,数月寻卒。可弃闻父死,始归。兄善视之,而可弃益肆。年馀,所分田产略尽,赴郡讼兄。官审知其人,斥逐之。兄弟之好遂绝。又逾年,可弃二十有三,侯女十五矣。兄忆母言,欲急为完婚。召至家,除佳宅与居;迎妇入门,以父遗良田,悉登籍交之[70],曰:"数顷薄产,为若蒙死守之[71],今悉相付。吾弟无行,寸草与之,皆弃也。此后成败,在于新妇:能令改行,无忧冻馁;不然,兄亦不能填无底壑也〔72〕。"侯虽小家女,然固慧丽,可弃雅畏爱之,所言无敢违。每出,限以晷刻;过期,则诟厉不与饮食。可弃以此少敛。年馀,生一子。妇曰:"我以后无求于人矣。膏腴数顷,母子何患不温饱?无夫焉,亦可也。"会可弃盗粟出赌,妇知之,弯弓于门以拒之〔73〕。大惧,避去。窥妇入,逡巡亦入。妇操刀起。可弃反奔,妇逐斫之,断幅伤臀,血沾袜履。忿极,往诉兄,兄不礼焉,冤惭而去。过宿复至,跪嫂哀泣,乞求先容于妇,妇决绝不纳。可弃怒,将往杀妇,兄不语。可弃忿起,操戈直出。嫂愕然,欲止之。兄目禁之。俟其去,乃曰:"彼固作此态,实不敢归也。"使人觇之,已入家门。兄始色动,将奔赴之,而可弃已尩息入〔74〕。盖可弃入家,妇方弄儿,望见之,掷儿床上,觅得厨刀;可弃惧,曳戈反走,妇逐出门外始返。兄已得其情,故诘之。可弃不言,惟向隅泣,目尽肿。兄怜之,亲率之去,妇乃内之。俟兄出,罚使长跪,要以重誓〔75〕,而后以瓦盆赐之食。自此改行为善。妇持筹握算,日致丰盈,可弃仰成而已〔76〕。后年七旬,子孙满前,妇犹时捋白须,使膝行焉。

异史氏曰:"悍妻妒妇,遭之者如疽附于骨〔77〕,死而后已,岂不毒哉!然砒、附,天下之至毒也〔78〕,苟得其用,瞑眩大瘳〔79〕,非参、苓所能及矣〔80〕。而非仙人洞见脏腑〔81〕,又乌敢以毒药贻子孙哉!"

章丘李孝廉善迁〔82〕,少倜傥不泥〔83〕,丝竹词曲之属皆精之。两兄皆登甲榜〔84〕,而孝廉益佻脱。娶夫人谢,稍稍禁制之。遂亡去，三年不返，遍觅不得。后得之临清勾栏中[85]。家人入，见其南向坐，少姬十数左右侍，盖皆学音艺而拜门墙者也。临行，积衣累笥，悉诸妓所贻。既归，夫人闭置一室，投书满案。以长绳縶榻足，引其端自楱内出，贯以巨铃，系诸厨下。凡有所需，则蹙绳，绳动铃响，则应之。夫人躬设典肆[86]，垂帘纳物而估其直[87]；左持筹，右握管[88]；老仆供奔走而已：由此居积致富。每耻不及诸姒贵[89]。锢闭三年，而孝廉捷。喜曰："三卵两成[90]，吾以汝为毈矣[91]，今亦尔耶？"

又，耿进士崧生，亦章丘人。夫人每以绩火佐读[92]：绩者不辍，读者不敢息也。或朋旧相诣，辄窃听之：论文则瀹茗作黍；若恣谐谑，则恶声逐客矣。每试得平等[93]，不敢入室门；超等，始笑逆之。设帐得金[94]，悉内献，丝毫不敢隐匿。故东主馈遗，恒面较锱铢。人或非笑之，而不知其销算良难也。后为妇翁延教内弟。是年游泮，翁谢仪十金。耿受檟返金。夫人知之曰："彼虽周亲[95]，然舌耕谓何也[96]？"追之返而受之。耿不敢争，而心终歉焉，思暗偿之。于是每岁馆金，皆短其数以报夫人。积二年馀，得如干数。忽梦一人告之曰："明日登高，金数即满。"次日，试一临眺，果拾遗金，恰符缺数，遂偿岳。后成进士，夫人犹呵谴之。耿曰："今一行作吏[97]，何得复尔？"夫人曰："谚云：'水长则船亦高。'即为宰相，宁便大耶？"

据《聊斋志异》手稿本
缺文据铸雪斋抄本补

---

〔1〕 卢龙：县名，今河北省卢龙县。

〔2〕 无俦:无人能比。俦,匹、侣。
〔3〕 尚主:娶公主为妻。《史记·李斯列传》:"诸男皆尚秦公主。"《集解》引韦昭曰:"尚,奉也,不敢言娶。"
〔4〕 下嫁:谓以贵嫁贱。《尚书·尧典》:"釐降二女于妫汭,嫔于虞。"《疏》:"言舜为匹,帝女下嫁,以贵适贱。"
〔5〕 相(xiàng 象)宅:察看宅地。《尚书·召诰》:"成王在丰,欲宅洛邑,使召公先相宅。"《注》:"相所居而卜之。"
〔6〕 楸枰:棋盘。因多用楸木制成,故名。
〔7〕 粉侯:对帝王之婿的美称。三国时,魏国何晏面如傅粉,娶魏公主,得赐爵列侯。后世因称皇帝的女婿为"粉侯"。
〔8〕 着(zhāo 招):下围棋放棋子一枚叫一"着"。
〔9〕 驸马:汉武帝时置驸马都尉,掌管皇帝出行时所设的副车。魏晋以后帝婿例加驸马都尉称号,因称帝婿为"驸马"。
〔10〕 实局中:放在棋盘上。局,棋盘。
〔11〕 局阑未结:棋终未算胜负。局,这里指一盘棋。
〔12〕 湫(qiū 秋)隘:低湿狭小。
〔13〕 犯天刑:此为星相家择日的迷信术语。意谓主凶兆。天刑,犹言天罚。
〔14〕 皮排:可以鼓动吹火的皮囊,古称"橐籥"。
〔15〕 刻日敦迫:规定日期,极力督促。敦,促。迫,逼。
〔16〕 滦州:州名,治所在今河北省滦县。
〔17〕 邻坊:犹言邻街。坊,城市街市里巷。
〔18〕 又窥其亡而报之:又伺他外出而去回访他;仍是有意不相会面。亡,出外,不在家。
〔19〕 宫绢:丝绢,宫中所用之绢;名贵之物。
〔20〕 跳掷:跳跃。掷,腾跃。
〔21〕 过从:往来。
〔22〕 简默:沉默寡言。
〔23〕 象箸:象牙筷子。楠珠:伽南香木制作的成串念珠,为念佛记数用具。事:件,样。
〔24〕 束帛:帛五匹为一束。

〔25〕 乐亭：县名，今河北省乐亭县。
〔26〕 充牣（rèn刃）：满盈，充实。
〔27〕 行牒：官府发出公文。
〔28〕 积不相能：素不相容；一向不和睦。积，久。
〔29〕 大尹：对县令的敬称。古时县令也称县尹。
〔30〕 昏：同"婚"。
〔31〕 计逼情危：诡计即将施行，情势极为危急。
〔32〕 慰吊：慰问。吊，慰问不幸者。
〔33〕 未卜窀穸（zhūn xī谆西）：未择墓地，指没有安葬。窀穸，墓穴。
〔34〕 超乘（shèng圣）：跳跃上车。此指飞身上马。
〔35〕 杜门：此从铸雪斋抄本，稿本作"柴门"。
〔36〕 韬晦：隐匿声迹，不自炫露。韬，掩蔽。
〔37〕 服既阕（què确）：服丧期满以后。阕，尽。
〔38〕 凝妆：盛妆。
〔39〕 土木：指兴建宅舍。
〔40〕 苫（shān山）块之戚：指丧亲之悲。苫块，"寝苫枕块"的略语，见《墨子·节葬》。苫，草荐。块，土块。古时居父母之丧，以草荐为席，以土块为枕。
〔41〕 椟（dú独）：木柜，木匣。
〔42〕 鼎：古代炊器。
〔43〕 芳洌：芳香清醇。
〔44〕 繁言：多话。
〔45〕 响笑：出声的笑。
〔46〕 哂（shěn审）：微笑。
〔47〕 掌上舞：谓体态轻盈，能舞于掌上。《赵飞燕外传》谓，赵飞燕"家有彭祖分脉之书，善行气术，而纤便轻细，舞之翩然，人谓之飞燕。"
〔48〕 不守女子之贞：《赵飞燕外传》：赵飞燕与宫奴赤凤私通。因而说她不守女子之贞。
〔49〕 幽：囚禁。
〔50〕 禣：疑是"襮"字之讹。襮，同"表"。锦襮，指锦面帷幕。
〔51〕 縠（hú胡）：丝织的皱纱。

[52] 鲜衣:新衣。
[53] 劳:痨。
[54] 恶(è厄)阻:肠胃不佳,不思饮食。此指怀孕厌食。
[55] 烟火之味:指人间饮食。道家以屏除谷食作为修养成仙之道,称尘世的熟食为"烟火"。
[56] 衷服:贴身内衣。
[57] 大器:宝器,喻大才。
[58] 免身:分娩。免,通"娩"。
[59] 键户下帏:指闭门苦读。键户,闩门。下帏,放下室内悬挂的帷幕。
[60] 愆(qiān千)期:过期。
[61] 秋捷:考中举人。乡试于秋季举行,称"秋闱"。
[62] 傥(tǎng躺)来者:无意得来的东西,指功名富贵。《庄子·缮性》:"轩冕在身,非性命也,物之傥来,寄者也。"
[63] 俗幛:佛教名词,指妨碍修道的世俗贪欲。幛,同"障"。
[64] 穿望:急切地想望。穿,犹言望眼欲穿。
[65] 甲子:指生辰八字。星命术士以人出生的年、月、日、时为四柱,配合干支,合为八字,用以推算命运好坏。
[66] 门地:犹言"门第"。
[67] 戏债:赌债。戏,博戏,指赌博。
[68] 穿窬:穿壁踰墙,指偷窃行为。窬,通"踰",翻越。
[69] 惨棘:严刻峻急,指楚掠严酷。棘,通"急"。
[70] 登籍:造册登记。
[71] 若:你。蒙死:冒死。
[72] 无底壑:《列子·汤问》谓勃海之东有"归墟",大壑无底。此犹俗称"无底洞",言欲壑难填。
[73] 弯弓:拉弓。
[74] 坌(bèn笨)息:气息喷溢。气急败坏的样子。
[75] 要(yāo邀)以重誓:逼着对方发个重誓。要,要挟。
[76] 仰成:仰首等待成功,比喻坐享其成。
[77] 疽:一种毒疮。
[78] 砒、附:砒霜和附子,都是毒药。

〔79〕瞑(mián 眠)眩大瘳(chōu 抽):《尚书·说命》:"若药弗瞑眩,厥疾弗瘳。"意谓药性发作而使人愤闷昏乱,才可以彻底治愈疾病。瞑眩,饮烈性药而引起的头晕目眩。瘳,病愈。

〔80〕参、苓:人参、茯苓,均为滋补温和之药。

〔81〕洞见腑脏:喻看透本质。

〔82〕章丘:县名,今山东省章丘县。

〔83〕倜傥:据铸雪斋抄本,稿本作"通傥"。不泥:不羁。泥,拘泥。

〔84〕登甲榜:指会试中式。科举时代,会试之榜称为甲榜。

〔85〕临清:州名,治所在今山东临清县。

〔86〕躬设典肆:亲自开设当铺。

〔87〕纳物:指收受典当的物品。

〔88〕左持筹,右握管:意谓左手打算盘,右手持笔记账。筹,筹码,代指算盘。管,毛笔。

〔89〕姒(sì 四):嫂;弟之妻称兄之妻为姒妇。

〔90〕三卵两成:指李氏兄弟三人只有两人登甲榜。

〔91〕㱿(duàn 段):《淮南子·原道训》:"鸟卵不㱿。"高诱注:"卵不成鸟曰㱿。"此借喻善迁科举无成。

〔92〕绩火:绩麻的灯火。

〔93〕平等:明清时岁试或科试按成绩分为六等,给予赏罚。平等,谓处于不赏不罚这一等级。

〔94〕设帐:设帐授徒。此指为塾师。

〔95〕周亲:最亲近的人。语出《论语·尧曰》:"虽有周亲,不如仁人。"此据青柯亭刻本,底本作"固亲"。

〔96〕舌耕:旧时指教书谋生。王嘉《拾遗记·后汉》谓贾逵门徒甚多,"赠献者积粟盈仓。或云:逵非力耕所得,诵经口倦,世所谓舌耕也。"

〔97〕一行作吏:一经为官。嵇康《与山巨源绝交书》:"游山泽,观鱼鸟,心甚乐之,一行作吏,此事便废。"

鸟　语

中州境有道士[1],募食乡村。食已,闻鹂鸣[2];因告主人使慎火。问故,答曰:"鸟云:'大火难救,可怕!'"众笑之,竟不备。明日,果火,延烧数家,始惊其神。好事者追及之,称为仙。道士曰:"我不过知鸟语耳,何仙也!"适有皂花雀鸣树上[3],众问何语。曰:"雀言:'初六养之,初六养之;十四、十六殇之[4]。'想此家双生矣[5]。今日为初十,不出五六日,当俱死也。"询之,果生二子;无何,并死,其日悉符。

邑令闻其奇,招之,延为客。时群鸭过,因问之。对曰:"明公内室[6],必相争也。鸭云:'罢罢!偏向他[7]!偏向他!'"令大服,盖妻妾反唇[8],令适被喧聒而出也。因留居署中,优礼之。时辨鸟言,多奇中[9]。而道士朴野,肆言辄无所忌[10]。令最贪,一切供用诸物,皆折为钱以入之。一日,方坐,群鸭复来,令又诘之。答曰:"今日所言,不与前同,乃为明公会计耳[11]。"问:"何计?"曰:"彼云:'蜡烛一百八,银朱一千八[12]。'"令惭,疑其相讥。道士求去,令不许。逾数日,宴客,忽闻杜宇[13]。客问之,答曰:"鸟云:'丢官而去。'"众愕然失色。令大怒,立逐而出。未几,令果以墨败[14]。呜呼!此仙人儆戒之,惜乎危厉熏心者[15],不之悟也!

齐俗呼蝉曰"稍迁",其绿色者曰"都了"。邑有父子,俱青、社生[16]，将赴岁试[17]，忽有蝉集襟上。父喜曰："稍迁[18]，吉兆也。"一僮视之，曰："何物稍迁，都了而已[19]。"父子不悦。已而果皆被黜。

据《聊斋志异》手稿本

----

〔1〕 中州：古豫州处九州中间。后世河南省为古豫州之地，故相沿称为中州。
〔2〕 鹂：黄鹂。一种善鸣的小鸟。
〔3〕 皂花雀：麻雀之一类，翎羽呈暗褐色，较常见者颜色为深。
〔4〕 "初六养之"三句：据下文，初六是小儿生日，因二子孪生，故重言"初六养之"；十四日、十六日则分别为二子殇日。
〔5〕 双生：孪生。一产双胎。
〔6〕 明公：对位尊者的敬称。明，贤明。
〔7〕 偏向：偏袒。偏护一方。
〔8〕 反唇：争吵。
〔9〕 奇中（zhòng 众）：预言与实况贴合得出人意外。
〔10〕 肆言：任情直言。
〔11〕 会计：计算。合计。
〔12〕 银朱：矿物名，为正赤色粉末。可入药，亦可作颜料，供官府朱批用。
〔13〕 杜宇：杜鹃鸟的别名。
〔14〕 以墨败：因贪赃而丢官。墨，贪污受贿；不廉洁。《左传·昭公十四年》："贪以败官为墨。"注："墨，不洁之称。贪欲而败其官寺，谓之污墨。"
〔15〕 危厉熏心：《易·艮》九三："艮其限，列其夤，厉熏心。……象曰：艮其限，危熏心也。"本谓履凶险之事，使人忧苦。危、厉同义，谓凶险。熏心，谓忧苦如受熏灼。此句谓县令醉心于贪欲，遂不顾蹈危履险。

〔16〕 青、社生：指被黜降为青衣的生员及被罚"发社"的生员。明清儒学生员的襕衫法定用玉色布帛。又岁、科两试（主要是岁试）行六等黜陟法，其考在五等者，附生降青衣，青衣发社；考在六等者，廪膳生十年以上及入学未及六年者，皆发社。发社，谓罚往社学肄业。
〔17〕 岁试：见卷一《叶生》注。青衣及发社生员，经岁试考列一、二、三等者，可补廪膳生、增生或恢复附生资格。下文"稍迁"即指此。
〔18〕 稍迁：意谓"稍见（或逐步）升迁"。因与蝉名谐音，故其父喜为吉兆。
〔19〕 都了：意谓"全部了结"、"一切落空"。因与绿蝉之名谐音，其兆不吉，故父子闻言不悦。

天　宫

郭生,京都人[1]。年二十馀,仪容修美。一日,薄暮,有老妪贻尊酒。怪其无因。妪笑曰:"无须问。但饮之,自有佳境。"遂径去。揭尊微嗅,冽香肆射[2],遂饮之。

忽大醉,冥然罔觉。及醒,则与一人并枕卧。抚之,肤腻如脂,麝兰喷溢,盖女子也。问之,不答。遂与交。交已,以手扪壁,壁皆石,阴阴有土气[3],酷类坟冢。大惊,疑为鬼迷,因问女子:"卿何神也?"女曰:"我非神,乃仙耳。此是洞府[4]。与有夙缘,勿相讶,但耐居之[5]。再入一重门,有漏光处,可以溲便。"既而女起,闭户而去。久之,腹馁;遂有女僮来,饷以面饼、鸭臛[6],使扪啖之。黑漆不知昏晓。无何,女子来寝,始知夜矣。郭曰:"昼无天日,夜无灯火,食炙不知口处;常常如此,则姮娥何殊于罗刹[7],天堂何别于地狱哉!"女笑曰:"为尔俗中人,多言喜泄[8],故不欲以形色相见。且暗中摸索,妍媸亦当有别,何必灯烛!"居数日,幽闷异常,屡请暂归。女曰:"来夕与君一游天宫,便即为别。"次日,忽有小鬟笼灯入,曰:"娘子伺郎久矣。"从之出。星斗光中,但见楼阁无数。经几曲画廊,始至一处,堂上垂珠帘,烧巨烛如昼。入,则美人华妆南向坐,年约二十许;锦袍炫目;头上明珠,翘颤四垂;地下皆设短烛,裙底皆照:诚天人也。郭迷乱失次[9],不觉屈膝。女令婢扶曳入坐。俄顷,八珍罗列[10]。女行酒曰："饮此以送君行。"郭鞠躬曰："向觌面不识仙人，实所惶悔；如容自赎，愿收为没齿不二之臣[11]。"女顾婢微笑，便命移席卧室。室中流苏绣帐[12]，衾褥香软。使郭就榻坐。饮次，女屡言："君离家久，暂归亦无所妨。"更尽一筹[13]，郭不言别。女唤婢笼烛送之。郭不言，伪醉眠榻上，扰之不动[14]。女使诸婢扶裸之。一婢排私处曰："个男子容貌温雅，此物何不文也！"举置床上，大笑而去。女亦寝，郭乃转侧。女问："醉乎？"曰："小生何醉！甫见仙人，神志颠倒耳。"女曰："此是天宫。未明，宜早去。如嫌洞中怏闷，不如早别。"郭曰："今有人夜得名花，闻香扪干，而苦无灯烛，此情何以能堪？"女笑，允给灯火。漏下四点，呼婢笼烛，抱衣而送之。入洞，见丹垩精工[15]，寝处褥革棕毡尺许厚[16]。郭解履拥衾，婢徘徊不去。郭凝视之，风致娟好，戏曰："谓我不文者，卿耶？"婢笑，以足蹴枕曰："子宜僵矣[17]！勿复多言。"视履端嵌珠如巨菽[18]。捉而曳之，婢仆于怀，遂相狎，而呻楚不胜。郭问："年几何矣？"答云："十七。"问："处子亦知情乎[19]？"曰："妾非处子，然荒疏已三年矣。"郭研诘仙人姓氏，及其清贯、尊行[20]。婢曰："勿问！即非天上，亦异人间。若必知其确耗，恐觅死无地矣。"郭遂不敢复问。次夕，女果以烛来，相就寝食，以此为常。一夜，女入曰："期以永好；不意人情乖沮[21]，今将粪除天宫，不能复相容矣。请以卮酒为别。"郭泣下，请得脂泽为爱[22]。女不许，赠以黄金一斤、珠百颗。

三盏既尽，忽已昏醉。既醒，觉四体如缚，纠缠甚密，股不得伸，首不得出。极力转侧，晕堕床下。出手摸之，则锦被囊裹，细绳束焉。

起坐凝思，略见床榻[23]，始知为己斋中。时离家已三月，家人谓其已死。郭初不敢明言，惧被仙谴，然心疑怪之。窃间一告知交[24]，莫有测其故者。被置床头，香盈一室；拆视，则湖绵杂香屑为之[25]，因珍藏焉。后某达官闻而诘之，笑曰："此贾后之故智也[26]。仙人乌得如此？虽然，此事亦宜慎秘[27]，泄之，族矣[28]！"有巫尝出入贵家，言其楼阁形状，绝似严东楼家[29]。郭闻之，大惧，携家亡去。未几，严伏诛，始归。

异史氏曰："高阁迷离，香盈绣帐；雏奴蹀躞，履缀明珠[30]：非权奸之淫纵，豪势之骄奢，乌有此哉？顾淫筹一掷，金屋变而长门；唾壶未干，情田鞠为茂草[31]。空床伤意，暗烛销魂。含颦玉台之前，凝眸宝幄之内[32]。遂使糟丘台上，路入天宫；温柔乡中，人疑仙子[33]。伧楚之帷薄固不足羞，而广田自荒者，亦足戒已[34]！"

据《聊斋志异》手稿本

---

〔1〕 京都：此指明朝京城北京。
〔2〕 冽香：清醇的香气。欧阳修《醉翁亭记》："酿泉为酒，泉香而酒冽。"
〔3〕 阴阴：潮冷。
〔4〕 洞府：神仙居处。暗示系地下宫室。
〔5〕 耐居之：耐心住在这里。
〔6〕 鸭臛：鸭汤。臛，肉羹。
〔7〕 "则姮娥"句：谓昏暗中妍媸不辨。姮娥，即嫦娥，此作天仙、丽人代称。罗刹，恶魔名，此指丑妇。
〔8〕 多言喜泄：多咀多舌，爱泄露隐密。
〔9〕 迷乱失次：神智迷乱，举止失措。失次，行为颠倒。

[10] 八珍：古代八种珍奇食品，见《周礼·天官·膳夫》"珍用八物"注。后来泛指丰美菜肴。
[11] 没齿不二：终身不怀异心。没齿，老掉牙齿。
[12] 流苏：用彩色丝线编织的繐子。此指绣帐垂饰。
[13] 更尽一筹：一更已尽。筹，更筹，古代夜间报更的竹签。
[14] 扰（dǎn胆）：推搡。通"扴"。《列子·黄帝》："既而狎侮欺诒，捘、拹、挨、扰，亡所不为。"注："扰，方言击背也。"
[15] 丹垩精工：用红土白粉涂饰得十分精致。
[16] 褥革棕毡：毛皮褥子和棕榈软垫。
[17] 僵：犹俗言"挺尸"。睡眠的谑称。
[18] 巨菽：大颗豆粒。
[19] 处子：即处女。未婚少女。
[20] 清贯、尊行：此问女子乡籍及排行。清、尊，敬词。贯，籍贯；行，排行。
[21] 人情乖沮：人事与初愿相违。人情，犹言人事。乖沮，背离、违碍。沮，通"阻"。
[22] 脂泽：妇女所用脂粉、香膏之类化妆品。
[23] 略见床棖：隐约望见卧榻和窗棂。
[24] 窃间：瞅机会。
[25] 湖绵：湖州（今江苏吴兴）向产优质丝绵，称湖绵。香屑：香料细末。
[26] 贾后之故智：贾后的旧花招。贾后，指晋惠帝后贾南风，性荒淫放恣。尝私洛南盗尉部某小吏，使人纳之箧箱中，车载入宫，诈云天上，供以好衣美食，与共寝处数夕，复赠以众物，放出。后小吏被疑盗窃，拘审对簿，事始暴露。见《晋书·后妃传》。
[27] 慎秘：小心保密。
[28] 族：灭族。
[29] 严东楼：严世蕃，别号东楼，江西分宜人。明嘉靖间权奸严嵩之子。官至工部左侍郎。世蕃性阴狠，凭借父势，招权纳贿无厌。复豪奢淫纵，其治第京师，连三四坊，日与宾客纵倡乐，至居母丧亦然。嘉靖四十一年，以御史邹应龙劾，谪戍雷州，未至而返。旋被南京御史林润劾以大逆，于嘉靖四十四年被诛。参《明史·奸臣传》附本传。

〔30〕"高阁"四句：姬妾居住的画阁林立使人目迷，处处绣帐香气盈溢；年轻的丫环服役奔走，鞋上缀着耀眼的珍珠。迷离，模糊、隐约；形容高阁众多难辨。雏奴，幼婢。蹀躞，趋走给役的样子。

〔31〕"顾淫筹一掷"四句：谓权奸纵欲，不过图欢乐于一时，众多姬妾，难免转眼陷入被遗弃的境地。淫筹，据说严世蕃以白绫汗巾为秽巾，每与妇人合，即弃其一，终岁计之，谓之淫筹。见《情史》。金屋变而长门，谓由受宠变为失宠。金屋，喻极华丽之屋。长门，汉宫名。汉武帝为太子时，帝姑长公主欲以其女阿娇配帝。帝曰："若得阿娇作妇，当作金屋贮之。"是为陈皇后。后因无子及为巫蛊咒诅，罢居长门宫。见班固《汉武故事》。唾壶，据《情史》云，严世蕃以美婢口承痰唾，谓之香唾壶。情田鞠为茂草，即前婢子所谓"荒疏"。《诗·小雅·小弁》："踧踧周道，鞠为茂草。"此借为隐喻。

〔32〕"空床"四句：写姬妾遭冷落后失意伤怀的种种心绪情态。空床伤意，暗烛销魂，谓孤灯长夜，空床独守，令人伤心欲绝。凝眸宝幄，含颦玉台，谓晓愁理妆，夜难成寐。玉台，谓玉镜台，即玉饰妆台；宝幄，精美的床帐。

〔33〕"遂使"四句：承上文，谓因姬妾难耐孤寂，遂使权奸于纵酒荒淫之馀，为姬妾引人入府开方便之门；而郭生之流陶醉于美色迷人之境不知底里，竟误把这些姬妾当作天宫仙女。天宫，喻豪华府第。糟丘，谓纵酒荒淫。温柔乡，喻美色迷人之境。注并见前。

〔34〕"伧楚"三句：谓卑污如严世蕃之类，其家中男女淫乱固不足增其羞；而一般盛蓄姬妾而任其闲旷者，则应视此为戒。伧楚，魏晋南北朝时吴人对楚人的鄙称，意谓楚人荒陋鄙贱。严家江西分宜，于古为楚地，故借以鄙称之。帷薄，"帷薄不修"之省，详卷四《念秧》注。广田自荒，广置田亩，任其荒芜；喻盛蓄姬妾，而让她们独守空房。

乔 女

平原乔生,有女黑丑:壑一鼻[1],跛一足。年二十五六,无问名者[2]。邑有穆生,四十余,妻死,贫不能续,因聘焉[3]。三年,生一子。未几,穆生卒,家益索[4];大困,则乞怜其母。母颇不耐之。女亦愤不复返,惟以纺织自给。有孟生丧耦,遗一子乌头,裁周岁,以乳哺乏人,急于求配;然媒数言,辄不当意。忽见女,大悦之,阴使人风示女。女辞焉,曰:"饥冻若此,从官人得温饱,夫宁不愿?然残丑不如人,所可自信者,德耳;又事二夫,官人何取焉!"孟益贤之,向慕尤殷,使媒者函金加币而说其母[5]。母悦,自诣女所,固要之[6];女志终不夺。母惭,愿以少女字孟;家人皆喜,而孟殊不愿。居无何,孟暴疾卒,女往临哭尽哀。

孟故无戚党[7],死后,村中无赖悉凭陵之,家具携取一空,方谋瓜分其田产。家人亦各草窃以去[8],惟一妪抱儿哭帷中。女问得故,大不平。闻林生与孟善,乃踵门而告曰:"夫妇、朋友,人之大伦也[9]。妾以奇丑,为世不齿,独孟生能知我;前虽固拒之,然固已心许之矣。今身死子幼,自当有以报知己。然存孤易[10],御侮难;若无兄弟父母,遂坐视其子死家灭而不一救,则五伦中可以无朋友矣。妾无所多须于君[11],但以片纸告邑宰;抚孤,则妾不敢辞。"林曰:"诺。"女别而归。林将如其所教;无赖辈怒,咸欲以白刃相仇。林大惧,闭户不敢复行。女听之数日,寂无音;及问之,则孟氏田产已尽矣。女忿甚,锐身自诣官。官诘女属孟何人,女曰:"公宰一邑,所凭者理耳。如其言妄,即至戚无所逃罪;如非妄,即道路之人可听也。"官怒其言戆[12],诃逐而出。女冤愤无以自伸,哭诉于搢绅之门。某先生闻而义之,代剖于宰。宰按之,果真,穷治诸无赖,尽反所取。

或议留女居孟第,抚其孤;女不肯。扃其户,使媪抱乌头,从与俱归,另舍之。凡乌头日用所需,辄同妪启户出粟,为之营办;己锱铢无所沾染,抱子食贫[13],一如曩日。积数年,乌头渐长,为延师教读;己子则使学操作。妪劝使并读,女曰:"乌头之费,其所自有;我耗人之财以教己子,此心何以自明?"又数年,为乌头积粟数百石,乃聘于名族,治其第宅,析令归。乌头泣要同居[14],女乃从之;然纺绩如故。乌头夫妇夺其具,女曰:"我母子坐食,心何安矣。"遂早暮为之纪理,使其子巡行阡陌[15],若为佣然。乌头夫妻有小过,辄斥谴不少贷[16];稍不悛[17],则怫然欲去[18]。夫妻跪道悔词,始止。未几,乌头入泮,又辞欲归。乌头不可,捐聘币[19],为穆子完婚。女乃析子令归。乌头留之不得,阴使人于近村为市恒产百亩而后遣之。

后女疾求归。乌头不听。病益笃,嘱曰:"必以我归葬[20]!"乌头诺。既卒,阴以金啗穆子,俾合葬于孟。及期,棺重,三十人不能举。穆子忽仆,七窍血出[21],自言曰:"不肖儿[22],何得遂卖汝母!"乌头惧,拜祝之,始愈。乃复停数日,修治穆墓已,始合厝之[23]。

异史氏曰:"知己之感,许之以身[24],此烈男子之所为也。彼女子何知,而奇伟如是?若遇九方皋,直牡视之矣[25]。"

据《聊斋志异》手稿本

---

[1] 壓一鼻:鼻翼的一侧有缺损。
[2] 问名:议婚;俗言提亲。旧时婚制有六礼,第一纳采;第二问名:男方具书派人到女家,问女之名,女家具告女之出生年月及母之姓氏。见《仪礼·士昏礼》。后因作议婚代称。
[3] 聘:娶为妻子。
[4] 索:萧索;衰败。
[5] 函金加币:封送银两缯帛,作为采礼。币谓缯帛,纳采所用礼品。函,谓用拜盒装盛。说(shuì税):劝说。
[6] 固要(yāo腰)之:一再迫使女儿改嫁。要,强迫。
[7] 戚党:亲族戚属。
[8] 草窃:乱窃;谓乘机窃掠。《尚书·微子》:"殷罔不小大,好草窃奸宄。"
[9] 大伦:伦常之大端。
[10] 存孤:保全、抚育孤儿。
[11] 须:期待。
[12] 戆(zhuàng撞):刚直而愚。《史记·汲黯列传》:"甚矣,汲黯之戆也。"
[13] 食贫:居贫。贫穷自守。《诗·卫风·氓》:"自我徂尔,三岁食贫。"
[14] 要:苦求。
[15] 巡行阡陌:谓督理稼穑之事。
[16] 斥谴:斥责,责罚。贷:宽容。
[17] 不悛(quān圈):不悔改,不停止。《左传·隐公六年》:"长恶不悛,从自及也。"
[18] 怫(fú扶)然:生气的样子。《庄子·天地》:"谓己谀人,则怫然作色。"
[19] 捐聘币:代纳聘礼。捐,捐助,出资助人。
[20] 归葬:谓送还穆姓坟茔安葬。

〔21〕 七窍:人体眼、耳、口、鼻共七处孔穴,称七窍。《庄子·应帝王》:"人皆有七窍,以视听食息。"
〔22〕 不肖儿:不孝之子。不肖,谓不类其父。
〔23〕 合厝(cuò措):合葬。夫妻同葬一个墓穴。
〔24〕 "知己之感"二句:感戴知己,以身相许。即"士为知己者死"(豫让语,见《战国策·赵策》一)之意,故下言"此烈男子所为"。
〔25〕 "若遇"二句:谓若使乔女得遇慧识明鉴、不拘皮相之士,简直要把她当义烈男子看待。九方皋,春秋时善相马的人,能识骏马于牝牡骊黄之外,伯乐称赞他"所观在天机,得其精而忘其粗,存其内而忘其外"。见《列子·说符》。后常以九方皋喻善识贤才之士。牡,雄马,喻男子。

蛤

东海有蛤[1],饥时浮岸边,两壳开张;中有小蟹出,赤线系之,离壳数尺,猎食既饱[2],乃归,壳始合。或潜断其线[3],两物皆死。亦物理之奇也[4]。

据《聊斋志异》手稿本

----

[1] 蛤(gé革):蛤蜊。即海蚌。
[2] 猎食:捕捉食物。
[3] 潜:暗暗地,偷偷地。
[4] 物理之奇:超出常理的奇特现象。物理,事物的常理。

刘　夫　人

廉生者,彰德人[1]。少笃学[2];然早孤,家綦贫。一日他出,暮归失途。入一村,有媪来谓曰:"廉公子何之?夜得毋深乎?"生方皇惧,更不暇问其谁何,便求假榻[3]。媪引去,入一大第。有双鬟笼灯,导一妇人出,年四十馀,举止大家[4]。媪迎曰:"廉公子至。"生趋拜。妇喜曰:"公子秀发[5],何但作富家翁乎[6]!"即设筵,妇侧坐,劝酬甚殷,而自己举杯未尝饮,举箸亦未尝食。生惶惑,屡审阀阅。笑曰:"再尽三爵告君知。"生如命已。妇曰:"亡夫刘氏,客江右[7],遭变遽殒。未亡人独居荒僻[8],日就零落。虽有两孙,非鸱鸮,即驽骀耳[9]。公子虽异姓,亦三生骨肉也[10];且至性纯笃,故遂腼然相见。无他烦,薄藏数金,欲倩公子持泛江湖,分其赢馀[11],亦胜案头萤枯死也[12]。"生辞以少年书痴,恐负重托。妇曰:"读书之计,先于谋生[13]。公子聪明,何之不可?"遣婢运资出,交兑八百馀两。生皇恐固辞。妇曰:"妾亦知公子未惯懋迁[14],但试为之,当无不利。"生虑重金非一人可任,谋合商侣[15]。妇曰:"勿须。但觅一朴悫谙练之仆[16],为公子服役足矣。"遂轮纤指一卜之,曰:"伍姓者吉。"命仆马囊金送生出,曰:"腊尽涤盏,候洗宝装矣[17]。"又顾仆曰:"此马调良[18],可以乘御,即赠公子,勿须将回。"生归,夜才四鼓,仆系马自去。明日,多方觅役,果得伍姓,因厚价招之。伍老于行旅[19]，又为人戆拙不苟[20]，资财悉倚付之。往涉荆襄，岁杪始得归[21]，计利三倍。生以得伍力多，于常格外，另有馈赏，谋同飞洒[22]，不令主知。甫抵家，妇已遣人将迎，遂与俱去。见堂上华筵已设；妇出，备极慰劳。生纳资讫，即呈簿籍；妇置不顾。少顷即席，歌舞鞺鞳[23]，伍亦赐筵外舍，尽醉方归。因生无家室，留守新岁。次日，又求稽盘[24]。妇笑曰："后无须尔，妾会计久矣。"乃出册示生，登志甚悉，并给仆者，亦载其上。生愕然曰："夫人真神人也！"过数日，馆谷丰盛[25]，待若子侄。

一日，堂上设席，一东面，一南面；堂下一筵西向。谓生曰："明日财星临照[26]，宜可远行。今为主价粗设祖帐[27]，以壮行色。"少间，伍亦呼至，赐坐堂下。一时鼓钲鸣聒。女优进呈曲目，生命唱"陶朱"[28]。妇笑曰："此先兆也，当得西施作内助矣[29]。"宴罢，仍以全金付生[30]，曰："此行不可以岁月计，非获巨万勿归也。妾与公子，所凭者在福命，所信者在腹心。勿劳计算，远方之盈绌[31]，妾自知之。"生唯唯而退。往客淮上[32]，进身为鹾贾[33]，逾年，利又数倍。然生嗜读，操筹不忘书卷，所与游皆文士；所获既盈，隐思止足[34]，渐谢任于伍[35]。桃源薛生与最善[36]；适过访之，薛一门俱适别业，昏暮无所复之，阍人延生入，扫榻作炊。细诘主人起居[37]，盖是时方讹传朝廷欲选良家女，犒边庭，民间骚动[38]。闻有少年无妇者，不通媒妁，竟以女送诸其家，至有一夕而得两妇者。薛亦新昏于大姓，犹恐舆马喧动，为大令所闻[39]，故暂迁于乡。初更向尽，方将拂榻就寝，忽闻数人排阖入[40]。阍人不知何语，但闻一人云："官人既不在家,秉烛者何人?"阍人答:"是廉公子,远客也。"俄而问者已入,袍帽光洁,略一举手[41],即诘邦族[42]。生告之。喜曰:"吾同乡也。岳家谁氏?"答云:"无之。"益喜,趋出,急招一少年同人,敬与为礼。卒然曰:"实告公子:某慕姓。今夕此来,将送舍妹于薛官人,至此方知无益。进退维谷之际[43],适逢公子,宁非数乎!"生以未悉其人,故踌躇不敢应[44]。慕竟不听其致词,急呼送女者。少间,二媪扶女郎入,坐生榻上。睨之,年十五六,佳妙无双。生喜,始整巾向慕展谢;又嘱阍人行沽,略尽款洽[45]。慕言:"先世彰德人;母族亦世家,今陵夷矣。闻外祖遗有两孙,不知家况何似[46]。"生问:"伊谁?"曰:"外祖刘,字晖若,闻在郡北三十里[47]。"生曰:"仆郡城东南人,去北里颇远;年又最少,无多交知。郡中此姓最繁,止知郡北有刘荆卿,亦文学士,未审是否,然贫矣。"慕曰:"某祖墓尚在彰郡,每欲扶两榇归葬故里,以资斧未办,姑犹迟迟[48]。今妹子从去,归计益决矣。"生闻之,锐然自任。二慕俱喜。酒数行,辞去。生却仆移灯,琴瑟之爱,不可胜言。次日,薛已知之,趋入城,除别院馆生。生诣淮,交盘已[49],留伍居肆[50];装资返桃源,同二慕启岳父母骸骨,两家细小,载与俱归。入门安置已,囊金诣主。前仆已候于途。从去,妇逆见,色喜曰:"陶朱公载得西子来矣!前日为客,今日吾甥婿也[51]。"置酒迎尘[52],倍益亲爱。生服其先知,因问:"夫人与岳母远近[53]?"妇云:"勿问,久自知之。"乃堆金案上,瓜分为五;自取其二,曰:"吾无用处,聊贻长孙。"生以过多,辞不受。凄然曰:"吾家零落,宅中乔木,被人伐作薪;孙子去此颇远,门户萧条,烦公子一营办之。"生诺,而金止受其半。妇强内之。送生出,挥涕而返。生疑怪间,回视第宅,则为墟墓。始悟妇即妻之外祖母也。既归,赎墓田一顷,封植伟丽[54]。

刘有二孙,长即荆卿;次玉卿,饮博无赖,皆贫。兄弟诣生申谢,生悉厚赠之。由此往来最稔[55]。生颇道其经商之由,玉卿窃意冢中多金,夜合博徒数辈,发墓搜之,剖棺露骴[56],竟无少获,失望而散。生知墓被发,以告荆卿。荆卿诣生同验之,入圹,见案上累累,前所分金具在。荆卿欲与生共取之。生曰:"夫人原留此以待兄也。"荆卿乃囊运而归,告诸邑宰,访缉甚严[57]。后一人卖坟中玉簪,获之,穷讯其党,始知玉卿为首。宰将治以极刑;荆卿代哀,仅得赊死。墓内外两家并力营缮[58],较前益坚美。由此廉、刘皆富,惟玉卿如故。生及荆卿常河润之[59],而终不足供其博赌。一夜,盗入生家,执索金资。生所藏金,皆以千五百为筩[60],发示之。盗取其二,止有鬼马在厩[61],用以运之而去。使生送诸野,乃释之。村众望盗火未远,噪逐之;贼惊遁。共至其处,则金委路侧,马已倒为灰烬。始知马亦鬼也。是夜止失金钏一枚而已。先是,盗执生妻,悦其美,将就淫之。一盗带面具,力呵止之,声似玉卿。盗释生妻,但脱腕钏而去。生以是疑玉卿,然心窃德之。后盗以钏质赌[62],为捕役所获,诘其党,果有玉卿。宰怒,备极五毒[63]。兄与生谋,欲以重贿脱之,谋未成而玉卿已死。生犹时恤其妻子。生后登贤书[64],数世皆素封焉。呜呼!"贪"字之点画形象,甚近乎"贫"。如玉卿者,可以鉴矣!

据《聊斋志异》手稿本

〔1〕 彰德：明清府名，治所在今河南省安阳市。
〔2〕 笃学：勤学。
〔3〕 假榻：借宿。
〔4〕 举止大家：举止风度像大家妇女。
〔5〕 秀发：颖异。指人的才具器宇不凡。
〔6〕 富家翁：富翁，财主。
〔7〕 江右：长江下游西部地区，又称江西。
〔8〕 未亡人：旧时寡妇自称。
〔9〕 非鸱鸮即驽骀：意谓两孙非凶顽即无能，都不堪委任。鸱鸮，即猫头鹰，古人视为恶禽，喻奸邪凶恶之人。驽和骀皆劣马，喻庸才。
〔10〕 三生骨肉：隔代骨肉至亲。暗指廉生将成为刘夫人甥婿。
〔11〕 赢馀：本作"赢馀"，从青本改。
〔12〕 案头萤枯死：谓勤奋好学，而清贫至死。案头萤，书案照读之萤，喻清贫好学之士。杜甫《题郑十八著作丈（虔）故居》诗："穷巷悄然车马绝，案头干死读书萤。"
〔13〕 "读书之计"二句：谓若志在读书，亦须先事谋生。
〔14〕 懋迁：贸易。语出《尚书·益稷》。
〔15〕 谋合商侣：打算同其他商人合伙经营。
〔16〕 朴悫（què 却）谙练：朴厚谨慎，熟悉商务。朴，朴实，厚道。悫，诚实，谨慎。谙练，熟悉。
〔17〕 "腊尽"二句：谓于年底预备酒筵，等候廉生归来，为之洗尘。涤盏，洗杯款客。洗装，犹言洗尘，指宴请远至之人。
〔18〕 调（tiáo 条）良：驯顺易驭。
〔19〕 老于行旅：谓久惯于出门经商。老，谓经时久，历事多。行旅，来往的旅客；此谓经商往来。
〔20〕 戆拙不苟：耿直固执，凡事不马虎。
〔21〕 岁杪：年终。
〔22〕 飞洒：指将破格馈赏伍姓之款，杂摊于其他支出项下报账。
〔23〕 歌舞鞺鞳（tāng tà 汤榻）：歌舞齐作，鼓乐轰鸣。鞺鞳，钟鼓声。

〔24〕 稽盘：查验账目，清点财物。
〔25〕 馆谷：语出《左传·僖公二十八年》。本谓居其馆，食其谷，此指主人对客人居住饮食的招待供应。
〔26〕 财星临照：财神星位临照，是商贾宜利之兆。财星，又名财宝星，是财神的星位。道教奉赵玄坛为财神，据说他能驱役雷电，禳除灾瘟，买卖求财，使之宜利。见《三教搜神大全》。
〔27〕 主价（jiè介）：犹言店主和伙计，指廉生和伍某。价，本指宾主间的传话人，此指联系内外的店伙。祖帐，为远行者祖祭所设的帐幕，即借指饯行筵席。祖，路神；古代为远客饯行要祭祀路神，祈祐平安。
〔28〕 陶朱：指敷演陶朱公致富故事的戏文。陶朱公，即春秋时越国大夫范蠡。据《史记·货殖列传》，范蠡助勾践灭吴后，以为越王不可共安乐，遂弃官去。后至陶（地名，在今山东定陶县），易名朱公，以经商致富，十九年中三致千金。明传奇如梁辰鱼《浣纱记》、汪道昆《五湖游》等，皆敷演范蠡故事，此或即指这类戏文中的有关折子戏。
〔29〕 西施作内助：西施，注已见前。据《吴越春秋》：越灭吴后，西施复归范蠡，与之同泛五湖而去。内助，妻子。
〔30〕 全金：全部资金，包括上次经商带回的所有本金和利润。
〔31〕 盈绌：犹言盈亏，指盈利或亏本。
〔32〕 淮上：淮河沿岸。当时淮河为盐运水道，以扬州为盐运集散中心。
〔33〕 鹾贾：盐商。
〔34〕 止足：谓知足而止。《老子》："知足不辱，知止不殆，可以长久。"
〔35〕 谢任：卸任；把责任转付他人。
〔36〕 桃源：县名，属湖南，以境内有桃花源，故称。
〔37〕 起居：举止。近况。
〔38〕 "盖是时"至"得两妇者"数句：背景未详，疑为明末天启、崇祯间事。又据《蒲松龄集·述刘氏行实》谓："顺治乙未（十二年，一六五五年）间，讹传朝廷将选良家子充掖庭，人情汹动"云云一段文字，所述为作者本人与其妻刘孺人完婚经历，行文与此处颇相类，但所言"充掖庭"而非"犒边庭"，未知是否与廉生所遭出于同一背

景,待考。
〔39〕 大令:对知县的敬称。
〔40〕 排阖:推门。阖,门扇。《尔雅·释宫》:"阖谓之扉。"
〔41〕 举手:拱手。相见之礼。
〔42〕 邦族:谓籍贯姓氏。
〔43〕 进退维谷:进退无路,进退两难。《诗·大雅·桑柔》:"人亦有言,进退维谷。"传:"谷,穷也。"
〔44〕 踌躇:此从二十四卷抄本,底本作"筹躇"。
〔45〕 略尽款洽:略表殷勤相待之意。款洽,殷勤。
〔46〕 何似:如何。
〔47〕 郡北:指彰德府城之北。
〔48〕 迟迟:迁延。
〔49〕 交盘:移交盘点。
〔50〕 居肆:留守、主持店务。
〔51〕 甥婿:外孙女婿。
〔52〕 迎尘:迎接客人,为之洗尘。
〔53〕 远近:谓族属亲疏。
〔54〕 封植伟丽:谓经培土植树,墓田十分壮观。封植,犹言"封树"。古代士以上的葬礼,聚土为坟叫封,植树为记叫树。见《周礼·春官·宗伯·冢人》。
〔55〕 稔:熟惯。
〔56〕 露胾(zì自):露出腐尸。胾,腐肉。《礼记·月令》:"孟春之月……掩骼埋胔。"注:"骨枯曰骼,肉腐曰胔。"
〔57〕 访缉:访查捉拿。
〔58〕 营缮:营造修缮。
〔59〕 河润:犹言"济助"。《庄子·列御寇》:"河润九里,泽及三族。"后因以"河润"比喻施惠于人。
〔60〕 以千五百为笛(gè个):谓以一千两或五百两白银铸为一锭。笛,量词,此指一锭。
〔61〕 鬼马:指刘夫人先前赠廉生之马。
〔62〕 质赌:典押为赌本。

〔63〕 五毒：五种酷刑，指械、镣、棍、拶、夹棍之类五种刑罚。或谓四肢及身备受楚毒。
〔64〕 登贤书：指乡试中式。贤书，举贤书；此指乡试榜录。周制：乡大夫等以时献贤能之书（举荐贤能者之名籍）于王，王受之，登于天府。见《周礼·地官·乡大夫》。后因称乡试中式为登贤书。

陵 县 狐

陵县李太史家[1],每见瓶鼎古玩之物,移列案边,势危将堕。疑厮仆所为,辄怒谴之。仆辈称冤,而亦不知其由,乃严扃斋扉[2],天明复然。心知其异,暗觇之[3]。一夜,光明满室,讶为盗。两仆近窥,则一狐卧棂上,光自两眸出,晶莹四射。恐其遁,急入捉之。狐啮腕肉欲脱,仆持益坚,因共缚之。举视,则四足皆无骨,随手摇摇若带垂焉。太史念其通灵[4],不忍杀;覆以柳器[5],狐不能出,戴器而走。乃数其罪而放之,怪遂绝。

据《聊斋志异》手稿本

------

[1] 陵县李太史:未详。
[2] 严扃斋扉:牢锁书房门户。扉,门扇。
[3] 觇(chān 掺):窥视。
[4] 通灵:智能通神。具有灵性。
[5] 柳器:用杞柳枝条编制的容器。